谷崎潤一郎論

近代小説の条件

中村ともえ

青簡舎

谷崎潤一郎論——近代小説の条件　目次

凡　例

・本文の引用は、初出を原則とした。なお、没後の普及版『谷崎潤一郎全集』（全二十八巻、昭41〜昭45、中央公論社）及び愛読愛蔵版『谷崎潤一郎全集』（全三十巻、昭56〜昭58、同）は作者の自選による新書版『谷崎潤一郎全集』（全三十巻、昭32〜昭34、同）を、最新の決定版『谷崎潤一郎全集』（全二十六巻、平27〜平29、中央公論新社）は単行本を基準とする。本書ではこれらを適宜参照した。旧字は適宜新字に改め、ルビは適宜省略した。傍点は断りがない限り原文による。記号は断りがない限り引用者による。省略は…で、改行は／で示した。

・作家・作品等の固有名の表記は、断りがない限り慣用に従った。固有名に関しては、一部旧字のままにした。敬称はすべて略した。

・小説・戯曲の表題は『　』、翻訳・評論・随筆・論文の表題は「　」で示した。小説・戯曲の劇化及び映画化の表題は「　」で示した。

・雑誌名・新聞名は「　」、単行本名は『　』で示した。

・原則として元号を用いた。雑誌は年月（隔月刊や季刊を除く）、新聞・週刊誌は年月日、単行本は年を記した（必要に応じて月も記した）。

・章ごとに作品の初出に関する情報を記した。同じ媒体である限り、休止をはさむ場合も連載開始と終了の年月（新聞・週刊誌は年月日）のみを記した。改題については、必要な場合のみ記した。

はじめに

昭和初めの「老大家」

昭和二(一九二七)年、谷崎は「改造」誌上で約一年間の文芸時評の連載を持った。「饒舌録(感想)」(「改造」昭2・2~12)である。[*1] その最終回は、同年改造社より刊行された『現代日本文学全集　幸田露伴集』の宣伝に当てられている。

今後改造社の円本から「幸田露伴集」が出るに就いて、何か提灯を持てと云ふ山本社長の注文である。露伴氏の如き偉大なる先輩に対して私のやうな若輩が今更提灯を持てと云ふのも滑稽の沙汰だが、しかし円本の読者はひろい。何十万と云ふ人々である。さうしてその多くは二三十台の若い連中であらう…私の如き若輩でさへ「大家」と呼び、時には可哀さうにも「老大家」と呼ぶ今の時勢では、われ〱と露伴氏との隔たりが、年数から云つてもいかに大きいものであるかを理解してゐない方面もあらう。

露伴と比べれば「若輩」である自分も、円本の読者である「若い連中」からは「老大家」と呼ばれる存在である。このように「老大家」の位置を半ば自嘲的に、半ば開き直るように引き受けるところから、昭和期の谷崎の活動ははじまる。このことに着目することに意味があるとすれば、従来考えられてきたように、それが谷崎の個人史における転機――関西移住による西洋趣味から東洋趣味への回帰というような――をなすためではない。

中村光夫は、「大正期の作家の共通の特色」をその「異常な早熟と早老」に見て取っている。大正作家たちの早熟と早老は、各人の「個人的な生理」を超えた「ひとつの注意を惹くにたる時代的現象」だと中村は主張する。彼ら「若い「大家」たち」は、「大正九年（一九二〇年）と昭和四年（一九二九年）、或ひは大正十年と昭和五年」の間に「例外なく半生を費して築きあげた「文学」の概念の崩壊に立ち合はねばなら」なかった。谷崎を「この危機を自己の芸術の「完成」に逆用した唯一の作家」と捉え、なぜそれが可能であったかを彼の「資質」に探るというのが、中村の『谷崎潤一郎論』（昭27、河出書房）の問題設定であった。*2

中村は同書で昭和二年の佐藤春夫の評論「潤一郎。人及び芸術」（「改造」昭2・3）を繰り返し参照している。*3 谷崎を「不具の大作家」と呼ぶ佐藤のこの評論は、ここでは「大正後期の文壇のエリツトあるひは彼等のあとにつづく青年作家たちの代表的意見」と目されている。「さらに若い世代の青年たち」、「昭和はじめの青年作家たち」の代表として中村が引くのは、川端康成の以下の発言である。

私は改造社版の『新撰（ママ）谷崎潤一郎集』の新刊紹介文を書かねばならぬはめになつてほとほと困じ果てたことがあつた……。読んで見てかねて尊敬してゐたこの作家のつまらなさにあきれて、夢のさめたしらじらしさであつた。*4

川端が紹介文を書いたのは大正十三年刊の『新選谷崎潤一郎集』だが、改造社は同じ内容の縮刷廉価版を『現代日本文学全集　谷崎潤一郎集』（昭2、改造社）に次ぐ谷崎の二冊目の円本として昭和三年に刊行している。佐藤や川端の評は、昭和初めの谷崎が、円本の読者に象徴される青年たちの厳しい評価にさらされたことを示す資料として参照されているのである。

昭和初めの「老大家」が青年たちの視線を背景にした「時代的現象」だと考えられるとして、では自らその位置を引き受けることは、谷崎にとってどのような意味を持ったのか。

小説論の時期

昭和初年代の谷崎は、若い読者と作者のものである日本の現代文学、より限定して言えば小説への疑念をさまざまな形で表明していく。たとえば「芸談」（「改造」昭8・3〜4）では「日本の現代文学、――殊に所謂純文学」が「十八九から三十前後に至る間の文学青年共」のもので「大人の読む文学、或は老人の読む文学」が不在であることを嘆き、「「つゆのあとさき」を読む」（「改造」昭6・11）では「老境」の永井荷風の近作を評価する。『春琴抄』（「中央公論」昭8・6）に対する登場人物の「心理が書けてゐないと云ふ批評」に応えた「春琴抄後語」（「改造」昭9・6）では、「作家も年の若い時分には、会話のイキだとか、心理の解剖だとか、場面の描写だとかに巧緻を競」うが「われ〳〵日本人の作家の多くは、老齢に及ぶに従つて」それに疑いを持つようになると述べ、「性格や心理や場面を云々し、それらを描写する」ことに価値があると思うかと、「今の若い作家諸氏」に問い返している。

谷崎はこれらの評論で、青年と老人を対置する図式を作り、自らは老人の側に立って、日本の小説への疑念を述べている。「老作家」の位置をとることで、谷崎は小説とは何であるかを、現にこうであるところの日本の小説が何であるかを問う視点を得たのである。

谷崎は昭和初年代に多くの小説論を発表している。ここで小説論と言うのは、小説に関する理論的考察を含むものの意である[*5]。たとえば、以下はよく知られた「饒舌録（感想）」の一節である。

> 芥川君の説に依ると、私は何か奇抜な筋と云ふことに囚はれ過ぎる、…それがよくない。小説はさう云ふものではない。筋の面白さに芸術的価値はない。と、大体そんな趣旨かと思ふ。しかし私は不幸にして意見を異にするものである。筋の面白さは、云ひ換へれば物の組み立て方、構造の面白さ、建築的の美しさである。此に芸術的価値がないとは云へない。（材料と組み立てとはまた自ずから別問題だが、）勿論此ればかりが唯一の価値ではないけれども、凡そ文学に於いて構造的美観を最も多量に持ち得るものは小説であると私は信ずる。筋の面白さを除外するのは、小説と云ふ形式の持つ特権を捨てゝしまふのである。さうして日本の小説に最も欠けてゐるところは、此の構成する力、いろ〳〵入り組んだ話の筋を幾何学的に組み立てる才能、に在ると思ふ。

右の一節は、筋を材料ではなく組み立て、すなわち構造に関わるものと定位し、それが「小説と云ふ形式」の持つ価値の一つであり、かつまた「日本の小説に最も欠けてゐるところ」だと論じている。ここでは、筋という小説を構成する要素の一つが抽出され、その要素について、小説がどういうものでどのような点で価値を持ち得るのか、そして日本の小説がどのようなものであるかが検討されている。昭和初年代の谷崎の一連の小説論は、日本の小説が何であるかを、小説を構成する諸要素に即して考察するのである。

昭和初年代には、「現代口語文の欠点について」（「改造」昭4・11）と『文章読本』（昭9、中央公論社）という日本語論、「恋愛及び色情」（「婦人公論」昭6・4～6）や「陰翳礼讃」（「経済往来」昭8・12～昭9・1）などの日本文化論もある。これらは同時期の彼の小説論と論点を共有し、それを別の角度から考察するものであった。たとえば「春琴抄後語」は「会話と地の文とを切り放して書く」ことを「近代小説の形式」と規定するが、「現代口語文の欠点について」は「小説の中の会話と地の文」を「口語と文章語との区別」が小さくなった近代の日本語という観点から論じている。「陰翳礼讃」も最後の段落で、現代の日本は「老人などは置き去りにして勇往邁進するより外に仕方ないが、…私は、われ〳〵が既に失ひつゝある陰翳の世界を、せめて文学の領域へでも呼び返してみたい」と、これまでの議論を文学へと収斂させている。話題の中心は小説ではないが、これらの評論も小説論に含めていいだろう。

「現代口語文の欠点について」は、「明治の中葉以後に始まつて今あるやうな発達した日本文の形式――いはゆる言文一致体、或は口語体と称する文体は、現在では殆ど完成の域に行き着いたといつてい〻」と書き出されていた。『文章読本』はこの論考を発展させ、「現代の口語文に最も欠けてゐる根本の事項」を中心に、用語や文体などの「文章の要素」を抽出し検討する。これに倣って言えば、昭和初年代の谷崎は、明治半ばにはじまって発達しこの時期完成の域に達すると見えた、いまあるような日本の小説の形式を、改めて確かめ検討しようとしていたのだと考えられる。一連の小説論は、小説を構成する要素を抽出し、その要素について、小説が何であり日本の小説が何であるかを考察するという手続きをとる。そこでは小説がそれを構成する諸要素に分解され、基礎から問いなおされている。それは手持ちの札を点検し、その有効性をはかるような発想であったと思われる。

本書の構成と各部の概要

昭和初年代は、谷崎潤一郎における小説論の時期であった。本書はこの昭和初年代を機軸とし、明治末から昭和三十年代までの谷崎の諸作をおおよそ発表年代順に並べ、幾つかの時期に区切って論じる。谷崎の諸作を編年的に論じつつ、昭和初年代に繰り返し戻るように構成している。

りるものである。ただし本書では、作家の伝記的な事項にはほぼ言及しない。女性関係や関西移住などの伝記的事項を参照しつつ、マゾヒズムやフェティシズム、母恋いや永遠女性といった性や女性にまつわる主題を作品から読み取り、一貫した主題を多彩な語り口で表現した作家として五十年以上にわたる長い文学活動を跡付ける——昭和二十年代後半の伊藤整の谷崎論以降、谷崎研究は概ねこのような枠組みを共有してきた。[*6]だが本書では主題とその表現という枠組みによって作品を、あるいは作家を評価することはしない。谷崎文学が何であるかは問わない。

一人の作家を対象に、デビューから晩年までの諸作を編年的に論じるという意味で、本書は作家論のスタイルを借

本書で問題にしたいのは、小説をめぐって、ときに小説において行われてきた考察である。わたしの考えでは、谷崎の諸作は、小説に関する考察をそのうちに含む、もしくはそのように読み得るものである。このような本書の姿勢は、文壇デビュー作『刺青』(「新思潮」明43・11)から昭和二年の芥川龍之介との「小説の筋」論争を経て『蓼喰ふ虫』(「大阪毎日新聞」「東京日日新聞」昭3・12・4〜昭4・6・18)に至る道程を論じる、序章において提示する。

以下、各部の概要を示す。

第一部「芸術の中の小説」は、明治末から昭和初めまでの諸作を扱う。文学史では「大正文学」と呼ばれる時期である。[*7]『饒太郎』(「中央公論」大3・9)は、小説家である主人公について、「彼には小説よりも絵画の方が、絵画よりも彫刻の方が、彫刻よりも演劇の方が、演劇よりも舞台に現はれる俳優の肉体自身の方が、一層痛切な美感を齎す」と説明する。小説は、ここでは他の芸術諸ジャンル、とりわけ演劇との比較においてその価値をはかられている。第一部では、大正期の谷崎の諸作を日本の近代演劇史との関係へとひらく。

第二部「近代小説という形式」では、昭和初年代の小説を分析する。ここで取り上げる小説、『吉野葛』(「中央公論」昭6・1〜2)、『春琴抄』と『聞書抄』(「大阪毎日新聞」「東京日日新聞」昭10・1・5〜6・15)は、それぞれ紀行文、

「抄」という文書形式を採用する。第二部では、小説ではない形式を採用する小説を分析することで、近代小説という形式を裏側から浮かび上がらせる。

第三部「現代口語文の条件」では、小説を構成する要素の一つである現代口語文に焦点を当てる。昭和初年代の谷崎は、翻訳と現代口語文に関する議論を含む論考——「饒舌録（感想）」、「現代口語文の欠点について」、『文章読本』——を発表していた。一連の議論を踏まえ、主格と敬語に着目して、谷崎の最初の『源氏物語』の現代語訳である『潤一郎訳源氏物語』（昭14～昭16、中央公論社）の訳文を解析する。第二部では、谷崎の『源氏物語』訳を現代口語文論として読み解く。

第四部「「文学」の時代の小説」では、戦後の小説を分析する。昭和二十年代後半に前後して発表された中村光夫と伊藤整の谷崎論は、谷崎を現代文学として読むための論法を用意した。第四部では、近代小説ならぬ現代文学が作中人物の妄想によって支えられていることを、昭和初年代までの諸作との差異を通じて示す。

このように本書は、第一部では絵画、彫刻、演劇等と比較し序列化し得るような芸術の中の一ジャンルとして、第二部では紀行文などと並ぶ小説が採用し得る文書形式の一つとして、小説を位置付ける。第四部では、文学という自立した観念のもとにそれを配置する。谷崎の諸作を編年的に論じることは、日本の近代の小説をめぐる考察を幾らかの時間的な幅をもって示す意味を持つと思われる。本書は、小説が芸術の中の一ジャンルであり、一つの形式であり、文学であることを、つねにそうであるような普遍的真理としてではなく、ある時期そう考えられていたかも知れないという、小説をめぐる考察の軌跡として記述する。

近代小説の条件

日本の近代は、小説において、また小説をめぐって、ものを考えるという習慣を持ってきた。なるほど小説は読み物であり、娯楽である。風俗を描くという性質を持ち、社会を反映する鏡ともなる。だがそれのみならず、近代ではたとえば転向のような思想的課題も、小説において省察され、小説の分析を通じて検証されてきた（たとえば中野重治の小説『村の家』と、それを分析する吉本隆明の「転向論」がそうである）。大澤真幸が言うように、「日本の近代史において、思想の中心的な担い手は、…文学者や文芸批評家だった」のであり、「小説が、そして文芸批評が、われわれの日常の言語と思想の言語とを媒介してきたのだ」[*8]。その小説とは、日本の近代の小説とは、何であったのか。

昭和初年代の谷崎は、小説を明治半ばにはじまって発達し現在完成の域に達しつつあるという歴史性において捉え、それを構成する諸要素を抽出し検討していた。この時期に発表された一連の小説論は、現にこうであるところの日本の近代の小説を問いなおすものであった。本書は彼の小説論の時期である昭和初年代を機軸に、谷崎の諸作を一種の小説論として読み解き、小説という近代の理念の歴史を記述するものである。

谷崎の諸作を小説論として読み解き、小説という近代の理念の歴史を記述する。これが本書の構想である。それは谷崎の諸作を根拠に、近代小説の条件を問うことである。

＊1　『饒舌録』（昭4、改造社）所収の同題の評論は、「改造」連載の「饒舌録（感想）」の途中に「東洋趣味漫談」（「大調和」昭2・10）を挿入したものである。谷崎は連載初回の冒頭で「ちよつとお断りをしておくが、一一月号の改造の予告に私が新年から文芸時評を担任するとあるけれども、実は時評をするつもりはない」と「予防線を張つて」いたが、避け

たいと言っていた論争もして、結果的には文芸時評になっている。本書では「改造」連載分を「饒舌録（感想）」と呼び、文芸時評と見なすこととする。

＊2　本書第四部第二章参照。

＊3　佐藤春夫には幾つかの谷崎論があり、中村が昭和二年のこの評論を特に重視することを訝る声もある。平野謙は、「秋風一夕話」（「随筆」大13・10〜12）、「潤一郎。人及び芸術」、「最近の谷崎潤一郎を論ず——春琴抄を中心として——」（「文芸春秋」昭9・1）の三篇を挙げ、「中村光夫が『秋風一夕話』に対して一言半句も言及していないのが私には不満だった」と述べている（『わが戦後文学史』昭44→改訂版昭47、講談社）。

＊4　引用は中村光夫『谷崎潤一郎論』に拠る。川端の紹介文とは「「谷崎潤一郎集」を読む」（「都新聞」大14・2・1、3）のことで、石川偉子「『川端康成全集』未収録文——「「谷崎潤一郎集」を読む」「映画入門」、他二篇」（「芸術至上主義文芸」平25・11）で紹介されている。

＊5　日本の小説論については、大浦康介編『日本の文学理論　アンソロジー』（平29、水声社）の「小説論」の章（大浦康介・中村ともえ）参照。

＊6　本書第四部第二章及び第二部第三章参照。

＊7　高田瑞穂は、明治四十三（一九一〇）年から昭和二（一九二七）年までの時期を、「大正文学」という術語の指す実体だとしている（「大正文学をどうとらえるか」（「日本近代文学」昭46・5）他）。明治四十三年は雑誌「白樺」・「三田文学」・第二次「新思潮」が創刊された年として、昭和二年は芥川龍之介が亡くなった年として説明される。谷崎は、第二次「新思潮」に戯曲『誕生』と評論「「門」を評す」を発表してデビューし、昭和二年には死の直前の芥川と「小説の筋」論争を交わしている。一般に元号による歴史区分に意味があるとは考えないが、谷崎の場合、「大正文学」のはじまりと終わりに当事者として関わっており、この区分に馴染む。既に述べたように、中村光夫の『谷崎潤一郎論』は谷崎を「大正作家」の一人として論じていた。以上の理由から、本書では原則として元号を使用することとする。

＊8　大澤真幸「まえがきに代えて　哲学と文学を横断すること」（『思想のケミストリー』平17、紀伊国屋書店→『近代日本の思想の肖像』平24、講談社学術文庫）。大澤は、「日本の近代思想の主役」であった文芸時評が一九九〇年代以降「思想

的な力を失いつつある」とし、次のように述べている。「小説自体は、今でもたくさん書かれているし、今度も書かれ続けるだろうし、多数の読者をもつことだろう。しかし、小説の思想的な機能は、今や失われようとしているように思える」。小説を対象とする文芸批評が影響力を失ったのは確かだが、二〇一〇年代末の今日、小説の機能は失われていないと思われる。

序章　小説に筋をもたらすこと――『刺青』から『蓼喰ふ虫』まで

一　問題の所在

本論は、小説の筋という課題をめぐる谷崎潤一郎の試みを考察するものである。具体的には、彼が一篇の小説のうちにどのようにして筋をもたらしそれを展開しているのかを、デビュー作『刺青』（「新思潮」明43・11）から大正期の試行錯誤を経て『蓼喰ふ虫』（「大阪毎日新聞」「東京日日新聞」昭3・12・4〜昭4・6・18）に至る、彼の作家活動の前半生とも言うべき範囲について検証する。

これらの作品に関して、どのような筋の小説であるかを問われることはあっても、小説の筋がそれ自体で問題的であり得ることは、これまで見過ごされて来たように思う。つまり筋の内容ではなく、筋を展開することそれ自体を課題とすることである。たとえば「小説の筋」論争は、谷崎にとってまさにその課題を議論する機会であったろうし、『蓼喰ふ虫』の成功は、少なくとも当人にとってみればその一点にかかっていた。『刺青』のうちに胚胎されていた小説の筋という課題は、やがて彼自身に自覚され、『蓼喰ふ虫』はその解決を果したことで作家にとって印象的な一作となった。

谷崎は「「蓼喰ふ虫」を書いたころのこと」（「朝日新聞」昭30・2・15）で、「「蓼喰ふ虫」は、――「卍」よりも特に「蓼喰ふ虫」は、――私の作家としての生涯の一つの曲り角に立っているので、自分に取っては忘れ難い作品であるといえる」と回顧している。従来の研究は、これを関西移住による日本回帰の意味に解して来た。しかし作者が『蓼喰ふ虫』を会心の作とする所以は、続けてこう説明されるのである。「私はほとんど、これから何を、如何にして書いて行こうかということを考えることなしに書いた。という意味は、最初からすっかり着想や構成が出来上っていたというのではなく、寧ろその反対に、その日その日の出たとこ勝負で筆を進めて行きながら、しまいには巧い具合にちゃんとまとまるという自信があり、それについて少しの不安も感ずることなしに書いた」。「「細雪」回顧」（「作品」昭23・11）も、『蓼喰ふ虫』が「見取図は全然なくて書いた」ものであると証言する。同じ内容は「私の貧乏物語」（「中央公論」昭10・1）にも見える。「私は、いつ、何を書かうと云ふ成心もなしに、たゞのんびりと、何も考へずに暮らした。…何か書けさうな予感があつただけで、どんなものが出来るか自分にも分つてゐなかつた。第一回の筆を執るまではつきりしたプランの持ち合はせがなかつた。それでゐて、…考へないでも、筋が自然に展開した」。

　これは筋の展開を自然であるかのように見せかけることとは違う。「雪後庵夜話」（「中央公論」昭38・6〜昭39・1）の言い方を借りれば、彼は「書いてゐるうちに自然と筋が出来上つて行く」ことを目指したのである。小説の筋は、作者が小説を書く以前に計画していたところを実現されるのではなく、それ自身で自立的に展開していくことを期待されている。作者が筋を考案し、語り手が順次それを物語るという関係性とは別様の仕方で、小説に筋をもたらすことは出来ないか。もしくは作者ないしその相似形としての語り手が、ひとりでは十全に筋を展開することが出来ないから、彼は別途を探る必要があった、とも考えられる。これは本論が後に『刺青』の分析を通じ、谷崎の小説の本来的な課題として抽出するところである。ともあれ「私の貧乏物語」は、「準備と云ふのは一定の腹案を立てゝ物語の構成に苦心したり場面や人物の出し入れを考へたりすることではないのだ」と力強く結論した。小説の筋は、「腹案」として予め用意されるべきものではないというのである。本論はここに「小説の筋」論争の余韻を聴く。と言うより、これが遅ればせながらの彼の答えだったのだと思う。

晩年の随筆「雪後庵夜話」には、小説家を「話の筋を最後まで考へて詳細な組み立てが出来上つた上で筆を執る人」と、「どうにかなるだらうぐらゐに大体の見当をつけたゞけで書き始め、書いてゐるうちに自然と筋が出来上つて行く人」の二つのタイプに分類するくだりがある。谷崎はそこで芥川龍之介を前者に、自分を後者に組み入れた。彼が論争を契機に、論敵である芥川を比較項として、「筋」に関する自らの方法を自覚していった痕跡がうかがわれよう。少なくとも谷崎は、芥川の所謂「「筋のある小説」」を自明に書き、それをよしとしたのではなかった。彼は小説におのずから筋をもたらそうとして、むしろ腐心していたのではないか。まずは「小説の筋」論争を谷崎の側から見なおし、議論の足がかりとしたい。*1

二　「小説の筋」論争の検討

谷崎は昭和二（一九二七）年、芥川龍之介との間に交わした所謂「小説の筋」論争において、小説の「筋の面白さ」=「構造的美観」を称揚し、芥川の没後には『卍（まんじ）』（「改造」昭3・3〜昭5・4）と『蓼喰ふ虫』という、ともに登場人物の心理を扱う方法に工夫のある二作を書いて飛躍を果たした。本論はこの論争の射程を、芥川の側に引きつけて考える従来の文学史的な評価を離れ、『刺青』から大正期の戯曲体小説を経て『蓼喰ふ虫』に至る、谷崎の前半期の文脈に置きなおすことを提案する。「小説の筋」論争と言えば、これまで芥川の創作上の行き詰まりから生じたものであり、当時「改造」に文芸時評を連載していた谷崎は、たまたまそれに巻き込まれただけだと考えられて来た。論争が芥川の発言から始まったという経緯もあり、芥川が谷崎の小説に託けて自らの「不安」を吐露したのであって、「谷崎はそういう意味では全く不安を感じていない」[*2]と理解されている。だがこれは精確ではない。芥川の「不安」とは別の意味で、谷崎にとってもこれは問題的だったはずである。と言うのも、大正期の彼の諸作には「小説の筋」という生な言葉が繰り返し書き付けられているのである。次に引く『神と人との間』（「婦人公論」大12・1〜大13・12）の一節は、その一例である。

彼がその蠅を盗んだときは、まだ此れと云ふ決意があつた訳ではなかつた。云はば芝居をするやうな気で、敢てそこまで進んで見たのに過ぎなかつた。が、その後十日程の間、小説の筋を考へるやうに、ぢつと一つの計画を頭の中で辿つてゐた穂積は、結局それを実行にまで持ち来たすことが、最善の道であることを信ずるやうになつたのである。

ここから谷崎が論争の前後、「小説の筋」の語のもと、論争とは別に彼自身何事か考えていたらしいこと、かつそれが芝居の比喩を呼び寄せていることが見て取れる。『神と人との間』は、妻を佐藤春夫と争った事実を素材にする小説だが、「佐藤春夫に与へて過去半生を語る書」（「中央公論」昭6・11〜12）の言葉を借りれば、佐藤との関係は「予め腹案を作つて、それまでも一々書き留めて、役者が書き抜きを暗記するやうに、その問答の順序を覚へ込」み、そうして「恋愛小説の筋を作つてゐるやうなもん」だったという。「小説の筋」と言い、またも芝居の比喩を借りている。小説と芝居のこの微妙な交差が、彼の課題のありかを教えるだろう。以上を視野に入れて、改めて「小説の筋」論争を検討しよう。

論争には、「「話」らしい話のない小説」論争の別称がある。名称が一つに決まらないのにはそれなりの理由があって、谷崎は「小説の筋」ないし「筋」の語を、芥川は主に「「話」らしい話」のフレーズを用いた。互いに相手の用語を避け、可能な範囲で言い換えている。「話の筋」と重ねて言う場合もあり、「筋」と「話」とは別のものを指すはずである。論争の経過は周知の通りだが、谷崎は「凡そ文学に於いて構造的美観を最も多量に持ち得るものは小説であると私は信じる」と彼の信念を述べて、「筋の面白さ」を「小説と云ふ形式が持つ特権」だと位置付けた。「筋」とは「構造」すなわち「物の組み立て方」である。「材料」と「組み立て」の峻別は、谷崎が特に注意を促したところであった。彼は「筋」を「組み立て」の側に置き、「芥川君の「筋の面白さ」を攻撃する中には、組み立ての方面よりも或は寧ろ材料にあるのかも知れない」と危惧した。なるほど芥川は、「僕の筋の面白さと云ふのは、例へば大きな蛇がゐるとか、大きな麒麟がゐるとか、謂はゞ其の面白さ」*3と発言しており、危惧するのも無理はない。谷崎にとってそれは「変な材料」=「奇抜な種」に過ぎない。

一方の芥川は、「「話」らしい話のない小説」を「あらゆる小説中、最も詩に近い小説」、「最も純粋な小説」だとして称揚した。彼の言う「話」と、それが小説に果たす役割については、次の譬えが参考になる。「デッサンのない画は成り立たない。それと丁度同じやうに小説は「話」の上に立つものである。（僕の「話」と云ふ意味は単に「物語」と云ふ意味ではない。）」。それが小説の土台として、谷崎の所謂「腹案」の側に割り振られていることが確認される。なるほど芥川の小説は、先行する「話」とそれへの注釈を、語り手がその手順ごと小説中に提示するという手法をしばしば用いている。極端なケースでは、三通りの結末=「三つの答」を列挙して小説の結びに代えた『酒虫』（「新思潮」大5・6）があるように、彼の小説を支える「話」は単線的でなくとも構わない。と言うより、それは小説の全体――最初から最後まで――を貫くものではない。芥川が「「話」らしい話のない小説」を「純粋」だと評したのは、逆に言えば「話」が、本来的には小説の属性ではなく小説以前の「腹案」として位置付けられているためである。もちろん「純粋」たることの困難は彼自身熟知しており、だからこそ「話」を除くことが無理でも、せめて「「話」らしい話のない小説」を夢想したのだろう。

論争はこのように平行線をたどった。両者は、小説における「筋」／「話」の有無をめぐって争うかのように見えて、そもそも「筋」／「話」を小説のどこに位置付けるかという点で根本的に食い違っていた。谷崎の場合、「小説の筋」という一続きのフレーズに端的に見て取れるように、それは正しく「小説の」ものであり、さらには「小説と云ふ形式が持つ特権」だと位置付けられた。彼の小説でははじめと終わりで何事かが変化しており、筋は内在的かつ単線的に抽出できる。たとえば『刺青』の清吉と「娘」の関係が冒頭と末尾で変化しているように、登場人物間の当初の関係はやがて逆転する。はじめに提出された構図は、予定調和のように末尾に至り転倒する。だが内容の上で意外性がないにもかかわらず、筋は容易には展開しない。それを展開するために何が必要であったのか、次には『刺青』に遡って検証する。

三　『刺青』論

谷崎潤一郎の文壇デビュー作『刺青』は、次のように書き出されている。

> 其れはまだ人々が『愚』と云ふ貴い徳を持つて居て、世の中が今のやうに激しく軋み合はない時分であつた。…女定九郎、女自雷也、女鳴神、——当時の芝居でも草双紙でも、すべて美しい者は強者であり、醜い者は弱者であつた。誰も彼も挙つて美しからむと努めた揚句は、天稟の体へ絵の具を注ぎ込む迄になつた。…清吉と云ふ若

い刺青師の腕きゝがあつた。

読者は、右の記述に等しく一人の主要な登場人物の登場を、すなわちこの小説の主人公の登場を認めるだろう。引用の前半はそれを準備する長い枕である。ただし本論は、ここから清吉という人物を血肉化・人格化して考えるのでも、これを清吉という人物（がフィクショナルにあったこと）の再現と見做すのでもない。問題にしたいのは、たとえば登場人物という小説の概念である。慣例に倣って以後「登場人物」や「舞台」という用語に依拠するが、これは小説が芝居から借りた比喩である。実際のところ小説中には舞台もなければ、登場人物の登場という出来事も起こっていない。清吉が舞台に登場するのではない。清吉というこの小説の主人公が、小説の舞台に登場するのである。

さて、右の記述より「刺青」の題を冠された本作が、この先清吉という「刺青師の腕きゝ」を中心にして小説の筋を展開するであろうことを、読者はあわせて予見する。「すべて美しい者は強者であり、醜い者は弱者であつた」という「今」とは違う特殊な法則の支配する「時分」に、自らの美醜は問題にされず、かえって美を掌る側の存在として清吉は登場している。このような設定のもと、小説の筋は、その後一行空けて記される、「彼の年来の宿願は、光輝ある美女の肌を得て、それへ己の魂を刺り込む事であつた」という一文から動き出す。その証拠に以後、時間が経過するようになる。清吉が刺青を施すべき女の姿を思い描いてから「丁度四年目の夏のとあるゆふべ」、女主人公（ヒロイン）の登場が、駕籠の簾のかげからこぼれる「真つ白な」「素足」をもって仄めかされる。そして「其の年も暮れ、五年目の春も半ば老い込んだ或る日の朝」、清吉は彼女に再会する。彼が彼女の肌を得て「年来の宿願」を果たすであろうことは、もはや疑う余地もない。その結末を目指して、小説の筋は後は自動的に進んでいいはずである。最初は「真つ白な」「素足」だけを彼の眼に晒して、翌年に再会、そして彼に刺青を施されて美しくなる＝強者になる「娘」の行末は、このように小説の冒頭から既に予定されていた。

『親方、私はもう今迄のやうな臆病な心を、さらりと捨てゝしまひました。――お前さんは真先に私の肥料になつたんだねえ』

と、女は剣のやうな瞳を輝かした。其の瞳には『肥料』の画面が映つてゐた。その耳には凱歌の声がひゞいて居た。

『帰る前にもう一遍、その刺青を見せてくれ』

清吉はかう云つた。

女は黙つて頷いて肌を脱いた。折から朝日が刺青の面にさして、女の背が燦爛とした。

これが小説の末尾である。当初は「娘」と呼ばれていたのが、刺青の完成の後、「女」に切り替わっている。[*4] 俗に言う「女になった」とかけられているのだろうが、それ以上にここで注目すべきは、完成した刺青の描写に一語も費やされていない点である。「もう一遍、その刺青を見せてくれ」――清吉のこの直截な懇願に、読者も誘われるように視線を向ける。だがその視線は、朝日に照らされて輝く明るい「面」にはねかえされてしまう。この場面の以前には、刺青の徐々に完成していく様子が順を追って描写されていた。右のシーンの直前には「女の背後には鏡台が立てかけてあつた。真つ白な足の裏が二つ、その面へ映つて居た」とあり、鏡の「面」には完成した刺青が映っていたはずである。ところがまたしても彼女は「真つ白な足の裏」だけを晒して、肝心の刺青を見せない。これらの「面」は、そこに刺青といういわば不可視の絵画を含んで緊張している。

だが刺青そのものは不可視であるが、直接に描写されないでも、読者は末尾のシーンをまるで絵のように思い浮かべることが出来る。なぜか。後に削除されることになる「其の瞳には『肥料』の画面が映つてゐた」の一文が示唆するように、刺青を施す以前、清吉は「娘」に二枚の絵を示していた。彼が「これはお前の未来を絵に現はしたのだ」と言うその絵に描かれた彼女の「未来」は、小説の末尾に至って「寸分違は」ず実現されたはずである。野口武彦の卓抜な比喩を借りれば、二枚の絵画は『刺青』という小説の「原画」[*5]である。だがそれはなぜ二枚なのか。直接の描写を執拗に受けて、可視的であるこれらの絵画は、舞台の小道具であるという以上に、どのようにして小説の筋を展開するかという谷崎の前半生の課題が、はやくも彼のデビュー作のうちに胚胎していたことを教えるだろう。

二枚の絵画は、全く同じ手順を踏んで記述される。その手順とは、①絢爛な語彙を駆使して二人の眼前に繰り展げられた絵画を直接に描写する、②「娘」の心境の変化を断定的に述べる、③「娘」を絵の中の女に重ねるような清吉の台詞と仕草が②に語られた「娘」の変化を追認する、④変化にとまどう「娘」の台詞、の四段階である。たとえば二枚目の絵画については、次のように記述される。

> それは『肥料』と云ふ画題であつた。画面の中央に、若い女が桜の幹へ身を倚せて、足下に累々と斃れて居る多くの男たちの屍骸を見つめて居る。女の身辺を舞ひつゝ凱歌をうたふ小鳥の群、女の瞳に溢れたる抑へ難き誇りと歓びの色。それは戦の跡の景色か、花園の春の景色か。それを見せられた娘は、われとわが心の底に潜んで居た何物かを、探りあてたる心地であつた。
> 『これはお前の未来を絵に現はしたのだ。此処に斃れて居る人達は、皆これからお前の為めに命を捨てるのだ。』かう云つて、清吉は娘の顔と寸分違はぬ画面の女を指さした。

『後生だから、早くその絵をしまって下さい。』

「娘」が一枚目の「絵の面を見入つ」た時点で「怪しくも其の顔はだん〳〵と妃の顔に似通つて来た」、二枚目の絵を見せられた後には「画面の女」は「娘の顔と寸分違は」ないという。とすれば、変貌はこの時点で既に果たされているのではないか。清吉が「己の魂」を込めて刺青を施すまでもなく、二枚の絵画を目撃した「娘」は、その「面」に「隠れたる真の「己」を見出し」ている。この上さらに彼女の背に刺青を彫る必要があるのかどうか。山口政幸は、「かりに娘の顔が二枚の絵を見せられたショックのあまり、現実的に変容していったとするならば、それは一方で主人公清吉の彫る「己の魂」である「刺青」の不可能性と不要性とを暗に説いてしまったことにはならないだろうか」[*6]と疑問を呈している。「娘」の変身は、「清吉の実質的な参加以前に」、「作者の介入」によって「「怪しくも」の一語を媒介としただけで容易に」果たされてしまうのである。これをどう考えればいいか。

本作の筋は、刺青を施されて美しく＝強者になった「女」に、刺青師自らが跪くという帰結を目指して進んでいた。この筋に対して、二枚の絵画はそもそも余分な要素である。たとえばこの絵を描いたのは誰か。冒頭に紹介された元「画工」という経歴から、これは清吉の手になるものとも考えられるが、不明である。清吉の作としてもしなくても矛盾がある。と言うより、清吉の作であるはずだが彼は自分がそれを描いたことを知らないようであり、小説はこの矛盾を解く何らの説明も用意していない。これはただ現実がそれに似る先として、すなわち筋の展開を叶える装置として、理由もなくそこにある。「刺青師の腕きゝ」であるとして冒頭に登場した清吉は、自らの刺青によって何の素質も持たない「娘」を劇的に変化させたのではなかった。彼はそれだけの権能を与えられていない。彼の自慢の「腕」は、二枚の絵画に既に描き込まれていた彼女の「未来」を、実際に寸分の狂いなく実現するためにこそ奉仕している。言い換えれば、作者ないしその相似形としての語り手が、こうしてこうなったと言って一方的に筋を語るだけでは、小説の筋は展開しない。それに似るものとして、誰かによって既に書かれたもの――この場合は絵画――が必要なのである。

ここで、「Life imitates Art far more than Art imitates Life.」(芸術が現実を模倣する以上に、現実は芸術を模倣する)[7]というオスカー・ワイルドの箴言を、小説中の現実が、小説中に先行してある芸術作品を模倣するという意味に置きなおし、呼び出してみたい。『刺青』にワイルドの影響を指摘する論考は、はやくは本間久雄に「「刺青」一篇の着想は、最も明瞭に人生が芸術を模倣するといふ人生の芸術家的傾向をあらはしたのである」[8]として見える。だがワイルドの言葉が作家の芸術観を語ったものであるのに対し、同じ命題に還元出来るとしても、谷崎の場合はそういうストーリーの小説を書いたのである。つまり彼の小説では、小説中の現実が芸術を模倣することで変容し、そのようにして筋が展開する。現実が芸術を模倣するというこの命題こそが、小説にどのように筋をもたらすかという難問に対し、彼が図らずも示した最初の暫定的な解答であった。

末尾のシーンでは、前出の絵画を積極的に摸倣するべく、清吉は「斃れて居る」「男」の役を自ら演じてみせる。前田久徳は、事態を端的に「作品はこの絵の構図を時間的に翻訳することで成立しているわけで、娘が女の位置に、清吉がその足下に群がる死骸の位置に収まった時、「刺青」一篇の幕が閉じることになる」[9]と要約する。『刺青』一篇の幕が閉じるとき、舞台の上には、二人の登場人物によってまるで活人画のように前出の絵画が再現されていたはずである。

ところで、二枚の絵画は草双紙の挿絵を、末尾のシーンは歌舞伎の絵面を、それぞれ思わせるとの指摘がある。[10]振り返って見れば、『刺青』の冒頭には「芝居でも草双紙でも」と二つが並置されていた。同じく最初期の作である

『少年』(「スバル」明44・6)には、「私」の少年時代の思い出として、「草双紙の中の…挿絵の事を想ひ泛かべながら」それを模倣し、「芝居の種も尽きて来る」まで遊んだことが語られている。『続悪魔』(「中央公論」大2・1)には、主人公が講釈本の挿絵を眺めて、「其れを見て居ると、此の本の内容——さまぐ〵の込み入つた、残酷な話の筋が想像されて、自然と魂をそゝられる」と述べる箇所があるし、三島由紀夫の屈折した激賞で有名な『金色の死』(「東京朝日新聞」大3・12・4~17)には、レッシングの『ラオコーン』より「『絵画は事物の共存状態(コエキジスチーレン)を構図とするが故に、或る動作の唯一瞬間をのみ捕捉する事を得。随つて其の前後の経過を暗示せしめるに足る可き最も含蓄ある瞬間を択ばざる可からず。』」との一節を引いて、「私」と友人の岡村君が議論するくだりがある。[*11] これはその小説自体の筋に関わるものではなく、小説中に展開された芸術論である。だが『刺青』では無自覚な成功であったかも知れない、登場人物たちが「其の前後の経過を暗示せしめるに足る可き最も含蓄ある瞬間」を映した絵画の面を眺めて、語り手がそれを描写し、小説中の現実の場面がそれを追つて模倣するという小説に筋をもたらす方法論があったことは、これらの例から疑われない。絵画は小説に筋をもたらす装置として、作者の念頭におかれていたはずである。

四　芝居の比喩

ところが、次第にこの絵画という装置は破棄され、芝居が前面に出るようになる。『捨てられる迄』(「中央公論」大3・1)の主人公幸吉は、三千子との恋愛に臨み、「恰も創作家が或る小説の布局を考察するやうに、此れから幕を開けようとする芝居の筋書に就いて、さまぐ〵に趣向を廻ら」す。また、周囲の人々の恋愛を模倣し自らも恋をしようとする『鬼の面』(「東京朝日新聞」大5・1・15~5・25)の主人公壺井耕作は、「有体に云へば、彼は荘之助や藍子の恋を模倣したくなつて、自分にも「恋」があるやうに自ら欺いて居たに過ぎなかつた。…彼は明かに自分の行為が「芝居」である事を意識して居た」という。ここで「芝居」は、登場人物が先行する別のものを自ら模倣し行動することの比喩として持ち出されている。

それがやがて比喩であるのみならず、形式の上でも戯曲を伴うものが登場する。後述するレーゼ・ドラマへの接近も、この文脈に置いて理解する必要があるだろう。そして『呪はれた戯曲』（「中央公論」大8・5）は、本論には符合的に思われるのだが、例のワイルドの箴言を冒頭に置いて書き出されていた。

「自然は芸術を模倣する」とワイルドは云つたが、私が此れから話をする恐ろしい物語の中に現れるやうな意味に於て、「自然」が「芸術」を模倣した例を、私はまだ外に聞いたことも見たこともない。

ワイルドの言葉は、本篇の語り手である「私」が以下に述べる「物語の中に現れるやうな意味に於て」という限定のもと、ここに引用されている。これを作家がワイルドの芸術観を信奉した証拠と見るより、その警句が慎重にも別の「意味」にずらされて呼び出されていることに注意したい。妻と別れたい戯曲家佐々木紅華は、妻と別れたい青年文学者井上が「善と悪」と題する自作の戯曲――井上という登場人物が戯曲に倣って妻の春子を殺す――に倣って実際に妻春子を殺害するという筋の戯曲「善と悪」を書き、その戯曲を台本に、自ら演じるようにして実際に彼の妻玉子を殺す（便宜上、佐々木の戯曲「善と悪」を「私」に倣って「呪はれた戯曲」と、佐々木の戯曲の登場人物である井上を井上ａ、井上ａの戯曲「善と悪」の登場人物である井上を井上ｂと呼ぶ）。それを「私」が「私の好きな小説の形に仕組んだ」と言うのが、『呪はれた戯曲』の成り立ちである。

出口裕弘が断じるように、「劇中劇をそのまた劇中劇という風に仕組んだ工夫」は、凝ってはいても「そんなのは児戯に類するトリックである」[*12]。これは技巧として評価するべきものではない。それより参照する先なしには行動することの出来ない、主人公たちの無能ぶりを見たい。佐々木が玉子を殺したのも、井上aが春子aを殺したのも、井上bが春子bを殺したのも、妻を殺すという筋の戯曲=芸術を模倣して行われた。「呪はれた戯曲」は佐々木にとっての、「善と悪」は井上aの、その中の戯曲は井上bの、実際の行動に際し台本たることを積極的に期待されている。そのような役割を担うべく、彼ら自身によって執筆されている。妻殺しを決意しているにもかかわらず、そこに躊躇はないのに、彼らはそれを実行に移すことが出来ない。彼らは戯曲に書き込まれた――その登場人物によって書かれたとして自分が書き入れた――台詞を復唱し、妻に芝居の相手をさせて、ようやく殺害に成功する。戯曲を書く佐々木は「書いて居るうちに彼はだん〳〵戯曲と実際との境界が余りに不明瞭になつて行くのを発見し」たし、「呪はれた戯曲」の井上aが春子aに自作の戯曲「善と悪」を読み聞かせる場面では、井上aの台詞に「(いつの間にか脚本の台辞を暗誦するやうな、自分自身の言葉のやうな、孰方にも見られるやうな口調になつて居る。)」とト書きがある。いずれのケースも事態は同じである。妻の殺害は自立的に行われず、先行する戯曲を模倣するという不自然な過程を経て、はじめて実現されるのである。

だがこれは登場人物たちの特異な性向ではなく、それ以上に小説の語り手(として自らも任ずる)「私」の――引いては作者の――無能力であるだろう。なぜ、妻と別れたい男が妻を殺したという言ってみればそれだけの筋を、順に場面を立てて情景を描写しながら語り手が語るだけでは済まないのか。たとえば「私」は、玉子の死について「私には未だに可憐な彼女の俤が、あり〳〵と見えるやうな気持がする。…実際私は其の時の光景を手に取るやうに想像する事が出来るのだ」と言う。これは「私」がかつて戯曲「呪はれた戯曲」の上演を見たためである。佐々木が玉子を殺した現実の「光景」は見ていないにしても、同じシーンはその以前に舞台上で演じられていた。そして「私」は、いまやその「光景」が本篇の読者にも共有されるはずだと主張する。端的にその理由を述べた箇所が、小説の末尾に見える。

この戯曲を引用したからには、佐々木が玉子を殺した時の状況に就いて、茲に改めて描写をする必要はあるまい。なぜかと云ふに、…彼の赤城山中に於ける犯罪は、殆ど此の戯曲と同一の順序を履み、同一の形式を以て行はれたのださうであるから。

つまり「私」は、戯曲の引用が描写の代理を果たすと言うのである。引用された戯曲は佐々木によって書かれたものであるから、これを自分の「小説」と呼ぶ「私」は、肝心の殺害の場面を描写することもなければ、筋を自ら案出することもない。そもそも「私」には、それだけの権能が与えられていない。一人称と非人称の違いこそあれ、これは『刺青』の語り手も同様であった。

小説に筋をもたらしそれを展開させることと、芥川の所謂「筋のある小説」を書くこととは違う。谷崎にとって問題的であるのは、「筋」の有無ではなくその操作であっただろう。彼はここに奇妙に不自然な過程を設けている。すなわち登場人物に予め何らかの芸術を制作させておき、もしくは「小説の筋を考へるやうに」何事か「想像」させ、それを台本に彼らに場面場面を演じさせる。そのように「筋」＝台本を実現していく。小説のはじめと終わりで何事かが変化しているとして、その変化はこれらの装置によってもたらされたものである。作者ないしその相似形としての語り手は、あくまで無力に振る舞う。

未完ではあるが、『黒白』(「大阪朝日新聞」「東京朝日新聞」昭3・3・25〜7・19)には以下のような興味深い一節が見える。

『君、僕をほんとに酔はしてくれることが出来るか。芝居でも狂言でもいい、何でもいいから、いかにもほんたうの恋のやうにみせかけてくれることが出来るか。それが出来れば僕はいくらでも金を出すんだが……』…

『…恋と云ふものは一つの芝居なんだから、筋を考へなければ駄目よ。』

『ぢや、僕のために筋を考へて貰ひたいもんだね。』…

『あたしは名優よ、安心していらつしやい。――そしてあなたがいつ迄も興味を感じるやうな、変化のあるシナリオを書いて上げるわ。』

主人公の水野は、自分の恋愛に「我ながらよくもこんな馬鹿らしい真似が出来ると思はれるやうな狂言をする。が、いくら上手に芝居をしても、狂言は結局狂言であるから、さう云ふ恋から真の陶酔が湧くはずがない。酔つたやうでもどこか心のしんの方が非常に冷たくさめてゐる」という不満足を抱いている。その彼が、娼婦に「筋を考へて」=「シナリオを書いて」もらって恋愛に没頭していく。それからの日々は、「筋と場面とが一と眠りする度毎に変つた」。またも小説の語り手は、その「筋」を語り「場面」を描写することをしない。「僕のために筋を考へて貰ひたいもんだね」とは、主人公の懇願であると同時に、小説の作者のあられもない欲望の表出でもあるだろう。

五　『蓼喰ふ虫』へ

本論はこれまで、谷崎の主に大正期以前の諸作に、小説の筋という課題の隠顕することを確認してきた。この問題は「小説の筋」論争を経て彼に自覚され、やがて『蓼喰ふ虫』をもって一定の解決を迎えたと考えられる。芝居の比喩は、昭和に入り作家が戯曲の形式を去るのと並行して徐々に下火になるのだが、これは彼が単に芝居を離れたことを意味しない。芝居は、『蓼喰ふ虫』という小説のうちにより深く浸透したと見るべきである。ではその『蓼喰ふ虫』はどのように芝居を吸収し、筋の自然な展開を実現したのか。

再び「小説の筋」論争を振り返ると、芥川は谷崎の言葉を引き取って「「凡そ文学において構造的美観を最も多量に持ち得るもの」は小説よりもむしろ戯曲であらう」、「戯曲は小説よりも大体「構造的美観」に豊かである」と反論した。佐伯彰一も、論争を総括して「かりに劇的な小説対詩的な小説という好みの相違、対立として双方の論点が始めから整理されていたら、この論争は、もっとうまく軌道に乗ったに違いないのである*13」と述べる。だがこうした指摘をまつまでもなく、筋＝構成が元来小説より芝居に豊富であることを、谷崎は承知していたはずである。既に確認したように、論争の前後には、小説に筋をもたらすべくしばしば芝居が参照されていたし、また「饒舌録」は、小説のこと以上に芝居について多く言及している。

その一つに、文壇では「頭から軽蔑する風がある」「読む脚本——レーゼドラマ」の「芸術的価値」を、正宗白鳥への共感とともに述べる箇所がある。レーゼ・ドラマは、関東大震災の復興期に流行し多くの小説家の参加を見るも、間もなく衰退した文芸ジャンルである。だが石川巧によれば、たとえ一時的な流行であったにせよ、作家たちがこそってそれに取り組んだ背景には、演劇への関心という以上に「小説的言語の閉塞感に風穴をあけてくれる可能性を秘めた表現形態として期待されていたこと」[*14]があった。一幕物の史劇『誕生』(「新思潮」明43・9)を皮切りに、大正期を通じて谷崎は大量の戯曲をものした。『お国と五平』(「新小説」大11・6)をはじめ、上演回数も重ねている。それが昭和に入り激減する。わずかに『顔世』(「改造」昭8・8〜10)の一本があるのみである。晩年の「或る日の問答」(「中央公論」昭35・1)では、「僕は自分の才能は小説には向いてゐるけれども、戯曲には向いてゐない、と云ふことを、いろ〳〵な場合につく〴〵と悟つたことがあるんでね」と回顧しもする彼が、戯曲を去った時期は、レーゼ・ドラマの衰退期に重なる。谷崎の場合、芝居はレーゼ・ドラマを経て小説へと収斂していったようである。

彼はこのころ『現代戯曲全集』の一冊として旧作の戯曲をまとめる機会を得て、「寧ろ小説の一形式のやうな積りで戯曲を書いた」ことを打ち明けている(「跋」(『現代戯曲全集』第六巻、大14、国民図書))。発言を裏付けるように、たとえば「戯曲体小説」と銘打たれた『真夏の夜の恋』(「新小説」大8・8)は、未完である点を差し引いても、普通の戯曲とどこか違うのか見分けられない。ところが「作者記」には「此の小説は来月号を以て完結すべし」とあり、ためらうことなく「小説」と呼ばれている。「饒舌録」には、小説と戯曲の関係に言及して、次のように自らの創作方法を解説するくだりがある。

われ〳〵が創作をする場合に、…普通の小説の形式よりも脚本の形式に於いて表現する方が、扱い易く、且効果を出し易い時がある。仮に私なら私がさう云ふ作品を書く場合には、頭の中に一箇の空想の舞台を作る、さうしてそこにいろ〳〵の人物を登場させ、いろ〳〵のセリフやしぐさをさせ、実際の芝居を見るが如くに感じ、さてそのまゝを紙上へ写し取る。此の過程は幾分か自ら努めてさうもするのだが、時には自然と舞台が脳裏に浮かんで来て、否でも応でも脚本の形式を取らなければならなくなる。さう云ふ作品に接する読者は、矢張めい〳〵の脳裏に空想の舞台を作り、作者の空想が見たのと同じ芝居を見せられる。

ここでは「普通の小説の形式」と「脚本の形式」が、ともに「小説の一形式」に数えられている。「小説の形式」ではなく「普通の」という限定が付されていることに注意したい。これは谷崎が後に評論「春琴抄後語」(『改造』昭9・6)で、「小説風」を「物語風」「随筆風」「日記風」等と並ぶ小説の一形式に数えたことに通じる。すなわち「小説」の一語には、論争の前後であれば「脚本」と、後には「物語」「随筆」「日記」等の単語と並んで文書の一形式を意味する狭義の用法と、「普通の小説の形式」に拠らないものまでも包含するより広義の用法とが確認される。「普通の小説の形式」を含む諸形式は、「小説」という概念のもとに再度集められるのである。

そのうち戯曲の形式が、『蓼喰ふ虫』のあたりでほぼ完全に途絶えていることは、ここで一つのサイクルが終了したことを証しするだろう。小説が戯曲の形式をとるのは、作者が「空想の舞台」に「人物を登場させ」「セリフやしぐさをさせ」、その光景を「実際の芝居を見るが如くに」見て、「そのまゝを紙上へ写し取」った結果であると谷崎は言う。形式こそ違え、これは彼の前半期の小説にも共通する方法であった。『刺青』では、登場人物らによって舞台上に再現された絵画を、読者は二枚の絵画の描写を通じて目撃した。『呪はれた戯曲』では、上演された芝居を通じ「私」が実際には見ていない光景を想像したように、読者は引用された戯曲を通じ同じ光景を見ることを期待された。だが『蓼喰ふ虫』は違う。「準備と云ふのは一定の腹案を立て、物語の構成に苦心したり場面や人物の出し入れを考へたりすることではないのだ」として『蓼喰ふ虫』の成功を誇る、作者自身の発言にもそれはうかがえる。

その『蓼喰ふ虫』の世界は、見かけ上の現実とそれと裏腹な心理とに、いわば二重化されている。離別を考えている要と美佐子の夫婦は、外面には夫婦を演じながら、裏腹な心理を抱えている。冒頭で既に離別を予覚している彼らは、やがてそれぞれに離婚への決意を固めて小説の末尾を迎える。見かけ上の現実には、小説のはじめと終わりで何の変化も起こっていない。夫婦には激しく感情をぶつけ合うシーンも、離婚という決着も用意されていない。主人公の要は、離婚経験のある従弟の高夏がかつてそうしたように「顔をゆがめて泣きわめく世話場の中へ自分を置くこと」を避ける方針である。しかし一見何事も起こらないかのようなこの小説は、最終章に「要はその時、妻より一層強気な決意がいつしか自分の胸の奥にも宿つてゐることをはつきり感じた」と記し、彼自身も気付かないうちに、要の心理に既に確実に変化のもたらされていたことを明かす。本作が画期的であるのは、このように小説の筋が見かけ上の現実ではなく、完全に心理という領域において生起している点について、まずは言うべきである。

最終章の一つ手前の章には、「もう一と月か半月の後に迫つて来てゐる最後の場面の苦しさが今から予想される」が、「苦に病んでゐた最後の峠は気が附かないうちに通り越してしまつたのかも知れない」とあり、末尾の決着が予告されていた。そもそも要は小説の最初から別れを予覚している。とすれば、その予定調和の結末に向けて、筋はどのように——いつの間に——展開したのか。「誰が斯う云ふ場面を見たら、自分たちを夫婦でないと思ふだらう」——要自身こうした感慨に耽るように、なるほど「場面」として見れば、円満な夫婦の日常を切り取ったかのようなシーンが続く。安田孝は、本作では「場面と筋とのつながりは、ゆるやかである[＊15]」と指摘するが、それは場面が心理に矛盾するためである。言うなれば、これは芝居なのである。

わたしたちは、浅薄な人物造形しか持たなかった谷崎の小説が、はじめて人間的な深みを持ったと言ってこれを評価するべきではない。登場人物たちはそれぞれに芝居をしている。たとえば美佐子の義父は、一貫して「老人」と指示されるが、「「老人老人」と云ふもの、此の父親はまだそれほどの歳ではな」く、老人ぶりは「趣味」である。その妾であるお久は、美佐子よりもずっと若い現代女性であるのに、人形浄瑠璃の人形に擬せられ、「お久」という古風な呼び方で指示される。だが「人形のやうな女」というキャッチコピーに抗うかのように、彼女の「指紋がぎらぎら浮いている桜色の指先のつやつやしさ」や「肩や臀のむつちりとした肉置き」は、「気の毒なくらゐ若さに張り切つて、二十二三――と云ふ歳頃をはつきり語つてゐるのである」。娼館のマダムは「人からやさしく云はれたさに思はせぶりなポーズを取つたり、芝居じみたセリフを使つたり」するし、女優の経験もあるという娼婦のルイズは「新派の俳優そつくりの口調」で身請けを迫るが、「彼女の愁訴はあまりに芝居が多すぎ」た。

このように、本作のほとんど全ての会話は、芝居の台詞である。作中二度にわたる要の芝居見物は、それが人形浄瑠璃の鑑賞であることをあわせて別に考察する必要があるとしても、他ならぬ彼ら自身が芝居をしていることを、まずは踏まえる必要があるだろう。夫婦は「馴れ合ひで芝居をして」みせ、「対社会的に夫婦らしさを装はなければならない」ことに苦しむ。唯一、事情を知っている高夏の前では「芝居をするに及ばないと云ふことが、夫婦の胸を軽くしてくれる」のだが、「夫婦は、此れがいつ迄つゞくものではないにしても、かう云ふ場面に暫く自分たちを休らはせて、ほつと一と息入れたいのであつた」。登場人物たちは、これ――この世界――がいわば芝居であり、自分たちが「場面」のなかにいて台詞を発するものであることを自覚している。心理に反して芝居をしながら、彼らはその芝居を見る視線をも同時に内在させている。この苦しい自覚のうちで、彼らが「休ら」ぎ「ほつと一息入れ」るのも、また「場面」のなかであった。逃れようもない芝居に拘束されながら、心理はその間隙のなかでいつの間にか変化していた。こうして『蓼喰ふ虫』は、芝居を深く消化して筋の自然な展開を実現したのである。

「春琴抄後語」の谷崎が、「小説風」の指標として挙げる三点――「会話のイキ」、「心理の解剖」、「場面の描写」――に即して言えば、登場人物たちが「会話」やしぐさをする見かけ上の現実＝「場面」の裏側に、それと裏腹な「心理」

という領域をひらき、そこに小説の筋が展開するとしたことが、『蓼喰ふ虫』の達成であった。「心理」が「場面」に相反するために登場人物たちの「会話」が芝居と化し、小説の筋は、その芝居の裏側でそれと気付かぬうちに展開した。小説の筋という課題はここに一定の解決を見て、谷崎は以後新たな試みに飛躍することになる。

＊1　論争に関する引用は、断りがない限り、谷崎は「饒舌録（感想）」（「改造」昭2・2～12）に、芥川は「文芸的な、余りに文芸的な」（「改造」昭2・4～8）に拠った。傍点は原文。

＊2　菊地弘「「小説の筋」論争・龍之介」（「解釈と鑑賞」昭51・10）。本書では、「国文学　解釈と鑑賞」は「解釈と鑑賞」、「国文学　解釈と教材の研究」は「国文学」と略記する。

＊3　芥川龍之介「新潮合評会　第四十三回（一月の創作評）」（「新潮」昭2・2、他に徳田秋声、近松秋江、堀木克三、久保田万太郎、藤森淳三、広津和郎、宇野浩二、中村武羅夫）。

＊4　表記の切り替えは、西村孝次「解説」（『春琴抄』昭62、新潮文庫）の指摘による。

＊5　野口武彦「「刺青」論――谷崎潤一郎の始発をめぐって――」（『現代文学講座8　明治の文学Ⅲ』紅野敏郎他編、昭51、至文堂）。

＊6　山口政幸「『刺青』論」（「上智近代文学研究」昭57・8）。傍点は原文。

＊7　Oscar Wilde *"EPIGRAMS & APHORISMS"* (John. W. Luce and Company. 1905)。訳は引用者による。参考までに、最もはやい邦訳である厨川白村の訳を載せておく。「人生が芸術を摸するは、芸術が人生を摸するよりも更に大なり」（「オスカア・ワイルドの警句」（「帝国文学」明42・5））。

＊8　本間久雄「谷崎潤一郎論」（「文章世界」大2・3）。

＊9　前田久徳「谷崎文学の出発――「刺青」の意味と出発期の課題」（「金沢大学教養部論集・人文科学篇」平3・7）。

＊10　中上健次は、『刺青』を「あぶな絵につけた詞を思わせる」と形容し、「つまり劇画なのである。劇画という言葉が悪いなら、これは村芝居や歌舞伎が好んで舞台で用いるミエやさわりのようなものであ」ると述べる（「物語の系譜　谷崎潤一郎」（「国文学」昭54・3））。宮内淳子は、谷崎の初期作品に頻出する草双紙の挿絵が、歌舞伎の絵面に類似すると述べ、それが読者に作用するものではなく登場人物たちの欲する「物語の力」だと指摘する（「谷崎の初期作品における「物語」について」（「（お茶の水女子大学）国文」昭58・7））。

＊11　三島由紀夫「解説」（『新潮日本文学6　谷崎潤一郎集』昭45、新潮社）。

＊12　出口裕弘「大輪の影――谷崎潤一郎論」（「海」昭50・10）。

＊13　佐伯彰一『物語芸術論――谷崎・芥川・三島――』（昭54、講談社）。傍点は原文。

＊14　石川巧「方法としてのレーゼ・ドラマ」（「日本近代文学」平6・10）。

＊15　安田孝「「饒舌録」一面」（「（東京都立大学）人文学報」昭62・3）。

第一部　芸術の中の小説

◇

「最も卑しき芸術品は小説なり」

大正初めに発表された谷崎の小説『金色の死』（「東京朝日新聞」大3・12・4～17）の中には、小説を「最も卑しき芸術品」と規定する以下の芸術論が書き付けられている。

「最も卑しき芸術品は小説なり。次ぎは詩歌なり。絵画は詩よりも貴く、彫刻は絵画よりも貴く、演劇は彫刻よりも貴し。然して最も貴き芸術品は実に人間の肉体自身也。芸術は先づ自己の肉体を美にする事より始まる。」

（『金色の死』）

『金色の死』は、新進作家である「私」が、小学校からの友人でともに「芸術家」を志してきた岡村君の人生を回顧するという設定の小説である。右の警句は、器械体操で肉体を鍛える岡村君が、ノートブックの端に記していたものである。芸術の中で小説を最も低く、人間の肉体を最も高く位置付けるというこのジャンル間の序列は、『金色の死』の直前に発表された『饒太郎』（「中央公論」大3・9）の主人公、新進作家の泉饒太郎のものでもある。

彼と雖も芸術家である以上は、何等かの「美」と云ふものに憧れる素質を持つて居る。……――然るに、彼の所謂「美」と云ふものが全然実感的な、官能的な世界にのみ限られて居る為めに、小説の上で其の美を想像するよりも、生活に於いて其の美の実体を味ふ方が、彼に取つて余計有意味な仕事となつて居る。つまり、彼には実感を放れた美感と云ふものが殆んどないのである。彼は実感と美感との間に何等の区別をも設けようとしないのである。だから彼には小説よりも絵画の方が、絵画よりも彫刻の方が、彫刻よりも演劇の方が、演劇よりも舞台に現はれる俳優の肉体自身の方が、一層痛切な美感を齎すのである。此の傾向がだんだん著しくなつた結果、今日彼の小説に書かうとする事柄は、単純なエロチシズム以外に、もはや何者もなくなつて了つた。（『饒太郎』）

小説を「最も卑しき芸術品」とする『金色の死』の岡村君が、「最も貴き芸術品」に選ぶのは人間の肉体であった。岡村君は、小説、詩歌、絵画、彫刻、演劇、そして肉体という順で、演劇の上に人間の肉体を位置付けていた。小説から肉体に至るこの序列は『饒太郎』も同じだが、『饒太郎』では、肉体は「舞台に現はれる俳優の肉体自身」と、明確に舞台上の俳優の肉体として語られている。岡村君が財を傾けて作った庭園を「云はゞ芝居の道具立のやうなもの」と評していたこと、その庭園を背景に舞踊劇の中のさまざまな役に扮していることを考えあわせるなら、『金色の死』で言う肉体もまた、舞台上のそれをイメージしていると判断していいだろう。つまり『饒太郎』と『金色の死』の芸術論は、実質的には演劇を芸術の中の最上のジャンルとしているのである。それはジャンル間に序列を設けて演劇をその最上位に位置付ける芸術論であるとともに、演劇の価値を――物語や台詞のような戯曲に属する要素ではなく――舞台上の俳優の肉体にあるとする演劇論でもある。

演劇を最上の芸術とするこの序列に応じるように、『饒太郎』では、主人公が芝居見物に出かけ、芝居の真似事をする。饒太郎は幼少期に見た歌舞伎座の活歴によって性に目覚め、お金が入るとまず帝劇に向かう。ただし、帝劇で上演されるような「都下一流の芝居と云ふ芝居」は、彼には「演劇としては面白くない」。「芝居を見ても気乗りがしない」ときは、彼は「せめてもの心遣りに…宮戸座や蓬莱座や、六区の活動写真館などで演ずる俗悪な毒婦の芝居をこつそりと見に行」くなどして自らを慰めていた。小説の結末部で、ようやく出会った毒婦お縫に逃げられた饒太郎は、また「成る可く残忍な毒婦物や探偵物の看板を捜して活動写真だの緞帳芝居だのを一生懸命に見物して廻つて居る」。このように演劇の中でも饒太郎が好むのは帝国劇場に代表される「一流」のそれではなく、浅草公園周辺の格式の低い小芝居、「俗悪な」毒婦物の芝居だと説明されている。

『饒太郎』の直後、『金色の死』と同時期に発表された『お艶殺し』（「中央公論」大4・1）は、『饒太郎』の主人公が好むこの毒婦物の芝居の世界を、そのまま小説にしたような作品である。『金色の死』と『お艶殺し』を収める中公文庫『お艶殺し』（平5、中央公論社）に「不思議なペア」という題の解説を寄せた佐伯彰一は、二作を「小説のトーンからテーマまで、余りにもけざやかに異っている」、「余りにも対照的なペア」と評した。なるほど佐伯が言うように、『お艶殺し』は「臆面もないほど」に江戸末期の旧文化を、『金色の死』は「真っ正面から」[*1]新時代の知識を押し出し、前者には爛熟が、後者には青臭さの印象がまつわる。だが二作の前に『饒太郎』を置くと、西洋に憧れる岡村君が「生ける人間を以て構成されたあらゆる芸術」を創造する『金色の死』と、江戸を舞台に毒婦お艶が次々に悪事を犯し最後は情人に惨殺される『お艶殺し』が根を同じくするものであることが了解される。

『饒太郎』『金色の死』『お艶殺し』の根底にあるのは、一言で言えば、「最も卑しき芸術品は小説なり」という認識である。小説を芸術の中の一ジャンルと仮定したとき、それは他のすべてのジャンル、とりわけ舞台上に人間の肉体を現出させる演劇に遠く及ばないのではないか。ここにあるのは、小説というジャンルの、他の芸術諸ジャンル、特に演劇に対する劣等感（コンプレックス）である。『饒太郎』の主人公や『金色の死』の「私」が小説家として設定されているのは、この劣等感を、いわば人格化したものと考えられる。

一方で、たとえば『饒太郎』において毒婦物の芝居が手放しで素晴らしい芸術だと称えられていないことは、「俗悪な」という形容一つとっても明らかである。『お艶殺し』について、森鷗外が「谷崎があゝ云ふ調子の低いものを書いてはいけない」と評したのを伝え聞き、「思はずヒヤリとし、身がちゞむやうな気がした」（「雪後庵夜話」（「中央公論」昭38・6〜昭39・1））というのも、同じ感覚であろう。西洋に生まれなかったことを嘆く饒太郎は、「西洋の事は知らず、此の国の舞台には…若い美しい肉体を見る事が出来ない」、「此の国の演劇と云ふものは…独立した芸術としての価値に乏しい」と不満を抱いている。饒太郎が毒婦物の芝居を見物するのは、「彼の解釈に従ふと、日本でどうやら芸術の本旨に一番近いのは、此れ等の惨酷な、肉感的な人殺し芝居」だからである。つまりここで語られているのは、演劇というジャンルの優位性であるとともに、日本の演劇への失望である。演劇は、作中の芸術論においては最上のジャンルとされるが、主人公が実際に見ることのできる舞台は、芸術としての価値が低いとされるのである。

各章の概要

第一部では、谷崎の大正期の諸作と演劇の関係を論じる。本書は既に序章において、戯曲を内包する小説（『呪はれた戯曲』（「中央公論」大8・5））や、「戯曲体小説」と銘打たれた小説（『真夏の夜の恋』（「新小説」大8・8））に言及しているが、以下では日本の演劇との関係を検証する。

かつてスランプ期とされていた大正期の谷崎の活動に関しては、映画と探偵小説に関連する仕事を中心に、再評価が進んでいる[*2]。谷崎は大正活映に文芸顧問として参加しシナリオを執筆し、『金色の死』を読んだ作家以前の江戸川乱歩は「ああ日本にもこういう作家がいたのか」と「狂喜」し、後には『金色の死』を探偵小説化したような『パノラマ島奇譚』（「新青年」大15・10～昭2・4）を著した。*3 映画も探偵小説も大正期における新興のジャンルであり、谷崎はその草創期に関与した人物として、日本の映画史や探偵小説史に名を残している。

対して、小山内薫を「「先生」に戴いて第二期「新思潮」を創め」（「青春物語」（「中央公論」昭7・9～昭8・3））、創刊号に戯曲を発表してデビューした谷崎は、以後も大正期を通じて多くの戯曲を発表し、*4 戯曲だけでなく小説も劇化され繰り返し上演されていたが、にもかかわらず、近代の演劇史の中に位置を与えられていない。第一部で記述するのは、谷崎の大正期の諸作と日本の近現代演劇史の関係であるが、それは接点と言うより交点とも言うべき、すれ違いの関係であったと思われる。

第一章では、『饒太郎』や『金色の死』で展開される芸術論の背景に、明治三十年代の日本における美学の議論を敷く。第二章では、「新思潮」時代の初期戯曲を新劇の歴史の中に位置付ける。第三章では、新劇・新派・歌舞伎の派を越えて行われた小説『お艶殺し』の劇化の歴史をたどる。第四章では、大正末の「戯曲時代」の谷崎の戯曲、『愛すればこそ』（「改造」大10・12、「中央公論」大11・1）と『お国と五平』（「新小説」大11・6）を取り上げ、上演台本と対照することで、戯曲の台詞の文体を論じる。以上を通じて第一部では、大正期の谷崎の諸作を日本の近代演劇史との関係へと多角的にひらくことを試みる。

＊1　谷崎の全作品を発表順に並べる「別冊国文学・No.54　谷崎潤一郎必携」（平13・11）の「谷崎潤一郎全作品事典」では、『饒太郎』『金色の死』『お艶殺し』はこの順で連続して並んでいる。再三参照するため、本書では以下、「谷崎潤一郎必

携」と略記し、刊行年月を省略する。

＊2　千葉俊二編『潤一郎ラビリンス』（全十六巻、平10〜平11、中公文庫）は、評論を含めた映画関係の仕事を一冊にまとめ（「銀幕の彼方」）、探偵小説的な要素を持つ小説を多数収録している（「犯罪小説集」「怪奇幻想倶楽部」など）。映画に関連する小説として、特に『人面疽』（「新小説」大7・3）、『アヹ・マリア』（「中央公論」大12・1）、『青塚氏の話』（「改造」大15・8〜12）が、生方智子・佐藤未央子・柴田希・張栄順・西山康一・山中剛史・四方田犬彦らによって、探偵小説では、『白昼鬼語』（「東京日日新聞」大7・5・23〜7・10）、『途上』（「改造」大9・1）、『私』（「改造」大10・3）等が、永井敦子・名木橋忠大・三嶋潤子・森岡卓司らによって論じられている。

＊3　江戸川乱歩「探偵小説三十年」の冒頭の章「処女作発表まで」（「新青年」昭24・10〜11）より（「探偵小説三十年」の題で連載を開始（「新青年」昭24・10〜昭25・7、「宝石」昭26・3〜昭31・1）、途中で『探偵小説三十年』（昭29、岩谷書店（後、宝石社））を刊行、「探偵小説三十五年」と改題して書き継ぎ（「宝石」昭31・4〜昭35・6）、「三たび表題を改めて」（「自序」）『探偵小説四十年』（昭36、桃源社）としてまとめた。引用は『江戸川乱歩全集』第二十八・二十九巻探偵小説四十年（上）・（下）（平18、光文社文庫）に拠る）。乱歩は、「ふと手にした小説が谷崎潤一郎の「金色の死」であった。私はこの小説がポーの「アルンハイムの地所」や「ランドアの屋敷」の着想に酷似していることをすぐに気づき、ああ日本にもこういう作家がいたのか、これなら日本の小説だって好きになれるぞと、殆んど狂喜したのであった。それ以来私は谷崎氏の小説を一つものがさず読むようになったが、読めば読むほど益々好きになり、今でもその気持は失せていない」と回想している。これは後年の回想だが、乱歩ははやく「日本の誇り得る探偵小説」（「新青年」大14・8）でも同様の趣旨の発言をし、谷崎を「日本のポオ」と呼んでいた。

＊4　「谷崎潤一郎必携」の「谷崎潤一郎全作品事典」で「戯曲」に分類されているのは二十四篇、『顔世』（「改造」昭8・8〜10）一篇を除き、すべて大正末年までに発表されている。大正期の谷崎をそれ以後と区別するわかりやすい基準は、戯曲の制作の有無である。

第一章　学問としての美学 ――「校友会雑誌」の論争から『金色の死』へ

はじめに

明治三十年代前半は、「美学の時代」[*1]であった。明治三十二（一八九九）年には、森鷗外らが翻訳・編述したハルトマンの『審美綱領』と、高山樗牛による美学史論『近世美学』という体系性を備えた美学の学術書が相次いで刊行された。この時期はまた、自他ともに美学の専門家と認める樗牛を中心に、美学の議論を芸術の諸分野に適用する幾つかの論戦が行われた時期でもある。

明治三十年代前半に花開いた学問としての美学は、この一時期だけでなくその後に、とりわけこの頃学生だった世代のその後の仕事に、大きな影響を与えていると思われる。影響の範囲は人文諸学・芸術諸分野にひろく及ぶと予想されるが、ここではその一例として、谷崎潤一郎を取り上げる。谷崎は明治三十四年に東京府立第一中学校に入学し、三十八年に第一高等学校、四十一年に東京帝国大学に進んでいる。

大正三（一九一四）年の谷崎の小説『金色の死』（「東京朝日新聞」大3・12・4〜17）には、レッシングを反駁しつつ自らの「芸術観」を披露する友人に対し、「私」が「美学(エステチックス)を知らない」と批判する場面がある。『金色の死』や同じ年の小説『饒太郎』（「中央公論」大3・9）には、登場人物たちが「美感」を基準に芸術の諸分野に序列をつける箇所もある。従来の研究は、こうした人物たちの芸術観の背景に、近代日本の美学の歴史を敷くことをしてこなかった。

大正期の谷崎の諸作に関しては、登場人物の芸術観を作家自身のそれと重ね、作家が何を読みどのような影響を受けたか、主に西欧の哲学者や文学者の思想の受容が論じられてきた。*2 それでは問題が作家個人に回収されてしまう。学問史に接続することは、小説もその一部を汲んでいたであろう近代日本の知的水脈を探ることを可能にするだろう。

以下では、まず明治三十年代前半までの日本の美学が何を論点としていたかを整理する（一）。次にその小さな反響として、第一高等学校の「校友会雑誌」誌上で行われたある「美学上の議論」を紹介する（二）。明治三十九年末に起こったその議論は、谷崎が一端を担ったものである。最後に、『金色の死』の登場人物たちが交わす議論の背景に、明治三十年代前半の美学の文脈を敷設する（三）。以上を通じ本章では、谷崎の知的背景に近代日本の学問としての美学を想定することを提案する。

一　明治三十年代前半までの美学の論点

近代日本における美学は、芸術――明治三十年代前半までの用語では「美術」――を、人間の五官、特に目と耳に訴えるものと規定することからはじまった。「装飾ナルモノハ人ノ心目ヲ娯楽シ気格ヲ高尚ニスルヲ以テ目的トナス此装飾ナルモノヲ名ケテ美術ト称ス」というフェノロサによる「美術」の定義を（「美術真説」明15）、坪内逍遥が「目的といふ二字を除きて」継承し、色彩と形容によって目に訴える絵画・彫刻等の「有形の美術」と、音響によって耳に訴える音楽等の「無形の美術」に分類したことはよく知られている（『小説神髄』明18～19）。それ以前にも、西周「美妙学説」（明治初期の進講）は、美学を絵画・彫刻・音楽等「所謂美術（ハインアート）」の原理を解明する学と定めて、「彼方ニ在ル物ハ即チ目ニ於テ色ト形トナリ耳ニ於テ音トナリ鼻ニ於テ香トナリ口ニ於テ味トナリ覚性ニ於テ疎糙滑沢ノ類トナル然ルニ此ノ五官ノ中ニテ耳目ノ二ツヲ最トス」として目と耳を特権化していた。近代日本の美学は、何が・何をもって「美術」であるかを説明する論理として、すなわち「美術を美術たらしめる」[*3]基準を示す学として出発したのである。

目と耳を美に関わる感覚器官として選別する明治三十年代前半までの美学の議論を、以下、大西祝「審美的感官を論ず」（「六合雑誌」明25・6）の整理に従って概観しよう。

　吾人の感官中美象を成すに就いて著明なる差別の存するが如し、即ち美象を成すものは常に謂ふ高等感官（視官、聴官）にして、嗅味等の劣等感官は美的快感を喚起するには適せざるに似たり。…絵画彫刻音楽演劇凡そ美術と名けらるゝものは一として所謂高等感官に訴へざるはなし。…吾人の感官中審美的感官（Aesthetic Senses）と非観美的感官との区別を立てゝ、前者は視聴の両官に限り、此両官以外のものは皆後者に属すと考ふる美学者多し。

このような書き出しのもと、大西は感覚器官の高等・劣等の区別を説明する学説として、ハルトマンらドイツ系「理想派の美学者」とスペンサーらイギリス系「進化論者」を並置する。これらを最新の学説として紹介するのは、高山樗牛の『近世美学』も同じである。

森鷗外が紹介するハルトマンの「審美論」（「柵草紙」明25・10〜明26・6）は、美の所在を「仮象」に設定し、それをもって「視聴の如く高官とせらるゝものゝみ美とせられて、嗅味の如く低官とせらるゝ者は快とはせらるれど、ついに美とせられざる所以」だとしている。同じく鷗外らの編述による『審美綱領』は、「官能は古来高卑の二種に分ち、視と聴とを高官…とし、香、味、触を卑官…とす」とはじめて、「美の現象」が「高官」に限られる理由を「香、味等の実を脱離するに由なきに因る」と説明する。ハルトマンは、大西の論文では「美的仮象の論を基礎として劣等感覚は実在を脱せしめて美象の部分たらしむるに適せずと説く」ものと位置付けられている。

大西自身は目のみを美に関わる感覚器官とするが、ここでは各人の学説の違いには立ち入らず、明治三十年代前半までの美学が共有していた論点を抽出したい。それはすなわち、目と耳という高等な感覚器官による美の感受をもって「美術」を定義し、何が「美術」であるかを確定することだったと考えられる。ハルトマンの紹介は、そこに「理想」すなわち「実」からの脱離という新たな基準を付加したという意味で画期をなした。この頃の美学の用語で言い直せば、それは「美感」を「仮感」と捉え、「実感」から区別するという論理である。

中島国彦は、明治三十五年の正岡子規の「実感」「仮感」をめぐる随筆の背後に、樗牛の『近世美学』を介したハルトマンの美学のわずかな「揺曳」を見て取っている。[*4] なるほど『近世美学』を開けば、「ハルトマン氏の美学」の章の「美感」の節に、「実感（精しくは実際的感情）と美感（精しくは美的仮象感情）との区別」についての論述がある。「美感」を「実感」ではなく「理想」に関わるものとして捉えようというのが、明治三十年代前半の美学の提案であった。子規の例が示すように、それは美学者だけでなく人文諸学・芸術諸分野に関心を持つ者たちの間である程度共有されていた話題だったと推測される。そして樗牛こそは、その著作や論文、また以下に述べる美学の議論を芸術諸分野に適用する論争を通じて、この時期最も影響力を持った人物であった。

以下、その影響の痕跡を、この頃学生だった者たちの中に探ってみたい。同級生らとともに「中学時代から樗牛にかぶれて」いたとは、後年の谷崎が「青春物語」（「中央公論」昭7・9〜昭8・3）で回想するところである。[*5]

二　「校友会雑誌」におけるある「美学上の議論」

明治三十九年十二月、第一高等学校の「校友会雑誌」に、佐久間政一の論説「史劇観」が掲載された。これが呼び水となり、翌年一月に栗原武一郎「『史劇観』を評す」、二月に杉田直樹「一己の芸術観より栗原君の『史劇観を評す』を再評す」が発表され、[6]最後に谷崎潤一郎が「前号批評」で三者の議論を総括した。谷崎によれば、「佐久間君の史劇観が興奮剤となりて端なくも本誌上に史劇に関する美学上の議論の引続き三度迄も戦かはされたるは、向陵文壇に於ける珍らしき現象」であった。

佐久間の論文は、栗原の評を借りれば、「ハルトマンの美学とレッシングの劇評と、樗牛の歴史画論とを引用」して成る。明治三十年代前半には樗牛を中心に幾つかの論争が起こったが、その中に坪内逍遥との間で交わされた史劇論争（明治二十九年～三十一年）とそれに引き続く歴史画論争（明治三十二年～三十三年）があった。[7]佐久間の論文は、この二つの論争における樗牛の議論に、それも「史劇観」と題されてはいるがどちらかと言えば歴史画論争の樗牛に、主に依拠する。彼は樗牛の論文のみを引用し、「歴史画論に於ける坪内博士の論文は不幸にして未だ之に接すべき機会を有せざりし」と、論争相手である逍遥の論文は未見であることを断っている。[8]

佐久間が依拠する樗牛の歴史画論とはどのようなものであったか。樗牛は、レッシングの『ラオコーン』における空間芸術と時間芸術の区別を踏まえ、「空間的美術として契点Moment の唯一ならむを必とす」絵画の中にあって、「時間上の内容を有せしむる所」に歴史画の「本領」を見て取った。そしてそこから導き出されることとして、歴史画の「画題」には当該の事件や人物について適当な「契点」を捕捉する必要があるが、それは「当面の事体の由つて生起せられたる因縁、又是れより生起せらるべき応報等に就いて、観者に感興を与ふ所」、すなわち歴史の智識を有する「観者」にその前後を想像させる瞬間にとるのが望ましい、と主張した。[*9] 歴史画論争は、この樗牛の歴史画論に、先の史劇論争を背景にした逍遥が疑問を提出する形で起こり、歴史画の目的が人事・人心の美にあるか歴史美にあるかが論点になった。

佐久間の「史劇観」は、同様の論点で史劇について論じるものである。佐久間は、人事・人情の「美感」を備える劇詩の中にあって、史劇には「過去世の美感」という「一種独特の美感」があると主張した。続く栗原と杉田は、それぞれ前号の論文を批評する中で新たな要素を追加した。栗原は「実際的美」と「理想的美」という対概念を導入し、杉田は演劇を「社会的芸術」と規定した上で、社会の発達に応じた「所謂本邦旧劇の夢幻的」な演劇から「科白劇」への移行という近代日本の演劇改良の話題を加えた。最後に登場した谷崎は、「実際的美」と「理想美」という対概念を引き継ぎ、社会が発達しようとも、「科白劇」より「理想美」のない旧劇を「吾人が観て多少の美感を覚うるは実際的美の饒多に含有せらるゝが故なり」と異論を提出した。谷崎によれば、観客は「燦然たるカラーの光彩と、艶麗なるラインの変化」つまり色彩と形容に酔うのであり、「劇を作るに先づ必要なるは実際的美」だというのである。

「校友会雑誌」誌上で展開された一連の議論では、事例は演劇からとられ、佐久間以後の論者が樗牛やその歴史画論を直接参照することはない。しかし要素は追加されながらも、一貫して「美感」が論点になっているという意味で、これは演劇というより美学、谷崎が総括するように「美学上の議論」であったと見るべきである。佐久間の論文を起点とする「校友会雑誌」における一連の議論は、明治三十年代前半の樗牛を中心とする美学の議論の、小さな余波と言うべきものなのである。

なお佐久間政一は、この議論が行われた明治四十年七月に一高を卒業し、東京帝国大学文科大学独逸文学科に進み、後に第五高等学校・第二高等学校でドイツ語を教えた。ウオルタア・ペエタア『ルネサンス』（大10）など、後年の佐久間は芸術、特に美術に関する訳書を多数手がけている。美術に関しては、レッシングへの言及からはじまる論文「素描と施彩――絵画美論の一部――」（「龍南会雑誌」大5・12、大6・3）や、『ロダン研究』（大13）等の著作もある。佐久間はテオドオル・フォルベエール『造形美術講話』（大6）の「訳補者の序言」に、明治末に「美学や芸術学がかつたものに興味を覚え」て原著を読んだと記しており、後年の彼の仕事がこの頃の美学への関心の延長線上で行われていることが確認される。

では、同じく一高時代に「校友会雑誌」における「美学上の議論」の一端を担った谷崎の場合はどうか。彼のその後の仕事の中に、近代日本の学問としての美学はどのように影響しているか。大正三年の小説『金色の死』を取り上げ検証する。

三　『金色の死』論

『金色の死』は、「私」が友人である岡村君について、小学校の同級生として知り合ってからその死を目撃するまでの約二十年間を、時系列に沿って回想するという小説である。

「私」と岡村君は「将来文科大学を卒業して、偉大なる芸術家になる」という志を共有し、十年ばかりは「同じ歩調で同じ学歴を履んで進」んだ。やがて「私」は第一高等学校に入学し、岡村君も一年遅れて一高に入学する。岡村君は「学校で独逸語の教師から教はつて居るラオコオン」のページを開き、「ペエタアのルネツサンス」にも言及しつつ、自らの「芸術観」を「私」に語る。本作で登場人物が学術書にもとづいて芸術を論じるのはこの箇所のみである。レッシングの『ラオコーン』に関しては、ドイツ語の原文が数回にわたって引用されもする。つまり本作は、「私」と岡村君の一高時代を、美学、特にドイツ系の美学を踏まえて芸術論を交わす時期として標付けているのである。この後、「私」は大学に進み、落第を繰り返した岡村君は一高を退校したと噂され、二人の道は分かれることになる。

「ラオコオンの趣旨には徹頭徹尾反対だ」と言明する通り、岡村君の議論はレッシング批判を形をとる。レッシングは、本作では、それを引用して議論を行う人物の美学上の立場を定位する役割を担うのである。[*10] 以下、一高時代の岡村君がレッシングを引きつつ展開する議論の要点を抽出し、明治三十年代前半の美学の文脈に接続することでその位置取りを明らかにする。なお「私」と岡村君の一高時代は、おおよそ明治三十年代後半に設定されていると推定される。[*11]

岡村君はまず、「心眼」を尊重するというレッシングの一節を引いて、「肉眼」すなわち「完全な官能を持つて居る事」が芸術家の条件だと反駁し、「眼で以て」感受できる「色彩若くは形態の美」の価値を主張する。「眼で見たり、手で触つたり、耳で聞いたりする事の出来る美しさ」によって「激しい美感を味はなければ気が済まない」という岡村君の芸術観は、次の警句に端的に示されている。「芸術的快感とは生理的若しくは官能的快感の一種也。故に芸術は精神的（スピリチュアル）のものにあらず、悉く実感的（センジュアル）のもの也」云々。

芸術を「実感的（センジュアル）」なものと規定する岡村君は、それを基準に「最も卑しき芸術品は小説なり。次ぎは詩歌なり。絵画は詩よりも貴く、彫刻は絵画よりも貴く、演劇は彫刻よりも貴し。然して最も貴き芸術品は実に人間の肉体自身也」と何が芸術であるかを数え上げ、その諸分野に貴卑の序列をつける。この基準と序列は、同じ年の谷崎の小説『饒太郎』の主人公にも共有されている。主人公・饒太郎にとって「所謂「美」と云ふもの」は「全然実感的な、官能的な世界にのみ限られて居る」。

つまり、彼には実感を放れた美感と云ふものが殆んどないのである。彼は実感と美感との間に何等の区別をも設けようとしないのである。だから彼には小説よりも絵画の方が、絵画よりも彫刻の方が、彫刻よりも演劇の方が、彫刻よりも演劇の方が、演劇よりも舞台に現はれる俳優の肉体自身の方が、一層痛切な美感を齎すのである。

（『饒太郎』）

遡れば、これはそのまま「校友会雑誌」の議論における谷崎の立場であった。谷崎は先行の論者から引き継いだ「実際的美」と「理想美」の対概念を用いて、演劇に必要なのは「実際的美換言すれば官能的快感の美感たり得べき一部即ち聴官視官に由りて感ずる美」だと断じていた。目や耳によって感受する「実感的」な「美感」をもって芸術をはかり、そのような美感を味わい得る種類の演劇を擁護するというのは、「校友会雑誌」の谷崎から『饒太郎』の饒太郎や『金色の死』の岡村君へと受け継がれた美学上の立場である。

「校友会雑誌」における一連の議論が、高山樗牛の歴史画論に依拠する佐久間政一の論文を起点とすることは既に述べた。樗牛はレッシングの空間芸術と時間芸術の区別を踏まえ、歴史画の「画題」にどのような瞬間を選択することが望ましいかを考察していた。『金色の死』の岡村君もまた、歴史画における「画題」の選択について、こちらはレッシングを批判しつつ自説を述べている。「唯一瞬間をのみ捕捉する事を得」る絵画においては「其の前後の経過を暗示せしむるに足る可き最も含蓄ある瞬間を択」ばなければならないというレッシングに対し、岡村君は「絵画の興味は、画題に供せられた事件若しくは小説に存するのではない」と反論する。彼はロダンの彫刻を例に、「絵画や彫刻の美は何処迄も其処に表現された色彩若しくは形態のみの効果」によるのであって「其の作品から美感を味はふ」のに歴史を知る必要はないと主張する。ちなみに岡村君は中学校の頃から歴史の学課が嫌いであったとされる。「実感的」な「美感」の感受を基準にして、題材である歴史ではなく色彩と形容によって芸術を評価するという岡村君の議論は、「校友会雑誌」での一連の議論における谷崎の立場を継ぐものであり、さらに言えば、「校友会雑誌」の彼の議論では直接には参照されない樗牛の歴史画論への、遅れた応答であったと考えられる。歴史を知っているために感じる興味は「其れは歴史的の興味で芸術的の興味とは云はれない」という岡村君の発言は、樗牛の歴史画論への反論になっている。そもそもレッシングを参照して歴史画における画題の選択を論じるという議論の枠組み自体、樗牛の歴史画論が設定したものである。『金色の死』における一高時代の岡村君の議論は、明治三十年代前半の美学の文脈を背景に敷くと、樗牛が提起した問いに応えてもう一つのあり得た歴史画論争をなすものとして位置付けられるのである。

おわりに

『金色の死』では、岡村君の「芸術観」と彼が創作した「芸術」は、「私」によって提示される。語り手である「私」は岡村君と違って凡庸な作家であり、その芸術観や創作した「詩だの小説だの」が説明されることはない。しかし、たとえばロダンの彫刻の美は「歴史とはまるきり縁故のない事」だという岡村君に、「けれども歴史を知つて居れば、余計興味を感じる訳ぢやないか」と修正するのは「私」である。一高時代の二人が交わす議論において、「私」の発言はつねに穏当で常識的である。

「建築も衣裳も美術の一種なるに、料理(クイジイン)は何故に美術と称するを得ざるや。味覚の快感は何故美術的ならずと云ふか。われ之を知るに惑ふ。」。

こんなのもありました。私は、「君が斯かる疑問を起すのは美学(エステチックス)を知らない結果だ。」と云ってやりました…

（『金色の死』）

岡村君は料理が「美術」の一分野に数えられておらず「味覚の快感」が「美術的」でないとされていることに、つまり舌が目や耳のように美に関わる感覚器官と見做されていないことに不満を述べている。文脈から判断するに、この「美術」は芸術の意である。本作では芸術の意は「芸術」の語で表されており、この箇所は異例と言うべきである。*12 混入した「美術」の語は、本作がこの用語によって議論が行われていた明治三十年代前半までの美学の文脈を汲むものであることを証しすると思われる。そして岡村君が記したこの警句に、「私」は「美学(エステチックス)を知らない」とコメントするのである。

「美学(エステチックス)を知」るものと自負する「私」は、もう一人の一高生として、『金色の死』に学問としての美学を導き入れている。ここでの美学とは、何が芸術に含まれるかを、感覚器官による美の感受を基準に考察する学のことである。「私」は「詩でも絵画でも彫刻でもない。…全く新しい形式の芸術」だという「岡村君の所謂「芸術」が如何なるものであつたか」を説明し、最後に「彼と私とはさま〴〵な点で芸術上の見解を異にして居ましたが、要するに彼の仕事は立派な芸術であつたことを認めない訳には行きません。…しかし世間の人々は、彼のやうな生涯を送つた人を、果して芸術家として評価してくれるでせうか？」と問いかける。末尾で「私」が投げかけるこの問いは、本作が何が・何をもって芸術であるか、芸術として認定し得るかを主題とする学術的な小説であったことを示している。谷崎の学生時代を彩った学問としての美学は、知的背景となってその後の彼の仕事に影響を及ぼしているのである。

＊1　中島国彦は、明治三十年代前半には「ヨーロッパの美学を紹介する著作が相次いで刊行され、美学の時代とでも言うべき雰囲気」があったと述べている（『近代文学にみる感受性』平6、筑摩書房）。
＊2　代表的なものに、プラトンのイデア説の受容を論じる研究がある（千葉俊二「プラトニズムの淵源」（『谷崎潤一郎　狐とマゾヒズム』平6、小沢書店）他）。
＊3　神林恒道『近代日本「美学」の誕生』（平18、講談社学術文庫）。神林はこれを「「書画骨董」を「美術」に変える仕掛けが「美学」にほかならない」と表現している。
＊4　中島『近代文学にみる感受性』（前掲）。中島は、『病牀六尺』（「日本」明35・5・5〜9・17）に登場する「実感」「仮感」の語を子規に教えた人物がそれをどこから得たかを検証し、「大西論文は本の形になっていないことを考えると、明治三十年代前半に名をよく知られていた樗牛の『近世美学』の方が、当時の人々の眼に入りやすかったろう」と推測している。鷗外の場合は訳語が異なる。
＊5　谷崎は第一中学校の「学友会雑誌」で、「一片の文、よく明治の文壇を沸騰せしめたる高潔熱情の詩人高山樗牛」の後を継ぐのは諸君だと、投稿を呼びかけていた（「歳末に臨んで聊学友諸君に告ぐ」明36・12）。ただし「青春物語」では、樗牛に対し否定的な評価を下している。
＊6　杉田は精神科医になった。本書第四部第一章で『細雪』（「中央公論」昭18・1〜「婦人公論」昭23・10）の妙子の神経衰弱に触れるが、杉田は妙子のモデルである恵美子（谷崎の三人目の妻の松子の娘）を谷崎に頼まれて診察している。
＊7　他に、後藤宙外との詩歌に関する議論（明治三十二年）、森鷗外との訳語をめぐる議論（同）など。逍遥門下の綱島梁川と五十嵐力も加わった歴史画論争の経過については、花澤哲文『高山樗牛　歴史をめぐる芸術と論争』（平25、翰林書房）に詳しい。

＊8　箕輪武雄は、佐久間が引用する逍遥の言葉が樗牛の論文からの「孫引き」だと推測している（「「史劇観」論争と初期潤一郎——文学的始発期をめぐる一考察——」（『論考　谷崎潤一郎』紅野敏郎編、昭55、桜楓社））。一連の議論を「史劇観」論争と名付けた箕輪は、谷崎が「校友会雑誌」に発表した文章の中でこれが「ほとんど例外的にのちの谷崎を暗示している」として、『誕生』（「新思潮」明43・9）から『信西』（「スバル」明44・1）までの始発期の谷崎の史劇に結びつけている。

＊9　「歴史画題論」（「太陽」明31・10、原題「画題論」）、「歴史画の本領及び題目」（同明32・10）、「再び歴史画の本領を論ず」（同明32・12）、「坪内先生に与へて三度び歴史画の本領を論ずる書」（同明33・4）より。佐久間が引用するのは「再び歴史画の本領を論ず」。なお本稿では、『近世美学』は初刊本に、その他は『増補縮刷樗牛全集』（全五巻、大3、博文館）に拠った。

＊10　『金色の死』は谷崎がはじめて「東京朝日新聞」に発表した作品である。本作が夏目漱石を、とりわけ『草枕』（「新小説」明39・9）を意識したものであることは確かだと思われる。『草枕』の画工と『金色の死』の岡村君がともにレッシングの『ラオコーン』を引きつつ述べる芸術論の一致と相違については、石井和夫「谷崎における漱石への共鳴と反撥——「金色の死」前後——」（『迷羊（ストレイシープ）のゆくえ—漱石と近代』熊坂敦子編、平8、翰林書房）参照。

＊11　年代は明記されていないが、高等学校三年の「私」が「紅葉や一葉や、子規など、列んで、明治文学史のペエヂを飾る」ことを夢みるなど、手がかりとなる情報は散見される。

＊12　同様の内容は、たとえば『美食倶楽部』（「大阪朝日新聞」大8・1・5〜2・3）では「料理は芸術の一種であつて、…詩よりも音楽よりも絵画よりも、芸術的結果が最も著しいやうに感ぜられた」と、「芸術」の語を用いて説明されている。

第二章　新劇の史劇――『信西』上演史考

はじめに

『信西』は、「スバル」同人の吉井勇の戯曲『河内屋与兵衛』を「新思潮」に掲載する代わりに、谷崎が「新思潮」の代表として「スバル」（明44・1）附録に発表した戯曲である。既に「新思潮」に掲載していた二つの戯曲、『誕生』（明43・9）・『象』（明43・10）とともに、「新思潮」同人としての谷崎の、彼の中では初期の戯曲になる。

『誕生』『象』『信西』はいずれも一幕物で、それぞれ「一條天皇の寛弘五年九月十一日朝」の中宮彰子の出産、「享保某年六月十五日、山王祭礼の朝」の群衆の象見物、「平治元年十二月、信頼義朝の謀叛ありたる夜」の信西の死という、歴史上のある日の出来事に焦点化する。男子の誕生、象の登場、信西の死は待たれており、それに注視する複数の人物が入れ替わり立ち替わり登場する。次作の『恋を知る頃』（「中央公論」大2・5）は三幕からなる情話風の戯曲で、発表媒体が「中央公論」である点でも、初期の三作とは明らかに区別される。*1

吉井勇の戯曲と「交換的に」発表された――『信西』をめぐるこの小さな挿話は、谷崎と演劇の関係に関してある示唆を与える。本章では、『信西』の上演史を手がかりに、谷崎の初期戯曲と新劇の接点を浮かび上がらせたい。

一　『信西』の上演史

『信西』の上演は、以下の三度、確認される（年・月・初日～楽日、劇場／劇団／出演者（配役）／その他）。

①大7・9・6～15、有楽座／近代劇協会／上山草人（信西）・松尾京之助（師光）・久松新三（師清）・天野桃光（成景）・前沢末弥（清実）・長谷川武夫（光泰）・水島涙紅・窪田夏行（郎党）

②大10・6・13～14、京都岡崎公会堂／エラン・ヴィタール小劇団（京都生命座）（第十七回試演）*2

③大15・1・31～2・24（二月興行）、歌舞伎座／市川左団次（信西）・市川左升（師光）・河原崎長十郎（師清）・市川団次郎（成景）・中村翫右衛門（清実）・市川荒次郎（光泰）／松居松葉（舞台監督）、田中良（舞台装置）

大正七（一九一八）年と十五年の公演は、「信西」以外に何の演目を並べたかという点で対照的であった。大正七年の公演の演目は、順にソログープ作・昇曙夢訳「死の捷利」三幕、「信西」一幕、オスカー・ワイルド作・谷崎潤一郎訳「ウキンダーミヤ夫人の扇」四幕であり、*3 一方、十五年のそれは「神霊矢口渡」一幕、「色彩間苅豆」一幕、「信西」一幕、「歌舞伎十八番の内勧進帳」一幕、「梅薫る浮名横櫛」二幕であった。この違いはつまり、前者は新劇の、後者は歌舞伎の公演であったということを意味する。

二　小山内薫の自由劇場

大正七年の上演は、『信西』の初演であるのみならず、谷崎戯曲の初演でもあった。この上演は、谷崎と親交のあった上山草人が主宰する近代劇協会で取り上げ実現した。谷崎によれば、このときまで自作の戯曲が上演されなかった背景には、小山内薫との確執があったという。

小山内とのいきさつは「青春物語」（「中央公論」昭7・9～昭8・3）に詳しい。谷崎は、小山内を「「先生」に戴いて第二期「新思潮」を創めた」が、いつからか「反感」をもたれるようになった、と回想する。

自由劇場は第三回の試演以後新進作家の戯曲を上演するやうになつて、長田君の「歓楽の鬼」、萱野君の「鉄輪」、吉井君の「河内屋与兵衛」、及び西鶴の世之介を扱つた何とか云ふ戯曲、秋田君の「槍の権三の死」（「権三の死」――引用者注）、同「第一の暁」（？）等の作品が次々に有楽座の舞台に上つたが、私の作品は不幸にしてその選に洩れた。尤も私は劇壇に野心もなく、又さう多くの戯曲を書いてもゐなかつたから、「選に洩れた」と云ふ意識はなかつたが、「鉄輪」が上演された時に左団次が私の「信西」を推挙し、小山内氏の反対に依つてそれが中止になつたと云ふことを聞いた時は、正直のところ、多少淋しい気がしないでもなかつた。氏が「信西」に反対されたのは相当の理由があつてのことで、単なる反感の結果と取るのは邪推かも知れない。が、劇壇に野心はないにしても、当時の私は自分の戯曲が実演される機会にまだ一遍も恵まれてゐなかつたので、その絶好の機会が妨げられたと聞いては、氏を恨めしく思つたことも事実である。（「信西」はその後大正七年頃に初めて上山草人が有楽座に上演し、同十四年（ママ）頃に至つて漸く左団次が歌舞伎座の舞台にかけた）

明治四十二（一九〇九）年に発足した小山内薫と市川左団次の自由劇場は、有楽座での第三回試演（明43・12・2～3）で西鶴に取材した吉井勇の『夢介と僧と』を、同じく有楽座での第四回試演（明44・6・1～2）で長田秀雄『歓楽の鬼』・秋田雨雀『第一の暁』・吉井『河内屋与兵衛』を、また帝国劇場での第六回試演（明45・4・27〜28）で萱野二十一（郡虎彦）の『道成寺』を取り上げた。特に第四回試演は、「何らかの意味で小山内と関係のあった新進作家の一幕もの」[*4]を並べた点で注目された。主演は『第一の暁』を除きいずれも左団次である。

「青春物語」は後年の回想で細部に不正確な点もあるが、自分と同じ「新進作家の戯曲」が次々と上演される中、自作が上演の機会に恵まれなかった落胆は伝わる。『現代戯曲全集』第六巻（大14、国民図書）の「跋」で初期戯曲について「劇壇では相手にされなかつた。…だから私の初期の作品には、今になつて考へると、実演には不適当な物が相当にある。私は敢て舞台の約束を無視する気ではなかつたのだが、実地のコツを覚える機会がなかつたために、無視したと同様になつたのである」と振り返っているのも、同じ文脈で理解されよう。

特に吉井の『河内屋与兵門』のことは意識していたと見え、「新思潮」自由劇場号（明44・1）に寄せた劇評「「夜の宿」と「夢介と僧と」」でも、「自由劇場としては、…脚本そのものとして価値あり自信ある作――たとへば「河内屋与兵衛」のやうなものを演じて貰ひたかつた」とタイトルを挙げている。後年の「吉井勇君に」（「毎日新聞」昭27・1・1〜3）には以下の一節がある。

君と僕との因縁について、僕に取つて特に忘れられないことがある。僕が始めて新思潮以外の雑誌へ物を書いて原稿料を貰つたのは、戯曲「信西」をスバルへ載せた時であつたが、その時交換的にスバル同人のものを新思潮へ貰ふことになり、それに選ばれたのが君の戯曲「河内屋与兵衛」だつた。…君の「河内屋与兵衛」はその後間もなく左団次によつて自由劇場で上演されたが、僕の「信西」は、青春物語にも書いたやうに小山内君と仲違ひをした結果上演されるべくしてされず、後年自由劇場が亡び、小山内君が物故してから漸く左団次が歌舞伎座で演じ、上山草人が有楽座で演じた。

小山内が亡くなったのは昭和三（一九二八）年で、大正十五年の左団次の上演はそれより前である。「小山内君が物故してから漸く左団次が歌舞伎座で演じ」たとは事実誤認だが、小山内に上演を妨害されたという印象がそれだけ強かったのだろう。『河内屋与兵衛』と「交換的に」「スバル」に掲載されたという発表の経緯もあって、吉井の戯曲が自由劇場で上演されたのに『信西』は「されるべくして」不当にされなかったと感じたようである。

その意味で大正十五年の上演は、自由劇場以来「漸く」果たされた、左団次による上演であった。役者も劇場も上演期間も、また舞台装置等も大々的である。[*5] だが劇評を見る限り、この上演は目立った評価を受けていない。[*6] むしろ、「役者が白をよく覚えてゐない」、「見物が開演中戸をガタピシさして出入する」などして騒がしく「実に散々な有様である」、などと数々の不備を指摘されても、[*7] 論評の対象になるだけ大正七年の初演のほうが注目されている。

初演の劇評では、「題材のつかまへ方が面白い」、[*8]「作者の近代的の解釈もいやみでなく一寸面白い一幕物である」[*9] として、素材の選択とその近代的な解釈に評価が集まっている。一方で、信西役の草人が「長い間半土間に坐つたきり饒舌りつゞけて居て舞台を持堪へて居るは巧者であるが、もつと動きのつくやうに書いても宜いと思う」、[*10]「熱火の如き論戦」や「激烈なる争闘」など「全体にも少し動きを与へなければいけない」[*11] と、役者に動きのない点が欠点とされた。戯曲の題材と解釈は面白いが、舞台にかけると役者が動かずに台詞を述べ続けるのが物足りないというのである。本作に限らず谷崎戯曲の上演にしばしば見られる評言で、[*12] 劇としては「素人らしい書き方」、[*13]「一体に谷崎さんは、脚本はうまくないやうだ。脚本よりは、小説の方が数等上である」[*14] と概括されることになる。

三　新劇の史劇

戯曲は初演されたが、舞台が成果を挙げたわけではない。それでも大正七年の上演は、十五年の左団次による上演以上に、『信西』にとって意味があったはずである。なぜか。「勧進帳」等の演目と並んで歌舞伎として上演する十五年に対し、初演は谷崎の名前で訳されたワイルド「ウキンダーミヤ夫人の扇」等の翻訳劇とともに本作を取り上げる。[*15]『信西』は、このように新劇の劇団が翻訳劇とともに上演することに意味のある作であったと考えられる。

自由劇場は、第二回試演（明43・5）でチェーホフ等の翻訳劇とともに、『万葉集』『大和物語』に取材した森鷗外の一幕物の史劇『生田川』を取り上げた。長田秀雄は、「古代の物語りを現代語でもつて劇化した試作」、「これまでかういう古い物語を現代語をもつて劇化した詩人は少くとも日本には一人もなかつた」と『生田川』の意義を述べ、次のように上演当時の雰囲気を振り返っている。[*16]

この脚本は内容から云へばさう大したものではなかつたが、兎も角も現代語で書いたと云ふところに当時の吾々の全部の興味がかかつてゐた。…幕が下りて廊下へ出て煙草を喫しながら私たちは「もうこれからは史劇でも現代語で書くんだね」「そうだとも。古い言葉なんか使つたつて仕様がありやしない。現代語で古い時代の味を出して行くのが詩人の腕だ」などと話し合つた。

長田の言う「吾々」「私たち」は吉井勇や秋田雨雀らを指すが、谷崎もまたこの現代語による史劇への関心を共有していた。森鷗外の「一幕物の流行と現代語の史劇」(「歌舞伎」明44・1、初出は「新潮」明43・12、原題「一幕物の流行した事」)の言葉を借りれば、本章で言及してきた新進作家の戯曲は、(長田の『歓楽の鬼』が現代劇である以外は)一幕物の現代語の史劇である。『信西』も、ト書きには文語体が残っているが[*17]、台詞には口語体が採用されている。谷崎は「ノートブツクから」(「社会及国家」大4・6〜9)で自由劇場による秋田の『第一の暁』の上演を例に挙げ、「現代の新進作家」が現代の口語を用いて史劇を作るときの注意点を説いている。我々の史劇は「徳川時代の口語」を使用する「旧劇の時代劇」とは異なるものである、「然るに此の時代物の台詞廻したるや、今日われ〳〵が新史劇を作らんとするに方つて、非常な禍を為すのである」。谷崎はこのように、歌舞伎の台詞廻しが新劇の史劇の上演に際して障害となり得ることを指摘していた。

『信西』は、新劇の史劇を志した戯曲であった。その意味で、初演の番組が「信西」を「新史劇」に分類するのは正しい。新劇の史劇とは、この場合、小山内薫の自由劇場で翻訳劇とともに上演される類いのものである。『信西』に限らず、谷崎の戯曲の上演は、過去の時代を舞台とする作が選ばれ、歌舞伎で行われることが多い。だがそれでは新劇の史劇という本作の意義は見失われてしまう。なお、『信西』に関しては、右の三度の上演の他に、昭和三年にラジオで横浜劇友会による「脚本朗読」が行われたことが確認される。「よみうり東京ラジオ版」は、本作を「第一期の新劇勃興時代——文芸協会とか自由劇場とか近代劇協会とかが競つて新しい物に手をつけた時に書かれたもので、その時代の史劇の通有性として昔の物語の中に現代人の心持を盛つたもの[*18]」と説明している。

おわりに

『信西』は、実際に自由劇場で上演されることはなかったものの、明治末に自由劇場の周囲に集った新進作家たちが志した現代語による新劇の史劇の一つとして、新劇史の中に位置付けられるべき戯曲であった。歌舞伎や新派も含め上演の機会を持たない『誕生』『象』も同様である。たとえば『誕生』は、「新思潮」掲載時には「史劇」の角書を付されていた。

新劇の史劇を志した谷崎の初期戯曲は、実際には新劇とすれ違い、新劇史の中に位置を得ることはなかった。やがて小山内薫と和解した谷崎は、『法成寺物語』（「中央公論」大4・6）の築地小劇場での上演（昭2・4）を喜ぶが、「これが実は新劇運動とのほとんど最後の接触」[*19]であった。初期以降の彼の戯曲も、また小説が劇化される場合も、谷崎の諸作は繰り返し新劇とすれ違っていくことになる。

＊1　「谷崎潤一郎全作品事典」（「谷崎潤一郎必携」）は、二十四篇を「戯曲」に分類している。作者の自選による新書版『谷崎潤一郎全集』（全三十巻、昭32～昭34、中央公論社）の戯曲集の巻（三、八、十一、十三巻）には、『蘇東坡』（「改造」大9・8）を除く二十三篇が収録されている。これに従って時期を区分すると、『誕生』『象』『信西』の三篇が初期、『恋を知る頃』から『十五夜物語』（「中央公論」大6・9）までの七篇が中期、『愛すればこそ』（「改造」大10・12、「中央公論」大11・1）から『白日夢』（「中央公論」大15・9）までの十二篇が後期となるだろう。この後は『顔世』（「改造」昭8・8～10）一篇を除き、戯曲の発表はない。

＊2　詳細は不明である。橘弘一郎によれば、「エラン・ビタール小劇場は野淵昶氏の主宰する研究団体。野淵氏は後に新興キネマに入り映画監督となつた。映画女優入江たか子はこの一座で初舞台を踏んだ」という（橘『谷崎潤一郎先生著書総目録』別巻、昭41、ギャラリー吾八）。地方紙を含め調査したが、情報は得られなかった。

＊3　新聞広告（「万朝報」大7・9・6他）では、「ウヰンダーミヤ夫人の扇」、「信西」、「死の捷利」の順になっているが、番組に従う。沢井弥五郎の劇評（「新富座と有楽座―外小芝居二座―」（「演芸画報」大7・10））に「前の『死の捷利』は、遅く行つた為めに見落してしまつた」とあり、実際の上演順は「死の捷利」が先だったと推測される。
＊4　大笹吉雄『日本現代演劇史　明治・大正篇』（昭60、白水社）。
＊5　田中良「舞台装置の研究　其二「信西」の舞台」（「演劇映画」昭1・4）参照。
＊6　岡田八千代「二月の歌舞伎座（下）」（「東京朝日新聞」大15・2・6）、木村錦花『近世劇壇史　歌舞伎座篇』（昭11、中央公論社）他参照。
＊7　名倉生「有楽座近代劇」（「朝日新聞」大7・9・8）。
＊8　伊原青々園「史劇「信西」――有楽座の近代劇協会――」（「万朝報」大7・9・8）。
＊9　名倉「有楽座近代劇」（前掲）。
＊10　伊原「史劇「信西」」（前掲）。
＊11　沢井「新富座と有楽座」（前掲）。
＊12　本書第一部第四章参照。
＊13　伊原「史劇「信西」」（前掲）。
＊14　沢井「新富座と有楽座」（前掲）。
＊15　「ウヰンダーミヤ夫人の扇」の翻訳の経緯については、本書第三部第一章参照。
＊16　長田秀雄『新劇の黎明』（昭16、ぐろりあ・そさえて）。
＊17　『誕生』『象』のト書きは文語体である。次の『恋を知る頃』にもわずかに痕跡が残るが、やがて完全な口語文体に移行する。
＊18　「よみうり東京ラジオ版」（「読売新聞」昭3・5・10）。
＊19　三好行雄「近代文学の諸相――谷崎潤一郎を視点として」（没後版『谷崎潤一郎全集』月報1〜22・27・28、昭41〜昭45、中央公論社、原題「明治・大正・昭和三代文壇小史」→『日本文学の近代と反近代』昭47、東京大学出版会）。

第三章　小説が劇化されるとき――『お艶殺し』論

はじめに

『お艶殺し』（「中央公論」大4・1）は、谷崎潤一郎の諸作のうち、最もよく劇化された小説である。谷崎には本作以前に既に五本の戯曲があるが、舞台化は大正七（一九一八）年九月、『信西』（「スバル」明44・1）を上山草人主宰の近代劇協会が上場するまで待たねばならなかった。谷崎の戯曲中最もはやいこの上演に先立つこと二年、『お艶殺し』の初演は大正五年四月、片岡我童一座による（本章末尾上演年表参照）。一座は翌年と翌々年にも本作を上場、我童は十四年にもお艶を演じた。この四度の上演を含め、『お艶殺し』の劇化は大正年間だけで二十回近くに上る。さらに昭和二（一九二七）年と九年に上演の例があり、ようやくこの後、本作以外の谷崎の小説を原作とする舞台、『春琴抄』（「中央公論」昭8・6）を久保田万太郎が脚色した「鵙屋春琴」（昭10・8、新宿第一劇場）が登場する。[*1]『お艶殺し』は戦後も上演回数を積み重ね、谷崎における最初の、かつ最多の上演作として特記すべき位置を占めることになった。

加えて本作を原作とする映画も、大正年間だけで歌舞伎役者による「おつやと新助」（大11・9、帝国キネマ演芸）、新劇系の「お艶殺し」（大14・10、東亜キネマ）の二本が制作され、実現こそしなかったが他にも市川猿之助主演による映画化が計画されていた。[*2]戯曲を含めれば、『本牧夜話』（「改造」大11・7）を原作とする同名の映画（大13・9、日活）もあるが、谷崎の他の小説を原作とする映画は、本作の三度目の映画化である「お艶殺し」（昭9・11、日活）より後にようやく登場する。『春琴抄』を原作とする「春琴抄　お琴と佐助」（昭10・6、松竹キネマ）がそれである。『お艶殺し』の映画化は、戦後にも「お艶殺し」（昭26・2、東横）や、『刺青（しせい）』（「新思潮」明43・11）を組み合わせた「刺青（いれずみ）」（昭41・1、大映）の例がある。また、東横と時期が重なったため頓挫したが、新東宝でも映画化の企画があり、井上梅次がシナリオを発表している（「かえる」昭26・12、新東宝助監督部）。

こうした事実も与って、本作に演劇との類似を見て取る議論は多い。「内容がいかにも芝居仕立て」[*3]であるとか、「筋の運び方、人物の出し入れ、場面の転換の仕方など、いづれも全く演劇的、もしくは見世物的（スペクタクル）」[*4]だといった指摘である。伊藤整は次のように述べる。

　この小説は、歌舞伎を見るような感じで読まれるべきものである。心理の説明よりも、人間とその運命の激しい変化が、舞台で演ぜられるように書かれているのが特色で、質的には戯曲に近い。[*5]

だが小説を劇に擬え説明するこれらの議論で、想定されている劇は実は一様ではない。たとえば「歌舞伎を見るような感じで読まれるべきもの」で「質的には戯曲に近い」とする伊藤の議論を、歌舞伎の脚本のようだと約めることはできないだろう。あるいは「心理の説明」に対置し「舞台で演ぜられるよう」と言うとき、そこで想定されているのはどのような種類の劇か。これらの比喩の背後には、歌舞伎・新劇・新派が輻湊する日本の近代演劇史の特殊な事情が見え隠れするのである。

『お艶殺し』は、発表当時から現在に至るまで決して高い評価を受けていない。後藤末雄は「「お艶殺し」が出た時には、多くの批評家はこれを唾棄し」[*6]たとさえ述べる。しかしこれが谷崎の最初の、かつ最多の上演作であり、『春琴抄』が登場するまでの約二十年間、唯一の舞台化・映画化された小説であったことはもっと注意されていい。また、谷崎の文脈を離れても、歌舞伎史・新劇史・新派史といった各派の歴史をもって記述される日本の近代演劇史上、本作が重要な演目とされることはない。だが本作は歌舞伎・新劇・新派のすべてのジャンルで脚色・上演を重ねており、このように各派が長期にわたって一つの小説を繰り返し劇化したというのは類例がない。後述するように、我童一座と芸術座、すなわち歌舞伎と新劇が、本作の初演の権利を争ったという一事は象徴的である。もとよりジャンルの境界は流動的で多分に便宜的である。たとえば明治座の「お艶新助」（大7・11、明治座）は歌舞伎だが、新助役の市川寿美蔵は同じ興行中で芸術座の俳優と組んで翻訳劇にも出演している。また守田勘弥・森律子の「お艶殺し」（大10・7、帝国劇場）は新劇に分類されるが、このペアはしばしば歌舞伎の演目も演じている。だがそうした混交した状況を含め、大正期の劇化には、各派が確立されていく過程で失われる多様な可能性があったと考えられる。[*7] 各派の別を越え劇化されたこの小説に注目することで、「演劇のジャンル史の枠」では見えない、「演劇史の「横断面」」を切り出すことができるのではないか。それはまた、『お艶殺し』という小説をひろく文化史の中に位置付け評価することでもある。

本論はこうした構想のもと、大正期の脚色・上演を中心に『お艶殺し』の劇化の諸相を描出し、それぞれの課題を考察するものである。

一　劇化の焦点

雑誌発表の直後、千章館から単行本化された『お艶殺し』は、山村耕花の装丁・挿画と相俟って人気を博し、数ヵ月後にははやくも新潮社の叢書「代表的名作選集」に表題作として収録された。[8]巻頭には島村抱月ら「編者識」として以下の文章がおかれた。

材を江戸の末期にとつて、薄れゆく浮世双紙の色彩を生々しき近代的精神に色上げしたるもの、最も異色ある作品として世評囂しかつた作である。[9]

この解題、特に「近代的精神に色上げし」の一節は、広告に転用され、[10]劇化に際しても初演から戦後の上演に至るまで「筋書」等で繰り返し参照され、本作の理解に影響力をふるったことが跡付けられる。江戸末期に材を取りつつ、それを近代的精神によって染め上げたとするこの文章は、古さを新しさへと転じるところに本作の意義を見出している。では本作のどこに新しさがあり、それは劇化に際しどのように働いたのか。まずは小説のあらすじをたどる。

幕末、江戸。駿河屋質店の娘お艶と手代新助は人目を忍ぶ仲である。出入りの船頭清次に唆された二人は或る夜「一つ狂言を書く積りで」駆け落ちをし、清次宅で歓楽に耽る。だが清次の奸計で二人は引き裂かれ、新助は清次の手下三太と女房を殺してしまう。やがて博徒の金蔵の助けで二人は再会するが、お艶は染吉と名乗る凄腕の芸者になっていた。自首するつもりだった新助も情にほだされそのまま居着く。お艶は悪党の徳兵衛と共謀し旗本芹沢を強請るが失敗、新助とともに徳兵衛を殺害する。さらに清次に後妻を殺害させ、新助とともにその清次を殺し、奪った金で贅沢三昧の日々を送る。お艶が芹沢に心を移していること、清次や徳兵衛とも関係があったことを知った新助は、「お艶殺し」に至る。

一年有余の激しい転変で、ヒロインは大店の娘お艶から芸者染吉へと名前まで改まる。船宿で芸者の髪型や言葉遣いを真似るお艶は、はやくも「まるで人間が変つたやう」と形容される。お艶＝染吉の役は、娘と芸者というほとんど別の役柄を、一人物の段階的な変化として演じなければならない難役であった。一方の新助も、お艶の堕落に呼応するように殺人を重ね、後戻りのきかない変化を遂げていく。彼は清次殺害に際し「新助にやあ違へねえが、昔の己とはちいツとばかり違つて居る」と啖呵を切っている。新助が犯す五度の殺人のうち、劇化に際し省略されることの多い徳兵衛・清次を除く、三太・清次女房・お艶の殺害を順に見ていこう。三太殺害の場面は、小説では次のように描き出される。

咄嗟に新助は三太を投げ倒して馬乗りに跨りながら、脳天へ刃を突き立てゝ鼠の齧るやうに一つ所をガリガリと擦った。対手は一と溜りもなく死んで了つた。／何故殺したのか、何故こんなに迄残忍な所為を遂げたか、彼は自分でよく解らなかつた。…「殺人とは此れ程楽な仕事か」と訝しまれる程彼の体力は疲弊して居なかつた。…つい先まで笑つたり怒つたり騒いだりした三太の肉体が、をかしいくらゐ黙り込んで材木のやうに倒れて居るのを足先で嬲つて見ると、恐ろしいやうでもあり馬鹿々々しいやうでもあつた。何だか人間と云ふものがひどく巧妙な、面白味のある機械のやうに考へられた。

ワイルドの紹介で知られる本間久雄は、「あの純真な感情の把持者である筈の」新助が、最初の殺人に臨んで「大抵ならば——作中人物の性格の自然的推移の上から云へば——茫然自失するか、乃至は懊悩するべきところ」を、このように描いた点に注意を促し、作家の「悪魔主義（ダイアボリズム）」*11の仮託を指摘した。作中人物の心理の経過に、性格（キャラクター）設定と一致しない、むしろそれを超えるような近代的な思潮を読むこの指摘は重要である。実直な手代として性格付けられた新助に、本間は「ドリアン・グレー」以上の「デカダンの心持ち」を見て取るのである。続く清次女房殺害はこうである。

「…こいつを殺せば、己も無事だしお艶ちゃんの敵が取れる。あの太々しい面魂で、よもや此れから殺されるとは夢にも知らずに、仔細らしく鼻を高くして威張つて居るところが面白い。此れで己が力をこめて一と締めぐッと締めつければ、忽ち屍骸になつて了ふのだから不思議ぢやないか。」／一瞬間に彼の感情は更に一層獰猛な方へ傾いて行つた。彼は黙つて足許に捨てゝある麻縄を拾ひ上げて、いきなり女房の襟頸へ巻きつけた。

殺害の行為自体は「頭の中に想像して居た通りの事を実際にやり遂げた」とのみ記され、新助は想像を実行に移しただけとも見える。だがその間には「一瞬間」の急な感情の傾きがあり、行動は既定の方針に従いながらも唐突である。振り返って「自分でよく解らなかつた」とされる三太殺害にしろ、清次女房殺害にしろ、その行動は一足飛びで、前後の心理との自然なつながりを欠いている。ここでは殺害の事後ないし事前の心理の経過と、その瞬間の心理を脱落させた突発的な行動が語られ、心理と行動が乖離のうちに提示されるのである。人物の中にこうした乖離を見出し、作中人物に彼自身を超え出るものを付与した点こそが、本作の新しさであったと考えられる。それは末尾のお艶殺害に極まるだろう。

「お艶殺し」はそれから二三日目に決行された。…お艶は新助の手元を支へながら、／「新さん後生だ、芹沢さんに一と目会はせてから殺しておくれ。」／と拝んで云つた。彼女は斬りかけられつゝ、逃げ廻つて、「人殺し〳〵」

と連呼した。息の根の止まる迄新しい恋人の芹沢の名を叫び続けた。

小説の結尾に当たる右の場面で、新助の心理は描かれない。なるほど数日前、お艶を詰問し芹沢らとの関係を知った彼は怒りや悲哀を覚えていた。だがそれは殺害の背景や動機だとしても、この場での心理ではない。殺害時の心理は全くの空白で、その行動は心理化されていない。そもそもこの場面の記述は極端に切り詰められ、新助の行動も「斬りかけられ」るお艶の側からしか書かれない。新助は本作の表題でもありこの場面の冒頭に引用符を付されて予告されたそのこと、すなわちお艶殺しを、ただ実行するのである。予定された帰結であるはずの新助のこの行動は、彼自身から乖離し、なお突発的である。

「お艶殺し」の語は歌舞伎の殺し場を連想させるが、遡って駆け落ちのくだりには、お艶の次のような台詞が用意されていた。

> 新大橋を渡つた時、真夜中の八つ時を打つ鐘の呻りが雪を吸ひ込んで死んだやうに流れて行く満潮の大川へ、水もどよめと咆哮する如くに響いた。それまであまり口をきかなかつたお艶は、「あの鐘の音がうれしい。まるであたしたちは芝居のやうだ。」と云つた。

まるで芝居のようだ、と喜ぶお艶に新助は呑気だと呆れる。この「芝居」は歌舞伎の意だが、なるほど雪の降る夜、「小町娘」のお艶と「三津五郎そつくり」で「役者のやう」な新助が相合傘で橋を渡ると、タイミングよく鐘の音が響き、歌舞伎の道行のような場面が作り出される。ただし芝居のようなこの場面をあえて「芝居のやう」だとする言挙げは、特定の演劇ジャンルとの類似を示すためだけにしては過剰である。『お艶殺し』は劇を参照し自らをそれに似せてつくるばかりでなく、そのことを明示し、作中人物たちが生きるこの世界が劇に依拠することをあらわにする。本作は芝居のそれのような世界を立ち上げた上であえて自らを芝居に擬え、この世界の底を割ってみせるのである。本作の劇化とは、劇に擬えられたこの小説の世界を、再び劇に戻すことにほかならない。

　小説が劇化されるとき、そこには必ず失われるものと付け加えられるものがある。脚色が原作にどの程度忠実であるか、上演が成功したかどうかとは別に、小説の抵抗、あるいは劇の論理の侵犯とも言うべき部分があるはずだ。自らを劇に擬えるこの小説を、再び劇へと戻し、また歌舞伎だけでなく新劇や新派へと劇化するとき、各々の上演ではどのような事態が生じてきたのか。以下では、歌舞伎、新劇、新派の順に、主に「筋書」や劇評に依拠して『お艶殺し』の劇化の実態に迫り、小説と各派の劇の論理の引き合いを検証する。

二　歌舞伎――我童一座と明治座

　我童一座による初演「お艶ころし」は、台詞の「抑揚（アクセント）と響（サウンド）は全然大阪のものだつた」*[12]ため不満もあったが、我童（十二代目片岡我童、後の十二代目片岡仁左衛門）のお艶は好評で、当たり役となった。本作を目玉にした二度目の上演は初日から開幕一時間前に木戸口を閉め切るほどの盛況であったといい*[13]、新春興行に持ってきた三度目の公演では「成程、お得意のものだけあつて松島家の若坊ン、大当てに当てたり」*[14]と囃された。初演の脚色者は不明だが、大正六年の二度目の上演に際し同年松竹入りした大森痴雪が脚本を書き改め*[15]、以後四度目の上演まで概ねこのときの脚本をもとにすると考えられる*[16]。大正期の歌舞伎による劇化は、これら関西若手歌舞伎によるものと、明治座の座附作者竹柴秀葉が脚色した「お艶新助」の流れを汲むものの二系列に大別される。たとえば大森が舞台監督をつとめた「お艶ごろし」（大9・10、京都歌舞伎座）は前者の、竹柴の脚色による浅草公園劇場での二度の上演（「辰巳巷談お艶新助」大8・10、大10・11）は後者の流れを汲むものと推測される。[17] そこで以下では、我童による四度の上演と、お艶に市川松蔦、新助に市川寿美蔵という人気俳優を揃えた明治座の上演を取り上げ、『お艶殺し』を歌舞伎として劇化するときの課題を考察する。

劇評はまず異口同音に、原作の新しさが失われた点を衝いた。我童による初演は、お艶と新助の会話を立ち聞きした清次が駆け落ちを教唆し、お艶を駕籠に乗せて連れ去るという「髪結新三」を思わせる脚色を施し、「原作の味と別趣の生世話芝居に出来てゐる」[18] と評された。これは二度目の上演以降、相々傘で駆け落ちした二人が船宿で歓楽の日々を送ると、原作に沿ってなおされたが、四度目の上演に関しても「谷崎氏が原作でキビ〳〵と説明して見せた、お艶や新助の心理の移り行きはすつかり影を消し」[19] たとする評がある。明治座の上演も、「殆ど在来の二番目物の様な芝居となつて、原作の新し味は抜けて了つた」[20] と評された。三宅周太郎は、原作の「こまかい近代的な、鋭利な官能を持つてゐる」新助を、寿美蔵が単なる「朴念仁」「律義者」として演じたことを批判し、原作と「全く似もよらぬ鬼子が舞台に生れてゐる」、「「お艶殺し」と云ふよりも、「お熊忠七後日譚」[21]」だと憤った。ではこれら歌舞伎による劇化は、「心理の移り行き」や「近代的な、鋭利な官能」といった「原作の新し味」を捨て、単に「在来の二番目物の様な芝居」、歌舞伎の世話物の範囲に収まるものだったのか。

しかし事態はそれほど単純ではない。末尾のお艶殺しの場を例に検討しよう。香取染之助は、我童初演におけるこの場を以下のように描き出している。

お艶の息は次第に細る。それを聞いた新助は、うつぶしざまに匕首をの腹に突き刺してそれを引き廻す。春一郎が傘をさして上手に姿を現はす。そして「武士（さむらひ）には武士の血が薄れて行くやうに、女にも女の情けが消えて行く。…女は哀れなものぢや。またあの男も不憫なものぢや。この芹沢も淋しく暮して行かねばならん。」と…云ふ。…桜の樹に身をもたせてゐるお艶は「春さん、この顔を見ちやいやよ。」と云つて、片肌脱ぎになつてゐる美しい襦袢の袖で顔をかくす。これで幕。[22]

新助の自害、芹沢の再登場と、原作にない要素を追加する右の場面に関して、しかし原作に忠実かどうかはさして問題ではない。それより物語全体を概括するようなこのときの芹沢の台詞について、香取が「変に翻訳ものめいた文句を、柝（き）なしで幕があく芝居の科白のやうな調子で云はす」と言い、新劇への接近を看取して非難したことが注目される。この場面は二度目の公演以降、原作に沿って書き改められ、新助がお艶を殺したところで「早い幕を舞台に降ろす[23]」と改められた。だがこの演出にも、「お艶斬のま、木無しの事になるは、新しがつて余韻を残した積りながら受けず[24]」とその新しさに不満を寄せる声があった。お艶殺しは、それだけで劇をしめくくるには、歌舞伎として何かしら足りないところがあったらしい。原作では自らが歌舞伎へと依拠することを明示すると見えたお艶殺しの場面は、いざ歌舞伎化したときには、むしろ歌舞伎の範囲を逸脱し、そこに収まらない新しさを感じさせたのである。

そもそも初演における新助の自害は、この脚色が女に背かれた男の無理心中の物語として原作を読み換えたことに由来している。お艶の裏切りを知った新助は「激怒を超越して諦の中に自己を見出し」、「どうぞ一緒に死んでおくれ」と「心中説を提出する[25]」。新助は執拗に掻き口説くが、お艶が承知しないため無理心中に至る。新助の自害は明治座の「お艶新助」にも見えるが、こちらは心中を訴えるくだりもなく、「筋書」には新助が心変わりしたお艶を

「男を踏付にしたと斬付け」殺害した後「もう生きてゐても楽は無い」と自害すると説明されている。心中の代わりに「お艶新助」が物語の枠組みとして参照するのは、敵討ちである。お艶は「清次は敵だ」と憤る新助を「軈(やが)て敵は討つて遣る」と宥め、これが以後の彼らの悪事の心理的背景となる。お艶は自首しようとする新助を「清次と云ふ敵を忘れたかと引止め」、清次もまた、新助に女房殺害を告白されると「女房の敵を討たれに来たか」と応戦するのだった。つまりこれら歌舞伎による劇化は、原作にわずかに出てくる「心中」や「敵討ち」の語を手がかりに、心中物や仇討物として物語を読み換えるのである。

このことは逆に、歌舞伎化に当たって補われるべき何らかの不足や欠如を原作が抱えていたことを示していよう。歌舞伎による劇化では、原作に描かれた人物の性格設定を超え出るような近代的な心理は失われるが、代わりに人物の行動を規定する物語の枠組みが要請された。殺し場における人物の心理の空白は、この枠組みによって説明され、補填される。ここには歌舞伎化に抵抗する小説と、それを歌舞伎の範囲に収めようとする劇の力とのせめぎあいが確認されるのである。

なおこのときの明治座の興行は芸術座と合同で行われた。演目は一番目松居松葉「妖霊星」、ダヌンチオ「緑の朝」（小山内薫訳）、中幕「迎駕籠」、「草摺曳」、二番目「お艶新助」で、「筋書」には「近来に無き珍らしき顔触の大(おほ)一座」で演目も「新旧取混」たと謳われた。「緑の朝」では芸術座の看板女優松井須磨子と寿美蔵が共演し、抱月の急逝を押して舞台に立った須磨子の様子は連日新聞で報じられた。芸術座のメンバーはこのとき「お艶新助」に参加していないが、実は同座はかつて同じ小説を劇化し上場していた。明治座が合同興行にこれを持ってきた理由は不明だが、「筋書」の松蔦談話には先例として須磨子のお艶への言及も見える。では新劇による初めての劇化、芸術座版「お艶殺し」とはどのようなものだったのか。

三　新劇①——芸術座

初演こそ我童一座に譲ったものの、島村抱月率いる芸術座もはやくから本作の上演を計画していた。当初は大正五年六月の東京公演に組むことを考えていたようだが、[*26]これは同座が抱月作「清盛と仏御前」（大5・1、大阪中座。京都南座・神戸聚楽館を経て大5・3、帝国劇場）で初めて歴史劇に挑み、不評を被った直後の時期に当たる。『お艶殺し』の劇化は、当初はこれに続くものとして企画されたと考えられ、上演の延期には我童の興行との兼ね合いだけでなく、「清盛と仏御前」の失敗も与ったと推測される。

「清盛と仏御前」の東京公演から一年、「上場は幾度も噂があつたが延び〳〵になつて今日に至つた[*27]」と待望されていた芸術座による『お艶殺し』の劇化、「お艶と新助（お艶殺し）」は、大正六年三月に新富座での上場を迎えた。配役はお艶に須磨子、新助に沢田正二郎の二枚看板を揃え、一座以外に清次役の森英治郎（大正十四年の映画では新助を演じる）らが臨時加入し守り立てた。谷崎は後年、「此れが私の作品の舞台に上つた最初であつた」（「上山草人のこと」〔「別冊文芸春秋」昭29・11〕）と回顧しており、自作の劇化として認めた最初のものとなった。なお脚色には抱月とともに谷崎の実弟精二が当たっている。

「筋書」によれば、このときの興行の演目は、第一にピネロ「ポーラ」、第二に「お艶と新助」、第三にソフォクレス「エヂポス王」であった。須磨子はお艶の前にポーラを、沢田は新助の後にエヂポス王を演じ、各々二つの演目で主役を張った。もとよりこの頃は一つの演目すら通しでみる習慣は定着しておらず、新聞には幕ごとの開始時間が告知され、「お艶と新助」でも歌舞伎に倣って「各幕の幕あきに必ず板つきの筋売の台辞があ」りそれは「大詰に近き五幕目の幕あきまで」[*28] 続いたという。だが新劇すなわち翻訳劇のイメージを体現する二つの演目にはさまれ、主役が二役を兼任していたことは、本作の挑戦の困難を知る上で念頭におくべき事項である。

では「お艶と新助」の挑戦とは、その困難とは、いかなるものであったか。大笹吉雄は次のように要約する。

> これはこの劇団にとって初のマゲもので、それを歌舞伎式にのっとらず、ということは下座音楽を廃して、あくまでもせりふ劇として上演しようというそれなりの意欲作だった。が、蓋をあけるやこの舞台は、劇評家に「近頃の珍種」とか「一同の度胸に感心した」とか皮肉られた上、興行成績もさんざんだった。マゲものは玄人、つまり歌舞伎俳優のものという固定観念が強かったし、芸術座の舞台もまた、それを打破するに足るだけのものではなかったのである。[*29]

すなわち「お艶と新助」は、芸術座が初めて髷物に挑戦した作として、それも「台辞を素でやり、合方なし、木なしの緞帳幕といふ新演出」[*30] で上演した点で画期的であった。「清盛と仏御前」で史劇に挑んだ同座は、本作で髷物への進出をはかった。同座の中村吉蔵が言うところによれば、それは「歌舞伎劇の様式を離れた新らしい時代物世話物」、「新史劇乃至マゲ物の新芝居」[*31] となるはずであった。だが新劇の髷物とは、それ自体いわば語義矛盾であった。「玄人、つまり歌舞伎俳優のもの」とされる髷物を、素人、つまり新劇俳優が、旧劇風の演出を排し、あくまで新劇として上演しようとしたところに本作の意義があり、同時に困難があったのである。

従ってそれは真っ当な批判より嘲笑の対象になった。特に清次役の森が「引込みに尻がはしよれず、裾を持つた侭引込んだ」[*32] ことは繰り返し話の種にされた。「東京朝日新聞」の演芸欄は、のびきった蕎麦を持て余した役者が「前からドッと来て自分も苦笑ひ」したとの記事を載せた二日後に、清次女房の「叫びと唸りが変梃なので土間の半畳屋大きな声「殺されるんぢやないありア赤坊を生む声だ」」と観客のまぜっかえしを伝える続編を掲載した。[33]新劇俳優の演じる髷物は、観客の目には文字通り素人の歌舞伎劇とうつったのである。楽屋での一挿話として、観客の反応を気にかけ慰めようとする雑誌記者と、意に介さず堂々としている須磨子の食い違いをユーモラスに描き出す、次のような記事もある。

「…台詞を素でやつてゐるのと、合方を使はないのとで、ずゐぶん骨が折れるでせうね。」…「いえ。いつもさうですから、べつに苦心もいたしません。」と須磨子さんは、その記者の心もちなどには気のつかないやうに、かろく笑つた。…「お客が笑ふのは、筋が新らしくて解らない故もあるだらうと思ひます。なにしろ皮が古い形で、中が新らしいのですから、演りにくくて……。」[34]

記者は観客が笑うのは「台詞を素でや」り「合方を使はない」せいだと考え、その点の苦心談を聞き出そうと水を向ける。だが須磨子は新劇である以上それは当然だとばかりに受け流し、「筋が新らしくて解らない故」だろうと切り返している。「皮が古い形で、中が新らしい」という形容から、彼女が髷物という見かけ上の古さと筋の新しさの矛盾に本作の特徴を見ていたことがうかがえる。だがここの記事に登場する記者、彼に限らず当時の劇評、あるいは後の回想や論考は、その評価にかかわらず、いずれも「お艶と新助」の特徴を髷物に新劇風の演出を施した点に見ていた。芸術座の上演は、髷物という古いものを新劇風の新しい演出でくるんだものと目されたのである。

嘲笑に抗して長文の劇評を寄せ、芸術座の挑戦を擁護した伊庭孝も、本作の意義を演出の新しさに見ていた。そのため伊庭は、旧劇風の演出の部分的な残存を「極めて不徹底な態度」、「卑怯であり、且少しも効果のない」[*35]こととして厳しく追及した。特に問題になったのは、末尾のお艶殺しの場である。

台辞がすべて素であるに拘らず、大詰の立廻りは、あまりに歌舞伎的であつた。しかもツケを入れて角々を極るべき型を其侭に素の芝居に応用したのは大なる矛盾であつた。

この場面については、他にも「清元を使つての土手の殺しののろ〳〵した立廻りなども頗る珍なもの」[*36]、「最後のお艶の殺し場を旧劇的に長々と珍な立廻りなぞさせず短くしたら一層原作の気分が出たらう」[*37]と旧劇風の演出に違和感を示す評が散見される。だが新劇の髷物を目指しながら、なぜここに歌舞伎の演出を施したのか。

これに関しては、田中栄三が「沢正もまだ「新国劇」をやる前だつたから」[*38]と補足していることが注目される。新助役の沢田はこのときの興行を最後に芸術座を脱退、新国劇を旗揚げする。脱退の背景には須磨子との対立があり、本作の稽古が直接のきっかけになったと言われる。新国劇はやがて剣劇に活路を見出し、「殺陣（たて）」と称する独自の立廻りの様式を創出する。拍子木と清元にあわせて見得をきりスローモーションで行う歌舞伎のそれとは違う、スピード感ある新しい立廻りの様式がここに誕生した。三宅周太郎は、昭和四年に急逝する沢田の晩年の立廻りが「「お艶と新助」時代の沢田を完全に卒業し」[*39]ていたと評価するが、これは「お艶と新助」と新国劇をつなぐ重要な証言である。「お艶と新助」のころは歌舞伎のそれ以外の立廻りの方法はいまだなく、芸術座はお艶殺しの場面に旧劇の様式を借りるほかなかったのだと推測される。このとき芸術座が手にしていなかった様式は、新国劇において事後的に実現されると言っていい。歌舞伎による劇化では、歌舞伎の枠に収まらない新しさを浮き上がらせたこの場面は、新劇ではかえって歌舞伎風の演出を呼び寄せたのである。

新劇による初めての劇化、芸術座の「お艶と新助」は、新劇の髷物という新たな形態の劇をひらく試みであった。興行は失敗に終わり、芸術座は関西巡業の中止に追い込まれた。*40 だが不入りや不評以上に問題だったのは、演出の新奇さのかげに、須磨子の言う筋の新しさ、『お艶殺し』の新しさが埋もれてしまったことである。それはかえって歌舞伎による劇化で歌舞伎の範囲に収まらないというかたちで浮き上がって見え、新劇による劇化で見失われるという皮肉な結果となった。新劇役者は初めての髷物に、観客は初めてみる新劇の髷物に戸惑い、原作の新しさは演出の新奇さに紛れてしまったのである。翌年抱月が急逝すると須磨子はあとを追い、芸術座は道半ばに空中分解する。「お艶と新助」は同座の最初で最後の髷物となった。

四　新劇②——帝劇女優劇と舞台協会

以後、新劇としては、大正十年に帝劇女優劇が邦枝完二脚色、森律子のお艶、守田勘弥の新助で、次いで十三年に舞台協会が同じ邦枝の脚本を用いて岡田嘉子と山田隆弥のペアで上場している。

帝劇女優劇の「お艶殺し」をみた三宅周太郎は、我童一座の初演と三度目、明治座、さらに芸術座の上演と比較し、「脚色としては今度がどれよりもすぐれてゐる」*41 と評価した。勘弥をはじめ役者陣も慣れたもので、公演は一定の成功を収めた。だが下座の合方を挿入し、花道を効果的に用いるなど旧劇風の演出を施したこの上演は、新劇の試みとしては明らかに後退している。一例に三太・清次女房殺害のくだりを見てみよう。

三太殺害後、お艶を案じ一目散に駆けていった新助だったが、清次女房を殺し「張り詰めて居た気がゆるむと、おのづと足に顫へが来て、這ふやうにして下手へ行かうとする」[42]ところで幕となる。劇評はこの箇所を「新助は、ざまア見ろといふやうな風で…死骸を見下して居たが、急に、恐怖に襲はれたやうに慄へ出して。そして表に逃げ出さうとしたが、足が進まないらしい。柱にかぢりつくやうにして、おど〳〵と、また女房の死骸を見返つた」[43]と描き出し、「はじめて人を殺した恐ろしい自覚に震へあがるしぐさを見せた。よい理解だ」[44]、「新助が柱につかまつて逃げ出す形の中に、原作の第一の人殺しの時と二度目の人殺しの時との気持の相違を、一寸技巧的に現はしたのも巧い」[45]などとその心理表現の巧みさを称賛した。だがこうした自然な心理の経過を排したところにこそ原作の新しさはあったはずである。これは『お艶殺し』を単なる江戸時代を舞台にした心理劇へと回収するところに成り立っている。

「新劇と旧劇とを並べてやりたい」[46]と帝劇入りした歌舞伎俳優守田勘弥（十三代目）は、この時期積極的に新作を取り上げ、谷崎の戯曲『お国と五平』（「新小説」大11・6）も森律子と組んでいちはやく上場した（大11・7、帝劇）。ただし曽田秀彦によれば、こうした「〝勘弥の新劇〟」は「歌舞伎に対する新劇の勝利」[47]ではない。「歌舞伎の〈新劇化〉ということは、実は、新劇の歌舞伎化、新派化だったのではあるまいか」と曽田は言う。新劇の髷物を実現したかに見える勘弥版「お艶殺し」は、芸術座がそれと差異化しようと苦闘した旧劇の髷物に、再び接近するものであったと考えられる。

続く舞台協会の「お艶殺し」は、「協会の進むべき新生面を開拓する」「新髷物研究」の「手始め」[48]と目された。髷物を新しくするという意味では、芸術座の試みを継承するものと考えられる。しかし江戸情調はともかく「近代的精神と云つたやうなものは、さすがに巧く握んでゐる」、「形は感心出来ないが、この精神表現だけは頂戴が出来る」[49]といった留保付きの評価からは、新劇の範囲を予め限るような理解が透けて見える。畑耕一は、劇中の立廻りがたて師市川升六の指南によることを踏まえた上で[50]、主役二人のお艶殺しの場での動きの悪さを難じ、次のように提案した。

タテを学んだのは髷物の面白味を或る点まで追はうとしたのだらう。…此劇団がこの劇にとるべき道としては、原作者たる谷崎氏のスタイルだけを見せればよいのである。…髷物に型と振りを必要とするか否かはこゝで論ずべき問題でない――問題は型と振りを四肢の運動によつて学ぶべき俳優の一団があるほかに、それ以外の作者のスタイルの理解によつて会得すべき新らしい俳優もあり得ることを示めすにある。*51

たてで売る劇団もあれば、原作者の精神を理解し表現するべき劇団もある。両者は棲み分ければよく、この劇団が「髷物の面白味」を追求する必要はない、と畑は主張する。「『お艶殺し』が面白いのはそれが髷物にあると否とに拘らない」――身も蓋もないこの断言は、それ自体不当なわけではない。しかし少なくとも新劇における本作の意義はそこにあったはずである。髷物か近代的精神かの二者択一をしたとき、『お艶殺し』はその意義を失ったのである。新劇による『お艶殺し』の劇化は、沢田の剣劇が演劇界を席巻していた、この大正十三年の公演がはやくも最後となる。

五　新派その他

大正期は新派の衰弱期に当たり、谷崎作品の上演も戯曲を含めほとんど見られない。数例確認される『お艶殺し』の劇化も、演目としての流行を証明するだけの泡沫のようなものである。資料が少ないため詳細は不明だが、たとえば大正九年の横浜喜楽座での「お艶新助」は、新派とは言え第一旧劇・第二新派・第三子供芝居の組み合わせによる興行の一部であり、谷崎原作とは銘打つものの、大きく改変されていた模様である。*52「探偵八雲茂」ら原作にない人物を加え、お艶の「蔦屋染吉実はお艶」に対応して新助も「喜助実は手代新助」と「喜助」なる人物に変身するらしく、あるいは探偵劇のようなものであったかとも推察される。

従って本格的な新派での上演は、昭和二年の伊井蓉峰・河合武雄・喜多村緑郎の三頭目による興行に組まれた「お艶殺し」が最初だと言っていい。このときお艶を演じたのは河合で、これが唯一の新派の女形によるお艶となった。だが「一応板にはまつた役だらうと思」われた河合のお艶は「見るとさうではなかつた」[*53]、と中内蝶二の劇評は手厳しい。中内はまた、若手俳優による「劇の進行には何んの関係もない、長つたらしい、遊戯気分に充ちた立廻り」が挿入されていたことに触れ、次のように警告した。

旧派の芝居では、旧門の小俳優接待（？）の意味でよくこんな余技を舞台に見せたものだが、新派の舞台にも何時の間にか、この旧歌舞伎の悪い弊害が流れて来たのか抑新派の滅亡を早めんとしつゝある原で、而も滅亡と云ふ危ない瀬戸ぎはに臨んでゐながら…なほ且つそんな余技を持ち込まうとは、よくよく時勢に見放された人たちであることがわかるではないか。

旧派との対抗関係を失い様式化した新派は、存続を危惧されていた。数年ぶりの三頭目の顔合わせも「別段革新とか更生とか」を謳うものではなく「だし物も興行万全から割だした危ツ気のないものばかり」[*54]と評された。この上演は、「お艶殺し」の演目としての定着と、それを後追いで取り上げる新派の、自ら新しいものを生む力のない現状を物語るのである。

昭和九年には、「各派男女優合同初春興行」と銘打ち、新派女優の水谷八重子がお艶を、歌舞伎俳優の片岡我童が新助を演じた。清次が駆け落ちを教唆した後、お艶を駕籠に押し込めそのまま連れ去るとした田島淳の脚色は、明らかに「髪結新三」を踏襲するもので、清次を「新三の役廻り」[*55]に擬える劇評もある。脚本を参照すると[*56]、身分違いの恋に悩むお艶と新助を「お染久松」にたとえ、新助を「勘平さん」と隠語で呼び、小道具に黄表紙「小幡小平次」を配するなど、随所に歌舞伎の文脈を喚起する仕掛けが設けられている。ここには、旧派に対する写実劇として出発した新派が、歌舞伎を参照し、むしろ積極的に芝居じみるところに活路を見出していった趨勢を見ることができる。たとえば駆け落ちのくだりで、お艶はわざわざ新助の傘を投げ捨て相合傘で花道を行き、「まるで芝居のやうだねえ」と言ってポーズをきめたところでこの場を締めくくっている。二人は次の場で改めて相合傘をして登場し、お艶は空を渡る千鳥の声に「オヤ、おあつらひだねえ」と独り言ち、「我ものと想えば、軽し傘の雪、恋の重荷を肩にかけ」[*57]、「妹が行けば冬の夜の、川風寒く千鳥鳴く」と続ける。効果音や節回しのある台詞の追加で、原作以上に芝居っ気たっぷりの場面になっていることが確認される。

この直後、新派は『春琴抄』と出会うことになる。久保田万太郎の脚色を得て、『春琴抄』は新派の定番の演目となった。『お艶殺し』もまた、戦後は主に万太郎の手によって歌舞伎・新派・舞踊劇へと脚色され、上演回数を重ねた。野村喬は、谷崎作品が「昭和期ではもはや全幅的に久保田万太郎らに脚色されたおのれの世界の絵解きをまつほかなかった」[*58]と論じる。だが万太郎自身、『春琴抄』と違って『お艶殺し』の脚色は「自分のガラにないこと」だったと言い、残忍な殺し場を避けたため「結果に於て、原作放れがした」[*59]と断っている。万太郎版「お艶殺し」は、この作品の持っていた悪のエネルギーを拭い去るところに成立したものであった。他の作品はいざ知らず、『お艶殺し』は万太郎の「絵解き」によっていわば縮小再生産されたに過ぎない。後に演出を担当する巌谷槇一が、これを不足として「所謂新歌舞伎的な味付けをして、凄艶な演出」を施し、「歌舞伎劇の殺しの面白さ」[*60]を追求したと述べていることもその傍証になるだろう。

おわりに

戦後初の劇化、万太郎版「お艶殺し」の初演を控え、「筋書」には新潮社版『お艶殺し』の解題を踏まえた次のような文章が寄せられた。

此の近代的精神のもられた江戸時代の「お艶殺し」を劇化する事は非常にむづかしい…演技者も歌舞伎俳優が歌舞伎風に演出したら駄目である、新劇俳優が、現実感を出そうとすれば失敗する……*61

「お艶殺しの劇化」と題された東信一郎のこの文章は、江戸時代を舞台にしながら近代的精神を盛り込むところに本作の劇化の困難があるとし、戦前の上演を「成功した事はまずない」と一刀両断した。なるほど、本論が記述したのは失敗や挫折、妥協の歴史であったかも知れない。だが東が言うように、歌舞伎俳優が歌舞伎風に、新劇俳優が新劇風に演出するのが不適当だとすれば、歌舞伎俳優が新劇風に、新劇俳優が歌舞伎風に、あるいは新派風に演じるのではどうか。『お艶殺し』は、自らを劇に擬えつつも、その劇化に際しては、既成のジャンルの枠に収まらない、各派の枠組みを逸脱する新しい劇の様式を要請した。本作が発表直後から戦後に至るまで、長期にわたり各派によって繰り返し劇化されるという近代演劇史上稀なケースになったのは、各派がこれを自らの領域に取り込みつつ、同時にそこに自らを超え出る可能性を求めたためであろう。

『お艶殺し』には、歌舞伎の近代劇であり、かつ新劇の鬖物であるような、新しい劇の領域をひらく可能性が含まれていた。それは歌舞伎と新劇、あるいは新派の間に、新しい劇を創出する可能性だと言ってもいい。それが可能性にとどまり、十分に開花することがなかったのは、各派の分断と様式化が進んだ演劇界の問題であるとともに、諸派にまたがるような劇との接点を失った小説の問題でもある。『お艶殺し』の劇化をたどることは、実現しなかったとしても端緒がなかったのではない、その可能性を発掘することになるのである。

＊1　「春琴抄」（昭9・5、帝国ホテル演劇場）は序幕のみ。なお、これ以前に我童一座が小説『お才と巳之介』（「中央公論」大4・9）を劇化した例もあるが（大8・5、京都南座）、『お艶殺し』と違って評判にならず一度きりで終わった。

＊2　市川猿之助の映画進出第一作として本作が選ばれ、欧米諸国への配給も噂されていた（「活映界／愈々来春猿之助が「お艶殺し」を撮影する」（「都新聞」大13・12・6））。

＊3　落合晴彦「潤一郎の戯曲についての断章――とくに歌舞伎風なものによせて――」（「悲劇喜劇」昭61・9）。

＊4　河盛好蔵「解説」（谷崎潤一郎『飈風・お艶殺し』昭26、創元文庫）。竹内清己「谷崎潤一郎『お艶殺し』論――「殺し」における艶美の醍醐味――」（「芸術至上主義文芸」昭51・9）も、この河盛の評への言及から書き起こしている。

＊5　伊藤整「解説」（新書版『谷崎潤一郎全集』第四巻、昭33、中央公論社→『谷崎潤一郎の文学』昭45、同）。

＊6　後藤末雄「「与太話」と今年の収穫」（「読売新聞」大4・12・4）。谷崎は「雪後庵夜話」（「中央公論」昭38・6〜昭39・1）で、森鷗外の本作への批判を後藤から聞いたと明かしている。

＊7　曽田秀彦「「大正演劇」とは何か？――民衆劇場と芸術劇場――」（『大正の演劇と都市』大正演劇研究会編、平3、武蔵野書房）。

＊8　各単行本の出版戦略については、日高佳紀「谷崎潤一郎『お艶殺し』の図像学――〈通俗〉からの回路――」（「〈奈良教

育大学）国文―研究と教育―」平18・3）に詳しい。
＊9　「解題」（谷崎潤一郎『代表的名作選集　第十八編　お艶殺し』嶋（ママ）村抱月・生田長江・相馬御風・中沢臨川編、大5、新潮社）。
＊10　「草双紙の色彩を近代的精神にて色あげせる」（「読売新聞」大5・2・11掲載の広告）など。
＊11　本間久雄「我国唯一の唯美主義悪魔主義の作者」（「中央公論」大5・4）。
＊12　香取染之助「金光教祖とお艶殺し／大阪中座四月狂言」（「新演芸」大5・5）。
＊13　「演芸」（「京都日出新聞」大6・10・8）。『近代歌舞伎年表　京都篇』第六巻（国立劇場近代歌舞伎年表編纂室編、平12、八木書店）に、盛況を伝える記事がまとめられている。
＊14　穂生「春芝居見物／吉例歌舞伎／中央劇場歌舞伎」（「神戸新聞」大7・1・5）。「松島家の若坊ン」は我童のこと。記事には神戸吉例歌舞伎が「今年から初められた」とあり、自信のほどが知られる。
＊15　「たのしみ」（「大阪朝日新聞（京都附録）」大6・10・1）より。
＊16　概要は変わらないが、四度目の上演では「若旦那」「浮世絵師」「俳諧師」といった原作にない人物が足され、若干の改変が行われたことが「筋書」からうかがえる。なお松竹大谷図書館が所蔵する大森の脚本には、大阪中座の上演（昭30・10）で用いられたものと、これらの人物が登場するもの（各一冊二ヴァージョン）があるが、いずれも大正期の脚本をどの程度反映するかは不明である。本論は上演当時の資料である「筋書」と劇評に依拠した。
＊17　早稲田大学演劇博物館が所蔵する竹柴の脚本には、警視庁検閲台本とそのもとになったと考えられるもの（各三分冊二種類）がある。検印の日付から公園劇場での二度の上演で用いられたものと推測される。
＊18　浩水「馬盥とお艶殺し」（「大阪時事新報」大5・4・6）。駆け落ちの場面の雪を雨に変更した点について「髪結新三により多く似た感じを呼び易い」と批判している。
＊19　京極生「六月の芝居（六）／我童の新作物／浪花座から（2）」（「大阪時事新報」大14・6・13）。
＊20　中内蝶二「十一月芝居／明治座」（「万朝報（夕刊）」大7・11・10）。
＊21　三宅周太郎「七月の芝居／明治座を見て」下（「時事新報（夕刊）」大7・11・10）。

＊22　香取「金光教祖とお艶殺し」（前掲）。芹沢は原作では姓のみ。
＊23　朱絃「南座十月興行／お艶殺し」（「京都日出新聞」大6・10・8）。
＊24　穂生「春芝居見物／吉例歌舞伎／中央劇場歌舞伎」（前掲）。
＊25　香取「金光教祖とお艶殺し」（前掲）。
＊26　「芸界」（「大阪時事新報」大5・4・1）より。
＊27　「新富座の須磨子／精二・抱月二氏の脚色」（「毎日新聞」大6・3・14）。
＊28　伊庭孝「芸術座の人情劇／「お艶と新助」」上・中・下（「時事新報」大6・3・12〜14）。
＊29　大笹吉雄「上演された谷崎作品」（「悲劇喜劇」昭61・9）。劇評として引用されているのは「芸術座覗き」（「東京朝日新聞」大6・3・13）。
＊30　秋庭太郎『日本新劇史』下（昭31、理想社）。
＊31　中村吉蔵「新劇の諸問題」（「早稲田文学」大6・4）。中村は我童一座への対抗心をあらわにし、芸術座版「お艶殺し」の意義を強調している。
＊32　田中栄三『新劇その昔』（昭32、文芸春秋新社）。
＊33　「蕎麦に大弱り」（大6・3・15）、「叫びとうなり」（大6・3・17）。
＊34　井桁佐平「楽屋写生帖／芸術座の裏」（「新演芸」大6・4）。
＊35　伊庭「芸術座の人情劇／「お艶と新助」」（前掲）。
＊36　中内蝶二「お艶と新助─新富座の芸術座劇─」（「万朝報（夕刊）」大6・3・11）。
＊37　名倉生「お艶と新助」（「東京朝日新聞」大6・3・17）。
＊38　田中『新劇その昔』（前掲）。
＊39　三宅周太郎『演劇五十年史』（昭22、鱒書房）。
＊40　島村抱月「中村吉蔵氏に」一〜三（「読売新聞」大6・8・25、28〜29）より。
＊41　三宅周太郎「帝劇と新富座」（「演芸画報」大10・8）。

＊42　「谷崎潤一郎原作／邦枝完二脚色　お艶殺し　四幕七場」（『新劇脚本集』天渕閣編輯局編、大10、邦光書店、同志社大学図書館蔵）。「筋書」にも「顫る足を踏しめ逃て行く」と同様の描写がある。
＊43　鈍太郎「谷崎潤一郎原作／邦枝完二脚色　お艶殺し　帝国劇場七月狂言見たまゝ」（「演芸画報」大10・8）。
＊44　畑耕一「「お艶殺し」覚書――帝劇女優劇を見る――」（「東京日日新聞」大10・7・9）。
＊45　三宅「帝劇と新富座」（前掲）。
＊46　守田勘弥「市村座を退きたる理由と今後の方針」（「演芸画報」大8・2）。
＊47　曽田「「大正演劇」とは何か?」（前掲）。
＊48　「えんげい界／舞台協会が新髷物研究／手始めに「お艶殺し」を神田新声座で上演」（「読売新聞」大13・2・26）。
＊49　「お艶殺し／新声座の舞台協会」（「万朝報（夕刊）」大13・3・4）。
＊50　升六は芸術座の「お艶と新助」にも関与していたようである。沢田は新国劇で彼を招き、立廻りを教わった。
＊51　畑耕一「舞台協会劇」（「東京日日新聞（夕刊）」大13・3・11）。
＊52　演目は「横浜貿易新報」（大9・8・29）等の宣伝、役割・場割は田中栄三『明治大正新劇史資料』（昭39、演劇出版社）を参照した。
＊53　中内蝶二「新派の三題目／新橋演舞場評判（二）」（「読売新聞」昭2・8・7）。
＊54　黄「八月の演舞場」（「東京朝日新聞」昭2・8・8）。
＊55　深町辰緒「初春の明治座」（「演芸画報」昭9・2）。
＊56　脚本は国立劇場所蔵のものを参照した。日付や役者名など上演につながる情報はないが、田島の脚色を用いた上演は管見の限りこれのみであり、このときのものと判断した。
＊57　其角「我が物と思えば軽し笠の雪」を踏まえる。なお大正七年の明治座の「お艶新助」でも、「「わが雪」の独吟で…二人が相合傘で花道へ引込む」演出が施されたという（伊原青々園「痛々しい須磨子――明治座――」（「都新聞」大7・11・10））。
＊58　野村喬「鏡花・潤一郎の戯曲」（「解釈と鑑賞」昭48・6）。

＊59　久保田万太郎「「お艶殺し」脚色」（「筋書」昭26・2、名古屋御園座。日付は昭24・9）。ただし万太郎の脚色には幾つかのヴァージョンがある。
＊60　巌谷槇一「『お艶殺し』の演出について」（「筋書」昭44・6、京都南座）。
＊61　東信一郎「お艶殺しの劇化」（「筋書」昭24・10、新橋演舞場）。

［付記］
・『お艶殺し』の本文は『代表的名作選集　第十八編　お艶殺し』（大5、新潮社）を使用し、その他の引用は初出を原則とした。傍点は原文。
・小説・戯曲の表題は『　』、その舞台化・映画化の表題は「　」で示した。プログラムは「筋書」で統一した。役者の名前は上演当時。上演年月は初日を基準にした。
・引用した「筋書」は早稲田大学演劇博物館・松竹大谷図書館蔵のものを参照した。
・本論の執筆にあたって、古井戸秀夫氏のご教示を賜わった。また資料の閲覧に際し、早稲田大学演劇博物館にお世話になった。記して感謝します。

［資料］『お艶殺し』上演年表

※主に以下の資料を参照した（年代順）。田中栄三「上演年譜」（新書版『谷崎潤一郎全集』第十三巻附録22、昭34、中央公論社）、吉田精一・北村左太夫編「谷崎潤一郎参考文献目録」（『近代文学鑑賞講座　第九巻　谷崎潤一郎』吉田精一編、昭34、角川書店）、田中栄三『明治大正新劇史資料』（昭39、演劇出版社）、橘弘一郎『谷崎潤一郎先生著書総目録』別巻（昭41、ギャラリー吾八）、大笹吉雄「上演された谷崎作品」（「悲劇喜劇」昭61・9）、『近代歌舞伎年表』（国立劇場近代歌舞伎年表編纂室編、大阪篇全九巻別冊一、昭61〜平7、京都篇全十巻別巻一、平7〜平15、八木書店）、『松竹百年史　演劇資料』（永山武臣監修、平8、松竹）、小宮麒一編『歌舞伎・新派・新国劇　配役総覧』（第6版、平11）・『歌舞伎・新派・新国劇上演年表』（第6版、平19）。

	タイトル	ジャンル	年・月	劇場	脚色	配役（お艶／新助）	備考
1	お艶ごろし	歌舞伎	大5・4	大阪中座	（座附作者）	片岡我童 嵐徳三郎	我童一座
2	お艶と新助（お艶殺し）	新劇	大6・3	新富座	島村抱月・谷崎精二	松井須磨子 沢田正二郎	芸術座
3	お艶ごろし	歌舞伎	大6・10	京都南座	武江浜次郎	片岡我童 坂東寿三郎	我童一座
4	お艶殺し	歌舞伎	大7・1	神戸中央劇場		片岡我童 阪東寿三郎	我童一座
5	お艶新助	歌舞伎	大7・11	明治座	竹柴秀葉	市川松蔦 市川寿美蔵	
6	辰巳巷談お艶新助	歌舞伎	大8・10	浅草公園劇場	竹柴秀葉	市川吉三郎 中村又五郎	
7	お艶新助	歌舞伎	大8・11	演伎座		松本武五郎 市川新之助	
8	新お艶ごろし	新派	大8・11	九条歌舞伎座	仲側紅果		大成美団
9	お艶ころし	新派	大9・1	大阪天満座			大成美団
10	お艶新助	新派	大9・7	辰巳劇場		静田健 宍戸熊介	

	11	12	13	14	15	16	17	18	19	20	21
	お艶新助	お艶殺し	お艶殺し	辰巳巷談お艶新助	お艶と新助	お艶と新助	お艶殺し	お艶殺し	お艶殺し	お艶殺し	お艶殺し
	新派	歌舞伎	新劇	歌舞伎	大衆演劇	大衆演劇	新劇	歌舞伎	歌舞伎	新派	合同（新派＋歌舞伎）
	大9・8	大9・10	大10・7	大10・11	大12・4	大12・6	大13・3	大13・7	大14・6	昭2・8	昭9・1
	横浜喜楽座	京都歌舞伎座	帝国劇場	浅草公園劇場	大阪芦辺劇場	大阪玉造座	神田新声座	浅草観音劇場	大阪浪花座	新橋演舞場	明治座
	伴梨軒	武江浜二郎	邦枝完二	竹柴秀葉			邦枝完二	邦枝完二	大森痴雪	邦枝完二	田島淳
	川上喜代子 近江二郎	中村福太郎 片岡秀郎	森律子 守田勘弥（13）	市川吉三郎 嵐和三郎			岡田嘉子 山田隆弥	松本錦吾 市川八百蔵	片岡我童 坂東寿三郎	河合武雄 喜多村緑郎	水谷八重子 片岡我童
			帝劇女優劇		兄弟劇団		舞台協会	伝二郎一座			各派男女優合同興行

22	お艶殺し	歌舞伎	昭24・10	新橋演舞場	久保田万太郎	尾上梅幸 市川海老蔵	
23	お艶殺し	歌舞伎	昭25・1	大阪中座	田中澄江	中村富十郎 市川寿海（休演のため代役に片岡我当）	
24	お艶殺し	歌舞伎	昭26・2	名古屋御園座	久保田万太郎	尾上梅幸 市川男女蔵	菊五郎劇団
25	お艶新助つきゆきばなし	舞踊劇（東をどり）	昭28・11	新橋演舞場	久保田万太郎	染福 まり千代	
26	お艶新助月雪ばなし	舞踊劇	昭29・9	大阪歌舞伎座	久保田万太郎	中村扇雀 実川延二郎	
27	お艶殺し	歌舞伎	昭30・10	大阪中座	大森痴雪	嵐雛助 実川延二郎	
28	お艶殺し	歌舞伎	昭33・4	新宿松竹座	久保田万太郎	大谷友右衛門 守田勘弥（14）	
29	お艶殺し	歌舞伎	昭34・4	大阪毎日ホール	久保田万太郎	大谷友右衛門 実川延二郎	花梢会
30	お艶殺し	歌舞伎	昭34・7	名古屋御園座	久保田万太郎	大谷友右衛門 実川延二郎	花梢会

31	お艶新助つきゆきはなし	舞踊劇	昭35・12	東横ホール	久保田万太郎	中村扇雀 坂東鶴之助	
32	お艶殺し	歌舞伎	昭43・8	新橋演舞場	久保田万太郎	中村雀右衛（大谷友右衛門） 市川猿之助	
33	お艶殺し	歌舞伎	昭44・6	京都南座	久保田万太郎	中村雀右衛門 市川猿之助	
34	お艶殺し	歌舞伎	昭48・9	歌舞伎座	久保田万太郎	坂東玉三郎 中村福助（8）	
35	お艶殺し	商業演劇	昭51・2	三越劇場	久保田万太郎	朝丘雪路 沢村訥升	
36	お艶殺し	商業演劇	昭51・3	名鉄ホール	久保田万太郎	朝丘雪路 津川雅彦	
37	刺青―谷崎文学の精髄―	商業演劇	平2・10	日生劇場	堀井康明	浅岡ルリ子（お艶に恋する手代幸助に嵐市太郎、お艶と駆け落ちする旗本芹沢慎之介に中井貴一）	
38	お艶殺し	歌舞伎	平5・6	新橋演舞場	久保田万太郎	中村福助（9） 坂東八十助	

第四章　小説家の戯曲 ——『愛すればこそ』『お国と五平』論

はじめに

谷崎潤一郎には、小説家である以上に戯曲家であるかのような一時期があった。大正末、さらに限定して言えば、大正十一（一九二二）年である。

『愛すればこそ』（「改造」大10・12、「中央公論」大11・1（原題「堕落」））を皮切りに、大正十一年の谷崎は、『永遠の偶像』（「新潮」大11・3）、『彼女の夫』（「中央公論」大11・4）、『お国と五平』（「新小説」大11・6）、『本牧夜話』（「改造」大11・7）、『愛なき人々』（「改造」大12・1）、『白狐の湯』（「新潮」大12・1）とたて続けに戯曲を発表した。三宅周太郎は、大正十一年の劇文壇が谷崎によって席巻されたとその印象を語る。[*1] この年の活躍を受け、国民文芸会は翌年谷崎を戯曲家として推挙した。小山内薫は、『愛すればこそ』を転機として「戯曲家としての谷崎君が、最近になつて非常に鮮かになつて来たことは確か」だと述べ、「去年一年の成績」によるこの推挙を「極めて至当のこと」[*2]と太鼓判を押した。

戯曲の発表は、以後大正末年まで続いた。[*3] 新作を中心に戯曲だけを収録した単行本も次々刊行され、『愛すればこそ　谷崎潤一郎戯曲集』（大11、改造社）はベストセラーになった。[*4]『愛なき人々　谷崎潤一郎戯曲集』（大12、改造社）、『潤一郎傑作戯曲集』（大12、金星堂）、『無明と愛染　谷崎潤一郎戯曲集』（大13、プラトン社）、『現代戯曲全集　第六巻谷崎潤一郎篇』（大14、国民図書）のように、表題に「戯曲集」と銘打つものも多い。[*5] こうした事態は、当時これらの諸作が戯曲であることを明示された上で、読むものとして流通し受容されていたことを示していよう。

谷崎の場合に限らず、「戯曲集」の呼称が定着し、当代の作家の創作戯曲の刊行が急増するのはこの頃である。[*6] 岸田国士は、大正末から昭和初めの数年間を「戯曲時代」と規定する。[*7] 岸田によれば、それは「昨日までは小説のみで埋められてゐた」雑誌の創作欄を「読み物としての戯曲が可なりの頁数を占めるやうになつた今日の時勢」[*8]と説明される。自身も多くの戯曲を発表した正宗白鳥も、「雑誌上の新脚本」が「雨後の筍の如く簇生してゐる」[*9]と言い、「以前は読物としての脚本は歓迎せられなかつたのに、近年は小説同様に読者に読まれるやうになつた」[*10]とそれらが読み物である点を強調する。読み物としての戯曲はレーゼ・ドラマと呼ばれ、戯曲史は大正末期を「多くのレーゼ・ドラマが生まれ、多くのレーゼ・ドラマ論者が輩出した」[*11]時期と記述する。後述するように谷崎もこの頃、白鳥に事寄せて「読む脚本――レーゼドラマ」[*12]の価値を主張した。戯曲時代とは、多くの戯曲が雑誌上に発表され、「戯曲集」の形で刊行され、戯曲が小説と同様に読まれた時期であった。レーゼ・ドラマには否定的な意見もあったが、その是非を問うことも含めて、戯曲はこの時期、読むものとして見出されたのである。

ただし、このような事態をもってこの時期の谷崎を「戯曲家」、あるいは「劇作家」と呼ぶのは正確ではない。戯曲時代には、谷崎や白鳥など小説家として既に名の知られた作家たちが戯曲の制作に取り組んだが、それは彼らの戯曲家への転身を意味しなかった。石川巧は、「一連の戯曲ブーム」の衰退とともに「レーゼ・ドラマに手を染めたにわか劇作家たちは、やがてみな小説の世界へと戻ってい」[*13]ったと指摘する。谷崎も戯曲時代を過ぎるとその後は『顔世』（「改造」昭8・8〜10）一篇があるのみで、戯曲の制作を離れる。

何より彼らには「小説家」の呼称が付いてまわり、その戯曲はしばしば「小説的」の形容をもって評されていた。

たとえば先に引いた小山内薫のコメントも、「戯曲を小説のやうに書くといふのは、確かに近代の戯曲の書き方の一進歩ではあるが、戯曲は飽くまでも戯曲でなければならないので決して小説であつてはならない」と前提をした上で、『愛すればこそ』以後の近作を「小説家としての谷崎君が後へ隠れ」るようになった点で評価するという趣旨であった。林廣親は『お国と五平』を例に、谷崎の戯曲の表現が「小説的で劇としての洗練に欠けるというのは今日にいたるまでの通念と言ってよい」[*14]とその評価史を整理する。彼らの諸作は劇作家のそれとは区別され、あくまで小説家の戯曲と見做されたのである。

戯曲時代の小説家たちの戯曲は、演劇の文脈では概して評価が低い。永平和雄は、「多数の小説家が戯曲の筆を執り、文芸雑誌・総合雑誌が争ってそれを掲載した、大正末のいわゆる「戯曲時代」に生産された戯曲の量は、近代文学史上空前であったけれども、そのほとんどは小説家の安易な余技的気分をモチーフにして、むしろドラマトゥルギーの創造へのきびしい意識を曖昧にするものではなかったか」[*15]と、戯曲史におけるその意義に懐疑的に言及する。永平は「もっとも、著名な小説家としてこの一時期劇作に従った作家のうち、谷崎潤一郎と正宗白鳥は見るべき作品を残している」と続けるのだが、戯曲として優れた作品を選別するより、問うべきはむしろ、「小説的」と評される彼らの戯曲の、戯曲としては不備だとされるその特有の表現だと思われる。

本章では、戯曲時代の谷崎を代表する二つの戯曲、『愛すればこそ』と『お国と五平』を取り上げる。読むものとしての戯曲が作り出す表現を抽出し、小説家の戯曲の史的意義を考察することがここでの目的である。

一　戯曲と舞台

『愛すればこそ』と『お国と五平』は、人物たちが議論をする場面からなる戯曲である。

『愛すればこそ』では、名家の娘の橋本澄子、帝大助教授の三好数馬、歌劇俳優の山田礼二の三者の関係をめぐって、登場人物たちが議論を行う。所を「橋本家の一室」に設定する第一幕は、まず澄子の母と兄、三好らの会話を通じ、三者の現在の状況を提示する。それによれば、澄子は婚約者であった三好を捨て山田と同棲しており、山田は刑事に追われる身だという。兄は澄子の現状を「君に対しても山田に対しても悪い」と批判し、彼女を思い切るよう三好に忠告する。だが三好は「君の云ふ事にも一理はある、理窟から云へばさうかも知れない」と譲歩しつつ、悪人である山田に同情する澄子であればこそ自分は彼女を愛する、「君の云ふやうに、山田君も悪いが澄子さんも悪いと云ふなら、僕だつて悪くないことはない」と反論する。そこに澄子が登場し、山田を愛せなかった自分が悪かったと、三好に向かって山田と別れる決意を語る。ところが澄子を追って登場した山田が三好との議論の末刑事に連れ去られると、澄子は突如前言を翻し、今度こそ山田を愛し救わなければならないと言って退室する。いったんは山田のもとを離れ三好と接近するかに見えた澄子は、末尾で再び山田のもとに戻る。「堕落」のタイトルで発表された第二・三幕もこれを反復し[*16]、三好は「あゝ、僕等は一体いつ迄こんな風なんでせう」と嘆息する。

このように人物たちは言葉を尽くし互いに説得し反論し合うが、三者の関係は変化しない。彼ら自身それが無益な行為だと口にしさえする。兄は「つい話が議論に外れてしまつたが、僕は今君を掴まへて議論を闘はしたつて仕様がない」と言い、三好は「もうそんな話は止めようぢやありませんか」と言って議論を打ち切ることを提案している。

議論は堂々巡りで、人物たちはその枠の中で熱心に「愛」や「悪」に関する自説を披露し合うのである。

現代劇と時代劇、多幕物と一幕物という違いこそあれ、これは『お国と五平』も同様である。『お国と五平』では、一人の女性と彼女を争う二人の男性が「恋」や「悪」について議論を行う。お国と従者の五平は、お国の夫・伊織の敵討ちのため、敵の友之丞を探して各地を放浪してきた。そこに不審な虚無僧実は友之丞が登場し、ずっと二人の跡をつけていたと打ち明ける。早速剣を合わせようとする五平を友之丞は「まま、そのやうに騒がずともよい」[*17]といなし、「此の台辞の間に、友之丞は松の根方に腰をおろ」し「お国と五平とが左右よりそれを囲むやうにする」。以後、友之丞が斬り殺される末尾まで、三人はこの配置のまま議論を続ける。

議論は、立ち合いを迫る五平らと、それを避けようとする友之丞の間で、何度も同じところを循環するように進む。五平は「池田様、…お立ち合ひなされい」「……いかがでござります？　池田様、さ、さ、男らしう勝負をなされい」「あまり時刻の移らぬうちに、――さ、さ、池田様、…お立ち合ひなさりませ」と友之丞に繰り返し呼びかけ、立ち合いを促す。だが友之丞は「いつでも討たれる」と言いながら、「ぢやが」「いやいや」「い、や」「したが」と逆接によって議論を覆し、「まま、その言ひ訳は後で申さう」「拙者から云はせれば」と話を継いで先延ばしをはかる。二人は「云はせて置けば途方もない事を」と憤慨し、また「さうお云やるのも尤もぢや」と説得もされつつ彼の話を聞き続ける。だが結局は議論の帰結とは無関係に友之丞を斬る。

『愛すればこそ』も『お国と五平』も、それぞれの場面で起こっていることを取り出せば、人物たちが延々と議論をしているだけである。三宅周太郎は、谷崎の戯曲の技巧上の不備として「長すぎる事、動きがない事、説明的にすぎる事」を難じる声があると整理した上で、「氏の脚本の如きは、その欠点、冗漫、無駄を舞台監督によつて整理せられゝば足りる」[*18]と擁護した。ここには戯曲を舞台と区別し、劇とは別の基準で評価する姿勢が見られる。三宅の評は大正十一年七月に帝国劇場で行われた『お国と五平』の初演の印象をもとにするのだが、谷崎も後年、自ら舞台監督をつとめたこのときの上演について、小山内薫に「もつと動きをつけた方がよくはないか」と意見されたこと、また「観客席から見てゐて、…セリフがくど過ぎる、我ながら冗長だと感じた」[*19]ことを回想している。台詞に「実に不必要な繰り返しが多く、長たらしい気がした」というのである。小山内は大正十一年六月に予定されていた『愛すればこそ』の上演の際にも「台詞をカツトしたいといふ注文」[*20]を出したという。

注目すべきは、動きのない人物に動きをつけるのと同様に、台詞の冗長さが演出によって改めることの可能なものだと考えられている点である。それは戯曲と舞台の間でいわば着脱可能なものと見做されている。谷崎は自作の上演に際し、冗長な台詞を削るテキスト・レジーを歓迎する旨を繰り返し述べていた[*21]。

戯曲における台詞とは、人物の発話を記述するものである。だがこれらの戯曲の台詞には、発話としては過剰であり不要であるような部分が含まれており、それは上演に当たって取り外し得ると目されていた。読むものとしての戯曲に特有の表現は、発話を記述する台詞の、この冗長さのうちに見て取ることができるのではないか。たとえば『お国と五平』では、お国の台詞に「聞けば聞くほど面の憎い」、五平の台詞に「聞けば聞くほどお前様は執念きお人ぢや」と、同じ「聞けば聞くほど」のフレーズが用いられている。これは彼らが同じ言葉を口にしているというより、議論の際限なさを表す修辞として捉えるべきであろう。戯曲の台詞は、人物たちの発話を記述するのみならず、それ自体文体を備える。以下、『愛すればこそ』と『お国と五平』という二つの戯曲に即して、人物の発話を記述する台詞の文体、谷崎の言い方を借りれば「セリフの文章」、「詞章」[*22]を検討することとする。

二　台詞の文体

『愛すればこそ』の第一幕、澄子を追って登場した山田は、三好から「山田君、暫くでしたね、僕は三好です」と声をかけられ、次のように応対する。

（山田）ああ、三好君ですか、失礼しました、僕はあなたにお願ひします、どうか澄子に会はして下さい、…僕はあなたの御好意を感謝します、あなたの同情に訴へてお願ひします、どうか澄子に会はして下さい、…

雑誌発表時には、右の山田の台詞の前後に「（始めて三好の方を振り向き、急に力を得た様子で）」「（以上少しも皮肉でなく、昂奮した、オドオドした態度で云ふ）」というト書きが添えられていた。まずは単行本収録の際に削除されたト書きに着目し、それを手がかりに本作の台詞の文体を検討しよう。

『愛すればこそ』では、第一幕だけで他に「と云つてモヂモヂしてゐる」「静かに、取り澄ました態度で云ふ」「言ひ難くさうに」「ホツとして」「そ知らぬ風を装ひつゝ、刑事に向ひ」「感謝の涙を浮かべながら」「強ひて冷静に」「愕いて澄子と眼を見合はせる」「さう云つて、澄子と二人の顔を判じるやうに見る」「さしうつむいて」「思ひ直してや、妥協的に」等、多くのト書きが削除されている。[*23] これらのト書きは、台詞を発する人物の様子を描き出し、その台詞を人物が別の人物に向かって行う発話として場面の中に配置するものである。注目したいのは、本作の台詞に、このト書きの機能を代替するような言葉が含まれていることである。以下は同じく第一幕より、三好とよりを戻すことにした澄子が母に促され、兄に謝罪する場面である。単行本で削除された卜書きを補った（傍線部）。

（牧子）……澄子や、お前お兄様によくお詫びをしたらい丶でせう。
（澄子）（多少意を持つた顔つきでチラリと兄を一瞥する）お兄様、いろいろ御心配をかけまして申訳がございません、今迄の事は私が悪うございました。
（圭之助）僕はお前を赦し難いと思つて居たんだが、……しかし、三好君の好意に対して、もう何にも云はない事としよう。三好君、ほんたうにいろいろ有り難う、…

澄子は母から「澄子や、お前」と声をかけられ、「お兄様に」詫びを言うよう促される。澄子は「お兄様」と兄に呼びかけた上で、「私が」悪かったと謝罪する。兄は「僕はお前を」許すと受け入れ、今度は「三好君」と呼びかけ、三好に向かって礼を言う。つまりこれらの台詞の中には、それが誰から誰に向かって行われる発話であるかを示す語句が含まれているのである。先の引用でも、「山田君」と呼びかけ「僕は三好です」と名乗る三好の台詞を受け、山田の台詞は「ああ、三好君ですか」と三好への呼びかけにはじまり、三好を指す「あなた」の語を繰り返していた。たとえば、「三好の方を振り向き」や「兄を一瞥する」といった卜書きを残し、台詞の中の「三好君」や「お兄様」の語を削ることも可能だろう。これらの台詞に含まれる人物を指示する語句は、人物と人物が相対する場面の中の発話としては省略するほうが自然だと思われる。また「僕はあなたにお願ひします」「僕はあなたの御好意を感謝します」のような表現は冗語法と言うべきものであり、目の前の相手に依頼や感謝の意を伝えるのであれば、「お願ひします」「御好意を感謝します」と言うだけで済むはずである。

『お国と五平』でも同様に、人物たちは「池田様」「お前様」「友之丞」「そなた」と互いに繰り返し呼びかけ合う。彼らはその場を動かずに議論をし続けているが、にもかかわらず台詞の中には「池田様、赦して下され、私が悪うござりました」「私は、そなたには愛憎が尽きた」のようにそれが誰から誰への発話であるかを説明する語句が見える。これらの戯曲では、台詞は、ト書きによって説明し省略することが可能であり、また場面の中の人物の発話としては省略するほうが自然であるような語句を、その文言の一部に含むのである。別の言い方をすると、これらの戯曲の台詞は、場面の中で行われている人物たちの発話を切り取って並べた文体にはなっていない。台詞は、人物の発話を記述するものであるとともに、発話を逸脱する冗長さをその文体において備えるのである。

　石川巧によれば、大正末のレーゼ・ドラマは総じて「場面設定や登場人物の動作等を指定したト書きが極端に少なく」、「ト書きに吸収されてしまいがち」な部分を「できる限り台詞化*24」しているという。長谷川朋子は、『愛すればこそ』以降の谷崎の戯曲で「ト書きの量が全体的に減る傾向*25」があると指摘するが、なるほど谷崎自身が「ト書きの中に作者は血みどろな幻想を描いた」と「長いト書き*26」への着目を促す『恐怖時代』（「中央公論」大5・3）とは違って、『愛すればこそ』や『お国と五平』のト書きは簡潔である。たとえば『恐怖時代』で「いきなり斬りかゝ」り「後ろから脳天の骨を横に殺」ぎ、「肩先へ、…更に第二の太刀を浴びせ、襟髪を取つて引き擦り倒」した後、「刀を捨て、匕首を抜き放ち、女の胸へ乗りかゝりつゝ、止めを刺す」というように長々と描写される人を斬る行為も、『お国と五平』では「斬つてかゝる」「止めを刺す」という最小限の記述で片付けられている。戯曲時代の谷崎の戯曲は、ト書きを切りつめ、専ら台詞によって進行する。それはト書きの描写ではなく台詞を、台詞ばかりが続くことによって作り出される表現を読むものであったと考えられる。以下では、専ら台詞によって進行するこの時期の戯曲の、台詞と台詞の関係性を抽出する。

三　戯曲と台本

『お国と五平』は、大正十一年七月の初演以来、谷崎の戯曲中最多の上演回数を重ねている。[＊27] 谷崎は「或る日の問答」（「中央公論」昭35・1）で、自ら舞台監督をつとめた初演では「セリフがくど過ぎる、我ながら冗長だと感じた」が、その後は「演出者たちが原作者たる僕の諒解を得て適当に無駄な文句を切り取」ったおかげで「回を重ねるに従つて引き締まつたものになつた」と本作の上演史を振り返っている。では、具体的に台詞のどのような部分が冗長だと判断され削られたのか。

松竹大谷図書館には、『お国と五平』の台本が十四件所蔵されている。そのうち昭和五（一九三〇）年十二月の京都南座公演の稽古用台本は、予め台詞の一部を抜いた本文に、貼り込みや書き込みによってさらに多くの削除を指示する。[＊28] 調査の結果、ここでの削除は昭和二十四年四月の大阪歌舞伎座公演のものと推定される台本にほぼそのまま引き継がれていることが確認された。[＊29] 多くの削除が施された台本と対照することで、翻って冗長とされる戯曲の台詞の、台詞と台詞の関係性を浮かび上がらせたい。

まず、お国・五平・友之丞の三人が議論を行う場面から、最初のまとまった削除が見られる箇所を参照する。便宜上、台本の削除部分に傍線を、台詞に通し番号を付した（以下同様）。

①（お国）これ友之丞、…かりにも御家老の家に生れた身が、まあ浅ましい其のやうな姿になつて、……

②（友之丞）浅ましいのは拙者とてもよう知つてゐる。ぢやが、拙者は命が惜しかつたのぢや。

③（五平）池田様、お前さまも今こそ落ちぶれておいでなさるが、昔は武士の端くれではないか、命が惜しいとはよう云はれた。……

④（友之丞）さ、さ、その臆病を笑つてくりやれ、いかほど人に笑はれても、拙者は命が惜しいのぢや。

⑤（お国）そのやうに命の惜しいそなたが、何で私どもの居る前へ出て来やつた？　それともそなた、とても逃れぬ所ぢやと覚悟をきめておゐやるのか？

①（友之丞）いやいや、覚悟が出来た訳ではない、――…

台本では、③・④のように台詞ごと、また連続するやりとりごとまとめて削除するケースが散見される。なるほどこれらの台詞を除いても、立ち合いを避けようとする友之丞が責められるという、議論の枠組みは変わらない。「拙者は命が惜しかつた」（②）と言う友之丞に、お国は「そのやうに命の惜しいそなたが」（⑤）と返しており、会話としても無理なくつながっている。なお、五平の台詞のうち「今こそ落ちぶれておいでなさるが」（③）の部分は戦後の単行本収録の際に削られ、現行の本文にはない。[*30] この部分は同じ台詞の中の「昔は武士の端くれ」と対をなす。作者による改稿はこうした一つの台詞の中での重複するような部分を削るにとどまり、台本のように一つの台詞や一つながりのやりとりをまるごと削除する例は見られない。

台本は、人物たちの会話の流れを維持しつつ、台詞の冗長さを改善しようとする。しかしこれによって台本では、戯曲にあった台詞と台詞の間のある関係性が失われることになる。どういうことか。さらに別の削除例を参照しよう。お国にこの期に及んで「一寸逃れに逃れようとおしやるのか？」と詰め寄られた友之丞は、次のように返答する。

①（友之丞）逃れられるものならば、一寸でも二寸でも逃れたい。…今更こんな事を云うたとて愚痴かも知れぬが、……そなたの夫の伊織殿と云ひ、又ここに居る五平と云ひ、侍の道をよく弁へた剣道にすぐれた人は仕合はせぢや。拙者はつくづく二人の者が羨しうてならぬわい、……

②（お国）そなた、人を羨むほどなら、なぜ自らも男らしうしないのぢや。

③（友之丞）男らしうしたいのぢやけれど、生れつき此のやうな、女々しい気だてを持つて来たものを、自分の力でどうする事が出来ようぞい。拙者とても…一人前のものゝふぢやと云はれたうござつた。さうすればお国どのからも、——あゝまで嫌はれはせなんだであらうに、……今頃はいとしいそなたを妻に持つて、一生楽しく日を送ることが出来たであらうに、……それも此れも、みんな拙者の生れつきが悪いからぢや、つまり拙者が不運なからぢや。

④（お国）不運と云ふのは亡き夫の伊織殿のことぢや。…そなたが人に嫌はれるのはそなたの身から出た錆ぢや。

⑤（友之丞）いかにも拙者は人に嫌はれた。…そなたばかりか多くの人に蔑すまれた。ぢやが拙者から云はせれば拙者の気だての悪いのは自分の知つたことではない。…拙者の心は生れながら醜いのぢや、…それなのに拙者を攻めたとて無理ではないか。

⑥（お国）そなた、それほど自分の醜さを知つて居ながら、なぜ人の恋を羨んだのぢや。

②（友之丞）おゝ、羨まないで何としようぞ。——伊織どのも人間なら拙者とて人間であらうに。…＊31

台本は、お国の三つの台詞（②、④、⑥）をすべて削除し、友之丞の四つの台詞（①、③、⑤、⑦）を部分的に削りつつ一回の発話としてつないでいる。戯曲では、お国が「そなた」と呼びかけ友之丞に質問し反論を差し挟む形で、二人の交わすやりとりが記述されていた。台本は、友之丞の台詞を分断していたお国の台詞をすべて削除し、これを友之丞が一方的に話し続ける場面へと作り変えている。台本では、この後に続く「ではお前様は」と友之丞に呼びかけてはじまる五平の質問と、それに対する友之丞の返答もまとめて削除されている。これによって「今更こんな事を云うたとて愚痴かも知れぬが」①と託ちつつ述べられる友之丞の長い台詞は、「そのやうな繰り言を、いつまで聞いたとて埒は明かぬ」と言って立ち合いを迫る五平の台詞へと短絡されることになる。つまり台本におけるこれらの削除は、この一段を友之丞が長々と「愚痴」を言い、五平がそれを「繰り言」として退ける場面と捉え、その把握に従って、台詞を刈り込み整理したものと推測される。

改めて戯曲の台詞を順にたどろう。右のやりとりで、台詞は必ず直前の台詞の中のある語句を受け、それを反復している。お国に「一寸逃れに逃れよう」とするのかと詰め寄られた友之丞は、そのお国の台詞の中の「一寸逃れ」というフレーズを受け、「一寸」でも「逃れ」たいと言い、お国の夫の伊織や五平が「羨しうてならぬ」と続ける①。お国は「羨む」なら自分も「男らしう」すればいいと返す②。友之丞は「男らしう」したいが出来ない、自分は「不運」だと言い③、お国は「不運」なのは伊織だと反論する④。以後も「人に嫌はれる」④→⑤、「醜い」⑤→⑥、「羨む」⑥→⑦と、しりとりの要領で、各台詞は前の台詞の中のある語句を引き継ぎ、次の台詞へとまたある語句を渡していく。

これは会話において前の発話の内容を踏まえて次の発話が行われるのとは別種のことである。たとえば「なぜ自らも男らしうしないのぢや」②という質問に対しては、③のように「男らしうしたいのぢやけれど」と「男らしう」の語を反復するのではなく、「さうしたいのぢやけれど」と指示語によって内容を置き換え返答することも可能であろう。「そなたが人に嫌はれる」④のは当然だと立腹するお国に、友之丞は「いかにも拙者は人に嫌はれた」⑤

と同意するが、賛意を表明するには「いかにも」の語だけで事足りる。「人に嫌はれる」のフレーズの反復も、お国の台詞の中の「そなた」の語も、それを友之丞の側から捉え返した「拙者」の語も不要である。

むろん本作のすべての台詞が直前の台詞の中の語句を反復するわけではない。だが最初に引用した三人のやりとりでも、「浅ましい」（①→②）、「命が惜しい」（②→③→④→⑤）、「覚悟」（⑤→⑥）と、台詞から次の台詞へ、さらにまた次の台詞へと、ある語句が反復され引き継がれていくさまが確認できる。一つの台詞ごと、また一連のやりとりごとまとめて削除する台本では、戯曲にあったこの隣り合う台詞同士の関係性が失われる、もしくは弱められる。

四　戯曲と小説

同様の関係性は、『愛すればこそ』の台詞にも認められる。たとえば以下は第一幕の澄子の兄と三好のやりとりである。兄は「ところで君」と呼びかけ、「僕は君の考へを聞きたい」と宣言した上で、「どうしたらいゝ」かと三好に問う。


（三好）どうしたらつて、君やマーザーの考へはどうかね。

（圭之助）いや、僕等よりは君の考へだ。…刑事の話を聞けば可哀さうだとは思ふけれども、…ねえ、君、君は一体どう思ふかね？　君は今でも、あゝ云ふ話を聞いた後でも、やはり澄子を愛して居るのかね？　僕は…心から忠告したいんだが、…いつそ男らしくあきらめてしまつちやどうかね？

（三好）有り難う、――君の御忠告に対しては有り難うと云ふより外はない。しかし、君に男らしくないと云つて笑はれるかも知れないが、僕は今でも、矢張り澄子さんをあきらめる事が出来ないのだ。僕は、君とは反対に、刑事の話を聞いてから猶更さう云ふ心持が募つて来て居る。…いぢらしい気がして一層思ひ切れなくなるのだ。

「どうしたら」いいかと互いに「君」の「考へ」を尋ね合う二人の台詞の後、「刑事の話を聞」いた上での「忠告」として澄子を「男らしくあきらめ」るようすすめる兄の台詞、「忠告」には感謝するが「男らしく」ないと笑われても「あきらめ」られない、逆に「刑事の話を聞」いたことで一層澄子を「いぢらしい」と思うと述べる三好の台詞が続いている。この後も、「いぢらしい」という三好の台詞の中の語句を引き取って、兄は「けれども君」と三好に呼びかけ、「「いぢらしい」と云つて感心すべき事だらうか？」と反駁し、「責任は僕にある」と言う三好に対し、「それなら僕は君に尋ねる、――君がそれほど自分の責任を感じて居るなら」なぜ澄子を奪わなかったのかと、「責任」の語を反復して問い返す。

台詞の文言を発話を記述するものと捉えるなら、これらの戯曲で、人物たちは繰り返し呼びかけ名乗り合い、自分が誰に向かって話すかを説明し、互いに相手の発したフレーズをおうむ返しにしながら議論を行っていることになる。人物たちはあたかも相手が口にした語句を反復し、呼びかけられた「君」の語を「僕」に、「そなた」を「拙者」に反転させることで会話を続けているかのようである。ただし、場面の中の彼らは必ずしもそのようなことをしているわけではない、少なくともそのように話しているとは受け取りにくい。台詞と台詞の関係性は、台詞を人物の発話へと変換するとき、表現としてはいわば脱落するのである。

この点について、戯曲時代の後の谷崎の小説、『蓼喰ふ虫』（「大阪毎日新聞」「東京日日新聞」昭3・12・4〜昭4・6・

18）の中の会話と比較してみよう。『蓼喰ふ虫』には地の文がほとんどなく会話だけで進む場面があり、一見すると戯曲の形式に近い。以下に引くのは、劇作家の川口一郎が「戯曲的」な会話の例として示す箇所である。*32

「ええ、今度は東京へ行くもんだからね。………お気に召したのがあればいいんだが、どうせまた悪口ぢやあないのかな。」

「まあ、随分買ひ込んでいらしつたのね、まるで呉服屋の番頭みたいに。――」

「あたしに幾つ下さるの？」

「二本か三本に願ひたいね。………どうです、此れは？」

「地味だわ、そんなの。」

「此れが地味かなあ。――一体いくつになるんですよ。…」…

「ぢやあ緞子を頂くわ、まだその方がいくらか得だから。――どう？　これは？」

「それか？」

「それか？――ッて、何よ？」

「そいつは麻布の一番下の妹にやる積りだつたんだ。」

「まあ、驚いた、そりや鈴子さんがお可哀さうだわ。」

「驚いたとは僕の方で云ふこッてすよ。こんな派手な帯をしようなんて、色気違ひだな。」

「ふ、ふ、どうせあたしは色気違ひよ。」

はつと思つた時はもう遅かつたが、美佐子はその場を救ふためにわざとづうづうしく笑つた。

美佐子は、夫の従弟である高夏の上海土産の帯を選んでいる。美佐子がある帯を選ぶと、高夏は「それか？」と驚き、美佐子は「それか？――ッて、何よ？」と言い返す。末の妹のために買ったものだと説明する高夏に、これを年若い娘にとは「驚いた」と美佐子は呆れ、高夏は「驚いたとは僕の方で云ふ」ことだと美佐子の派手好みを揶揄する。このとき彼が不用意に発した「色気違ひ」の語は、離縁を望む夫に促され恋人と逢瀬を重ねる美佐子の現状を指すとも取れ、美佐子は「どうせあたしは色気違ひよ」と自嘲してみせる。

一連のやりとりでは、直前の発話の中の「それか？」「驚いた」「色気違ひ」のフレーズが反復されている。ただしこれらはすべて場面の中の人物たちがある意図のもと、相手の言葉を自ら繰り返して言ったものである。対して、谷崎の戯曲における隣り合う台詞と台詞の連続性は、人物の発話行為には回収し切れない。たとえば『お国と五平』では「なぜ自らも男らしうしないのぢや」というお国の質問に、「男らしうしたいのぢやけれど」と返答するとき、友之丞はお国の発した「男らしう」の語を引用し復唱してはいない。いや、してはいるのかもしれないが、繰り返すこと自体を意図しているとは言えない。会話における語句の反復が、人物の水準で起こっていることとして提示されているかどうかが、両者を分かつ一線である。

谷崎の幾つかの戯曲の演出を手がけた武智鐵二は、谷崎戯曲の特徴を「冗長な台詞」に見て取り、それを「劇的対話」と対置し「小説的な叙事[*33]」と形容した。台詞の文体について述べた以下の彼の評は概ね妥当である。

> もはや劇的対話でなく、話し言葉でなく、戯曲のダイアローグとしての性格をまるで欠いているようでさえある。それは登場人物の会話の態様は借りているけれども、実際には小説的な叙事、乃至は心理の説明であることが多い。それは劇的シチュエーションにかかわりなく、又相手役の心理の推移や仕科のための適切なタイミングを考

慮することなく、一方的に、説明的に、述べられる。

しかし、台詞の冗長さは、「劇的」でないとしても、「小説的」であるのかどうか。『愛すればこそ』『お国と五平』は、専ら台詞によって進行する戯曲であった。そこでは台詞は前の台詞の中にある語句を反復し、また反転させるようにして次の台詞へと連なっていく。それらの語句は、人物と人物が相対する場面の中の発話としては不要であり過剰であるが、それによって台詞は、人物の発話を記述するのみならず、発話に回収されない表現をその文体において備える。武智の評を踏まえるなら、「登場人物の会話の態様」を「借り」ることによって、この表現は可能となっている。小説と同様に読むものであったこの時期の谷崎の戯曲は、発話ならぬ台詞が言葉の上で連なり展開するという、戯曲において可能となる表現を作り出しているのである。

おわりに

谷崎は昭和二年の文芸時評「饒舌録（感想）」（「改造」昭2・2〜12）で、「「読んでは面白いが舞台にはかけられない」と云ふ一言の下に片附けてしまつて、さう云ふものは真の脚本ではないとする」意見もあるが、「読んで価値のあるものならば、それも一種の芸術であることは確かである」と述べて、「読む脚本――レーゼドラマ」の価値を主張した。これを正宗白鳥に話したところ、白鳥は「私が疾うから云つてゐること」だと言って「同感」したという。*34 彼らはレーゼ・ドラマの是非に関して議論が行われていることを踏まえた上で、読むものとしての戯曲を擁護する立場を表明していた。興味深いのは、彼らがともに戯曲を「形式」の一つと位置付け、それを小説と並置していることである。

　われわれが創作をする場合に、…普通の小説の形式よりも脚本の形式に於いて表現する方が、扱ひ易く、効果を出し易い時がある。

（谷崎「饒舌録」）

（上演を念頭におかないなら――引用者注）戯曲の形式を取らなくてもいいだらうと云はれるが、在来の小説の体裁よりも戯曲体によつた方が、一層よく自分の思ふところを発揮することが出来るとしたらそれでい、ではないか。

（白鳥「新劇協会所演観」）

　白鳥は「この頃は脚本の体裁を取つた方が小説よりも余程書きい、ので、小説体の小説を書かうと企ててゐるものを、机に向ふとつい脚本の形式に変へる気になる」*35とも述べていた。ここでは戯曲と小説が、あれかこれかの二者択一の選択が働くような形式として、同列に置かれている。『愛すればこそ』に関して谷崎が「「どうしても劇にならないから小説にしようと思ふ」と語つたことがある」*36との証言もあり、執筆に際し戯曲か小説かの形式の選択が行われたらしいこと、少なくとも当時そのように見做されていたことが確認される。

　戯曲時代とは、戯曲が戯曲であることを明示された上で小説と同様に読まれた一時期であり、また読むものとしての戯曲の是非が論じられた時期であった。岸田国士は、劇作家の立場から、「戯曲時代といふ素晴らしく景気のよさそうな言葉」は「舞台の暗黒時代、…つまり、演劇の演劇としての恐慌期を意味してゐるのではないか」*37と述べ、読むものとしての戯曲の流行に懸念を示していた。やがて戯曲時代が去ると、彼は「畸形児の夭折は、或る意味に於て「双方」のために望ましきことである」*38とそれを歓迎した。戯曲が舞台と区別され、この時期のように読むものとして流通し受容されることは以後なかった。小説家たちは、大正末から昭和初めの数年間、一時的に戯曲に取り組んだだけで、もとの場所にただ戻ったように見える。

小説家である彼らは戯曲に何を見出し、それは彼らに何をもたらしたのか。読むものとしての戯曲を擁護する先の発言の中で、谷崎は「普通の小説の形式」と、白鳥は「在来の小説の体裁」「小説体の小説」と、戯曲と対置されるところの小説を呼んでいた。つまり読むものとしての戯曲が小説と並ぶ形式と位置付けられたとき、翻って小説もまた、一つの表現形式として彼らに見出されたのである。谷崎に関して言えば、この後、「会話と地の文とを切り放して書く」ことを「小説風」として、すなわち会話と地の文からなるものとして「小説の形式」[39]を定義することになる。戯曲時代の谷崎の戯曲は、台詞が言葉の上で連なり展開するという、小説ではなく戯曲の形式において可能となる表現を作り出していた。読むものとしての戯曲は、小説家にとって戯曲を、そして小説を、同じ読むものの中の異なる一つの形式として見出す契機になったと考えられる。それは戯曲と小説を、人物の発話を記述する形式として並置する視点をもたらしたのではないか。小説家の戯曲は、小説家が小説という形式を場面の中で人物が発話する形式として見出す、その途上に位置していたのである。

＊1　三宅周太郎「作と人との印象（其一）——谷崎潤一郎氏に就いて——」（「新潮」大11・10）。三宅は「多弁を費す迄もない。大正十一年の劇文壇は、正に谷崎潤一郎氏の、力強い大きな手によつて、むんづとばかり、一たまりもなく鷲づかみにされてしまつた」と述べている。

＊2　小山内薫「戯曲家としての谷崎潤一郎君が歩いて来た途」（「読売新聞」大12・2・5）。谷崎の初期戯曲と小山内との

因縁については、本書第一部第二章参照。

＊3　『無明と愛染』（「改造」大13・1〜3）、『腕角力』（「女性」大13・2）、『マンドリンを弾く男』（「改造」大14・1）、『金を借りに来た男』（「改造」大15・5）、『白昼夢』（「中央公論」大15・9）。

＊4　遠藤郁子「谷崎潤一郎『愛すればこそ』――ベストセラー化を探る」（「続・谷崎潤一郎作品の諸相」平15・12、専修大学大学院文学研究科畑研究室）に詳しい。遠藤は「改造」大正十三年四月号掲載の広告に「百版突破」の文言があることを紹介している。

＊5　近い時期の戯曲集に、他に「現代脚本叢書」の一冊である『法成寺物語』（大10、新潮社）、『潤一郎喜劇集』（大15、春秋社）、『愛すればこそ　愛なき人人』（昭2、改造社）がある。『誕生』（「新思潮」明43・9）以来、谷崎は断続的に戯曲を発表してきたが、これ以前に戯曲だけを集めた単行本はない。

＊6　たとえばその年に発表された戯曲を収める『日本戯曲集』は、第一輯大正十三年版（劇作家協会編、大13、新潮社）にはじまり、第七輯昭和六年版（文芸家協会編、昭6、新潮社）まで刊行された。第一輯には谷崎の『腕角力』が収録されている。

＊7　岸田国士の「戯曲時代」（「演劇新潮」大13・11）と「戯曲時代去る」（「読売新聞」昭3・1・28、「新劇衰微の兆」という連載の一部）に従えば、おおよそ大正十三年から昭和三年までが戯曲時代ということになる。谷崎が集中的に戯曲を発表した時期はこれよりややはやいが、ブームの渦中にいると目されていたことは確かである。

＊8　岸田「戯曲時代」（前掲）。岸田は「戯曲時代去る」（前掲）でもこの定義を掲げている。

＊9　正宗白鳥「脚本について」（「演劇新潮」大13・8）。

＊10　正宗白鳥「脚本について」（「時事新報」大13・3・10〜11）。白鳥は「新劇協会所演観」（「時事新報」大15・11・20〜21）でも、「この頃雑誌が小説に劣らぬほどに戯曲を掲載し、読者もそれを喜んで読んでゐる」とこの現象に言及している。

＊11　大山功『近代日本戯曲史　第二巻　大正篇』（昭44、近代日本戯曲史刊行会）。

＊12　谷崎潤一郎「饒舌録（感想）」（「改造」昭2・2〜12）。傍点は原文。

＊13　石川巧「方法としてのレーゼ・ドラマ」（「日本近代文学」平6・10）。
＊14　林廣親「谷崎潤一郎「お国と五平」（一幕）」（『20世紀の戯曲――日本近代戯曲の世界』日本近代演劇史研究会編、平10、評論社）。
＊15　永平和雄『近代戯曲の世界』（昭47、東京大学出版会）。
＊16　『愛すればこそ』は第一幕と第二・三幕の二回に分けて発表された。雑誌発表時、第一幕には「これだけでもそれ自身完成した一幕物として通用すると思ふ」、第二・三幕には「此れだけとしても二た幕物の脚として読めるやうに書いた」と注記されていた。本稿では主に第一幕を分析の対象とする。
＊17　「根方」は、初出・初収単行本では「根力」。誤植と判断し訂正した。
＊18　三宅「作と人との印象（其一）」（前掲）。
＊19　谷崎潤一郎「或る日の問答」（「中央公論」昭35・1）。俳優の動きについては、「稽古場と舞台の間」（「新演芸」大11・11）や「「お国と五平」所感」（「観照」昭24・5）にも言及がある。
＊20　谷崎潤一郎「「愛すればこそ」の上演」（「新演芸」大12・3）。上演は警視庁検閲係の注意によって中止された。
＊21　谷崎はその成功例として昭和二年四月に築地小劇場で行われた小山内の演出による『法成寺物語』（「中央公論」大4・6）の上演を繰り返し挙げている（「「法成寺物語」回顧」（「月刊前進座」昭33・8）他）。ただし、谷崎が舞台を評価するのはそれが「小山内君の作つた芝居で、僕のものではなくなつてゐる」という限りにおいてで、自分の作品はあくまで雑誌に発表した戯曲であることも強調されている（「或る日の問答」（前掲））。
＊22　谷崎「或る日の問答」（前掲）。
＊23　もともと少ない本作のト書きは、初収単行本『愛すればこそ　谷崎潤一郎戯曲集』（前掲）への収録の際にさらに刈り込まれている。改稿は内容に関わるものではなく、ト書きの削除に集中している。数は多くないが、「三好さんには飛んだ御迷惑ですけれど、どうか此の上とも何分お願い申します。」「うまく行かないなんてそんな事がある訳はありません、きつと大丈夫でございます」のように、台詞の一部、特にはじめや終わりを削る例も確認される。その他、表記や句読点、若干の語句の変更も見られる。

＊24　石川「方法としてのレーゼ・ドラマ」（前掲）。

＊25　長谷川朋子「戯曲家としての谷崎潤一郎──谷崎戯曲はレーゼ・ドラマか──」（「富大比較文学」平21・2）。ただし長谷川はこれを根拠の一つに、大正末期に「むしろ彼の作品はレーゼ・ドラマからだんだんと舞台を意識したものへと変化していた」と主張する。谷崎を「戯曲家」として評価する長谷川の論考に、他に「戯曲家としての谷崎潤一郎──記録と演劇雑誌、新聞にみる当時の評価──」（「富大比較文学」平20・11）。

＊26　谷崎潤一郎「解説」（『明治大正文学全集　第三十五巻　谷崎潤一郎篇』昭3、春陽堂）。傍点は原文。『恐怖時代』の本文は、初出誌が発禁になったため、現行の全集に拠った。本文の異同については、拙稿「解題」（決定版『谷崎潤一郎全集』第七巻、平28、中央公論新社）参照。

＊27　谷崎の生前に限っても、以下の上演が確認できる（年・月、会場）。①大11・7、帝国劇場／②大12・12、三条青年会館／③大15・5、邦楽座／④昭3・10、大阪中座／⑤昭5・12、京都南座／⑥昭6・4、東京劇場／⑦昭8・1、神戸松竹劇場／⑧昭23・4、帝国劇場／⑨昭24・4、大阪歌舞伎座／⑩昭27・3、歌舞伎座／⑪昭27・10、大阪歌舞伎座／⑫昭29・6、大阪歌舞伎座／⑬昭31・10、大阪歌舞伎座／⑭昭34・10、東横ホール／⑮昭39・6、俳優座劇場。このうち①・②・⑮は新劇（①は歌舞伎俳優を加えた女優劇）、③は新国劇、⑧は新派で、それ以外はすべて歌舞伎である。谷崎作品の各派をまたいだ上演史については、本書第一部第三章参照。

＊28　昭和五年の台本は一冊。表紙に「稽古用」、最終頁に「昭和五年顔見世夜の部」と書かれている。なお、台本上での削除の指示は、インクの色や記号等が多種に及んでおり、異なる時期に複数の関係者によって行われた可能性が高い。本章は上演実態の解明を目的としないため、削除がいつの時点で誰の手によって行われたかは問わず、等し並みに扱うこととする。

＊29　昭和二十四年の台本のうち一冊はGHQ検閲台本である（認可番号29129）。本論ではこれを参照した。台本の年代の推定は松竹大谷図書館に従った。なお、昭和五年の台本上では「敵討ち」「武士」等の特定の語句の削除や改変が行われているが、これは昭和二十四年の台本に引き継がれていない。他に幾つかの台本では、お国と五平が肉体関係を持ったことを暴露する友之丞の発言がぼかされるなど、道徳的な配慮によると思われる改変も確認できる。これらは台詞の文体と

は別の問題であり、本論では考慮しなかった。

＊30　『お国と五平』の本文は、初収単行本『お国と五平』（大11、春陽堂、ヴェストポケット傑作叢書第十八篇）と戦後の単行本『戯曲　お国と五平　他二篇』（昭22、国際女性社）への収録の際に目立った改稿を施されている。谷崎は「僕はあれをいろ〳〵な形で単行本にしてゐるが、その都度手を入れてゐるので、僕の原作にも幾通りもの種類がある」と述べ、上演がどの「原作に依つたものか」は異なる可能性があると断っている（「或る日の問答」（前掲））。照合の結果、本論が参照した昭和五年及び二十四年の台本は、初収単行本版の本文をもとにすると判断した。なお『愛すればこそ』も、初収単行本『愛すればこそ　谷崎潤一郎戯曲集』（前掲）での改稿の後、戦後の単行本『愛すればこそ』（昭22、文潮社）で台詞の一部を削る改稿が行われたが、このとき削られた部分は『谷崎潤一郎作品集』第八巻（昭25、創元社）への収録の際に復元された。全集はこの創元社版の本文をもとにする。谷崎の初期戯曲の改稿・改訂に関しては、拙稿「谷崎戯曲の解題（一）――『誕生』『象』」、「谷崎戯曲の解題（二）――『信西』」、「谷崎戯曲の解題（三）――『信西』（続）」、「谷崎戯曲の解題（四）――『恋を知る頃』」（「奏」平23・5、12、平24・12、平25・12）で調査を行った。

＊31　ただし、「そなたが〜錆ぢや」④と「いかにも〜嫌はれた」⑤は、昭和二十四年の台本では削除されていない。「送る」は初収単行本では「お送る」。誤植と判断し訂正した。

＊32　川口一郎「会話の技術」（『新文学講座　第三巻　技術編』神西清編、昭23、新潮社）。川口は『蓼喰ふ虫』と同時期の『卍（まんじ）』（「改造」昭3・3〜昭5・4）についても、「魅力ある方言を戯曲として肉声化しようという望を起さず、小説として書かれてゐることが、不思議なくらゐ」だと述べている。

＊33　武智鐵二「谷崎潤一郎の戯曲について」（「文芸　臨時増刊　谷崎潤一郎読本」昭31・3）。谷崎は昭和二十四年四月の大阪歌舞伎座の舞台を批判する「「お国と五平」所感」（前掲）を武智に宛てた書簡の形で発表し、武智を理解者として遇している。

＊34　谷崎は大正十四年に刊行された『現代戯曲全集　第六巻　谷崎潤一郎篇』（前掲）の「跋」でも「私は思ふ所があつて、「読むための戯曲」も決して一概に捨てたものではないと信ずる」と述べており、同時代のレーゼ・ドラマをめぐる議論を共有していることが確認できる。なお、「饒舌録」の話題はこの後、白鳥の「演芸時評」（「中央公論」昭2・4〜12）

に刺激されて演劇論へと展開する。谷崎の「饒舌録」と白鳥の「演芸時評」の間での応酬、特に六代目尾上菊五郎評価をめぐる対立については、千葉俊二「『饒舌録』雑感――もうひとつの論争」(「解釈と鑑賞」平13・6)に詳しい。

＊35　正宗白鳥「演劇雑記」(「新小説」大14・7)。

＊36　上野虎雄「新しき谷崎潤一郎」(「劇と評論」大12・9)。

＊37　岸田「戯曲時代」(前掲)。

＊38　岸田「戯曲時代去る」(前掲)。

＊39　谷崎潤一郎「春琴抄後語」(「改造」昭9・6)。

第二部　近代小説という形式

会話と地の文の関係

川端康成は、『盲目物語』が「中央公論」昭和六（一九三一）年九月号に一挙掲載されると、翌月号の同誌の文芸時評で早速これを取り上げ、旧作『蓼喰ふ虫』（「大阪毎日新聞」「東京日日新聞」昭3・12・4～昭4・6・18）を引き合いに出して次のように述べた。

◇

今度の「盲目物語」がたいていの批評家から敬して遠ざけられたとしても、前の「蓼喰ふ虫」がうつかり見過されようとしたほどには、批評家の罪とはならないであらう。「蓼喰ふ虫」は傑れた近代小説であつた。けれども「盲目物語」は、近代小説の常識を尺度とすれば、殆ど無意味である。*1

正宗白鳥らが評を寄せた『盲目物語』に、「批評家から敬して遠ざけられた」事実はない。後に小林秀雄が昭和八年の文壇を総括して「今年の作品で何が傑作であつたか。谷崎潤一郎氏の「春琴抄」だと皆がいふ。僕もさうきかれたら、やはり「春琴抄」と答へたいと思ふ。昨年(ママ)も今年の傑作は何だつたかといふ質問に、多くの人が同氏の「盲目物語」をあげてゐたと記憶する」*2と述べるように、『盲目物語』は、二年後の『春琴抄』（「中央公論」昭8・6）とともに発表当時から話題を呼び、多くの批評を引き寄せた。川端も批評家が遠ざけた「としても」罪ではない、と仮定形で述べているのであって、実際に発表当時見過ごされた『蓼喰ふ虫』を持ち出しつつ『盲目物語』への不支持をいちはやく表明するこの時評は、『盲目物語』の反響を予期して牽制する、川端らしい文壇的なパフォーマンスであったと見るべきである。これはまた、『蓼喰ふ虫』への評価としても、いちはやい発言であった。*3

『盲目物語』を評価しないと言うために、あるいはその評判に水を差すために、川端が『蓼喰ふ虫』から引き出した基準が、「近代小説」であった。『蓼喰ふ虫』は「傑れた近代小説」だが、同じ尺度ではかるなら『盲目物語』は「殆ど無意味」だ、と川端は二作を両極端に配する。川端はこの年の年度末の総括の中でも『蓼喰ふ虫』を引き合いに出して『盲目物語』の評判に反論し、「近代小説としてこれを見ると、私にはもろもろ食ひたりないのであつた」*4と、やはり「近代小説」という尺度によって『盲目物語』を批判している。

この基準は川端ひとりのものではなかった。『盲目物語』や『春琴抄』に対する批評、またそれらに応じて谷崎が発表した自作解説的な評論「春琴抄後語」（「改造」昭9・6）とそれが呼んださらなる批評の中で、「近代小説」という尺度は多くの論者たちによって参照されている。たとえば生田長江は、「春琴抄後語」への応答として発表した長篇の評論「谷崎氏の現在及び将来――小説を捨てたか、小説が捨てたか」（「中央公論」昭10・5）で、『吉野葛』（「中央公論」昭6・1〜2）以降の谷崎の態度を、「蘆刈」の「所謂近代的小説の形式」から「伝統的な在来の物語形式」への「後退」として批判した。同じく『吉野葛』以降の谷崎に注目する小林秀雄は、生田論のように「谷崎氏が新しく提唱した古典主義の技法論が、近代小説の技法論として不完全であり薄弱である事を真正面から論じ」るのでなく、『盲目物語』以後、「凡そ近代小説といふものに対する興味を谷崎氏が失つた或は失つてみせたといふ処が肝腎だ」*5と、生田の議論を修整してみせた。『盲目物語』や『春琴抄』が「近代小説」を意図的に離れたものだという認識は、同時代の批評において共有されていたのである。

篠田一士は、『蓼喰ふ虫』を「近代小説の正統」と位置付けた上で、『盲目物語』や『春琴抄』のような作品がその後に書かれた意味を次のように解釈している。

> （「物語（ストーリー）体の小説群」は――引用者注）なによりも『蓼喰ふ虫』において近代小説の正統を踏みながら、ついにそれを全うすることができなかった氏にとって、いわば危険と知りつつも、どうしても手にせざるをえなかった麻薬のような役割を果したのである。*6

篠田一士の「麻薬」という比喩が含意するのは、『盲目物語』や『春琴抄』で採用された方法が一種の禁じ手であったということである。*7 先行研究では、昭和初年代の谷崎の諸作を「物語」の導入によって、すなわち「声をともなって語ること、あるいは物語る声を聞くこととそれを書かれたテクストの内部に定位することとの関係性が追究されている」*8 点をもって評価するのが通例である。金子明雄は、「口承文芸的な要素、物語文学的な要素との結びつき」を探るそれらの研究が「歴史回帰的（レトロスペクティブ）な小説方法論の展開による近代小説の乗り越え、あるいは領域拡張という問題」に至ることを指摘している。近代以前の物語を声に擬え、その導入によって近代小説が活性化されると想定するこうした議論は、しかし近代小説を離れることを文学的な効果のための工夫と見積もる点で、同時代の批評に及ばない。

川端康成の牽制、生田長江の正面からの批判、また後述の近松秋江の不満は、近代小説への懐疑によるのだととしても谷崎の選択は安易なのではないか、という危惧を共有していた。だからこそ谷崎も、「作者としては最も横着な、やさしい方法を取」ったと、「春琴抄後語」で『春琴抄』に寄せられた批評に対して謙るような姿勢を示しもしたのだろう。

篠田一士が言うように、『蓼喰ふ虫』という「近代小説の正統」を谷崎が離れざるを得なかったのだとしたら、その「正統」とはどのようなものであったか。つまり谷崎は「近代小説」をどのように解釈していたのか。考察の余地があると思われるのは、方法としての「物語」（語りの技法やその効果）ではなく、「近代小説」の定義である。

「春琴抄後語」の谷崎は、近松秋江の『盲目物語』評に応じて、『盲目物語』のような会話を「カギで囲つたり行を改めたりしないで、地の文の中へ織り込むやうにしてゐる」「物語風」の小説に対し、「会話と地の文を切り放して書く」ものを「小説風」の小説、「近代小説の形式に依つて本格的な書き方をしたもの」と定義している。「近代小説」は、ここでは会話と地の文を分離する形式として説明されている。明快な定義だが、明快すぎてわからない。会話を地の文から切り離すのと、地の文の中に織り込むのとでは、何が変わるのか。以下、『蓼喰ふ虫』の冒頭部を例に、会話が地の文と結ぶ関係について、若干の考察を試みたい。

『蓼喰ふ虫』は、「冒頭、名ばかりの夫婦でいつ別れるか分らない夫婦が、「老人」の誘いをうけて、人形芝居をみにゆくか、いかないかの、ぐずついた押問答をする場面からはじまる」*9。

美佐子は今朝からときどき夫に、「どうなさる？　やつぱりいらつしやる？」ときいてみるのだが、夫は例の孰方つかずなあいまいな返辞をするばかりだし、彼女自身もそれならどうと云ふ心持ちもきまらないので、ついぐづぐづと昼過ぎになつてしまつた。一時ごろに彼女は先へ風呂に這入つて、どつちになつてもいいやうに身支度だけはしておいてから、まだ寝ころんで新聞を読んでゐる夫のそばへ「さあ」と云ふやうに据わつてみたけれど、それでも夫は何とも云ひ出さないのである。

「兎に角お風呂へお這入りにならない？」

「うむ、………」

座布団を二枚腹の下へ敷いて畳の上に頬杖をついてゐた要は、着飾つた妻の化粧の匂ひが身近にただよふのを感じると、それを避けるやうな風にかすかに顔をうしろへ引きながら、彼女の姿を、と云ふよりも衣裳の好みを、成るべく視線を合はせないやうにして眺めた。…

「お前は、しかし、どうする気なんだ。」

「あたしは孰方でも、………あなたがいらつしやれば行きますし、………でなければ須磨へ行つてもい丶んです。」

「須磨の方にも約束があるのかね？」

「いいえ、別に。………彼方（あつち）は明日だつていいんですから。」

美佐子はいつの間にかマニキユールの道具を出して、膝の上でセツセと爪を磨きながら、首は真つすぐに、夫の顔からわざと一二尺上の方の空間に眼を据ゑてゐた。


右では、妻と夫が取り交わす、「兎に角お風呂へお這入りにならない？」「うむ、………」から「須磨の方にも約束があるのかね？」「いいえ、別に。………彼方（あつち）は明日だつていいんですから。」までの一連の会話が、鉤括弧で括られ改行されて、地の文から切り離されて示されている。『蓼喰ふ虫』は、このように会話と地の文を分離する形式をとる。これはつまり「春琴抄後語」で言うところの「小説風」の小説、「近代小説の形式」による小説である。

一方で、右引用部の「どうなさる？　やつぱりいらつしやる？」という美佐子の発話は、鉤括弧で括られてはいるものの、改行を施されず、地の文の中に組み込まれている。「どうなさる？……」という発話は、「今朝からときどき」反復して行われたもので、それは「兎に角…」「うむ、…」という夫婦の会話が行われるこの場面より以前の、過去の時間に属している。同じことを逆から言うと、「兎に角…」「うむ、…」以下の一連の発話は、出かけるかどうかの決断を先送りにしながら出かける準備をしている、いまこの場面において発されている。地の文から切り離された会話のパートは、地の文に包含された過去の発話に対して相対的に、現在時を担うのである。地の文は、「今朝から」「昼過ぎになつて」「一時ごろに」と、夫婦の会話が行われる時点に至る時間の経過を刻んでいる。夫と妻が互いに視線をそらしながら一連の会話を交わしているいまは、一時過ぎらしい。

『蓼喰ふ虫』は、会話と地の文を分離する形式によって、人物の発話をいまこの場面で発せられているものとして表現する。この形式においては、過去に行われた発話や発話の意味内容を要約して提示するような場合は、地の文の中に織り込んで示される。現在時の発話は地の文から切り離されて発話それ自体としてあらわされ、過去の発話は地の文の中に包摂されることで発話であることを抑圧されるのである。この区別は冒頭部だけでなく全篇にわたって適用されており、作品の中で一種の規則になっている。『蓼喰ふ虫』では、会話と地の文の関係は、人物の発話がいつ行われたかを区別する標識のように用いられているのである。

谷崎の定義する「近代小説」は、地の文から切り離された会話をいまこの場面において発せられるものとしてあらわす形式のことである。会話と地の文を分離する近代小説の形式の小説では、人物がそこで発話する、現在の場面が並ぶことになる。この形式では、出来事は現在という時制において進行する。筋はその現在の時間の進行の中で展開する。これに対して『盲目物語』や『春琴抄』では、かつて起こったことが再構成され、時間の順序（あとさき）は転倒される。

物語は既に終わりまで行き着き、完了している。『蓼喰ふ虫』が現代小説で、『盲目物語』が歴史小説だと言えば通りはいいが、時代設定というより、これは場面の時制の問題である。場面の時制と仮に呼んだのは、場面が相対的にどの時点のものとして提示されているかである。

人物の発話にどのような場面性を与えるか。谷崎の場合、近代小説という形式を採用するかどうかは、この点に関わる選択を意味していたと考えられる。

各章の概要

第二部では、『蓼喰ふ虫』以後の昭和初年代の小説を取り上げる。第一章で『吉野葛』、第二章で『春琴抄』を論じ、第三章で『盲目物語』、『武州公秘話』（「新青年」昭6・10～昭7・11）、「第二盲目物語」の副題を持つ『聞書抄』（「大阪毎日新聞」「東京日日新聞」昭10・1・5～6・15）を一連の歴史小説として論じる。また第四章では、この時期の小林秀雄の谷崎に対する言及を集めて整理し、『吉野葛』と『春琴抄』の同時代評として読みなおす。

『吉野葛』は吉野行きを回想する紀行文、『春琴抄』や『聞書抄』は古い文書を引用して注釈を加える「抄」という、それぞれ小説の形式ではない文書形式を採用する小説である。第二部では、小説ではない形式を採用する小説を分析することで、近代小説という形式をいわば裏側から浮かび上がらせることを試みる。小説ではない文書形式を採用するこれらの小説は、別の経路で小説であることを担保している――担保する必要があった――のではないか。『吉野葛』や『聞書抄』の「私」が小説家として設定されているのは、そのことを裏付ける証左だと思われる。

以下の第一・二・三の各章では、このような仮説のもと、形式において小説を離れたものが、虚構という別の条件によって再び小説に回帰する、その軌跡を記述する。分析の手がかりにするのは、作中人物の発話の表現、すなわち会話が地の文と結ぶ関係である。

＊1　川端康成「文芸時評　谷崎潤一郎の「盲目物語」と「紀伊国狐憑漆掻語」」（「中央公論」昭6・10）。『紀伊国狐憑漆掻語』（「改造」昭6・9）については、拙稿「小説の材料考――谷崎潤一郎『紀伊国狐憑漆掻語』」（「朱」平31・3）参照。

＊2　小林秀雄「学芸／今年の問題と解答／「春琴抄」その他／文芸批評と作品（三）」（「大阪朝日新聞」昭8・12・15）。『盲目物語』は、正確には一昨年の作である。

＊3　川端は「作家と作品」（「中央公論」昭9・6）で、『新選谷崎潤一郎集』（昭3、改造社）の推薦文を依頼されたときのことを回顧し、「ほとほと困じ果てた」、「読んでみて、かねて尊敬してゐたこの作家のつまらなさにあきれて、夢のさめたしらじらさだつた」と、谷崎に失望した経験を語っている（本書「はじめに」参照）。『谷崎潤一郎論』（昭27、河出書房）の中村光夫は、「この同じ川端康成が、「蓼喰ふ虫」にどういふ讃辞を捧げたか」に注目しているが、わたしの考えでは、尊敬していた谷崎に失望した「同じ」川端が一転して『蓼喰ふ虫』に「讃辞を捧げ」るのが『蓼喰ふ虫』の連載時や単行本刊行時ではなく、『盲目物語』の時評においてであることに注意する必要がある。

＊4　川端康成「一九三一年創作界の印象」（「新潮」昭6・12）。川端は「正宗白鳥氏の「盲目物語」に就て」の見出しのもと、白鳥の『盲目物語』評（「文芸時評　小説讃美」（「文芸春秋」昭6・11））を反駁している。

＊5　小林秀雄「私小説論」（「経済往来」昭10・5～8）。傍点は引用者。小林の「谷崎潤一郎」（「中央公論」昭6・5）が『吉野葛』をきっかけとすると考えられることは、本書第二部第四章で論じた。

＊6　篠田一士「日本への回帰――伝統と前衛の狭間に〈その九〉――」（「文学界」昭38・9）。

＊7　五味渕典嗣は、一九二〇年代に照準する谷崎論『言葉を食べる――谷崎潤一郎、一九二〇～一九三一』（平21、世織書房）の末尾で、一九三〇年代の「『盲目物語』『蘆刈』『春琴抄』『聞書抄』と続く一連の作」について、「谷崎は、キャリ

アの中で最も豊饒とされる一時期を迎える。…だがそれは、禁じ手を知ったがゆえの豊饒さ、という感がないではない」と評している。「禁じ手」の語の含意は異なるが、昭和初年代の谷崎の代表作に、何事かと引き換えにした成功を見て取るのは本論も同じである。

＊8　金子明雄「近代小説における〈語り〉の問題――谷崎潤一郎『卍』を手がかりとして」（『岩波講座　文学3　物語から小説へ』小森陽一・富山太佳夫・沼野充義・兵頭裕己・松浦寿輝編、平14、岩波書店）。

＊9　竹盛天雄「荷風と潤一郎　「雨瀟瀟」と「蓼喰ふ虫」、『つゆのあとさき』を読む」を軸として」（『日本文学講座6　近代小説』日本文学協会編、昭63、大修館書店）。

第一章　『吉野葛』論――紀行の記憶と記憶の紀行

はじめに

『吉野葛』（「中央公論」昭6・1～2）に、昭和四（一九二九）年の秋より以前から「葛の葉」の表題のもとに進められていた原案の存在したらしいことは、水上勉『谷崎先生の書簡――ある出版社社長への手紙を読む』（平3、中央公論社）等の資料によって跡付けられる。それによれば、「葛の葉」は、「中途から書き直して手紙の文の形式に改める など紆余曲折した後、「読み返しましたがどうも感心しません、あれは童話に書き直して婦人雑誌か少年雑誌へ出したいと思ひます」という言及を最後にいったん立ち消えになった。[*1] 草稿が失われているため詳しい経緯を探ることは出来ないが、「大体の筋は此の手紙の主人公の数代前の母と云ふのは、前身が当時の新町の遊女である、その遊女の実家が今でも吉野の山の方に百姓をしてゐて、そこの娘を嫁に貰ふ」と説明されているところから、その内容は、「その一　自天王」から「その六　入の波」までの全六章からなる『吉野葛』の、四・五章を占める津村の物語に概ね相当すると推測される。ただし『吉野葛』では「数代前の母」ではなく母であるし、母の実家の職業は「百姓」ではなく紙すき業である。谷崎は「私の貧乏物語」（「中央公論」昭10・1）で、「吉野の秋を背景に取り入れ、国栖村の紙すき場の娘を使ふことが効果的であることに気が付いて」、五十枚余りを破棄したと回想している。

従来の研究は、以上のような成立の経緯に鑑みて、津村の物語を「作品としての本体」と見做し、その「芯」[*2]を包むように「私」の紀行の部分があると考えた。しかし、仮に記述に先立つ作者の意図がそうであったとしても、問題は『吉野葛』の――こう言ってよければ、「葛の葉」からの――組み立てである。「葛の葉」の主人公の物語を、『吉野葛』は「私」が津村から聞いたものとして、「私」の紀行の過程に組み込んだ。千葉俊二は、「「葛の葉」から「吉野葛」への屈折は、ひとえにこの語り手「私」の導入にある」*3と述べる。「私」は津村に誘われ秋の吉野に遊んだ「二十年程まへ」（その二）の紀行を回顧し、当時の足取りを再現するように本文を記述していく。「私」の導入とは、すなわち紀行文という形式の導入であったはずである。

なお、本作では初出と初刊以降の本文に若干の異同が見られる。初出では四章の見出しが「葛の葉」、五章が「くらがり峠」であったのに対し、創作集『盲目物語』（昭7、中央公論社）に収録される際、それぞれ「狐噲」と「国栖」に改められた。章題の変更に触れた論考は少なく*4、原案の表題「葛の葉」を捨ててまで敢行されなければならなかった変更の意味は検討されていない。結論から先に言えば、「狐噲」と「国栖」という見出しは、津村の記憶の紀行の起点と終点を指し示すものである。作者の意図は所詮わからないが、初出からの改題は、津村の物語が「私」のそれとは別様の、だがそれと交差しもする一種の紀行として見なおされたことを示すのではないか。紀行文の形式を採用して組み立てられた本作は、「私」の紀行と津村の紀行の交差する先に、虚構（フィクション）の領域を開示する。本論は、『吉野葛』がその形式ゆえに内包するフィクションを抽出する試みである。

一　紀行文か小説か

私が大和の吉野の奥に遊んだのは、既に二十年程まへ、明治の末か大正の初め頃のことであるが、今とは違つて交通の不便なあの時代に、あんな山奥、――近頃の言葉で云へば「大和アルプス」の地方なぞへ、何しに出かけて行く気になつたか。――此の話は先づその因縁から説く必要がある。（その一）

「私」は二十年前に遊んだ「大和の吉野の奥」を「あんな山奥」と呼び、さらに「近頃の言葉」で「「大和アルプス」の地方」と言い換え、紀行の発端を説き起こそうとする。「大和アルプス」は、小島烏水『日本アルプス』（全四巻、明43～大4、前川文栄閣）に触発され各地に出現した「〇〇アルプス」群の一つである。谷崎はエッセイ「旅のいろ〳〵」（「経済往来」昭10・8）で、「日本アルプスの繁昌する様子」を例に取り、「小島烏水氏などが始めてあの地方の雪谿の美を説いた時分」ならばともかく「狭くて細長い国土の上へ縦横に鉄道が敷き廻されて、…寸土をも余さない状態」である今日では、「名所と云ふ名所が皆その土地の特色を失ひ、都会の延長になつて行く」と嘆いている。加えて鉄道省等の宣伝が観光客を誘引し、各地に「人間臭や都会臭」が持ち込まれた。そこで彼は「先づ地図をひろげてみて鉄道の網の目の比較的粗い部分に眼を付け、その範囲内にある山や谷を求める」こと、また「スピードアップと云ふことが時代の流行になつてゐる」があえてそれに逆行し、一例に徒歩による紀行を推奨した。

『吉野葛』の「私」がこれを執筆する「今」は、本作の発表時期にあわせて昭和六年頃に設定されている。「私」はこれから記す吉野紀行が、そんな「今とは違つて交通の不便な」時代のものであることを宣言し、吉野を「交通の不便なために古い伝説や由緒ある家筋の長く存続してゐるものが珍しくない」（その一）土地と規定する。交通の便・不便は、「近頃は中の千本へ自働車やケーブルが通ふやうになつたから、此の辺をゆつくり見て歩く人はないだらう」（その二）、「聞けば此の頃はあの伯母ケ峰峠の難路にさへ乗合自動車が通ふやうになり、紀州の木の本まで歩かずに出られるさうで、私が旅した時分とは誠に隔世の感がある」（その六）のように、執筆時と紀行時とを隔てる指標として文中で繰り返し言及される。「私」は津村と落ち合った奈良の宿についても、「鉄道省のホテルが出来たのはそれから少し後のこと」（その二）だったと補足する。二十年の間に吉野は「あんな山奥」から「大和アルプス」へと変貌し、人々の紀行の形態も変化した。『吉野葛』は、いまや失われた紀行を回顧するものとして、まずは自らを差し出すのである。

実際、発表当時、広津和郎は本作を「二十年前の吉野紀行の思い出を書いてゐるだけ」の「紀行文」[*5]と見た。千葉亀雄は、「この作物について、これは紀行文である、小説でないといふ批評が方々にある」[*6]と本作の評判をまとめる。これに対し水上滝太郎は、「『吉野葛』を紀行文に過ぎないという批評は、山に登らないで山を論じるに等しい」と反駁し、本作が「単純な紀行文でない事」[*7]、すなわち小説として読むべきものであることを示唆した。その後、「私」の吉野紀行が作家のそれと重ならないことが確認され、今日では『吉野葛』が小説であることは自明視されている。だが本作の記述以外の情報を参照し、内容が事実に反するからと言ってこれを小説＝フィクションであると見做すのでは、本作の形式上の試みが見落とされてしまう。いまとなってはかえって、これを紀行文だと信じた広津和郎や、次のような荒正人の発言が貴重である。

近代小説ならば、津村という主人公が母親の姉の孫に当る娘と結婚するという筋をもっと力を入れて扱わぬと、短編小説ではなく、エッセイとなってしまう。…小説はどんな書き方もできるという、伊藤整の言葉を肯定しながらも、「吉野葛」は小説としては拒否したい。[*8]

津村の物語は「私」の紀行の過程に組み込まれ、小説の筋を構成しない。荒は、これが小説であることを承知し、小説が自在なジャンルであることを認めながら、なお本作を「小説としては拒否したい」と言う。また平山城児は、限定版『吉野葛』（昭12、創元社、潤一郎六部集）に収められた北尾鐐之助撮影による二十五葉の写真に触れて、「ルポルタージュや紀行文ならともかくも、フィクションがたて前のいわゆる小説作品」である本作に、このような写真が挿入されたことの異様さを強調する。[*9] 本論は本文のみを考察の対象とし、吉野の風景や津村の母の遺品を写すこれらの写真には踏み込まない。だがこうした趣向が後に施されたことも、本作において吉野という土地が小説の舞台――本文の言葉を借りれば「ロケーション」（その一）――とは別の機能を担うことの傍証にはなるだろう。本論は、『吉野葛』がその形式において小説を離れ、紀行文へと漸近することに注目する。

紀行の前半部、吉野駅から上市に入って菜摘の里へ到る行程は、現在形を多用し、「今」「ここへ来ると」「此の辺」「かうして眺めると」といった類いの表現を織り交ぜ、「私」自身かつての紀行を現在のこととして追体験するかのようである。津村は「花の吉野と云ふけれども、秋もなかなか悪くはないぜ」（その一）と言って「私」を誘い出した。「妹背山」の章題を持つ二章で、「私」は過去の二度の花見とは逆のコースへ、「二た股の道を左へ、いつも川下から眺めてばかりゐた妹背山のある方」（その二）を選択した。以下では或る一日の、「花の吉野」ならぬ秋の吉野の風物が丁寧に綴られていく。「私」は上市の町の家々の障子に反射する日の色に「さすがに秋だなあといふ感を深くし」、宮滝までは「山が次第に深まるに連れて、秋はいよいよ闌にな」（その三）る吉野川沿いの道の「今が真つ盛り」の紅葉を目に楽しんだ。吉野の秋は、三章末尾、「私がもし誰かから、吉野の秋の色を問はれたら、此の柿の実を大切に持ち帰つて示すであらう」という名産の品「づくし」を食す、菜摘の里の大谷家での場面に極まるだろう。「私は自分の口腔に吉野の秋を一杯に頬張つた」。

その「菜摘の里から対岸の宮滝へ戻るには、これも名所の一つに数えられている柴橋を渡るのである」（その四）が、続く四・五章は、津村が「その橋の袂の岩の上に腰かけながら」長い物語を語る場面に当てられている。徒歩によってゆるやかに土地を移動し、秋の吉野の風物を堪能してきた「私」は、ここでしばし歩をとめ、津村の物語に聞き入ることになる。注意すべきは、小林敦が指摘するように、この場面も「〈私〉の移動に伴い発生したものという事実から、一歩も出ることはない」点である。[*10] 小林は「テクストを綴る〈私〉のレベルにおいては、これは紀行文なのである」と断じ、「このテクストが《小説》というジャンルに固定されうる根拠は、テクストのどこにも存在しない」が「〈私〉という虚構の人物の紀行文を、谷崎が極めて戦略的な方法をもって提出したというその一点によってのみ、かろうじてこのテクストは《小説》たり得る」と結論した。「私」と谷崎の区別が紀行文と小説というジャンルの差に対応するとした小林の議論は明快であり、紀行文の形式を尊重する点で注目に値する。だが本作が谷崎の紀行文でないとして、「〈私〉という虚構の人物の紀行文」であるかどうかについてはなお考察の必要がある。

六章で橋の袂の岩から重い腰を上げ、津村とともに国栖に到着した「私」は、翌日からは津村と別れ、自天王を題材にした「例の小説の資料を採訪すべく、…更に深く吉野川の源流を究め」（その六）た。津村との紀行の到達点であり本作の表題「吉野葛」にその音を響かせる国栖、また「私」の旅の目的地である自天王の在所は、「私」の紀行の――従って紀行文の――文字通り山場をなすべき箇所である。ところが六章でこれらの場所を訪れるとき、「私」は何らかの理由で描写を省かざるを得ない。自天王の在所に向かう「私」は、道中の感想を以下のように記す。

その谷あひの秋色は素晴らしい眺めであつたけれども、足もとばかり視詰めてゐた私は、をりをり眼の前を飛び立つ四十雀の羽音に驚ろかされたくらゐのことで、耻かしながらその風景を細叙する資格がない。（その六）

案内者によれば「四五年前に東京から或る偉いお方、――学者だつたか、博士だつたか、お役人だつたか、兎に角立派な方」がわざわざ見に来たらしい、自天王がここに住んだことを示す岩についても、「私はどれがべろべとで、どれが御前申すと云ふ岩やら、こわごわ谷底を覗いただけではつきり見届けなかつた」とあくまで描写は避けられる。吉野行きの以前から、吉野川の源流の「どんづまりの隠し平と云ふ所に、たしかに王の御殿の跡と云はれるものがあり、神器を奉安したと云ふ岩窟もある」（その一）と調べ上げていた「私」が、苦労して足を運んだその地で「あの谷の奥は余りにも不便すぎる」（その六）とだけ呟き、御殿の跡や岩窟に全く言及しないのも不自然である。

このように肝心の場所で描写を迂回し続ける本作は、「私」の紀行文として見ても不足があるだろう。記述の分量の圧倒的な不均衡がそれを証明する。二章から六章前半まで、奈良から国栖までの「私」と津村の紀行がわずか一日におさまるのに対し、六章後半の「私」の単独行は、国栖から入の波を経て隠し平に到り、引き返して入の波で津村に再会するまで、実に五日が経過している。この間のことは「私の旅はほぼ日程の通りに捗つた」として簡略に済まされる。『吉野葛』は、「私」の過去の紀行を再現するようで、紀行文という形式をいわば形骸化しているのである。

二　歴史小説の頓挫

本作が小説ならぬ紀行文の形式を採用すること、また虚構を問題にすることは、文中に歴史小説に関する言説が挿入されることによって対照され、際立っている。以前から吉野を舞台に自天王に取材した歴史小説を計画していたという「私」は、その詳細を「その一　自天王」で開陳する。

南朝、——花の吉野、——山奥の神秘境、——十八歳になり給ふうら若き自天王、——楠二郎正秀、——岩窟の奥に隠されたる神璽、——雪中より血を噴き上げる王の御首、——と、かう並べてみただけでも、これほど絶好な題材はない。何しろロケーションが素敵である。舞台には渓流あり、断崖あり、宮殿あり、茅屋あり、春の桜、秋の紅葉、それらを取り取りに生かして使へる。しかも拠り所のない空想ではなく、正史は勿論、記録や古文書が申し分なく備はつてゐるのであるから、作者はただ与へられた史実を都合よく配列するだけでも読み物を作り得るであらう。が、もしその上に少しばかり潤色を施し、適当に口碑や伝説を取り交ぜ、あの地方に特有な点景、鬼の子孫、大峰の修験者、熊野参りの巡礼などを使ひ、王に配するに美しい女主人公——大塔宮の御子孫の女皇子などにしてもいゝが、——を創造したら、一層面白くなるであらう。私はこれだけの材料が、何故今日まで稗史小説家の注意を惹かなかつたかを不思議に思つた。（その一）*11

「私」は、自天王の事蹟を「絶好な題材」、吉野を「素敵」な「ロケーション」と言い、「与へられた史実を都合よく配列」し「その上に少しばかり潤色を施」せばすぐにでも面白い「読み物」を作れるような口吻である。ここで歴史小説は、史実を拠り所にしつつも、創造による「潤色」＝フィクションを許容するものとして想定されている。「潤色」は、史実を侵すものではなく、むしろ史実に依拠する小説の題材を「一層面白く」するために付け加えられるのである。このように虚実綯い交ぜの歴史小説を構想する「私」は、津村を介して国栖の昆布氏に問い合わせ、自天王の御所跡では無数の温泉が渓流の中に噴き出ているとの話を得る。

此の筏師の話は、一層私の小説の世界を豊富にしてくれた。すでに好都合な条件が揃つてゐるところへ、又もう一つ、渓流から湧き出でる温泉と云ふ、打つて付けの道具立てが加はつたのである。しかし私は…もしあの時分に津村の勧誘がなかつたら、まさかあんな山奥まで出かけはしなかったであらう。此れだけ材料が集まつてゐれば、実地を踏査しないでも、あとは自分の空想で行ける。又その方が却つて勝手のいいこともある　（その一）

未だ書かれていない「小説の世界」は、「材料」によって満たされ、「豊富」になっていく。津村は「土地が土地だから、それからそれと変つた材料が得られるし、二つや三つの小説の種は大丈夫見つかる」と保証し、「私」を吉野へ誘った。ところが末尾では、後日談として歴史小説の頓挫が報告される。

私の計画した歴史小説は、やや材料負けの形でとうとう書けずにしまつたが、此の時に見た橋の上のお和佐さんが今の津村夫人であることは云ふ迄もない。だからあの旅行は、私よりも津村に取つて上首尾を齎した訳である。

（その六）

これが本作の結語である。頓挫という結果まで含めて、言ってみれば、これは「私」の歴史小説論である。[*12]「私」は自天王の在所を訪ねる道すがら、案内者からさらに幾つかの口碑を得て「手帳に控へ」ていた。それによって歴史小説の「材料」は一層豊富になったはずである。長沼光彦は、これらの「材料」が「未だ、小説になる可能性を持った断片に過ぎない」ことを指摘し、「小説という全体に統合される必要がある」、つまり「「組み立てる」必要がある」[*13]と述べる。「是非共その材料をこなしてみたいと思つてゐた」（その一）「私」は、しかし持て余すほどに集まった「材料」に圧倒され、結局それを小説へと「組み立てる」ことができずに終わった。「私」の歴史小説は、「材料」の不足によってではなく、むしろその度を越した豊富さのために破算してしまう。「私」は集積した「材料」を列挙し、取り散らかし、あるいは散逸させるだろう。

「材料」と「組み立て」は、谷崎が「饒舌録（感想）」（「改造」昭2・2〜12）で「材料と組み立てとはまた自ら別問題だ」として峻別したところであった。*14「私」の歴史小説が「材料」の過剰のために頓挫したとすれば、本作は紀行文の形式のもとに諸要素を「組み立て」て成立している。たとえば歴史小説の計画とその頓挫も、地名の認知とその踏破に託け記述されていた。「私」は一章で「遠隔の地」（その一）にいながら昆布氏に問い合わせ、入の波、五社峠、柏木、三の公、八幡平、隠し平といった地名を知ったことを回顧する。「「私」は、「入の波」と書いて「シホノハ」と読むこと、「三の公」は「サンノコ」であることなどを、此の家へ尋ねて始めて知つた」。「入の波」の章題を持つ六章で、*15「私」はこれらの土地を実際にこの順に訪れ、隠し平で折り返すと入の波で津村と後の津村夫人であるお和佐に行きあった。ここでの「私」の紀行はごく簡略に記され、ほとんどこれらの地名を拾うだけの働きしか持たない。「材料」を豊富に集め、その上に「潤色」を施しフィクションを導入しようとした歴史小説とは対照的に、本作は「組み立て」を重視し、「潤色」とは別様の仕方で虚構を導入する。以下、津村の物語を伝える四・五章に焦点を絞り、『吉野葛』が内包する虚構の所在を探っていく。

三　津村の物語

津村の物語は、四章と五章で異なる叙法のもとに記述されている。

さてその岩の上で、津村が突然語り出した初音の鼓と彼自身に纏わる因縁、――それから又、彼が今度の旅行を思ひ立つに至つた動機、彼の胸に秘めてゐた目的、――そのいきさつは相当長いものになるが、以下成るべくは簡略に、彼の言葉の意味を伝へることにしよう。――　（その四）

四章では以下「私」が潜在化し、津村を指示する「自分」が主語に据えられる。これに対し五章では、「さて此れからは私は間接に津村の話を取り次ぐとしよう。――」と宣言され、以後は「津村」ないし「彼」が主語を占める。四章と五章の叙法の違いに言及した論考は少なくないが、その大半が前者を直接話法、後者を間接話法として説明している。たとえば千葉俊二は、「はじめは直接話法により、中程からは間接話法に切り換えられるなどの趣向がとられ、その構成にも自ずと〈聞き〉手が〈語り〉手の話に惹き込まれていく様子が暗示されるように巧まれている」[*16]と述べる。だがこうした整理には疑問がある。

四章の「自分」を主語にする物語の伝達が直接話法でないことは、前後に二人の会話を直接話法で再現する箇所が用意されることによって対照され、明らかである。津村の「母を恋ふる気持」（その四）が幼年時代に溯って一通り語られた後、四章末尾には、一行空けて以下のような場面が挿入されていた。


「だがそれだけではないんだよ。」

と、津村はそこまで語つて来て、早や暮れかかつて来た対岸の菜摘の里の森影を眺めながら、

「自分は今度、ほんたうに初音の鼓に惹き寄せられて此の吉野まで来たやうなものなんだよ。」

と、さう云つて、そのぽんちらしい人の好い眼もとに、何か私には意味の分らない笑ひを浮かべた。　（その四）

同様に六章冒頭にも、作中人物の会話を鉤括弧で括り出し再現するくだりが見える。

「で、今度の旅行の目的と云ふのは？――」

二人はあたりが薄暗くなるのも忘れて、その岩の上に休んでゐたが、津村の長い物語が一段落へ来た時に、私が尋ねた。……

「いや、今の話は、まだちよつと云ひ残したことがあるんだよ。――」

眼の下の岩に砕けつつある早瀬の白い泡が、やうやう見分けられる程の黄昏ではあつたが、私は津村がさう云ひながら微かに顔を赤く赧くしたのを、もののけはひで悟ることが出来た。（その六）

これらの箇所では、対岸に「菜摘の里の森影を眺め」、眼前に川が「巨大な巌と巌の間へ白泡を噴いて沸り落ちる」（その四）さまを見遣る岩の上という、津村の物語が語られた場所が、彼の長い物語による時間の経過とともに注視を促されている。「午少し過ぎに上市の町へ這入つた」（その二）「私たち」は、そこで昼食を取った後、宮滝から菜摘の里へ渡り初音の鼓を見た。そこから宮滝へ戻る途中、「津村はその岩の上に腰をおろして、いまだに初音の鼓のことを何故か気にかけてゐるのであ」（その四）ったが、三章の章題にもなっていた「初音の鼓」という言葉を契機に、津村は長い物語を語り始めるのであった。四章末尾では、対岸の菜摘の里は「早や暮れかかって」いたが、「私」は津村が「眼もと」に「笑ひ」を浮かべたことを確認している。六章冒頭では、眼下の岩に当たって砕ける白泡が「やうやう見分けられる程の黄昏」の中、津村の顔色はもはや「もののけはひで悟る」ほかない。そんなわけで二人が「その岩の上から腰を擡げ…宮滝で俥を雇つて、その晩泊めてもらうことにきめてあつた国栖の昆布家へ着いた時は、すつかり夜になつてゐた」（その六）。

「私」は物語の伝達に先立ち、「実を云ふと、私もその時その岩の上で打明け話を聞かされるまで詳しいことは知らなかつた」（その四）と断っている。「岩の上」という言葉が実に六回も「くどいほどに」[*17]出てくること、また前後に挿入される直接話法の箇所が、津村の物語が語られた時間と場所を「私」の紀行の過程に位置付ける。津村の物語は、直接話法を用いた場面によって縁取られ、彼がそれを物語った時間と場所を刻印されるのである。

以上の如く、四章を直接話法と言うのが適当でないのみならず、五章を間接話法とする議論も疑う必要がある。東郷克美は、五章を「津村を主体とする三人称的叙述」と定義し、「物語はかなりの迂路を経ながら、ここに至つてようやく語り手の「私」が前面から後退し、いわば純粋に津村の物語になる」[*18]と述べている。この指摘は重要である。東郷も慎重に留保するように、それとて「私」によって「間接」に「取り次」がれたものではある。だが「私」が媒介するのであれ、ここでは「私」が後退し、純粋な津村の――津村によるではなく――物語が実現している。少なくともそうであるかのように装われている。

そののち津村は東京へ遊学したので、自然家庭と遠ざかることになつたが、そのあひだも母の故郷を知りたい心は却つて募る一方であつた。有りていに云ふと、彼の青春期は母への思慕で過ぐされたと云つてい丶。行きずりに遭ふ町の女、令嬢、芸者、映画女優、――などに、淡い好奇心を感じたこともないではないが、いつでも彼の眼に止まる相手は、写真で見る母の俤に何処か共通な感じのある顔の主であつた。彼が学校生活を捨てて大阪へ帰つたのも、あながち祖母の意に従つたばかりでなく、彼自身があこがれの土地へ、――母の故郷に少しでも近い所、そして彼女がその短かい生涯の半分を送つた島の内の家へ、――惹き寄せられた為なのである。

津村の物語は、「有りていに云ふと」「と云つてい丶」「なのである」と断言を重ねられ語られていく。津村は最初に「自分の此の心持は大阪人でないと、又自分のやうに早く父母を失つて、親の顔を知らない人間でないと、（――と、津村がそう云ふのである。）到底理解されないかと思ふ」（その四）と断っていたし、葛の葉子別れの場面に関しても「ああ云ふ場面が母を知らない少年の胸に訴へる力は、その境遇の人でなければ恐らく想像も及ぶまい」と述懐している。大阪人でも早くに父母を亡くしたものでもない「私」は、津村の言うところに従えば、彼の「母を恋ふる気持」を「理解」することはおろか「想像」することさえできないはずである。しかし「私」は、と言って悪ければ津村の物語の語り手は、「私」という一人称を隠蔽し彼の物語を断定的に語るのである。

四章は、津村の発話の再現でこそないが、物語は津村によって語られた痕跡をとどめ、要約されていた。「自分」という主語は、津村の発話を直接に再現するものと言うより、物語を語る津村の自称として「私」によって選択されたものと見るべきであろう。これに対し五章は、内容こそ四章同様津村が語ったところに拠るが、彼は語り手の位置から陥落し、自らの物語の主人公と化している。ここで「津村」ないし「彼」と指呼される人物は、語る側から語られる側へ身を移している。物語は、津村による物語から津村の物語へと変形された。ここには決定的な組み換えが働いている。

五章で彼に代わって津村の物語を語る「私」は、もはや「その時その岩の上で」彼が物語るところを聞いていた「私」、「二十年程まへ」のある秋の日、彼とともに吉野を歩いた「私」ではない。「私」は、特定の時間と場所に位置する、身体や属性を備えた「私」であることを離れ、超越的な非人称の語り手となって津村の物語を語るのである。*20

ところが、この議論には一点の留保が必要である。五章には一箇所だけ、「私」が消去されずに残っているからである。

四　虚構の所在

> 大阪と違つて、田舎はそんなに劇しい変遷はなかつた筈である。まして田舎も田舎、行きどまりの山奥に近い吉野郡の僻地であるから、たとひ貧しい百姓家であつても僅か二代か三代の間にあとかたもなくなるやうなことはあるまい。津村はその期待に胸を躍らせつゝ、晴れた十二月の或る日の朝、上市から俥を雇つて、今日私たちが歩いて来た此の街道を国栖へ急がせた。
> （その五）

津村の物語に「今日私たちが歩いて来た此の街道」が接続され、非人称の語り手のように背後に退いていた「私」が、紀行する人物としてここで一瞬浮かび上がる。加えて、津村が「今日私たちが歩いて来た此の道」を国栖へ向かったとの記述には、時間の錯誤がある。津村の物語が終わると、「私」は「――以上の話は、…宮滝の岩の上で彼が私に語つた時からは又二三年前に溯る事実である」と補足していた。順序を正しく言いなおせば、津村がかつて利用した「此の街道」を「今日私たちが歩いて来た」のである。

ここで注目すべきは、同じ「此の街道」を進む「私たち」と津村の速度の違いである。「私たち」は徒歩によってゆるやかに進み、宮滝から国栖へ向かう途中の岩の上に腰かけて物語を語り・聞いていた。物語の中の津村は、上市の町も宮滝も菜摘の里もこの岩もとばして、「俥を雇つて」一気に国栖を目指した。彼は俥に乗って岩の上の「私たち」を一気に抜き去ると、国栖へと先に到着する。国栖へと続く「此の街道」を、津村がかつてとりこぼしたものを拾うように歩んできた「私たち」は、いわばこのとき彼に追い越されたのである。

ではその先に何が待っていたのか。右の引用には次の情景が続く。

そしてなつかしい村の人家が見え出したとき、何より先に彼の眼を惹いたのは、此処彼処の軒先に乾してある紙であつた。…その、真つ白な色紙を散らしたやうなのが、街道の両側や、丘の段段の上などに、高く低く、寒さうな日にきらきらと反射しつつあるのを眺めると、彼は何がなしに涙が浮かんだ。此処が自分の先祖の地だ。自分は今、長いあひだ夢に見てゐた母の故郷の土を踏んだ。此の悠久な山間の村里は、大方母が生れた頃も、今眼の前にあるやうな平和な景色をひろげてゐただらう。四十年前の日も、つい昨日の日も、此処では同じに明け、同じに暮れてゐたのだらう。津村は「昔」と壁一と重の隣りへ来た気がした。ほんの一瞬間眼をつぶつて再び見開けば、何処かその辺の籬の内に、母が少女の群れに交つて遊んでゐるかも知れなかつた。（その五）

この場面の直前に、津村が「今日私たちが歩いて来た此の街道」を通ったのは、偶然ではない。山奥の僻地である国栖は、「四十年前の日も、つい昨日の日も」、「今」と「同じ」景色をひろげていたはずだと推測される。「きらきらと反射」する紙が視界をまどわせ、眩惑を助ける。時間の前後は無化され、過去は「同じ」景色の中に重なる。「ほんの一瞬間眼をつぶつて再び見開けば」、その重なりの背後から亡き母が姿をあらわすような気さえする。津村は少女時代の母がここで遊んでいたかも知れないと想像しているのではない。初めて訪れた「なつかしい」この村は、津村の「今眼の前」に、「母が少女の群れに交つて遊んでゐる」というあり得ない情景をちらつかせる。国栖は、かつても今もあることが不可能なその光景を伏在させる場所として津村を迎え入れるのである。

『吉野葛』は、「私たち」が歩いてきた「此の街道」の先にある国栖を、「私たち」の到着に先んじて、物語の中の津村が不可能な光景に近接する場所として記述する。紀行文の形式によって組み立てられた本作は、「私」の紀行と津村の物語とが交差するその先に、目がくらむような国栖の情景を描き出した。本作におけるフィクションの領域はここに開示される。

さて岩の上の「私たち」も、物語を終えると津村を追って国栖を目指した。

> 私は兎に角津村を促してその岩の上から腰を擡げた。そして、宮瀧で俥を雇つて、その晩泊めて貰ふことにきめてあつた国栖の昆布家へ着いた時は、すつかり夜になつてゐた。私の見たおりと婆さんや家族たちの印象、住居の様子、製紙の現場等は、書き出すと長くもなるし、前の話と重複もするから、ここには略すことにしよう。
>
> （その六）

たつみ都志は、「物語現実では津村の話が終わり、国栖の昆布家に着いた時は、「すっかり夜」になっていたわけで国栖で津村が見た光景を「私」が見ることはなかったのです。だがすでに津村の身体を通して「国栖」を〈見て〉しまった私にとって、それを再び繰り返す必要はないのです[*21]」とこの箇所を解釈する。なるほど暗くなってから国栖に到着した「私」は、物語の中の津村のように紙がまぶしく反射するあの光景に迎えられることはなかっただろう。少なくとも「私」は、「前の話と重複もするから」との理由で肝心の国栖の描写を略さざるを得ない。「国栖」の章題は、

「私たち」が国栖に到着する――「私」がはじめて国栖を訪れる――六章にではなく、津村がはじめて「母の故郷の土を踏んだ」五章を選んで冠せられることになった。こうして「私」の紀行は六章に入ると急速に力を失っていく。

おわりに

五章の新しい章題「国栖」が津村の紀行の終着点を教えるとすれば、四章の「狐噲」は以下の光景を指示する。

取り分け未だに想ひ出すのは、自分が四つか五つの折、島の内の家の奥の間で、色の白い眼元のすずしい上品な町方の女房と、盲人の検校とが琴と三味線を合はせてゐた。――その、或る一日の情景である。自分はその時琴を弾いてゐた上品な婦人の姿こそ、自分の記憶の中にある唯一の母の俤であるやうな気がするけれども、果してそれが母であつたかどうかは明かでない。後年祖母の話に依ると、その婦人は恐らく祖母であつたらう、母はそれより少し以前に亡くなつたはずであると云ふ。が、自分は又その時検校とその婦人が弾いてゐたのは生田流の「狐噲（こんくわい）」と云ふ曲であつたことを不思議に覚えてゐるのである。（その四）

津村はこれを「自分の記憶の中にある唯一の母の俤」として保持する。彼自身認めるように、「それが母であったかどうかは明かでない」、と言うより祖母の証言によって覆され、それは母でない可能性が高い。しかし彼は「母の姿は万一にも記憶に存する可能性があ」るとしてその残滓を「狐噲」の曲に求めた。「狐噲」という章題は、津村の母にまつわる記憶の起源、仮構された起源を指し示すのである。彼はその「幻」を追い求め、四章では葛の葉伝説を残す信田の森を訪ねた尋常二三年の頃のこと、五章ではくらがり峠に出かけた中学時代のことを回顧する。初出ではそれぞれの章に「葛の葉」「くらがり峠」の題が付せられていた。つまり津村の物語は、彼が訪れた土地によって標し付けられ、一種の紀行として把握されようとしていた。それが「狐噲」と「国栖」に改題されたのは、津村の紀行が、彼が実際に訪れた土地をつなぐものというより、比喩的な紀行、母の記憶をめぐる紀行として見なおされたことを意味するだろう。津村は五章で国栖に辿り着き、母の生家で母のものだという一面の琴を目にすることになる。

> 琴爪の方は、大分使ひ込まれたらしく手擦れてゐたが、嘗て母のかぼそい指が嵌めたであらうそれらの爪を、津村はなつかしさに堪へず自分の小指にあてはめた。幼少の折、奥の一と間で品のいい婦人と検校とが「狐噲」を弾いてゐたあの場面が、一瞬間彼の眼交（まなかひ）を掠めた。　（その五）

「狐噲」を起源とする記憶の紀行の果て、津村は「あの場面」と出会う。「なつかし」い母の琴爪を媒介に、フラッシュバックのように「眼交」をよぎるその情景を、津村は思い出しているのではない。思い出すとしても、その対象は母ではなく、四章の「自分」が「未だに想ひ出す」という仮構された母の記憶である。「その婦人は母ではなく、琴も此の琴ではなかつたかも知れぬけれども、大方母も此れを掻き鳴らしつつ幾度かあの曲を唄つたであらう」。それが母であったかどうかさえもはや問われない。津村はここで自らの記憶の起源に再会し、自身の紀行を終息させるのである。

「「吉野葛」というテクストの見せる、《小説》から遠ざかろうというふるまいそのものに注目していくこととしたい」[22]という小林敦の揚言に倣って言えば、本論は、紀行文の形式を採用し、小説から遠ざかるかに見えた『吉野葛』が、記憶をめぐるフィクションによって再び小説へと回帰する、その軌跡を記述する試みであった。谷崎は以後、『盲目物語』（「中央公論」昭6・9）、『春琴抄』（「中央公論」昭8・6）、『聞書抄』（「大阪毎日新聞」「東京日日新聞」昭10・1・5～6・15）というさまざまな文書形式を導入した小説を発表していくことになる。多様で豊饒なこれらの作品群は、あるいは出口の見えない試行錯誤の副産物であったかも知れない。昭和初年代の谷崎は、小説を疑い離れるという出発点へ、何度となく自らを差し戻していたのである。

＊1　『谷崎先生の書簡』所収の中央公論社社長嶋中雄作宛書簡。順に昭4・12・7、昭5・4・2、昭4・12・7の日付が付されている。なお、同書は増補改訂版（千葉俊二編、平20、同）が刊行されている。

＊2　伊藤整「解説」（新書版『谷崎潤一郎全集』第十九巻、昭33、中央公論社→『谷崎潤一郎の文学』昭45、同）。

＊3　千葉俊二「狐のレトリック——「吉野葛」の語りをめぐって」（「日本近代文学」平2・5）。

＊4　田沢基久はこの変更が「《母恋い》から《妻問い》へのモティーフの移行に照応する」（「「吉野葛」二面観——別格小説という呼称——」（『論考　谷崎潤一郎』紅野敏郎編、昭55、桜楓社））と推測するが、そもそも津村にあって「過去に母であつた人も、将来妻となるべき人も、等しく「未知の女性」であつて、それが眼に見えぬ因縁の絲で自分に繋がつてゐることは、どちらも同じなのである」（その四）。

＊5　広津和郎「文芸時評」（「中央公論」昭6・2）。ただしこれは本作の前半部、一章から四章までが掲載された時点での感想である。

＊6　千葉亀雄「文壇時評・二月の雑誌から（二）」（「東京日日新聞」昭6・2・10）。

＊7　水上滝太郎「『吉野葛』を読て感あり」（「三田文学」昭6・6）。

＊8　荒正人「総論」（『谷崎潤一郎研究〈近代文学研究双書〉』荒正人編、昭47、八木書店）。

＊9　平山城児『考証『吉野葛』——谷崎潤一郎の虚と実を求めて——』（昭54、研文出版）。

＊10　小林敦「〈小説なるもの〉をめぐる物語から遠く離れた冒険——谷崎潤一郎「吉野葛」試論」（「論樹」平11・12）。

＊11　「読み物」は、初刊では「面白い読み物」に改められた。

＊12　谷崎の歴史小説論としては、「直木君の歴史小説について」（「文芸春秋」昭8・11〜昭9・1）という長文の評論がある。本書第二部第三章参照。

＊13　長沼光彦「芸術家小説としての「吉野葛」」（「新潟大学国語国文学会誌」平3・3）。

＊14　本書序章参照。小説における「材料」の概念については、拙稿「小説の材料考——谷崎潤一郎『紀伊国狐憑漆搔語』」（「朱」平31・3）参照。

＊15　初刊では、「狐噲」「国栖」とともに、六章の章題にも「入の波」とルビが振られた。

＊16　千葉俊二「昭和初年代の谷崎文学における〈聞き書〉的要素について」（「日本文学」昭55・6）。

＊17　たつみ都志「シンポジウム——『吉野葛』をめぐって」（「解釈と鑑賞」平5・6、細江光・千葉俊二・浅田隆（司会））。

＊18　東郷克美「狐妻幻想——「吉野葛」という織物」（『日本の文学』第1集、昭62、有精堂出版）。

＊19　「映画女優」は、初刊では「女優」に改められた。

＊20　小森陽一は、四章に「直接話法的な言説であるかのような装い」、五章に「「間接」性の強調」を見て取り、「なぜひとつらなりの「岩の上」での「打ち明け話」を「私」は、このような形で、あえて章を分けて、しかも語り口や文体を変えて書きつけねばならなかったのか。そこに、聴き手が語り手へと変貌し、さらには書き手になるまでの、あるドラマが潜んでいるものと思われる」と論じている（『縁の物語——『吉野葛』のレトリック——』叢刊・日本の文学22、平4、新典社）。「私」の位置の変化という議論は本論も共有するが、小森は四章が声、五章が文字による母の記憶である点に書き分けの理由を求めており、津村の語る内容に応じた「私」の変化であるように解釈している。

＊21　たつみ「シンポジウム——『吉野葛』をめぐって」（前掲）。「〈見て〉しまった私」は、「〈見て〉しまった「私」」の誤記であろう。

＊22　小林「〈小説なるもの〉をめぐる物語から遠く離れた冒険」（前掲）。

第二章　『春琴抄』論――虚構あるいは小説の生成

はじめに

正宗白鳥は、「「春琴抄」を読んだ瞬間は、聖人出づると雖も、一語を挿むこと能はざるべしと云つた感じに打たれた」と述べた。[*1]この一節は谷崎潤一郎『春琴抄』（「中央公論」昭8・6）への讃辞として有名である。しかし、実際のところ白鳥のそれを含め、本作に寄せられた同時代の反応は総じてアンビヴァレントである。傑作であるという評価は動かないが、その上でなお彼らは口々に不満を洩らす。白鳥の絶賛の弁も、直後に「読後は狐に憑まれてゐたかと思はれる感じがした。明日の日は、私もかういふ文学を唾棄するかも知れない。しかし、この新作を読み耽つてゐた間はさう思はされたのを如何ともしがたい」という微妙な留保を伴っていた。

このように本作は発表当時から近年に至るまで様々な論議を呼び、反響に応えて谷崎も彼にしては珍しく「春琴抄後語」（「改造」昭9・6）という自作解説めいた評論を発表した。その言葉を借りて言えば、本作は「春琴や佐助の心理が書けてゐないと云ふ批評」を、特に佐助が眼を突く箇所について浴びせられた。研究史の上では、誰が春琴の顔に火傷を負わせたのかという物語の謎をめぐる一連のやりとり――「水掛け論ならぬ、お湯掛け論」[*2]――がよく知られている。佐助犯人説・春琴自害説・黙契説・真相不在説といった多様な説が提出されたこの論争に、本論は新たな解釈を付け足すものではないが、佐助が眼を突く理由、その心理を忖度するようにこれらの議論が進んだことには注意を払う必要があるだろう。

「春琴抄後語」は、本作が「会話のイキ」、「心理の解剖」、「場面の描写」の三点を備える谷崎の所謂「小説風」の小説――「近代小説の形式に依つて本格的な書き方をしたもの」――とは異なる形式で書かれたものであると明言する。なるほど本作をはじめ、『卍（まんじ）』（「改造」昭3・3～昭5・4）、『吉野葛』（「中央公論」昭6・1～2）、『盲目物語』（「中央公論」昭6・9）等々、昭和初年代の彼の諸作は大半が「近代小説の形式」を避けている。生田長江は「小説を捨てたか、小説が捨てたか」[*3]とその態度を批判するのだが、谷崎によれば「小説の形式を用ゐたのでは、巧いほどウソらしくなる」のであって「私は春琴抄を書く時、いかなる形式を取つたらばほんたうらしい感じを与へることが出来るかの一事が、何よりも頭の中にあつた」という。

虚構であることを前提とし、心理描写などの技法を駆使して物語をほんとうらしく語っていく――そのために「巧ければ巧いほどウソらしくなる」――「近代小説の形式」と違って、『春琴抄』が採用する「抄」という形式は、春琴と佐助の物語を「事実」として仮設する手順そのものである。本書は検校が春琴女の三回忌に編ませたらしい「鵙屋春琴伝」という小冊子の内容紹介、註釈、敷衍という体[*4]をとる。「抄」とは、「伝」を抜萃しそれに注釈を施したものという意味であろう。本書を記す「私」は、注釈に際し、主に弟子のてる女を介し伝えられる検校の証言、墓所や写真といった遺物、さらには佐藤春夫の発言・新聞記事・谷崎のエッセイなどの資料を動員する。「私」はこれら出所や文体の異なる様々な叙述を収集し、「多分」「恐らく」「（の）であらう（か）」「やうに見える」「やうである」「かも知れない（／ぬ）」と留保を重ねながら、「此の説の方がほんたうなので」「と見るのが最も当つてゐるやうである」のように相対的に蓋然性が高いと判断したものを「事実」として仮設していく。

小林秀雄は、生田長江に反論し「問題は氏の技法の完全不完全にあるのではなく、凡そ近代小説といふものに対する興味を谷崎氏が失つた或は失つてみせたといふ処が肝腎だ」[5]と指摘した。『春琴抄』の形式上の試みを技法上の工夫へと矮小化することなく、「近代小説といふもの」に対する批判として分析すること、これが本論の目指すところである。本論は、『春琴抄』という小説が心理描写に代わる別種の小説の方法をひらいたことを明らかにする。具体的には、作中人物の佐助が眼を突くことによってどのような事態がもたらされ、それがどのような意味で心理描写に代わる小説の条件を担うのかを考察する。次節ではまず同時代評を詳しく検討し、議論の足がかりとしたい。心理描写の不足を批判する同時代の議論は、ある意味では正確に『春琴抄』に内在する問題へと反応していたと考えられるからである。

一　『春琴抄』の同時代評

『春琴抄』への同時代の評価ははやくから一致を見ていた。紛れもない傑作だというのがそれであるが、惜しみない称賛には必ず微妙な留保が続いた。従来の研究はそこを都合よく見落とし、絶賛の言葉だけを耳に入れた。だが本作へと寄せられた同時代の関心は、むしろその留保のうちに表明されていたと見るべきである。

本作はしばしば「完璧」と形容され、同時に瑕疵を指摘された。たとえば川端康成は「ただ嘆息するばかりの名作で、言葉がない」[6]と書き出しながら、即座に前言を翻し「勿論、批評家が難癖をつけられぬ作品などは、この世にあるものでない」と述べ、一例に春琴が熱中したという鳥の扱いを「書き方がどうも物足りぬ」「薄手に感じられる」「身につかぬ脆さがある」と続けざまに批判してみせた。鳥の部分はつまり「名玉の瑕」だと言うのである。佐藤春夫もこの指摘に同調し、「全くあの部分を見た時には僕は惜むべきの美玉微瑕ありの感があつたものである」[7]と述べた。なお佐藤は同じ文章中に、これを谷崎に伝えたところ彼が「すぐ兜を脱いで」批判を甘受したことを報告する。対照的に佐助が眼を突く部分に関しては、谷崎は世評を一蹴して譲らず、「自信に充ちた顔つきで」「あまりに昂然としてゐて小面憎い」ほどであったという。また大岡昇平は一読して「日本人で書かれた完璧と呼び得る最初の作品と思つたのだが、此度結末を知つてゐて読んでみると、その冒頭が何と下心に満ちた、たどたどして筆取（ママ）に見えたことか」*8と嘆いてみせた。

　こうした議論を総括するように、保田與重郎はこの時期の谷崎に寄せられた批評を的確にも次のようにまとめている。

> 谷崎氏をもちあげて発足した一派の文学論は、その完璧性からであつた。偉大な作品とは、正に完璧性によつて云々されるとよい。これで分つてゐるではないか——と、たしかに呪はれた完璧性であらう。*9

「これで分つてゐるではないか」とあるのは、「春琴抄後語」よりその結語の一節——「春琴や佐助の心理が書けてゐないと云ふ批評に対しては、何故に心理を描く必要があるのか、あれで分つてゐるではないかと云ふ反問を呈したい」——を受けている。同時代の疑問や批判は、佐助が自ら眼を突くに至るその「心理が書けてゐない」という点に集中していた。心理という要素を小説に不可欠な成分と考えるのはこの時期に特有の小説観だが、その思潮をリードし、『春琴抄』についても批判の急先鋒を担ったのは横光利一である。

> 春琴抄といふ谷崎氏の作品を読むときでも、私も人々のいふごとく立派な作品だと一応は感心したもの、、やは

りどうしても成功にたいして誤魔化しがあるやうに思へてならぬのである。題材の持ち得る一番困難なところが一つも書いてはなくて、どうすれば成功するかといふ苦心の方が目立つて来て、完ぺきになつてゐる。いひかへれば一番に失敗をしてゐるのだ。佐助の眼を突く心理を少しも書かずに、あの作を救はうといふ大望の前で、作者の顔はこの誤魔化しをどうすれば通り抜けられるかと一心に考へふけつてゐるところが見えてくるのである。[*10]

横光は、本作が「完璧」であるとすれば、それは「題材の持ち得る一番困難なところ」である「佐助の眼を突く心理」を書かずに「誤魔化し」たためであり、「いひかへれば一番に失敗してゐるのだ」と作者の態度を厳しく追及する。『春琴抄』は瑕疵が見当たらないという意味で「完璧」なのではない。瑕疵があろうとも、本作は保田の所謂「立派な作品を立派なものと見せる技術[*11]」によって救われ、成功している。保田はその「技術」を端的に「芸」の一語で言い換えるのだが、彼によれば『春琴抄』が傑作である所以はその「芸」を尽くされているためであって、逆に言えば「春琴抄は絶対的に手を抜いてゐるのである[*12]」という。「絶対的に手を抜いてゐる」のは、作中人物の心理を描くという小説の初歩に関してである。

谷崎はこれに対し「心理を描く必要」はない、「あれで分かつてゐるではないか」と反論する。なるほど心理は明瞭であり、物語を理解するうえで支障はない。現に作中人物の心理が分からないという批判は皆無であった。作中人物の心理は読者が分かれば十分であり、それ以上の描写は「必要」ないというのが谷崎の判断である。しかし横光らが問題にするのは心理が読者に隈なく了解されるかどうかではない。描いているか描いていないか、つまり描写の有無である。心理描写は読者が物語を理解するために必要なのではなく、小説の条件として要請されている。本作に心理描写のないことが、小説として不足だと彼らは言うのである。

たとえば生田長江は、『春琴抄』にはしばしば「小説的に書かれるのが有利であり、若しくは必要であるやうな箇所迄が、甚だ小説的ならぬ別の仕方に於て取扱はれて居[*13]」る、すなわち「描写である可き筈のものが単なる概念的抽象的説明的たるに止つてゐる」と批判した。同様の指摘は近松秋江らからも寄せられたが[*14]、佐藤春夫はそこから一歩進めて、作者にとっての「小説」は別のところにあるのではないかと提議した。

僕の見るところでは「春琴抄」の前半は要するに佐助が自ら手を下して失明するに到る順序の説明にしか過ぎないもので、そこには潤一郎にとつて恐らくは何等の小説もないであらう。彼の小説は佐助の失明によつてはじまるとさへ言へるであらう。…その後半にこそもつと書くべきことを持つてゐる潤一郎であらう。

『春琴抄』の本文に佐助がまさに眼を突く瞬間が記されるのは、「それより数日を過ぎ既に春琴も床を離れ起きてゐるやうになり何時繃帯を取り除けても差支ない状態に迄治癒した時分或る朝早く佐助は女中部屋から下女の使ふ鏡台と縫針とを密かに持つて来て寝床の上に端坐し鏡を見ながら我が眼の中へ針を突き刺した」から「尤も直後はまだぼんやりと物の形など見えてゐたのが十日程の間に完全に見えなくなつたと云ふ」までの、構文の上では十以上の文章に分かれるはずのところを句読点なしでつないだ、長い一文においてである。これは「〇」の記号で仕切られた全二十七のブロックのうち、二十三番目のブロックの半ばに位置している（便宜上、以下は本文の引用に番号を添え、章と呼称する）。彼が「小説」の語に込めた含意は分からないが、文字通りに読めば、谷崎にとっての小説はここから——つまり二十三章の後半から——はじまると、佐藤は主張しているのである。

『春琴抄』は佐助が眼を突くに至る心理描写を欠き、従って近代小説の条件を満たさないままに「完璧」であるとアンビヴァレントに評価された。佐藤の議論は、本作における心理描写の欠如を小説的でないとして批判する議論に対抗するべく提出されたものであり、心理描写以外の場所に小説の所在を求めるところに眼目があった。彼によれば、『春琴抄』という小説は、前半は佐助が失明に至る「順序の説明にしか過ぎないもの」で、失明以後の後半になってようやく小説がはじまるという。

ただし、「抄」を自称する本書は、失明以後の佐助、すなわち検校によって編まれた「伝」へと依拠し予め書きはじめられていた。その意味で本書の全体が彼の失明以後に属するとも言えるのであって、「私」はそのなかで再度失明までの道程、二十三章での失明、そして失明以後を語りなおすのである。とすれば、失明の前後とはどこで区切られ、そこで何が転じているのか。どのような意味で失明以後に小説がはじまると言えるのか。それを把握するために、本論はいったん春琴と佐助の物語に立ち戻る必要がある。

二　春琴と佐助の恋愛物語（ラヴ・ストーリー）

本作は、春琴への愛と献身のあまり佐助が自ら眼を突くに至るという恋愛の物語（ラヴ・ストーリー）として読まれて来た。「春琴抄後語」の「あれで分かつてゐるではないか」という「反問」に沿うとすれば、眼を突くに至る佐助の心理は、春琴への愛として了解されたのである。「恋愛」の語は本文中にも散見され、これが一種の恋愛文学であることは疑われない。だが河野多恵子は、谷崎の小説がしばしば男女のことを主題にしながら、実際にはそこに恋愛が欠落しているとして、これに「恋愛欠落の文学」[*15]というキャッチフレーズを付けた。本作もまた、恋愛心理の――あるいはその描写の――欠落した恋愛文学である。とすれば、「恋愛」はどこに在るのか。

本書で「恋愛」及び「愛」の語が最初に持ち出されるのは、「後日佐助は自分の春琴に対する愛が同情や憐愍から生じたといふ風に云はれることを何より厭ひそんな観察をする者があると心外千万であるとした」「但しそれは後の話で…まだ恋愛といふ自覚はなかつたであらう」（五）という、十三歳の佐助が九歳の春琴とはじめて接点を持つ箇所においてである。本書前半部では「恋愛」は「まだ」その状態にないが「後に」「後年」そうなるものとして繰り返し予告されていく。ここでは春琴と佐助二人きりでの恋愛の場面（ラヴ・シーン）が描かれることはない。「鵙屋の奉公人共はあれでこいさんはどんな顔をして佐助どんを口説くのだらうこつそり立ち聴きしてやりたいと蔭口を云つたといふ」（十三）が、この「蔭口」は、二人の遣り取りを垣間見たいという読者の欲望を代弁するだろう。だが裏で実際に睦言が交わされていようといまいと、いずれにせよこの時期の二人の関係はいまだ「恋愛」ではない。彼らの関係が実際のところどのようなものであったかではなく、本書中でそれが何と呼ばれるかが問題である。

そもそも二人の関係を「恋愛」として規定するのは「私」である。たとえば「伝」にその視点はない。また周囲の人間にも「恋愛」を肉体関係や夫婦関係と区別する視点はない。「私」の所謂「恋愛」は、佐助が眼を突いた結果はじめて実現＝成就するのであって、一般に考えられているように、彼は春琴への愛のあまり眼を突いたのではない。三十七歳の春琴は火傷によって美貌を損なわれ、佐助はそれを見まいとして自ら眼を突いて失明した。二十章から二十四章にかけて詳述されるこの一続きの出来事を経て、以後佐助は夢幻的な世界のうちに春琴の姿を見ていくことになる。

畢竟目しひの佐助は現実に眼を閉ぢ永劫不変の観念境へ飛躍したのである彼の視野には過去の記憶の世界だけがある…佐助は現実の春琴を以て観念の春琴を喚び起す媒介としたのである　（二十六）

これが本書における「恋愛」の内実である。春琴の美貌が破壊されると佐助はそれを見まいとして眼を突いた。盲目の世界で春琴の醜い顔は美しい顔へと転換され、そのとき「恋愛」は成就する。ともに盲目となった二人の間には「言はず語らず細やかな愛情が交わされてゐた」（二十五）という。その後も心理描写は「按ずるに視覚を失つた相愛の男女が触覚の世界を楽しむ程度は到底われ等の想像を許さぬものがあらう」（二十五）という理由で避けられ、概念的に説明されるにとどまる。

谷崎はこの時期、「恋愛及び色情」（「婦人公論」昭6・4〜6）というエッセイを発表し、「高尚なる恋愛文学」を作るために「女性崇拝の精神」を提唱していた。「女性崇拝の精神」とは、「経済組織や社会組織から見た婦人の位置でなく、男が女の映像のうちに何かしら「自分以上のもの」「より気高いもの」を感ずることを意味する」という。従来の研究は、これを作家の恋愛観や女性観を語るものとして理解して来た。だが本論はこれを文学論として――「恋愛文学論」[*16]として――読むことを提案したい。谷崎は西洋文学によって近代の日本文学に「恋愛」の概念が輸入されたことの意義を強調するのだが、彼はそれを女の崇高な幻影（ヴィジョン）＝映像を仰ぎ見る男という男女の非対称な関係性に置きなおしている。いにしえの女性が「ただ「夢ばかりなる」世界にのみ幻影の如く現はれる」ものであったように、「高尚なる恋愛文学」において女性は一方的に眼差される対象として幻影＝映像化され、その上で「崇拝」される。谷崎は「恋愛」を、あるいは「高尚なる恋愛文学」における「恋愛」を、男の見る夢幻的な世界のうちに女の気高い幻影＝映像があらわれることとして規定した。「恋愛」は、男女の然るべき心理を指すものではなく、男の見る女のヴィジョンとして独自に定義されているのである。

『春琴抄』では、火傷によって醜く破壊された春琴の顔が、佐助の失明を経て美しい春琴の幻影＝映像に転換され、このとき「恋愛」が成就する。「私」の所謂「恋愛」は、春琴の美貌の破壊とそれを否認する佐助の失明という二つの条件が揃ってはじめて実現する。「佐助は現実の春琴を以て観念の春琴を喚び起す媒介としたのである」と説明されるこの「恋愛」が「観念」的であることは言うまでもないが、さらに言えば、それは佐助の幻視のうちにしか存在しない虚構（フィクション）である。現実の世界で失われた美しい春琴の像は、失明した佐助が眺める「過去の記憶の世界」において虚構として回復される。佐助の失明以後に小説がはじまるとは、この意味においてまずは理解されるべきである。

三　順序の転倒

春琴の美しい顔は、失明した佐助の幻視のうちに虚構としてのみあらわれる。ところがここに、「検校がこの世で最後に見た彼女の姿」（二）に「近いものであつたかと思はれる」「映像」を今日に伝えるものがある。春琴が三十七歳のときに撮影し、「此の写真を撮つた同じ年に或る災難が起りそれより後は決して写真などを写さなかつた筈である」*17という一葉の写真である。「私」は古くて「遠い昔の記憶の如くうすれてゐる」その写真の「映像」を「晩年の検校が記憶の中に存してゐた」であろう「ぼやけた」春琴の姿に重ねる。古ぼけた写真を形容する「記憶の如く」という直喩は、比喩であるとともに、そこに写った春琴の映像が文字通りに検校の記憶と重なることを含意するだろう。

晩年の検校が記憶の中に存してゐた彼女の姿も此の程度にぼやけたものではなかつたであらうか。それとも次第にうすれ去る記憶を空想で補つて行くうちに此れとは全然異なつた一人の別な貴い女人を作り上げてゐたであらうか　（二）

検校の記憶の中にある春琴の姿が、実際にこの写真の如くであったかどうかは確かめようもない。だがいずれにせよその映像は検校のものであり、佐助の、少なくとも「伝」の佐助の見るものではない。「伝」の佐助、検校の造形による佐助はこの映像を見ていない。「伝」は、春琴の火傷が「微瑕」であり、佐助の失明は「白内障を煩」ったためだと伝えるからである。二十二章でこの箇所を引用し、それを別の資料に拠って否定し去った後は、本書中に「伝」の引用は皆無である。春琴の美貌が損なわれたこと、それを見まいとして自ら眼を突いたこと、連続する二つの出来事をともに否定するこの佐助、すなわち「伝」の佐助は、醜い春琴の顔を抑圧し美しい彼女の顔を幻視のうちに眺めていたという検校とは矛盾する存在である。「伝」の作中人物であるこの佐助は、後の検校へとつながらない。ではどの佐助が後に検校になるのか。

ここで傍証として、『春琴抄』の映画化に関する谷崎のコメントを引こう（「映画への感想——「春琴抄」映画化に際して——」（「サンデー毎日　春の映画号」昭10・4））。昭和十（一九三五）年六月、島津保次郎の脚色・監督による「春琴抄お琴と佐助」（松竹キネマ）が公開された。純文学の映画化、文芸映画の試みとして公開以前から話題を呼んだ一作であるが、谷崎は島津の脚本は読んでいないし、映画も観るつもりはないとにべもなく言い放ち、映画化の成果に終始否定的な言辞を重ねている。ここでは映画の評価は措き、彼が映画化について例外的にエッセイの末尾に次の案を提案していることに注目したい。

もし自分であれを映画化するとすれば、目を突いて盲目になつてしまつてからの佐助を通じて、春琴を幻想の世界にうつくしく描き、それと現実の世界とを交錯させて話をすゝめて行くやうにするが、実際にさういふものがうまくつくれるかどうかは自分にもわからないが、成功すれば、きつと面白いものが出来あがるのではないかと思つてゐる。

小林敦は、右の提案を火傷のために醜く変貌しているか頭巾を被っているかする「現実の春琴の姿をスクリーン上に登場させ、佐助の幻想の中にだけある春琴の像と対比させるという意味のはずである」[*18]と敷衍する。だが小説では、失明以後を記す後半部では美しい幻想の春琴が彼の視野を覆い、両者が「対比」されることはない。本作において美しい春琴の顔の背後に醜い春琴の顔が透けて見え、両者が「交錯」するのは、かえって火傷以前の彼女を記す前半部においてである。たとえば佐助が春琴と初対面を果たすくだりでは、後日談として次のような検校の証言が再現されている。

わしはお師匠様のお顔を見てお気の毒とかお可哀そうとか思つたことは一遍もないぞお師匠様に比べると眼明きの方がみじめだぞお師匠様があの御気象と御器量で何で人の憐れみを求められよう佐助どんは可哀そうぢやと却てわしを憐れんで下すつたものぢや、わしやお前達は眼鼻が揃つてゐるだけで外の事は何一つお師匠様に及ばぬわしたちの方が片輪ではないかと云つた。（五）

文脈から判断すると、これは盲人である春琴と「眼明き」である佐助らを比較する発言のようである。だがこの証言が失明以後の彼によるものであろうことを踏まえると、右の比較はにわかに怪しくなる。それを「見」て「お気の毒とかお可哀そうとか思つたことは一遍もない」という「お師匠様のお顔」、ここで想定されている「あの御気象と御器量」はいつの時点のものか。美貌を損なわれて以来「春琴の方は大分気が折れて来た」（二十六）のに「哀れな女気の毒としての春琴を考へることが出来なかつた[*19]」ためにそれを否認し、「もし春琴が災禍のために性格を変へてしまつたとしたらさう云ふ人間はもう春琴ではない」「さうでなければ今も彼が見てゐるところの美貌の春琴が破壊される」とまで思いつめる佐助である。従って右の発言は、失明以後の佐助、すなわち検校が、美貌を損なわれた春琴についてそれを幻視のうちに美貌の春琴に置き換えながら語ったものだと考えられる。そうしてみると「佐助どんは可哀そうぢや」という春琴の台詞も彼が解釈するように必ずしも彼女の驕慢さを示すものではなく両義的にも受け取れるし、「わしやお前達」を眼が見えると言わずに「眼鼻が揃つてゐる」と称していることも、翻って春琴の顔にいまや「眼鼻が揃」わないことを思わせるだろう。

　検校は「伝」を編むに際し、当事者でありながら一人称の使用を避け、かえって自らを「佐助」として三人称化した。「私」は「伝」を「検校のことも三人称で書いてあるけれども…此の書のほんたうの著者は検校その人であると見て差支へあるまい」（一）と紹介し、検校が自らを三人称化して「佐助」なる人物を創造したことに注意を促す。記述の順序に沿って言えば、冒頭から三章までの間で「検校」としてまず語られた人物が、春琴と彼の初対面を「春琴は毎日丁稚に手を曳かれて稽古に通つたその丁稚といふのが当時佐助と云つた少年で後の温井検校であ」（五）ると記す「伝」の引用を受けて、後に「佐助」として改めて登場するのである。佐助が「後の温井検校であ」ることは、「後年盲目となり検校の位を称してからも」（七）のように前半部で繰り返し予告される。検校の位は二十五章で与えられるのだが、彼の前途はそもそも一章から三章までの記述が彼を「佐助」ではなく「検校」と指呼することから明らかである。出来事の順序に即して言えば、佐助が後に検校になるのだからこれは転倒している。

　そしてこの転倒を可能にするのが、「抄」という形式である。「私」は春琴と佐助の物語を小説の形式に仕立てることを避け、「抄」の形式を採用しこの書を記した。「私」が二人の墓所を訪れるところから本書が書き起こされていることは象徴的である。「私」は「伝」の順序に即し、つまり春琴の年齢を軸に二人の生涯を伝記的に再現するかのようで、そこに事後的な視点を持ち込み、複数の情報を突き合わせ、その時点では知り得ない未来を「後に」「後年」こうなると言ってあっさり予告してしまう。「恋愛」を実現する二つの条件、春琴の火傷と佐助の失明は、出来事としては小説の後半部で記述されるが、前半部においても「後に」「後年」そうなることとして繰り返し予告されていた。「抄」を記す「私」は、「伝」に依拠し様々な資料を参照しこれに修正を加えているだけのように見えて、実は根底から「伝」を撹乱するのである。その過程で「伝」の佐助は、後の検校へと通じる別の佐助にひそかに置き換えられるだろう。次節では、佐助の失明を記述する二十三章の前後、とりわけ失明直後の佐助と春琴の二人きりでの場面であるらしい二十四章を詳しく分析し、本作において虚構あるいは小説が生成する瞬間を抽出する。

四　フィクションの生成――二十四章の分析より

「佐助痛くはなかつたか」という春琴の珍しくも優しげな呼びかけをもってはじめられる二十四章は、「伝」や証言を媒介する「私」が退き、春琴と佐助の二人きりでのやりとりが示される異例の章である。この章が例外的な叙法を採用することは、既にたつみ都志らの指摘があり[*20]、「後年の佐助の述懐ないしは回想の記述であろう」[*21]などと解釈されている。だがこの章を小説全体の中に位置付けた論考はいまだない。単純なことだが内容上の矛盾もあるので、まずはその点から確認していこう。

既に二十二章において「伝」の記載には修正が加えられており、第一に春琴の顔の傷が「伝」に言うような「微瑕」ではなく「重傷」であること、第二に佐助の失明が「因縁」でも「偶然」でもなく故意によるものであることが、相対的に蓋然性の高い「事実」として選択されている。「伝」はまず佐助から失明の報告を受けた春琴の様子を「春琴之を聴きて悵然たること良久し矣」（二十二）として描き出す。なお、恨み嘆くことを言う「悵然」は、初刊以降の本文では茫然自失を意味する「憮然」に改められた。たつみ都志はこれを「知的で崇高な意志強固の人、ごく静的で潔癖性な春琴像を造型」するための改変であるとした[22]。改変の理由を跡付けることは易しいが、永栄啓伸は「〈憮然〉でも尚、おさまりが悪いという印象を私は抱いている」と打ち明け、これを「気にかかる語句」「言わば作品の流れのなかで違和感をおぼえる表現」と評した[23]。「悵然」が「憮然」であっても違和感は残るという永栄の指摘は重要であり、無理に辻褄を合わせて解消すべきものではない。ここでは佐助の失明の報告に対して春琴が返答を与えず沈黙していること、従って彼女の胸のうちは分からないがその様子から推察するに喜んではいないらしいことが、「伝」の伝えるところであると要約しておく。

次に二十三章では、佐助が後日側近に語ったところをもとに、「佐助、それはほんたうか、と春琴は一語を発し長い間黙然と沈思してゐた」（二十三）という場面が復元されている。

佐助は此の世に生れてから後にも先にも此の沈黙の数分間程楽しい時を生きたことがなかつた…（引用者注――春琴の心理は）忖度し難いけれども、佐助それはほんたうかと云つた短かい一語が佐助の耳には喜びに慄へてゐるやうに聞えた。そして無言で相対しつゝ、ある間に盲人のみが持つ第六感の働きが佐助の官能に芽生えて来て唯感謝の一念より外何物もない春琴の胸の中を自づと会得することが出来た今迄肉体の交渉はありながら師弟の差別に隔てられてゐた心と心とが始めて犇と抱き合い一つに流れて行くのを感じた…もう衰へた彼の視力では部屋の様子も春琴の姿もはつきり見分けられなかつたが繃帯で包んだ顔の所在だけが、ぽうつと仄白く網膜に映じた

> 彼にはそれが繃帯とは思へなかつたつい二た月前迄のお師匠様の円満微妙な色白の顔が鈍い明りの圏の中に来迎仏の如く浮かんだ　（二十三）

「伝」によれば「悵然」ないし「憮然」として一言も発さなかった春琴であるが、後年の証言では「佐助、それはほんたうか」というどうとでも解釈できる「短かい一語」を発したことになっている。だがこの発話も、かえってそれに続く沈黙を際立たせるかのようである。二十三章は、「長い間黙然と沈思してゐた」「沈黙の数分間」「無言で相対しつゝある間」と二人の間に沈黙の続いたことを強調する。とすれば、以下に続く二十四章の饒舌は何であるか。

> 佐助痛くはなかつたかと春琴が云つた…お師匠様々々々私にはお師匠様のお変りなされたお姿は見えませぬ今も見えてをりますのは三十年来眼の底に沁みついたあのなつかしいお顔ばかりでござります…と、春琴の顔のありかと思はれる仄白い円光の射して来る方へ盲ひた眼を向けるとよくも決心してくれました嬉しう思ふぞえ…ほんたうの心を打ち明けるなら今の姿を外の人には見られてもお前だけには見られたうないそれをようこそ察してくれました。あ、あり難うござり升そのお言葉を伺ひました嬉しさは両眼を失うたぐらゐには換へられませぬ…お師匠様のお顔を変へて私を困らしてやると云ふなら私はそれを見ないばかりでござり升…佐助もう何も云やんなと盲人の師弟相擁して泣いた　（二十四）

これらの長台詞は、前の二章で記述された沈黙の場面の後に続くと考えられ、そのことを疑われた例しがなかった。つまり失明の報告を受けた春琴は、しばし沈黙した後に佐助と右の遣り取りを交わしたとされたのである。だが永栄が「作品の流れのなかで違和感をおぼえる」と表明したように、二十二・二十三章で「事実」として選択された、佐助の失明を喜ぶ風なく沈黙する春琴からすると、二十四章に至り縷々感激の言葉を述べる彼女の姿は唐突であり、異様である。

大里恭三郎は、「「憮然たること良久し」と「長い間黙然と沈思してゐた」とは、同一時間の春琴を別様に語っているものであろう」[*24]と述べる。二十二章と二十三章を重ねる大里の指摘は当然のことのようだが、二十四章まで考えあわせると示唆的である。すなわち二十四章の全体は、二十二章に引用された「伝」の「悵然たること良久し矣」と、証言に依拠する二十三章の「長い間黙然と沈思してゐた」に、さらに重ねて読むべきではないか。これらは全て「同一の時間の春琴を別様に語っているもの」なのではないか。

二十三章の佐助は、春琴と「無言で相対しつゝある間」に「盲人のみが持つ第六感の働き」によって彼女の心理を「自づと会得することが出来た」というが、その「唯感謝の一念より外何物もない春琴の胸の中」は、二十四章の「嬉しく思ふぞえ」という言葉を含む春琴の長台詞へと変換された。つまり二十三章の「繃帯で包んだ顔の所在だけが、ぽうつと仄白く網膜に映じた…つい二た月前迄のお師匠様の円満微妙な色白の顔が鈍い明りの圏の中に来迎仏の如く浮かんだ」は二十四章の「春琴の顔のありかと思はれる仄白い円光の射して来る方へ盲ひた眼を向けると」に、二十三章の「心と心とが始めて犇と抱き合い」は二十四章の「盲人の師弟相擁して泣いた」に、それぞれ変換されたと見るべきである。そうでなければ、どうして佐助が「後にも先にも此の沈黙の数分間程楽しい時を生きたことがなかつた」と言って、春琴が感謝の言葉を述べ涙ながらの抱擁を交わしたその後の数分間より、沈黙の数分間を優位におくことがあるだろうか。

「私」は二十二・二十三章で「伝」を訂正し、沈黙の場面を「事実」として仮設した。従ってそれに内容の上で矛盾し、しかも同じ数分間に重なる二十四章の場面は、佐助が幻視したものであるはずだ。その佐助による幻視を、二十四章はあくまで春琴と佐助の二人きりの場面として提出している。検校が自身を三人称化して成した作中人物である佐助は、ここに至りはじめて自らのうちから、自らを一人称として発話する。佐助は堰を切ったように実に八回も「私」を繰り返す。検校の証言が「わし」という一人称をもって再現されることはあっても、この章以外に佐助の発話が一人称を伴う箇所はない。[*25] 二十四章では「検校」ならぬ「佐助」が一人称「私」を得て、逆に本書の書き手である「私」が一人称の座から滑り落ちている。佐助の幻視の背後には「私」の影がなお貼り付いているかもわからないが、少なくとも「私」は背後にまわって、佐助という作中人物の皮をかぶって内側から彼に語らしめている。

こうして佐助なる人物は、検校が自身を三人称化して成した作中人物である「伝」の佐助から自立を果たす。本書は以後「伝」を破棄し、この佐助、すなわち後の検校へと続く彼に依拠することになるだろう。「私」は二十五章以降で失明以後の佐助が美しい春琴の幻影＝映像を眺めて過ごしたことを報告するが、ここで「佐助」と呼ばれる彼は、二十四章で虚構の存在へと置き換えられたそれである。佐助の幻視する美しい春琴の顔が虚構であるのみならず、美しい春琴の顔を幻視するこの佐助もまた虚構の存在である。これは「私」なる人物が実在し、検校によって編まれた「鵙屋春琴伝」という書物を実際に入手し、「伝」の記載や検校の証言に疑わしいところはあるとしても相対的に蓋然性が高いと判断したところを「事実」として仮設するとして、つまり本書に記述された全てを「事実」と仮定してもなお残るものである。

もちろんこれは仮定に過ぎないのであって、「私」も「伝」も春琴や佐助といったこの小説の作中人物たちも、全ては（全ても）フィクションである。しかし仮にこの書物に記されたことが全て事実であるとしても、幻視するこの佐助はなお虚構の存在に止まる。彼は失明することによって現実を空無化し、そこに幻視を重ねてみせた。物語に即して言えば、「現実の春琴」に眼を閉ざし彼女の顔の「所在」＝「ありか」に「観念の春琴」の映像を重ねるという仕方で、佐助は自らの眼差す夢幻的な世界のうちに美しい春琴の幻影＝映像を出来させた。「私」はそれを「恋愛」の実現として説明するのだが、本書においてその決定的な瞬間はあくまで虚構として生起している。

おわりに

「佐助が自ら眼を突いた話を天龍寺の峩山和尚が聞いて、転瞬の間に内外を断じ醜を美に回した禅機を賞し達人の所為に庶幾しと云つたと云ふが読者諸賢は首肯せらるゝや否や」（二十七）。[*26] これが小説の結語であった。本書は末尾で再度「醜を美に回した」瞬間、すなわち佐助が自ら眼を突いて現実の醜い春琴を美しい幻視のそれに転じた瞬間へと注意を促している。近代小説の形式が虚構を前提とし心理描写などの様々な技法によってそれをほんとうらしく見せかけていくものであるとすれば、『春琴抄』は、逆に全てを事実として仮定しても残るあり得べき一点の虚構を作り出そうとして全力を傾ける。本作は近代小説批判の書であるとともに、小説ならぬものが小説へと生成する瞬間を含む、紛れもない近代小説であった。

＊1　正宗白鳥「文芸時評（「春琴抄」と「和解」）」（「中央公論」昭8・7）。
＊2　前田久徳「物語の構造　谷崎潤一郎『春琴抄』」（「国文学」平1・7）。
＊3　生田長江「谷崎氏の現在及び将来――小説を捨てたか、小説が捨てたか」（「中央公論」昭10・5）。

＊4　佐伯彰一「語りの戯れ」（「すばる」昭51・9）。
＊5　小林秀雄「私小説論」（「経済往来」昭10・5〜8）。
＊6　川端康成「文芸時評　谷崎潤一郎氏の「春琴抄」」（「新潮」昭8・7）。
＊7　佐藤春夫「最近の谷崎潤一郎を論ず――「春琴抄」を中心として――」（「文芸春秋」昭9・1）。
＊8　大岡昇平「特集「春琴抄後語」の読後感」（「文学界」昭9・7）。
＊9　保田與重郎「特集「春琴抄後語」の読後感」（「文学界」昭9・7）。
＊10　横光利一「覚書七（作家の生活）」（「東京朝日新聞」昭9・2・13〜15、原題「作家の生活」）。
＊11　保田與重郎「技術と芸術」（「文芸汎論」昭9・9）。
＊12　保田與重郎「春琴抄覚書」（「文章法」昭9・4）。
＊13　生田「谷崎氏の現在及び将来」（前掲）。
＊14　近松秋江「永井・谷崎・佐藤氏の芸術」（「新潮」昭8・9）など。
＊15　河野多恵子『谷崎文学と肯定の欲望』（昭51、文芸春秋）の章題より。同じく谷崎の小説における「恋愛」の不在を指摘した中村光夫は、『春琴抄』を例外的な恋愛小説として評価している（『谷崎潤一郎論』昭27、河出書房）。中村の谷崎論については、本書第四部第二章参照。
＊16　磯田知子「『春琴抄』考察――「高尚なる恋愛文学」への挑戦――」（「武庫川国文」平5・12）。磯田はここでの見解がやがて「『春琴抄』という形をもってあらわされ、成功するに至った」と見ている。
＊17　初刊以降の本文では「同じ年に偶然或る災難が起り」と「偶然」の一語が足されている。
＊18　小林敦「「盲者を仮想する」――谷崎潤一郎「春琴抄」――」（「都大論究」平15・6）。
＊19　初刊以降の本文では「哀れな女気の毒な女としての春琴」に改められている。
＊20　たつみ都志「「春琴抄」真相不在――叙述区分による分析――」（「日本近代文学」平2・5）など。
＊21　辻本千鶴「『春琴抄』を読む　その二――物語的文体をめぐって――」（「近代文学論創」平12・6）。類似の見解に「佐助の直接的話法を使ってモノローグ風にし」たとするたつみ都志「照合「春琴抄」――原稿・初出誌との相違にみる作者

意図――」（「武庫川国文」平1・11）、二人の会話の食い違いから「佐助の一人芝居」だと見る明里千章「献身という隠れ蓑――『春琴抄』ノオト」（「金蘭国文」平11・3）がある。

＊22　たつみ「照合「春琴抄」」（前掲）。

＊23　永栄啓伸「春琴の「憮然」について――「春琴抄」私注（1）――」（「解釈」平2・8）。

＊24　大里恭三郎『谷崎潤一郎――『春琴抄』考――』（昭58、審美社）。

＊25　厳密には二十三章にも「お師匠様私はめしひになりました」という一人称による発話が見えるが、これは二十二章に引用される「伝」の「師よ、佐助は失明致したり、最早や一生お師匠様のお顔の瑕を見ずに済む也」を口語訳したものであり、二十四章にある佐助自らの発話とは区別されるべきである。

＊26　初刊以降の本文では、「外縁」が「内外」に改められている。

第三章　『聞書抄』論　――歴史小説の中の虚構

はじめに

昭和六（一九三一）年に相次いで発表された谷崎潤一郎の二つの小説、『盲目物語』（「中央公論」昭6・9）と『武州公秘話』（「新青年」昭6・10〜昭7・11）は、戦国武将にまつわる秘史を、彼らに仕えた人物の証言を伝える古文書によって物語るという歴史小説である。「物語の基礎を成す文書」（『武州公秘話』「緒言」）とされるそれらの古文書は、実際には存在しない。谷崎の一連の歴史小説――『盲目物語』と『武州公秘話』と後述する『聞書抄』――は、架空の古文書に依拠して戦国時代の秘史を語るのである。

『武州公秘話』では、「作者」が「正史の所伝は正史の所伝として置いて、「道阿弥話」の語るところを紹介すると、…」というように、自分が入手した古文書にもとづき「正史」が伝えない「秘話」を叙述する。「作者」は「我が国の史伝」は「英雄豪傑の言行を記すことの甚だ懇切である割り合ひに」彼らに関わる女性の消息を伝えていないとして、「英雄の心事を妄りに忖度することは出来ないにしても」武州公の「胸底には、武将としての野心の外に…甘い、やさしい、綿々たる恋情が潜んでゐたであらう」と、「正史の記す」城攻めの背後に「彼の行動を促進したのであるかも知れない」ある女性への恋を想像する。『盲目物語』の初稿でも、作者である「私」が「人の気の付かない正史の蔭にかう云ふ事実も或ひは潜んでゐたであらうと思はれる」と述べて、古文書をもとに「正史」のかげに隠れた

「事実」を紹介している。[*1]古文書は、豊臣秀吉という「えいゆうがうけつのこゝろのうち」に潜むお市の方とその娘茶々への「二代の恋」を、彼の「ふかいおむねのなか」を察していたのは自分だけだと自負する人物の証言として伝える。谷崎の歴史小説は、架空の古文書によって合戦の背後にあったかもしれない英雄の恋を想像し、正史が伝えないもう一つの歴史を語るのである。

ただし、たとえば『武州公秘話』では、武州公に仕えた人物の手になるという「道阿弥話」と「見し夜の夢」だけでなく、「正史」と呼ばれる「筑摩軍記」も実在しない。むしろこう言うべきだろう、『武州公秘話』の「作者」にとっては、「正史」とされる史伝や軍記などの文書と同様、「道阿弥話」や「見し夜の夢」も存在するのだと。彼は嘘をついているのではなく、彼のいる世界では、これらの古文書もあるのである。『盲目物語』には、「右盲目物語一巻後人作為の如くなれども尤も其の由来なきに非ず」とはじまる「奥書」が付されている。『聞書抄』も、「小説家たる貴下に取つて歴史的価値の如何などは深く究めるに及ばないと思ふ」と述べる文書の提供者に、作者である「私」が「私は某氏も云ふ如く一介の小説作者であつて古文書の知識は皆無であるから、素より此の写本の真贋について判定を下す資格はない」、「後人の偽書」らしい「作為の痕」もないので「古文書学の智識はないが小説家としての観点から、やはり此の書が当時の「聞書」のまゝであることを信ずるに躊躇しない」[*2]と応じて、文書が偽書である可能性に言及した上でそれを退けている。作中の作者は、古文書の存在も真贋も疑っていない。[*3]

本論では、このような作中の作者と古文書の関係に着目して『聞書抄』(「大阪毎日新聞」「東京日日新聞」昭10・1・5〜6・15)を読み解き、谷崎の歴史小説における虚構の所在を明らかにする。一般に歴史小説は、史実と虚構を何ほどかの割合で含むものである。『歴史文学論』の尾崎秀樹の言葉を借りれば、「歴史文学者は史実という動しがたい存在を前にして、いかにそれを虚構化するかに苦しむ」のであり、「歴史事実と、それを虚構化してゆくこととの間には無数のバリエーションがあ」る。[*4]谷崎の場合、架空の古文書を設定することで史実の背後に虚構を導き入れるようだが、とは言え、架空の古文書とそれを疑わない作中の作者という二重底のような仕掛けが何のために用意されているのかは不分明である。「第二盲目物語」の副題を持つ『聞書抄』は、『盲目物語』と比べて発表当時もその後も論じられる機会が少ないが、谷崎の昭和初年代の一連の歴史小説及び歴史小説論の集大成と言うべき作である。[*5]まずは評論「春琴抄後語」（「改造」昭9・6）を手がかりにして、同時代の歴史小説をめぐる文脈に、谷崎の歴史小説論を位置付けたい。なお『聞書抄』の本文は、「春琴抄後語」の半年後に開始された新聞連載時のものを用いる。[*6]

一　谷崎潤一郎の歴史小説論

「春琴抄後語」は、表題に反して、『春琴抄』（「中央公論」昭8・6）に言及するのは末尾の一段だけである。『春琴抄』では「いかなる形式を取つたらばほんたうらしい感じを与へることが出来るかの一事」を考えた、「春琴や佐助の心理が書けてゐないと云ふ批評に対しては、何故に心理を描く必要があるのか…と云ふ反問を呈したい」。谷崎はこのように、「ほんたうらしさ」を与えるための形式の選択と、作中人物の心理を描くかどうかが議論の要点であることを示唆だけして稿を閉じてしまう。「心理の解剖」が「小説の形式」を構成する要素の一つに挙げられていることを踏まえると、末尾の発言は、心理描写を要件の一つとする小説の形式では<ruby>ない</ruby>形式の選択が『春琴抄』の試みであったことを明かしていると解釈できる。発表当時の反応もその後の研究も、表題にとらわれて、「春琴抄後語」を『春琴抄』に関わるものとしてのみ受け取り、この形式の選択の議論の背後にある同時代の歴史小説をめぐる文脈を見落としてきた。[*7]以下、直木三十五という補助線を引くことで、「春琴抄後語」がつなぐ『盲目物語』から『聞書抄』

に至る道筋を浮かび上がらせたい。

「近松秋江君は直木君の歴史小説と私の「盲目物語」とを比較して、後者のやうな形式でなら、どんなに巧く書けてゐたにしろ左程驚くに足りないが、直木君のやうな書き方は、作家の最も困難とする方法を試みてゐるので、あれは容易に及び難いと云つてゐる」。「春琴抄後語」に引かれたこの近松秋江の発言は、「文芸春秋」昭和九年二月号の「ジャーナリズムの一観測」の中の一節、「谷崎君の例の「盲目物語」は…私にもあれは書けないこともなさゝうな気もするが、ほゞ同時代の事を書いてゐるのであるが、…直木君の「大阪落城」は企て及ばぬ気がする」を指すと推測される。なお同誌には、前号まで後述の谷崎の直木三十五論が連載されていた。ここで秋江は、「同時代の事を書いてゐる」として、豊臣秀吉の死から石田三成の死までをたどる直木三十五の近作『大阪落城』（「時事新報」昭8・4・18〜12・31）と谷崎の『盲目物語』を比較している。「春琴抄後語」の谷崎は、「秋江君の意は、つまり小説風と物語風との難易の問題なのである」と秋江の議論を敷衍し、それにまた秋江が「芸談漫語」（「新潮」昭9・7）で応答した。秋江と谷崎の間で、『春琴抄』ではなく『盲目物語』をめぐって、形式の選択に関する応酬が成立していたことが確かめられる。

秋江は『盲目物語』の発表直後にも、「私は「盲目物語」の如き一人称の独白で行く文学の形式を不可とするのではない」と断りつつ、「「盲目物語」よりも客観的表出の技術に於て「南国太平記」の方が優れてゐる」と、[*8]やはり直木との比較において『盲目物語』の「形式」への飽き足りなさを述べていた。秋江は、『盲目物語』を称賛し『南国太平記』を否定する正宗白鳥の評価を繰り返し引き合いに出すが、[*9]昭和六年十月に新聞連載が完結した直木の『南国太平記』（「大阪毎日新聞」「東京日日新聞」昭5・6・12〜昭6・10・16）と『盲目物語』は、同じ年にともに話題を呼んだ作であった。直木が活躍したのは、出世作となった『南国太平記』から昭和九年二月の死去までの二年余りである。

この短い期間に限って、『盲目物語』を直木の歴史小説と比較する秋江の議論は、問題提起的な意味を、少なくとも谷崎を触発する程度には持ったようである。『盲目物語』と『大阪落城』はともに『新選大衆小説全集』（昭8〜昭10、非凡閣）に収められており、一連の議論もこうした同時代の歴史小説をめぐる文脈の中にある。

谷崎はこの時期、直木の歴史小説を「古い戦争文学」の系譜に位置付ける長篇評論「直木君の歴史小説について」（昭8・11〜昭9・1、以下「直木君」）を「文芸春秋」に連載し、同誌の直木の追悼特集にも寄稿していた（「追悼の辞に代へて」（昭9・4））。「直木君」の谷崎は、「維新物や幕末物が流行の昨今、戦国時代以前の史料を扱つてゐる」のは「直木君一人だけ」だとして、『関ヶ原』（昭6、早大出版部）の一節を新井白石の『藩翰譜』の合戦のくだりと対照し、直木本人から読んでほしいと要望があったという『源九郎義経』（上中下巻、『直木三十五全集』昭8、改造社）を「平治物語にも平家にも義経記にも見ない…新味を認める」と軍記物語と比較して評価している。戦国時代やそれ以前に材をとることを評価するのは、『盲目物語』や『武州公秘話』で戦国時代を、その前の『乱菊物語』（「大阪朝日新聞（夕刊）」「東京朝日新聞（夕刊）」昭5・3・18〜9・5）で室町末期を舞台に選んだ自らの姿を重ねているのだろう。[*10] 『盲目物語』について、秋江が「大衆物の作家など、殆ど雷同的に幕末の剣撃物にばかり目をつけて、十年一日の如く、ヴルガリズムの剣撃描写を事としてゐるに反し、谷崎氏が年代的にも懸隔れた歴史上の人物に氏一流の視点を置いたのは、依然として氏らしい特異性を発揮してゐる」[*11]と、谷崎が直木を評価するのと同じ基準で評価していたことを思いあわせてもいい。

「直木君」は、刊行されたばかりの三田村鳶魚の『大衆文学評判記』（昭8、汎文社）に触れつつ「次ぎの機会には直木君の批評を離れて「小説の形式について」と云ふ題で書いてみよう」と、続稿を予告する一文で結ばれている。この題の評論が書かれることはなかったが、予告された小説の形式についての考察は、鳶魚への言及も見える「春琴抄後語」に引き継がれたと考えられる。「春琴抄後語」は、直木の歴史小説を鳶魚の「要約的」で「淡々たる記載」の歴史考証や以下のような歴史学者の著作と比較し、小説の形式について考察している。

> 氏が在来の軍記類や新史料を渉猟して、英雄豪傑の言語声色を再現し、大がゝりな小説の世界を展開した精力と手際とは、嘗て私も論じた通り敬服に値ひするけれども、もし「巧さ」と云ふことを離れて、扱はれた史実が人を感動せしめる力から云へば、平家や太閤記の記述の方がむしろ優つてゐるのである。私は石田三成の悲壮な生涯に多大の興味を覚える者ではあるが、それにしても氏の「関ケ原」を読む時よりは、却つて渡邊世祐博士の「稿本石田三成」を読む時に、一層感銘が深いのである。

ここで谷崎は、「嘗て私も論じた」と旧稿「直木君」を振り返り、「直木君」で引用もして詳しく論じた『関ヶ原』に再び言及した上で、新たに渡邊世祐『稿本石田三成』（明40→昭4、雄山閣）を挙げている。『関ヶ原』は、『大阪落城』と同様、秀吉の死からはじまって三成の死で終わる群像劇風の歴史小説である。自らを「石田三成の悲壮な生涯に多大の興味を覚える者」と規定する谷崎は、『関ヶ原』と同じく三成を題材にするが『関ヶ原』と違って小説ではない『稿本石田三成』を、「巧さ」でなく「史実」の力という基準でもって、『関ヶ原』より評価してみせる。「読者に実感を起させる点から云へば、素朴な叙事的記載程その目的に添ふ訳で、小説の形式を用ひたのでは、巧ければ巧いほどウソらしくなる」というのである。遡ると、はやくは「饒舌録（感想）」（「改造」昭2・2〜12）に、スタンダール『パルムの僧院』のワーテルローの戦いの「乾燥な、要約的な書き方」から、「小説の技巧上、嘘のことをほんたうらしく書くのには、――或はほんたうのことをほんたうらしく書くのにも、――出来るだけ簡浄な、枯淡な筆を用ひるに限る」という「教訓」を得たという発言が見える。昭和初年代の谷崎は、歴史小説における「ほんたうらしさ」がどのように可能か、さまざまな事例に即して繰り返し問うていた。「饒舌録」から「直木君」を経て「春琴抄後語」で導き出されたのが、「歴史物の場合には材料が過去の事実であるから、小説の形にするとうそらしくなる」、すなわち歴史小説では小説の形式をとることが「ほんたうらしさ」から遠ざかるという命題であった。

「春琴抄後語」の谷崎は、直木の歴史小説と比較して『盲目物語』の形式に不満を述べる近松秋江に、自らは直木の歴史小説に歴史学者の研究書を対置して反論し、史実に取材する歴史小説では小説の形式をとると嘘らしくなるという結論を導き出した。ここで谷崎が直木の『関ヶ原』に対置するために持ち出した渡邊世祐の『稿本石田三成』は、『聞書抄』で著者名と書名を出して参照される書物である。「春琴抄後語」は「直木君」の続稿と言うべき谷崎の歴史小説論であり、それは『稿本石田三成』を介して『聞書抄』に直結するのである。では『聞書抄』はどのような形式をとるのか。この問いに答えるためには、谷崎の一連の歴史小説で、作中の作者が古文書をどのように取り扱うかを検討する必要がある。

二　小説家と古文書

『武州公秘話』は、「緒言」で「作者」が「順序として此の物語の基礎を成す文書の来歴、その体裁、それが作者の手に這入つた事情から述べることにしよう」と述べて、古文書を「小説の題材として」提供された経緯を説明する。「作者が手に入れた材料」は武州公に仕えた人物たちの手になる「記録やうのもの」で、提供者の「注文」はそれを「何等かの形式で小説にして貰へまいかと云ふのであつた」。

　元来から云ふ秘録は、小説的構想や粉飾をせずに、材料のままで投げ出した方が却つて人を動かすものである。
　小説には小説の面白みがあるが、事実には事実そのものの中に奪ふべからざる迫真力がある。

「小説の面白み」を重視して文書に「小説的構想や粉飾」を施すか、「事実」の持つ「迫真力」を活かして「材料のままで投げ出」すか。「作者」は二つの選択肢を提示した上で後者をとりたいと、物語に入る前に自らの立場を明らかにしている。ここには、歴史小説では小説の形式をとると「ほんたうらしさ」から遠ざかるという「春琴抄後語」の議論と同型の発想が見られる。むろんこの「作者」は小説家であり、文書は「小説の題材として」提供され、提供者は「何等かの形式で小説にして貰」いたいという希望を持っているのだから、「小説の面白み」より「事実」の力を優先するとは、文書を小説にしないことを意味するのではない。これは文書に「小説的構想や粉飾」を施さず「材料のままで投げ出」すという形式の小説にするという、作中の作者の宣言として読むべきだろう。*12

　『武州公秘話』と同様に、『聞書抄』も、作者である「私」が「此の物語の根幹を成す」古文書を某氏から入手した「来歴」を説明するところからはじまる。「中央公論」に掲載された「盲目物語を読むに及んで、此の書は…貴下の御参考に供すべきものであることに思ひ至つた」と言う某氏は、「自分は貴下がかの盲目物語の資料と着想とを那辺より得られたかを知らない」が「もし此の物語を貴下が得意の霊筆に依つて彼の物語のやうな形式に書き改めるとしたならば」『盲目物語』以上の感動を与えるだろう、と『盲目物語』に対抗意識を燃やし自らの文書の価値を喧伝する。これを『盲目物語』への自注として読むなら、『盲目物語』は、『聞書抄』の作者である「私」がどこからか入手した資料をあのような「形式に改め」て発表した小説だということになる。『聞書抄』の文書の提供者は、あれと同じようにこの文書を小説化することを「私」に求めているのである。

このように『盲目物語』『武州公秘話』『聞書抄』では、作中の作者が「小説の題材として」提供された古文書を「何等かの形式で」小説にするという成立の過程が想定されている。「春琴抄後語」の命題は、これらの歴史小説において、作中の作者が材料である古文書をどのような形式で小説にするかという問題に転移しているのである。「小説的構想や粉飾」を施すことも、「材料のままで投げ出」すことも、文書を小説化する際にとり得る形式の一つとして、作中の作者の選択肢に数えられている。これは作者である谷崎がこれらの小説でどのような形式を採用したかとほとんどイコールのようで、そうではない。ここでは形式はあくまで文書との間の偏差として、作中の作者の選択の範囲にある。従って見るべきは、これらの小説が現にどのような形式をとっているかではなく、作中の作者が自らの選択する形式を文書との関係においてどのように説明しているかである。

『聞書抄』の「私」は、古文書を小説化するに際してどのような形式を選択しているのか。「私」は自らが書きつつある小説で採用する形式を、文書との関係においてどのように説明しているのか。「私」の説明によれば、「私」が入手した「安積源太夫聞書」と題された古文書は、「文体」や「叙述の方法」は「軍記類と大差はない」ものの、「本筋になつてゐる」順慶の物語を「絶えず老尼の口を通して、或は老尼が身の上話の一部として…聞かされる」ところに「特異な点」があるという。

> 即ち此の聞書の筆者安積源太夫は、四十年前に嵯峨の草庵を訪ねた折の記憶を呼び起し、まのあたり膝を交へつゝ尼の語るのを聞いてゐる気持を、いかなる場合にも忘れてゐない。されば物語の中から又一個の物語が派生し、その派生したもの、方が大部分を占めてゐながら、さうしてそれが、時にはダイレクト・ナレーションとして、時にはインダイレクト・ナレーションとして語られながら、結局その説話は、盲人から尼、尼から筆者と云

ふ順序を経た又聞きの又聞きたるを免れず、…[*13]

「私」は「聞書」の特徴が話法にあるとして、それを「物語の中から又一個の物語が派生」すると形容している。派生した物語つまり順慶の物語のほうが「大部分を占め」るにもかかわず、またそれが「時にはダイレクト・ナレーションとして、時にはインダイレクト・ナレーションとして語られ」はするものの、結局のところ「聞書」は、順慶から聞いた物語を尼が語るのを筆者である源太夫が聞くという「順序を経た又聞きの又聞き」になっている、と「私」は評する。この後、幼少期の尼が順慶と出会い彼の物語を聞くことになる経緯を説明し、いよいよこれから順慶の物語がはじまるというタイミングで、「私」はどのような「形態」を選んで文書を読者に取り次ぐか、その取捨に迷うと言い出す。

…しかし私はそれをもう一度現代の読者に取次ぐに当つて、如何なる形態を選んだらよいか聊か取捨に迷ふのである。

と云ふ意味は、盲人の直話ではないにしても盲人自らが語りつゝ、あるやうな口調を以て綴るべきか、それとも尼が源太夫を相手に話してゐる感じを出すべきか、だがその孰れの方法に依つても此れから以下が地の文と離れてしまつて、前とのつながりが切断される憾みがある。…矢張聞書の書き方に倣つて直接法と間接法とを適宜に織り交ぜて行くべきであらうか。けれども物語の性質から云ふと、大体は盲人の直接法に依る方が都合がよいやうに思はれるので、筋の進展に従つて結局さうなることを余儀なくされるかも知れない。

順慶自身が語りつつあるような口調をもって綴るか、尼が源太夫に向かって語る感じを出すか、あるいは「聞書」に倣って直接話法と間接話法を適宜織り交ぜるか。「私」はこれらの選択肢をそれぞれの難点とともに挙げた後、順慶自身が語るように直接話法によって叙述するという判断を下す。

従来の研究は、「物語と読者の間に順慶・三成女（尼）・源太夫・作者という四人の人物を介在せしめ」[*14]ていると、順慶の物語が人物から人物へと伝達されてきた経路を説明する。だがこのような時系列に沿った整理では、「私」が文書を小説化するに際して選択した形式の意味が見落とされてしまう。「聞書」は、順慶の物語を彼から聞いた尼が語るのを筆者である源太夫が聞くという「順序を経た又聞きの又聞き」の形式をとるとされる。「私」はこれを別の形式に改めて、すなわち順慶自身が語りつつあるように直接話法によって読者に取り次ぐと宣言する。「聞書」の筆者がそうするように、尼が語るように叙述することも、それに順慶が語るのを交ぜることも、「私」の選択肢にはあった。しかし「私」はそれらを検討した上で退け、順慶自身が語るように叙述することを選択している。「私」は文書をいわば還元して、物語をそれが最初に語られた時点に戻すかのような形式を選択するのである。注意したいのは、この形式が順慶が語った時点から最も遠く、かつ尼や源太夫と違って直接にも間接にも聞くことをしていない「私」によって選ばれていることである。

『聞書抄』では、作中の作者である「私」が古文書とは別の形式に改めて、古文書が伝える物語を叙述することを選択する。「私」の説明によれば、その過程では話法の変換が生じるという。「私」が断るように、『聞書抄』では尼が源太夫に語る言葉が直接話法で再現されることはなく、順慶の物語は彼自身が語る。以下、『聞書抄』において順慶の物語が直接話法で、彼自身の口から語られるように叙述される最初の箇所を引く。

三　『聞書抄』における虚構と心理

「まことのことを申しますなら、じつは愚僧は、まだその折にはめくらになつてをりませなんだ。あれは文禄元年の夏、…」

『聞書抄』で順慶の物語が彼自身の口から語られるのは、小説の中盤においてである。順慶は、主である石田三成の密旨を受け、盲目を装って豊臣秀次の城に潜入し、秀吉に対する謀反が疑われる秀次の動静を探っていたが、そこで秀次の正室である御台様の不幸な身の上を知ったと語る。その彼の言葉は直接話法で、発話として鉤括弧で括られ地の文と区別されて叙述されている。鉤括弧の中は適宜略して、地の文との関係がわかるように引用する。

「…」――順慶はかう語つてから、

「あゝ」

と云つて急に長大息するのである。

「あ、、ほんたうに、…」

順慶は又語をついで云ふ。

「…」

順慶は更につゞけて、

「…」
と、さう云つて、眼瞼の中にある幻を追ひかけるやうな風情であつた。

発話と発話の間の地の文は、「急に長大息」したり眼瞼の中の御台様の面影を追う「風情」をしたりしながら語る順慶の様子を描き出す。発話の中に時折混じる「あゝ」という詠嘆の間投詞もあいまって、順慶の言葉には感情を込めて語られたような調子(トーン)が添加される。地の文はまた、「かう語つてから」「又語をついで云ふ」「更につゞけて…と、さう云つて」と、発話と次の発話に後先の関係を与えている。このように、順慶の物語を彼が「語りつゝ、あるやうな口調を以て」直接話法で叙述することは、話者である順慶がそこで語り続ける場面を、ときに「調子をかへ」たり「再び感傷的」な「口調」になったりしながら語り続ける場面を立ち上げることを意味する。

ただし、一方で「私」は、順慶が語るのを尼が聞いたときの状況について次のように説明し、「聞書」の筆者が聞いたのは尼が「頭の中で一往編輯し直したところの説話であつて、順慶の直話ではない」ことに予め注意を促していた。

けれどもそれが行者の口から語られたときは、断片的に、前後のつながりや順序もなしに、その日〳〵の気分の工合で偶発的に洩らされたのであつたかも知れぬ。恐らく或る時は問ひに応じて、又或る時は自分の方から興を湧かしてしやべつたことを、後に娘が成人してから一つの物語に組み立てたのであつたらう。*15

順慶の物語を「一つの物語に組み立てた」のは後年の尼であり、それを順慶自身が一続きに語ったことはない。順慶は「断片的に、前後のつながりや順序もなしに」、その時々の気分で「偶発的に」、質問に応じたり自分から興に乗ったりして語ったと想定されている。幼少期の尼は乳母とともに順慶の庵に通い、細切れに、日によって異なる調子で「折にふれてぽつ〳〵と」語られるそれを聞いた。「又聞きの又聞き」の形式をとる「聞書」には順慶自身が語る場面はないはずだが、「聞書」にそのように記されていないというより、それはそもそも出来事としてなかったのである。

なるほど「聞書」の筆者は順慶が語る様子についても尼から話を聞いていたようで、「嵯峨の尼は、順慶が此の一の台の局のことを云ひ出す時にはいつも面上に一種の感激が溢れてゐたのを見たと云ふ」のように、順慶が語る場面の叙述には、「聞書」の筆者の伝聞の痕跡が示されもする。だが尼が「見た」と言う順慶の様子は「云ひ出す時にはいつも」そうであったことで、特定の場面におけるそれではない。順慶が語る場面は、それを構成する要素の一つ一つは「聞書」に由来するとしても、一続きの連続性を備えるという限りで「聞書」と矛盾する。「私」は古文書をもとに過去にあったかもしれない場面を再現しているのではない。ここではそもそもなかった場面が、文書と明らかに矛盾するという意味で虚構の場面が立ち上げられているのである。

さて順慶は、此のあたりから次第に自分自身の問題、己れの心の変遷を話し始めるのである。

「…」

彼はそこまで話して来ると、何やら深く耻づるが如き色を浮かべ、云ひにくさうに幾度となく口籠りながら切り出すのであつた。

「…なう、お姫様、ばあや様、よう聞いて下さりませ、…」

順慶はこゝで、

「あゝ、もし」

と云つて、何をうろたへたか二人の聞き手を抑へるやうに手を挙げながら、

「もし、………ついふつゝかな言葉づかひをいたしましたが、仮りにも愚僧としたことが、…みめよきお方の御器量に迷ひ、本心を失うた、などゝ申すのではござりませぬから、思ひちがひをして下さりますな。…不仕合はせなお身の上のことがだん〴〵分つて参りますにつれて…あゝ、…心ひそかにおいとほしう存じていたのでござりました。[*16]」

「此のあたりから」という指示語は、順慶が語り続ける虚構の場面を前提にしている。その場面の連続性の中で、順慶が「次第に…話し始める」のは、「己れの心の変遷」すなわち自らの心理であった。右の箇所で、順慶は「云ひにくさうに幾度となく口籠りながら」、眼瞼の中に入って来る御台様の姿に息が詰まるようになったことを語ると、「こゝで」尼たちを「抑へるやうに手を挙げながら」、「ついふつゝかな言葉づかひ」をしたが誤解してくれるなと、御台様への懸想を否定する。聞き手である尼たちの推測を先取りして予め否定するこの発言は、過剰防衛であるために彼の意図に反してむしろそれこそが彼の本心だという読解を誘う。地の文は、「何やら深く耻づるが如き色を浮かべ」「何をうろたへたか」と、動揺する彼の様子をとぼけるように描き出し、その印象を増幅する。

谷崎は「直木君の歴史小説について」で、直木が合戦に臨む武将の心理を描き、「遠い時代の英雄化された人物」を「偶像化されずに、いかさまかうでもあつたらうかと思はれるやうに」浮かび上がらせている点を評価していた。その人物の「心中の感慨は恐らくこれに近いものがあつたであらう」し、「史実を曲げない」範囲で「そのくらゐな

自由を許さなかつたら、古典文学の外へ出ることが出来ない」というのである。一方で谷崎は、直木が頻用する「括弧を使つて作中の人物の心理を独白体で述べると云ふ方法」を「まさか英雄豪傑の意識の流れを書くつもりでもあるまい」と揶揄し、武将の「心理をモノローグ風に叙」することに反対していた。

なるほど直木の『関ヶ原』では、三成ら歴史上の人物の心理が括弧を付した内的独白の形で長く叙述されている。[17]この場合、人物の心理は、彼自身は自覚しているが他の人は知らないものとして読者に提示されることになる。対して『聞書抄』では、順慶が自らの心理を語った言葉それ自体より、それがどのように語られたのか、言葉の調子や話者である順慶のそのときの様子が、彼の心理の解釈に関して大きな意味を持つかのようである。しかも順慶がそのように尼たちに語り続ける場面は、過去のどこにもないのである。

「不仕合はせなお身の上」の御台様を気の毒に思っていたと自らの心理を説明する右の言葉が、『聞書抄』において発話として直接話法で叙述される順慶の最後の言葉であった。順慶が尼たちを前に語り続ける場面はかき消え、以後、彼の心理は「私」によって追究されていく。「私」は、「順慶の言葉の中にある「不仕合はせなお身の上のこと」とは何を意味するのであらうか」と順慶の発話の中の一節の意味を問い、「聞書」以外の伝記や軍記などの文書を参照して、秀次が御台様の娘を「婬楽の犠牲」[18]にしたことを指すと推定する。「私」によれば、「聞書」は「此の物語中の主要な部分であるべき」御台様の不幸の「肝腎な事実について余り多くを語つてゐない」が、それは「誰よりもその間の消息に通じてゐる筈の順慶自身が、何故かそれに触れることを避けるやうにしてゐるからである」。「私」は順慶の語り口が不明瞭であることを根拠に、彼の心理は「彼の釈明する如く、純粋な同情と崇拝とに止ま」るのでなく恋愛感情であったと解釈する。[19]

このことは順慶ひとりに関わるのではない。御台様と娘に対する秀次の所業が「太閤の嫉妬と憤激を買」い「謀反よりはむしろ此の種の行為が、その滅亡を早める結果になつたのかも知れない」と、「私」はこの「此の一事」を遠く秀吉の心理へと接続している。「私」は順慶の心理を媒介にして、史伝や軍記が伝える秀次の所業と滅亡の背後に、秀次を滅ぼした秀吉の秘かな動機を想像するのである。

おわりに

谷崎は「春琴抄後語」の末尾で、「春琴や佐助の心理が書けてゐないと云ふ批評に対しては、何故に心理を描く必要があるのか、あれで分つてゐるではないかと云ふ反問を呈したい」と、『春琴抄』に寄せられた批判に反論していた。『聞書抄』の終盤で、「私」は「順慶の心理を知るためには、彼が自ら眼球を破つて真の盲人となるに至つたいきさつを明かにせねばならない」として「拙著「春琴抄」の佐助」に言及しつつ彼が盲目になった経緯を説明し[20]、また「彼が自分では意識しない心の奥の秘密を云」い、最後には「順慶が心持ちの変化を辿つてみると、大凡そ三つの時期を劃して推移したことが察せられる」と、時期を区切って彼の心理の変化を整理している。

「私」は順慶が自ら説明するのではない、彼自身が意識しない彼の心理を、彼がそれをどのように語るか――感傷的な口調になったり口籠もったりある話題を避けたりする様子――から解釈する。既に指摘したように、「私」が解釈の根拠にする順慶が尼たちに向かって語り続ける場面は、古文書が説明する尼が順慶の物語を聞いた状況と矛盾する。それは文書に記されていないのではなく、過去のどこにも存在しない。順慶が語り続ける場面は『聞書抄』において仮構されたものであり、従ってここで解釈され提示されているのは、虚構の場面の中で語る順慶の心理、すなわち小説の作中人物の心理である。

『聞書抄』の「私」が解釈し提示するのは、小説の作中人物の心理である。そしてそれが、史実の背後にあったかもしれない武将の心理へと、遠く接続される。架空の古文書を作中の作者にとって実在するものとして設定した上で、その文書と矛盾するという意味で、これは『聞書抄』において作り出された虚構である。

　史実に取材する歴史小説において、虚構はどこにあり得るか。『聞書抄』では、「私」は小説の作中人物の心理を解釈し提示していた。古文書が存在しないから、従ってそこに記された人物も存在しないから、虚構なのではない。これは作中の作者が古文書を別の形式に改めて小説化することで作り出される、小説の中の虚構である。それは作品外の事実と一致しないという意味で虚構なのではない。『聞書抄』は、小説の作中人物の心理という小説に内在する虚構を、歴史小説における虚構のありかとして示したのである。

＊1　引用は安田孝「解題」（決定版『谷崎潤一郎全集』第十五巻、平28、中央公論新社）より。谷崎は初稿の冒頭部を削り、代わりに現行の「奥書」を付したようである。『盲目物語』の成立過程については、明里千章『谷崎潤一郎　自己劇化の文学』（平13、和泉書院）に詳しい。

＊2　「後人の偽書」「作為の痕」、「古文書学…躊躇しない」は単行本で削除されている（注6参照）。

＊3　大浦康介は、『聞書抄』の「私」のような存在について、「彼が立っているのは（自分の「編集」しているものが虚構である以上）虚構世界の外ではなく、その内側なのである」として、「編者」と呼ぶことを提案している（「谷崎と〈本当らしさ〉」（『谷崎潤一郎読本』五味渕典嗣・日高佳紀編、平28、翰林書房））。

＊4　尾崎秀樹「日本における歴史文学の特質」（『歴史文学論―変革期の視座―』昭51、勁草書房）。

＊5　先行論はこれを昭和初年代の谷崎の歴史小説の「終結」（三瓶達司「「盲目物語」から「聞書抄」へ――その資料性をめ

ぐって――」（「目白学園女子短大研究紀要」昭48・3））、「最終作」（前川清太郎「谷崎潤一郎の歴史小説―主として「聞書抄」について―」（「（神奈川大学人文学会）人文研究」昭50・1」））と位置付けている。

＊6　『聞書抄』は、新聞連載時は未完で、単行本『聞書抄』（昭18、創元社）で冒頭の一章を削除するなど改稿され一応の完結を見た。改稿を論じることは本論の目的ではないため変更の大きい冒頭部と末尾には触れず、語句の削除や改変は必要に応じて注記した。改稿については、日高佳紀「歴史叙述のストラテジー――「聞書抄」のレトリック」（『谷崎潤一郎のディスクール　近代読者への接近』平27、双文社出版）が詳しく検討している。

＊7　五味渕典嗣は、谷崎の試みが「同時代の文学的な問いの地平といかなるかかわりを取り結ぶのか」が検討されてこなかったとして「春琴抄後語」に注目するが、やはり『春琴抄』と「春琴抄後語」に寄せられた批評だけを扱っている（「漸近と交錯――「春琴抄後語」をめぐる言説配置――」（「大妻国文」平24・3））。『春琴抄』の特に心理描写に関する同時代評は、本書第二部第二章で検討した。

＊8　近松秋江「最近文学論」（「読売新聞」昭6・11・3～5、7）。

＊9　秋江は「永井・谷崎・佐藤氏の芸術」（「新潮」昭8・9）や「大衆作家としての直木」（「中央公論」昭9・4）でも白鳥の評価を参照しているが、白鳥自身は谷崎と直木をそれぞれ別に論じており、比較しているわけではない。なお、谷崎も「直木君」で白鳥の『南国太平記』批判に触れている。

＊10　谷崎は『乱菊物語』の連載予告で室町末期を舞台にすることを最初に断っており、新聞社もそれが「従来の大衆作家のまだ手を染なかつた時代」だと宣伝している（「東京朝日新聞（夕刊）」昭5・3・14）。谷崎が「直木君」で言及する直木の歴史小説には、他に『楠木正成』（「文芸春秋」昭6・1～6）や『足利尊氏』（「改造」昭6・8～昭7・4）がある。谷崎は、御伽草子の現代語訳である『三人法師』（「中央公論」昭4・10～11）で足利尊氏や楠正成らに仕えた元武士たちの物語を語り、『吉野葛』（「中央公論」昭6・1～2）で「南朝の秘史」に取材する歴史小説を計画する「私」の吉野紀行を扱っている。

＊11　秋江「最近文学論」（前掲）。

＊12　「緒言」は単行本『武州公秘話』（昭10、中央公論社）で削除されている。単行本で「緒言」の代わりに追加された「武

州公秘話序」の中には、ある人が所蔵する「秘録」を「稗史小説」の「体」を「籍」りて記すという文言がある。
＊13　「ダイレクト・ナレーション」「インダイレクト・ナレーション」は、単行本では「直接法」「間接法」。
＊14　前川「谷崎潤一郎の歴史小説」（前掲）。
＊15　「聊か取捨に」は単行本では削除されている。
＊16　「深く耻づるが如き」は単行本では「躊躇の」、「なう」は「したが」。
＊17　たとえば処刑の場面での三成の心理は、「三成は、さう云ひながら、／（さうまでして、助からん命を惜しむ――それが、本当の忠義だ。わしの、この志を、一刻でも長くつゞけてゐる事が、忠義だ。…）／と、思つた。…三成は／（いよ〳〵、わしは殺される。…誰が、何と云はうとも、内府に弓を引いて、こゝまで戦つた事は後の世まで残るであらう。そして、わしの本当の志を、誰かゞ知つてくれるであらう）」のように、括弧内における長い独白の形で表されている。
＊18　「婬楽」は単行本では「享楽」。
＊19　「同情と崇拝とに止まつてゐた」は単行本では「同情に過ぎなかつた」。他にも「夫人への思慕がいよ〳〵強くなり」の「思慕」が「同情」、「たとひ一の台の局を憧憬し、胸中ひそかに二心を蔵してゐたと云つても」が「一の台の局に同情してゐたと云つても」に改められるなど、単行本では順慶の心理が「同情」の一語に回収されている。眼を突いた後の順慶の心理は、「盲目になつたがために御台に対する思慕の情が減殺したかと云ふに、なか〳〵さうは行かなかつた。…ありていに云へば、盲人になつて始めて順慶は、夫人に注いでゐる己れの熱情が「恋愛」と云ふ境地に近いものであることを、おぼろげに感得したのである」と明確に「恋愛」の語で説明されるが、この箇所も単行本では削除されている。他にも「恋ひしい人」が「かのおん方」に改められ、「奥方恋ひしさ」というフレーズが削除されている。本論が論じた作中人物の心理という問題は、改稿によって見えにくくなっている。「私」は順慶の心理を「恋愛」の語で説明するが、これは『春琴抄』の「私」が佐助にするのと同じである。この点については、本書第二部第二章で論じた。
＊20　「私」によれば、順慶は「「夫人を見ないため」」に眼を突いたが「肉眼で見てゐた間」よりも「心の眼を以て見るやうになつてから」のほうがかえって御台様への思慕が強まったという。肉眼と心眼の対立は、『金色の死』（「東京朝日新聞」大3・12・4〜17）で登場人物が交わす芸術論の中にも見える（本書第一部第一章参照）。

第四章　文章の論じかた——小林秀雄の谷崎潤一郎論

一　谷崎評価史

谷崎潤一郎の評価は、「思想」の一語をめぐって行われてきた。佐藤春夫は、「秋風一夕話」（「随筆」大13・10～12）で谷崎を「思想のない芸術家」と規定し、続く「潤一郎。人及び芸術」（「改造」昭2・3）では彼の「悪魔主義」を「思想上のポーズではあつても…思想そのものではない」と結論した。この観点は、「谷崎潤一郎」（「中央公論」昭6・5）の小林秀雄、『谷崎潤一郎論』（昭27、河出書房）の中村光夫へと継承されたとされる。これに対し、中村光夫と前後して思想家としての谷崎像を打ち出したのが、伊藤整である。伊藤の議論は、後に「谷崎潤一郎の芸術と思想」の題を付されることになる『現代文豪名作全集　第二巻　谷崎潤一郎集』（昭27→普及版昭28、河出書房）の解説によって反響を呼び、やがて『谷崎潤一郎文庫』（全十巻、昭28～昭29、中央公論社）、谷崎の自選による新書版『谷崎潤一郎全集』（全三十巻、昭32～昭34、同）の全巻の解説を担当するに及んでその地位を揺るぎないものとした。伊藤が示した思想のある作家という方向性は、野口武彦『谷崎潤一郎論』（昭48、中央公論社）に受け継がれ、現在に至るまで影響力をふるっている。平野謙は、昭和三十（一九五五）年を前にしたこの谷崎評価の転換を、「中村光夫のそれを前期の集大成とすれば、後期の評価史は伊藤整によって開始された」[*1]と整理する。中村光夫から伊藤整へ、思想のない作家から思想のある作家へと、谷崎の評価史はこの時大きく屈曲を描いたのである。

ただし、平野謙が「谷崎潤一郎評価史を前後に区切るにたるエポック・メーキングなもの」、「佐藤春夫から中村光夫にいたる谷崎潤一郎評価の強力なアンチ・テーゼ」と位置付ける伊藤整の見解は、それ自体必ずしも斬新なものではない。伊藤の没後、彼が新書版全集に寄せた解説を中心に『谷崎潤一郎の文学』（昭45、中央公論社）を編んだ瀬沼茂樹も、「谷崎潤一郎が「思想のない作家」であるか、或いは「思想のある作家」であるかという問題は、文学の思想あるいは作家の思想をいかに考えるかによって、いずれにもきめることができる。すでに当の佐藤春夫の言説にも、或いは伊藤君の主張にも、うかがわれるとおりである[*2]」と公平に述べている。なるほど佐藤春夫の「秋風一夕話」には「耽美主義官能主義だつて一つの思想なのだ。…この意味で潤一郎を思想なき芸術家と呼ぶのでは決してないとの断りがあるし、伊藤も「如何に生きるべきか」を示さないという意味では思想がないとの批判も「決して間違っていないし、正しいと思う[*3]」と譲歩していた。思想の有無は、「思想」の語をどのように規定するかによっていずれとも決定される。野口武彦の言葉を借りれば、それは「批評用語としての「思想[*4]」」の定義の違いに帰せられるのである。

ところで、これらの議論において見落とされているのが、文章という要素である。谷崎評価史の転換点を象徴する、その名も「谷崎潤一郎論——思想性と無思想性」と題された座談会がある（「中央公論文芸特集」昭28・10、伊藤整・河盛好蔵・臼井吉見・中村光夫）。『谷崎潤一郎文庫』の刊行を記念したこの座談会で、中村光夫は伊藤整の説を「谷崎思想家論」と呼び、「伊藤さんを弁護人にばかりするのは悪いから、何か悪口を言うことはないですか」と意見を求めた。伊藤はこれに「自分のつくった文体のために盲にされて、物の効果を減殺しているのは、これは欠点どころか罪悪ですよ。…文章を信じすぎた」と強い口調で応じている。伊藤は「谷崎潤一郎の芸術と思想」でも次のように述べていた。

この作家は文章において練達であった。そして潤一郎自体、文章を重視して、それを芸術の力というものの、かなり中心的なものと考えた形跡がある。たとえば「盲目物語」（昭和六年九月）などにその考えが生かされている。「文章読本」（昭和九年）を書いた頃は、作者に特にその気持が強かったようだ。しかし私には、そういう文章意識がむしろ、この作家の元来持っていた思想の新鮮さや強さを窒息させる役目をしていたように思われる。

永井荷風によって「文章の完全なる事」[*5]との讃辞を贈られ文壇デビューを飾った谷崎の、その文章の練達が、ここでは作家の思想を「窒息させる役目をしていた」とさえ貶められている。伊藤の議論の新しさは、思想のない作家と評されてきた谷崎を思想のある作家と規定しなおしたことでも、「思想」の語の定義を変更したことでもなく、文章を思想に対する抑圧として位置付け、その抑圧から思想を解放しようとした点にこそあったと考えられる。文章を恃むことを糾弾するこの伊藤の議論は、昭和三十年前後に顕在化する、文章を軽視する風潮と連動し、谷崎を同時代文学として読みなおす土壌を整えるものであった。[*6]だが「谷崎思想家論」と要約される彼の説は、「思想」の部分だけが流通し、それが文章を否定するところに成立していた点を見落とされてきた。

谷崎評価史は、単に思想のない作家から思想のある作家へと屈曲したのではない。また、野口武彦の所謂「批評用語としての「思想」」の定義が変更されたばかりではない。「思想家」としての谷崎像を提示するために、伊藤整は「文章家」としての谷崎を否定しなければならなかった。そして伊藤の議論において否定されるべきものとしてあった文章という要素は、以後の谷崎論においてその位置付けを見失われていく。文章の様式（スタイル）、その特徴や表現効果が話題になることはあっても、それは小説における文章の働きを見るものではない。小説の文章を、如何にして評価するか。わたしの考えでは、そのことを問題化していたのが、昭和五、六年から十年過ぎまで、一九三〇年代の小林秀雄による一連の谷崎論であった。本論は、谷崎評価史において位置付けを見失われた文章という要素を、小林の谷崎論に遡ることで再び浮上させ、小説の文章を論じる方途を探る試みである。

二　小林秀雄の谷崎潤一郎論①――「谷崎潤一郎」

小林秀雄の谷崎論と言うと、前出の「谷崎潤一郎」を挙げ、この一篇をもって代表させるのが通例である。だがこれ以外にも、谷崎の随筆「「芸」について」（「改造」昭8・3〜4、「芸談」と改題）の長い引用から書き起こす「故郷を失つた文学（文芸時評）」（「文芸春秋」昭8・5）*7、生田長江の評論「谷崎氏の現在及び将来――小説が捨てたか、小説が捨てたか」（「中央公論」昭10・5）を反駁しつつ『盲目物語』（「中央公論」昭6・9）以来の谷崎の「大改革」に言い及ぶ「私小説論」（「経済往来」昭10・5〜8）など、小林は自身の代表的な評論で谷崎の仕事を参照している。この事実は意外に軽視されている。*8 また「永井荷風氏の近業について」（「改造」昭6・11、「「つゆのあとさき」を読む」と改題）*9 や『文章読本』（昭9、中央公論社）といった、発表当時話題を呼んだ谷崎の評論への時評的な言及も目につく。小林自身、「氏の評論や小説は仔細に見ると評家にとつて随分豊富な複雑な問題を提出してゐる」*10 と谷崎の中でも評論を先に挙げ、この時期の谷崎の問題提起的な性格に高い関心を寄せていた。彼の「谷崎潤一郎」もまた、一篇だけで独立させるのではなく、これらの時評との関連において読まれるべきものであろう。

ただし「谷崎潤一郎」は、谷崎の近作を取り上げる小林の一連の時評的な評論の中にあって、例外的に大正期の諸作を対象とする。「中央公論」に掲載されたこの評論で、小林は「中学にはひつたか、はひらない頃」に「今迄大人の読む本だと決めてゐた「中央公論」に「人魚の嘆き」を見つけて逆上した」と、自身の谷崎作品との出会いを語っている。「むかしむかし、まだ愛親覚羅の王朝が、六月の牡丹のやうに栄え耀いて居た時分、…」。小林はこの『人魚の嘆き』（「中央公論」大6・1）の冒頭の一節を「ふと気が附けば今まだ暗誦出来る」と告白する。だがこの評論は、個人的な読書体験を懐かしく回顧するていのものではない。最後の章には次のような一節が見える。

> 私は、今、氏の作品を読みかへして、氏の作品が、嘗つて私を動かした処には、何の興味も湧かなかつた。そして、きらびやかな諸作の間に看過した『悪魔、（ママ）続悪魔』、『異端者の悲しみ』の裡に氏の初期制作の傑作をみるのだ。そこには決して古くならないものがある。

「今」「読みかへして」発見した「決して古くならないもの」、それは「人間の汚ならしさ」の「まことに美しい表現」だと小林は言う。『異端者の悲しみ』（「中央公論」大6・7）では「まだ怖づ怖づしてゐた」この「人間的自覚」は、『鮫人』（「中央公論」大9・1〜10、未完）で「確信をもつて噛みしめられる」。そして戯曲『愛すればこそ』（「改造」大10・12、「中央公論」大11・1）等に至って、その表現は「殆ど無類の美しさ」に達する。彼自身かつて魅了された「きらびやかな諸作」、『刺青』（「新思潮」明43・11）や『人魚の嘆き』の作家ではなく、『悪魔』（「中央公論」明45・2）・『続悪魔』（「中央公論」大2・1）・『異端者の悲しみ』の作家として谷崎を評価しなおすこと。正確には、両者を同じものとして見る視座を持つこと。小林はこの一篇の評論を通じ、初期から大正末期までの谷崎について以上のような見通しを提出したのである。

　小林はここで「詩的散文としてもつとも世に迎へられた」『刺青』の評価を、「飽くまで、『悪魔、（ママ）続悪魔』…を書いた同一人の手になるもので、本来の意味で詩的でもなければ幻想的でもない」と修正している。これは『刺青』を

「一篇の詩の如きもので、詩人の書いた散文」だとする「潤一郎。人及び作品」の佐藤春夫、あるいは「「刺青」の谷崎氏は詩人だつた。が、「愛すればこそ」の谷崎氏は不幸にも詩人には遠いものである。「大いなる友よ、汝は汝の道にかへれ。」」と忠言を寄せた「文芸的な、余りに文芸的な——併せて谷崎潤一郎氏に答ふ——」（「改造」昭2・4）の芥川龍之介への、彼らに代表される従来の谷崎評価への異議申し立てを含意していたと考えられる。仮にかつてそうであったとしても、「今」評価するべきは詩的散文家としての谷崎ではない、と小林は主張する。少なくとも『刺青』に「かへれ」と言うのではなく、そこから出発して『痴人の愛』（「大阪毎日新聞」大13・3・20〜6・14、「女性」大13・11〜大14・7）まで来たった谷崎の道程を、小林は擁護してみせたのである。その意味で、次に引く「谷崎潤一郎」の結語は重要である。

扨て、約束の枚数を超過してゐるので、もう止めなければならぬ。「痴人の愛」以後、最も見事な作だと信ずる、「蓼喰ふ虫」と「卍」とを語る暇がない。こゝではもう氏の人間的自覚は、全く血肉化して、装飾を脱した氏の文体は抑えてもモクモクと動き出す様な力を蔵してゐる、などと、書けたとしても徒らな讃辞をつらねるに止まる様にも思ふのだ。では、一と先づこ、で愚論を終る事にする。一と先づだ、氏はまだ溌剌と制作してゐる作家である。

この一節は、枚数の都合を口実に「一と先づ」論考を締めくくる決まり文句以上の意味を持つはずである。*11『卍（まんじ）』（「改造」昭3・3〜昭5・4）に関しては、小林は短い言及ながら既に別の論考で高い評価をもらしており、『蓼喰ふ虫』（「大阪毎日新聞」「東京日日新聞」昭3・12・4〜昭4・6・18）の名前も、谷崎の転機になった作として以後しばしば言及される。[*12]だが二作が近作として彼の議論の対象にのぼることは二度となく、改めて「語る暇」を見つけられることもない。「一と先づだ、氏はまだ溌剌と制作してゐる作家である」の言葉通り、小林は以後、谷崎の近作にのみ、時評的な言及を寄せていく。そしてそれらの議論の核をなすのが、ここで「装飾を脱した」と形容されている谷崎の文章であった。

実は小林は、はやく「アシルと亀の子（文芸時評）」（「文芸春秋」昭5・6）で、志賀直哉や佐藤春夫の名前とともに、近年の谷崎の文章の変化を指摘していた。

一体読み易い名文などとは意味をなさぬ言葉である。名文に難解は付きものだ。例へば志賀氏の文章の明確さを見る事は易いが、この明確な文章の朗然たる響きを聞くのには、注意深い耳が要る。最近谷崎氏や佐藤氏の文は淡々として流れる様な姿になつた、だが、そこに漾ふ無限の陰翳を掴むのは、又、無限の陰翳を蔵する感受性を要するものである。[*13]

谷崎の文章は最近「淡々として流れる様な姿になつた」。それは一見平易に見えるが実は難解なのだ、と小林は注視を促す。彼は「谷崎潤一郎」の直前の「文芸時評」（「文芸春秋」昭6・2）でも、連載中の『吉野葛』（「中央公論」昭6・1〜2）に触れ、「名文といふものは、みな解析が到底及ばない態の息吹が通つてゐるものである」と同じ趣旨のことを述べている。小林によれば、「名文」の難解さは以下のように説明される。

ジヤン、コクトオが…文体といふものに就いてこんな事を書いてゐた。「文体といふものは、まづ大概の人々にとつては、非常に簡単なものを複雑に言ふ術だが、われわれ作家には複雑なものを非常に簡単にいふ術なのだ」と。これを約言すれば、人々にとつて文体とは事物の演繹的装飾に過ぎないが、作家にとつては事物の帰納的理論に外ならぬと言ふ事なのだ。

人々は文章には「色々な修飾が必要だと考へる」が、作家は「反対を行く」。すなわち「作家の文章製作の苦心は、抽象化の苦心である。どう粉飾しようかではなく、どう着物をぬがうかといふ点に存する」[14]。「装飾」「修飾」「粉飾」といった類似の語句が繰り返し用いられていることに注意したい。この「文芸時評」は、たとえば「アシルと亀の子（文芸時評）」のように印象的な正題があって副題を「文芸時評」とするほかの時評と異なり、正題に当たるものを欠く。小松伸六は、「おくそくするに、このエッセイは、「文芸時評」というよりほかに題名がつけられなかつたのではなかろうか。…小林の心のうごきが、これほど、よくもわるくも、赤裸々にあらわされている傑作（?）は、ほかにない」[15]と述べている。この時評を踏まえたとき、「アシルと亀の子」で「淡々として流れる様な姿になつた」、「谷崎潤一郎」の末尾で「装飾を脱した」と説明される近年の谷崎の文章が、小林には文章が事物と結ぶ関係について問題を提起するものとうつっていたことが見えてくる。つまり文章の様式が装飾的であるかどうかではなく、文章が事物に対する装飾として働くかどうかである。小林は、近年の谷崎の諸作において文章が事物の装飾たることを脱したこと、その文章と事物の関係の変化を問題化しようとしていたのだと考えられる。

すなわち小林の「谷崎潤一郎」は、『卍』『蓼喰ふ虫』以来変化した谷崎の文章、この評論中に言及はないが恐らく直接的には『吉野葛』の「名文」に触発されたことを契機として、初期から大正期までの谷崎の諸作に遡り、自身のそれを含めた従来の谷崎評価を清算する試みであったと考えられる。その証拠に、旧作を読み返して発見したという

「人間の汚ならしさ」の「美しい表現」などは、以後の彼の谷崎論において論点にのぼることがない。それは詩的散文として初期作品を評価し、以後の諸作をそこからの後退と捉える従来の谷崎評価を覆すための論理に過ぎない。「谷崎潤一郎」での彼の真意は、その論旨よりも結語にあったはずである。小林は以後、時評的な言及を通じ、ただ一つのことを、すなわち「装飾を脱した」谷崎の文章、その「名文」の難解さを繰り返し主張し続けるだろう。次節では、『春琴抄』（「中央公論」昭8・6）への言及を中心に、小林の一連の時評をたどり、彼が提起した問題の射程を明らかにする。

三　小林秀雄の谷崎潤一郎論②——名文とは何か

昭和四年、「様々なる意匠」（「改造」昭4・9）で文芸批評家としてデビューした小林秀雄は、「世の若く新しい人々へ」の副題を持つ「志賀直哉」（「思想」昭4・12）等の評論で、当時老いて古いとされていた作家たちを擁護する論陣を張った。小林は谷崎への言及に際しても、「老大家」の呼称を添えるのを常としている。中村光夫は、出発期の小林が「「既成文壇」としてジャーナリズムの中心から遠ざけられていた大正期の作家たち」をあえて称揚する戦略をとっていたことを指摘し、「氏の老大家への讃辞が、心からのものでないことはないが、時代の勢いにたいする反撥という要素がかなり強く、多くの留保がふせてあった」[*16]点に注意を促す。小林の老大家たちへの讃辞に含みを見て取るこの指摘は重要である。では「老大家」谷崎に関して「ふせてあった」「留保」とは、どのようなものであったか。わたしの考えでは、それが最もあらわになったのが、『春琴抄』に対する評である。

「文芸時評1／寂しい批評商売／然し楽しく読んだ『春琴抄』」「文芸時評2／「老成した人の力／華美な技巧を棄て

た谷崎氏」（「報知新聞」昭8・5・30〜31、以下「文芸時評1・2」と略記する）でこの作品をいちはやく取り上げた小林は、開口一番「面白く読んだ」と確言を与えつつ、「特に心を動かされたわけでもなし、深く考へさせられたといふのでもない。面白く読んだといふのは消極的な意味なのだ」と微妙な口ぶりで補足した。小林は年末の総括においても、今年度の最高傑作は『春琴抄』だと皆が言い自分も「言下に」そう答える、だがそのような時代に生きることを「馬鹿々々しく思う、と最上の評価を与えながらも手放しの称賛でないことを強調した。[*17]『春琴抄』に対するこうしたアンビヴァレントな評価は、正宗白鳥や川端康成らにも共有されており、小林に限ったことではない。[*18]だが諸手を挙げての称賛をためらわせる微妙な不満をどのように説明するかは、各人によって異なる。小林は、谷崎を「心理家」＝「分析家」＝「観察家」に対する「文章家」と規定し、称賛と不満をともにこの「文章」に由来すると説明した。

美意識が混乱して、といふより美意識など、いふものに大して関心が持てなくなつてしまつた今日の若い作家達、美しく書くよりも先づ正しく描かうといふ強い念願を持つ若い時代の人達が、文章家と作家とが、けぢめがつかず協力して育つて来て今日の成熟をなした谷崎氏の表現に何かしら反ぱつするものを感ずるのは当然の事だ。私などもまさしくさうである。

（「文芸時評1・2」）

美しく書くより正しく描こう、正しく描くより正しく見ようとする若い作家たちの傾向を、小林は他の評論でも繰り返し指摘している。「言語の問題（言葉の問題）」（「文芸」昭11・9、「小説と言語」と改題）や、「現代の作家で誰が名文家であらうか」という問いかけをもってはじめられる「現代作家と文体」（「東京朝日新聞」昭12・7・17〜20、「文体について」「現代文章論（2）」と改題）の表現を借りれば、「独特な文体の代りに正確な観察を置き代へることにより、作家達は、言語を観察者と観察対象との単なる中間項の様なものにして了つた」というのである。その彼らにとって谷崎の表現への「反ぱつ」は自然であり、自分も例外ではない、と小林は告白する。[19] 谷崎の名前こそ見えないが、断章風の「小説の問題」(「文芸春秋」昭7・6、「小説の問題　Ⅱ」と改題)にも、「現代日本の一流小説家に…老いて益々不安な、益々執拗な分析家を見付けるのは殆ど絶望だといつてよい。大家の名文章にうつとりし乍ら、自分の知的不安の嬌(あま)え処が全くみつからぬとはやり切れぬ事だ」と不満をこぼすくだりがある。彼は「老大家」の「名文」に「うつとり」しつつも満たされず、「何かしら反ぱつするものを感ずる」。この「うつとり」と「反ぱつ」の間を揺れ動くところに、小林の『春琴抄』に対するアンビヴァレントな評価が生じるのである。

「文芸時評1・2」には、「谷崎氏の文章は名文に相違ないが、ちと名文過ぎるといふ説がある。熟達した大文章だが切実な感じに乏しい。強い即物的な味ひがない、生々しい感触といふものが不足してゐるといふ説である」という一節がある。この「説」は、直前の「手帖」(「文芸春秋」昭8・3、「手帖D」と改題)で名前を挙げていることから、深田久弥の「谷崎潤一郎氏の文章(文芸時評)」(「文芸春秋」昭7・12)を指すと推測される。この時期、『日本現代文章講座』(全八巻、昭9、厚生閣)の刊行、雑誌「月刊文章講座」の発刊(昭10・3)など、文章論の流行の機運があった。原子朗は、明治四十年代以来忘れられていた修辞学が、昭和十年前後に文体論として装いを新たに流行したと整理する。[20] そこでは谷崎の文章がしばしば志賀のそれと対照され、その特徴を論じられていた。深田の「谷崎潤一郎氏の文章」や小林の「手帖」を参照する波多野完治「谷崎潤一郎氏と志賀直哉氏」(『文章心理学』昭10、三省堂)はよく知られており、谷崎自身も『文章読本』で自身の文章の対極にあるものとして志賀の文章を挙げ分析してみせている。「手帖」の小林は、深田に反論する代わりに以下の問いを提起していた。

かういふ説に異存があると言つてみたところで、ないと言つてみたところで、大して面白い事だとは思へない。一体名文とは何か、これくらゐ今日徒らに難解な問題はあるまい。

深田のように、谷崎の文章を志賀直哉のそれと比較し、「天然の名文」に対する「熟練の達文」、「鋭敏切実」に対する「技巧の豊富」などと説明してみせたところで、あるいはそれに反論して別の整理をしたところで「大して面白い事だとは思へない」。深田は『蘆刈』（「改造」昭7・11〜12）前半部を例に、「淀みなく流るるやうな谷崎氏の文章の美しさ」が、同一語の重複を避ける「文法的な細心の注意から来たもの」であることを指摘し、「果してかういふ信条のみが文章を美しくするものかどうか」と疑問を呈していた。それより、かえって同じ言い回しを反復する志賀の一種の悪文、その「切実感のにぢみ出た文章がおのづと不思議な美しさを漂はせてゐる」というのである。だがこのような「美しさ」を判断する基準の不確かさこそ、小林が問題化したところであった。「一体名文とは何か」。

名文か名文でないか、それは趣味の問題だ。なるほど趣味の問題だものだから、いくらでも新しく言ひ争ひを始めたがる。それは好き好き、と言ひながら、理窟はいくらでも深みにはまつて行く。理窟の方でひねくれれば、趣味の方でも負けずにひねくれる、巧いが巧すぎる、この拙さが何んとも言へない――等々。（「手帖」）

「名文か名文ではないか」は「趣味の問題」である。各人は好みに理屈をつけ、それが名文である所以を説明しようとする。だが美意識が混乱し、「修辞学といふものを見失はざるを得ない」今日において、名文を名文として評価することは如何にして可能か、と小林は問いを投げかける。彼は谷崎の文章を「名文」としつつ、「名文とは何か」

という問いが、趣味的判断の根拠を持たない現代において「徒らに難解な問題」であることを示そうとした。『刺青』の出発期から文章家として鳴らした谷崎の、近年の「装飾を脱した」文章をいちはやく「名文」として評価するとともに、現代では「名文」を評価する基準が見失われていることをあわせて示したこと、これが小林の谷崎論の功績であった。

小林が同時代の日本の文学を議論の対象にしなくなること、また谷崎自身、『源氏物語』の現代語訳に取りかかりしばらく創作を離れることもあって、小林の谷崎への言及は、昭和六年の「谷崎潤一郎」前後から昭和十年過ぎまでのわずか数年間、一九三〇年代にほぼ限定される。*21 小林の谷崎論は、『卍』『蓼喰ふ虫』以後の「装飾を脱した」谷崎の文章に、「うつとり」しつつも「反ぱつ」を抱く自身のアンビヴァレントな反応を手がかりに、「名文とは何か」を判断する基準を持たない同時代の文学を問題化するものであった。このような問題意識は、文章をテーマにするものではないが、谷崎の随筆「「芸」について」の長い引用から書き出される「故郷を失つた文学」にも通底している。小林は谷崎を通じて、趣味的判断の根拠——比喩的に言えば「故郷」——を失った、同時代文学の姿を浮き彫りにしたのである。

四　小説の文章

『蘆刈』を例に、谷崎の文章を「切実な感じに乏しい」と評した深田久弥に対し、「文芸時評１・２」の小林は次のように反論していた。

『春琴抄』のシラブルの長い流れるやうに柔和な文章を読み読みこの事をもう一ぺん考へ直してみた。／さういふ説は確かに正しいとは思ふのだが、さういふ性質を欠点と感じたら氏の文章は氏の文章たる生命(いのち)を失つてしまふのではないかといふ風にも考へられる。／志賀直哉氏の簡潔な即物的な文章は、文章として独立してるといふよりむしろ文章がその描く事物と協力して一つの世界をつくつてゐるやうに感ずるが、谷崎氏の文章は文章が一人で歩いてゐる、一人で己れの観念上の世界をつくつてゐるといふ風に感じる。惟ふに氏にあつては文章を駆つて独立した文章の人工天国を築かうといふ念願は非常に強いので切実感がないといふやうな消極的な見方をしてたのでは氏の文章の根幹は見極める事が出来ぬのである。

深田が「切実な感じに乏しい」とする谷崎の文章を、小林は「文章を駆つて独立した文章の人工天国を築かうといふ念願」の「切実」さにおいて捉え返す。ここで『春琴抄』の文章は「シラブルの長い流れるやうに柔和な文章」と形容されている。小林は「アシルと亀の子」でも、近年の谷崎の文章を「流れる様な姿」と表現していた。これらの形容は、深田が『蘆刈』の文章を評して言う「淀みなく流るるやう」と変わるところがない。ただし右に引用した小林の議論において、そのような谷崎の文章の様式上の特徴は、後半の議論――文章が独立して世界をつくる――の条件をなさない。つまり、流れるような文章だから、そういう種類の文章だから、文章が自立して世界を構成するのではない。文章の様式上の特徴として指摘されていることと、文章が世界をどのように構成するかという議論の間には、論理の飛躍が、むしろ積極的な切断が認められるのである。この飛躍ないし切断は、文体論と小説論の間の径庭として一般化することも出来よう。とすれば、小説の文章とは如何なるものか。文章という要素は、小説の中にどのように位置付けられるか。「文芸時評1・2」の結論部は以下の通りである。

氏はこの表現で、以前の文章上の華美な技巧や装飾をすつかり捨て、ゐるばかりではなく、ことさら平俗尋常な語法を用ひてゐる。一部分を読むと何んの生気もない文章だが、通読するといかにも生きてゐる。描写らしい描写もないが、春琴の面影はあざやかに心に浮ぶ。彼女の心持ちなどもほとんど書いてないが、充分に女の気持ちにもなつてみられた。文章といふものが円熟するとかういふものかと思ふと、春琴の墓所を低徊する作者の姿が眼に浮んだ。

小林はここで『春琴抄』に「描写らしい描写」が欠けていること、人物の容貌も心理も描かれていないことを指摘した上で、逆接を重ね、そのすべてがこの文章において表現されていると論じている。それは文章上の技巧や装飾によって表現されるのではない。この「ことさら平俗尋常な」文章は、何かを表現するためのものではないが、それ自体を詩的散文として味わうべきものでもない。それは小説の世界を構成する素材であるとともに、小説それ自体である。ここには「文章といふもの」だけがある、というのである。

わたしの考えでは、『春琴抄』には、このような文章のあり方を助けるささやかな仕掛けがある。谷崎は『文章読本』で『春琴抄』の一節を引用し、それに句読点を「センテンスの構成と一致するやうに打ち変へ」た例とあわせて提示していた。「打ち変へ」られた句読点を括弧内に注記する形で、その箇所を示そう。

女で盲目で独身であれば（、）贅沢と云つても限度があり（、）美衣美食を恣にしてもたかが知れてゐる（。）しかし春琴の家には主一人に奉公人が五六人も使はれてゐる（、）月々の生活費も生やさしい額ではなかつた（。）何故そんなに金や人手がかゝつたかと云ふと（、）その第一の原因は小鳥道楽にあつた（。）就中彼女は鶯を愛した。

> 今日啼きごゑの優れた鶯は一羽一万円もするのがある（。）往時と雖も事情は同じだつたであらう。尤も今日と昔とでは（、）啼きごゑの聴き分け方や翫賞法が幾分か異なるらしいけれども（、）先づ今日の例を以て話せば（、）ケツキヨ、ケツキヨ、〳〵と啼く所謂谷渡りの声（、）ホーキーベカコンと啼く所謂高音（かうね）、ホーホケキヨウの地声の外に（、）此の二種類の啼き方をするのが値打ちなのである（。）此れは藪鶯では啼かない（。）偶啼いてもホーキーベカコンと啼かずに（、）ホーキベチヤと啼くから汚い、（↓。）ベカコンと、コンと云ふ金属性の美しい余韻を曳くやうにするには（、）或る人為的な手段を以て養成する（。）それは藪鶯の雛を、まだ尾の生えぬ時に生け捕つて来て（、）別な師匠の鶯に附けて稽古させるのである（。）尾が生えてからだと（、）親の藪鶯の汚い声を覚えてしまふので（、）最早矯正することが出来ない。*22

なるほどこれは小林秀雄が言うように、かつて人々を魅了した詩的散文とは異なり、それ自体は平凡な文章である。特別な語彙や語法が用いられているわけではない。特異なのは句読点である。括弧内に注記したように句読点を「打ち変へ」たところで、意味や文体は変わらない。だが『春琴抄』の文章は、句読点を加えた『文章読本』のそれとは明らかに別のものである。*23

『春琴抄』の文章は、小説内の設定としては書き手の「私」に帰属するはずだが、「私」が句読点を極端に排しセンテンスをつなぐこのような文章を用いる必要はない。必要がないばかりでなく、不自然ですらある。このような文章を採用する根拠は、少なくとも小説の世界の中にはない。その徹底ぶりは、何事かを表現しまたそれ自体を表現として提示した上で後退していくべき文章を、なおそこにとどまらせ、現前させるだろう。小林が見ていた谷崎の文章とは、文章を事物の装飾とも観察者と事物の中間項ともしない、この小説における布置のことではなかったかと思われる。

小林秀雄の谷崎潤一郎論は、『卍』『蓼喰ふ虫』を画期とし『吉野葛』を経てやがて『春琴抄』に極まる、事物の装飾たることを脱した「名文」の難解さを問題化し、翻って現代における趣味的判断の根拠の喪失を浮き彫りにした。それは谷崎の小説の文章を手がかりに、同時代の文学の抱える問題点を浮かび上がらせる批評であった。それはさらに、谷崎の小説における文章の所在、その現前を指し示しているのである。

＊1　平野謙「『谷崎潤一郎論』」（「群像」昭42・9→『わが戦後文学史』昭44→改訂版昭47、講談社）。千葉俊二「解説」（中村光夫『近代作家研究叢書39　谷崎潤一郎論』吉田精一監修、昭59、日本図書センター）も同様の整理を行っている。

＊2　瀬沼茂樹「あとがきに代えて」（伊藤整『谷崎潤一郎の文学』昭45、中央公論社）。

＊3　伊藤整「谷崎潤一郎の芸術の問題」（「婦人画報」昭25・3→『谷崎潤一郎の文学』（前掲））。本章では、伊藤の引用は『谷崎潤一郎の文学』に拠る。

＊4　野口武彦「谷崎潤一郎——批評用語としての「思想」」（「国文学」昭55・2、小林秀雄特集号。後に『作家の方法』（昭56、筑摩書房）の「小林秀雄」の章に収録、その際表題の「谷崎潤一郎」が削られている）。ここで野口は「谷崎潤一郎をもって「思想のない作家」とする定評」の「元凶は小林秀雄氏であると思いこみ、かたく信じて疑わなかった」と告白し、小林の谷崎論が「狭義の」思想の欠落を指摘したものであって「広義の」思想に関してはその限りでなかったことを証明しようとした。『シンポジウム日本文学16　谷崎潤一郎』（昭51、学生社、他に大久保典夫・笠原伸夫・出口裕弘・野村尚吾）にもこの論文につながる発言がある。

＊5　永井荷風「谷崎潤一郎氏の作品」（「三田文学」明44・11）。

＊6　本書第四部第二章参照。

＊7　谷崎の名前はないが、「小説の問題」（「文芸春秋」昭7・6、「小説の問題　Ⅱ」と改題）にも、「老大家が、近頃の新文学は皆子供つぽくていかん、大人の読む様な小説を書いてくれ、などと書いてゐるのを読むと少々馬鹿々々しい気持ちになる」という「「芸」について」の感想らしい一節が見える。

＊8　たとえば「別冊国文学・№18　小林秀雄必携」（吉田凞生編、昭58・2）の亀井秀雄編「事典・小林秀雄と日本近代文学」の「谷崎潤一郎」の項（担当は越野格）は、小林の谷崎への言及を整理したものだが、文献一覧に「私小説論」を漏らしている。

＊9　「永井荷風氏の近業について」に関しては「純粋小説といふものについて」（「文学」（『岩波講座日本文学　7』（昭6・12、岩波書店）附録））や「批評について」（「都新聞」昭7・2・12〜20）、『文章読本』に関しては「谷崎潤一郎の『文章読本』」（「文学界」昭10・1）で言及がある。

＊10　小林秀雄「文芸時評2／老成した人の力／華美な技巧を棄てた谷崎氏」（「報知新聞」昭8・5・31）。傍点は引用者。

＊11　「アシルと亀の子（文芸時評）」（「文芸春秋」昭5・5）、「物質への情熱（文芸時評）」（同昭5・12）。また「既成芸術派検討座談会」（「近代生活」昭5・6、他に雅川滉・舟橋聖一・久野豊彦・吉行エイスケ・龍胆寺雄）でも『卍』への評価を口にしている。

＊12　「文芸時評2／「老成した人の力／華美な技巧を棄てた谷崎氏」（前掲）、「私小説論」（前掲）、「槍騎兵／潤一郎の近作読後感」（「東京朝日新聞」昭11・7・12）。

＊13　現行の全集（『小林秀雄全集　第一巻　様々なる意匠・ランボオ』平14、新潮社）では、「流れる様な姿になつた」の後は「そこに漾ふ無限の陰翳を掴むのは、容易ではない。名文は安易な読者の眼に、安易に理解されまいと身を守り、抵抗してゐる様なものである」。またこれに続く二段落余りを削除している。

＊14　現行の全集（『小林秀雄全集　第三巻　私小説論』平14、新潮社）では、コクトーの言葉を敷衍した箇所の表現が異なり、「演繹的装飾」「帰納的理論」「抽象化」の単語は用いられていない。

＊15　小松伸六「時評家としての小林秀雄」（「解釈と鑑賞」昭36・11）。なお、小林が「文芸時評」の副題で「文芸春秋」に連載していた評論の正題は、順に「アシルと亀の子」（昭5・4〜8）、「文学は絵空ごとか」（昭5・9）、「文学と風潮」

（昭５・10）、「横光利一」（昭５・11）、「物質への情熱」（昭５・12）、「マルクスの悟達」（昭６・１）、「心理小説」（昭６・３）。

＊16　中村光夫「人と文学」（『現代文学大系　第四十二巻　小林秀雄集』昭40、筑摩書房）。小笠原克は、出発期の小林が「明治大正期作家を逆説的に賞揚することで足掛かりを模索し」たと指摘する（「小林秀雄と明治大正文学――志賀直哉と菊池寛――」（「国文学」昭44・11））。「老大家」については、本書「はじめに」参照。

＊17　小林は「今年の問題と解答／「春琴抄」その他／文芸批評と作品（三）」（「大阪朝日新聞」昭８・12・15）と「文学界の混乱（文芸時評）」（「文芸春秋」昭９・１）で同じ趣旨のことを述べている。引用は共通部分より。

＊18　本書第二部第二章参照。

＊19　引用は「言語の問題」より。表記や語順の違いはあるものの、引用箇所は「現代作家と文体」と同じ文面である。

＊20　原子朗『修辞学の史的研究』（平６、早稲田大学出版部）。

＊21　『細雪』（「中央公論」昭18・１～「婦人公論」昭23・10）の「文章」に言及する「年齢」（「新潮」昭25・６）など、戦後にも若干の言及はあるが、例外的である。

＊22　括弧内の句読点は『文章読本』の例文で打たれたもの。読点を句点に変換したものは、↓を付した。

＊23　『盲目物語』で平仮名表記を多用し、ときに平仮名の語句に漢字のルビを添えるのも、同じことであろう。句読点も表記もルビも、文章が文字によって書かれたものであるという限りで改変可能な部位である（本書「おわりに」参照）。

［付記］

・小林秀雄の評論は、同一タイトルが多く紛らわしいが、時評であることを考慮し、初出の表題に統一した。改題は『書誌小林秀雄　図書新聞双書４』（吉田凞生・堀内達夫編、昭42、図書新聞社）で「変更度合の著しいもの」（「作品・文献年表凡例」）として特記されているものに限り、異同は現行の全集と対照し引用箇所に目立った異同がある場合のみ、それぞれ注記した。これにあわせて本章では、谷崎の随筆・評論の表題も初出時のものを用いた。

第三部　現代口語文の条件

翻訳という方法

谷崎潤一郎著『文章読本』（昭9、中央公論社）の「一　文章とは何か」の最初の節「言語と文章」には、佐藤春夫の「「文章を口でしやべる通りに書け」と云ふ主義」への言及がある。佐藤はすぐに「文芸ザツクバラン」（「文芸春秋」昭10・1～5）で「「文章は口でしやべる通りに書け」といふ僕の主張が或る程度の理解の下に無残にも谷崎流に歪曲されて圧殺されてゐる」と反論したが、不満を表明しつつも、「尤も僕の「しやべる通りに書く」説は芥川が代弁してゐる外にはまだ自分で説明した事もないし、それを文章の上でもまだ一度も実現したこともないのだから、それが理解されないのに不服は云へない」と述べている。佐藤が名前を挙げる芥川龍之介による「代弁」とは、「文芸的な、余りに文芸的な」（「改造」昭2・4～8）の中の「僕等の散文」の次の箇所を指すと推測される。

佐藤春夫氏の説によれば、僕等の散文は口語文であるから、しやべるやうに書けと云ふことである。これは或は佐藤氏自身は不用意の裡に言つたことかも知れない。しかしこの言葉は或問題を、――「文章の口語化」と云ふ問題を含んでゐる。近代の散文は恐らくは「しやべるやうに」の道を踏んで来たのであらう。

◇

これに続く「僕は「しやべるやうに書きたい」願ひも勿論持つてゐないものではない。が、同時に又一面には「書くやうにしやべりたい」とも思ふものである」という芥川らしい逆説的な一節はよく知られているが、ここでは芥川が谷崎と同様、佐藤の「説」を「しやべるやうに書け」と要約し、「「文章の口語化」と云ふ問題」を引き出していることを確認するにとどめる。*1 佐藤春夫の「「しやべる通りに書く」説」は、まず昭和二（一九二七）年に芥川の「文芸的な、余りに文芸的な」の中で、次に昭和九年刊の谷崎の『文章読本』で紹介され、最後に佐藤自身の「文芸ザックバラン」や「口語文章論」（「中央公論」昭10・4）で公けにされた。*2 タイミングがずれているため見えにくいが、口語文は、昭和初めの彼らが共有していたテーマの一つであったと考えられる。*3

ただし、三者の議論は微妙に用語や力点が異なる。たとえば佐藤が「「しやべる通りに書く」説」と称し、芥川が「「文章の口語化」と云ふ問題」と呼ぶところを、谷崎は「現代口語文」というフレーズに集約している。佐藤は自らの説を「筆者の人格…心理的生理的状態」を「ぶしつけに紙の上へぢかに押しつけてみる一つの手法としての謂」（「文芸ザックバラン」）と説明し、*4「もう一ぺん口語から出発した文章を試みること」（「口語文章論」）を提案している。一方、芥川はこれを近代の「散文」の問題として捉え、詩人の散文、さらに詩歌へと論点を移動させていく。*5 では、谷崎が言う「現代口語文」はどのような意味か。

私は、自分の長年の経験から割り出し、文章を作るのに最も必要な、さうして現代の口語文に最も欠けてゐる根本の事項のみを主にして、此の読本を書いた。…云はゞこの書は、「われ〳〵日本人が日本語の文章を書く心得」を記したのである。

右は『文章読本』の序文の、この書が何を書いたものであるかを説明する一節である。「現代の口語文に最も欠けてゐる」事項を主にしたとは、この本が評論「現代口語文の欠点について」(「改造」昭4・11)の問題意識を引き継ぐものであることを表している。[*6] 注目したいのは、「文章」の語が「現代の口語文」、さらに「日本語の文章」と言い換えられていることである。つまり『文章読本』で言う「文章」とは、現代口語文のことであり、日本語の文章のことなのである。「現代文と古典文」と「西洋の文章と日本の文章」という節を並べる「一　文章とは何か」の配列を踏まえるなら、『文章読本』の「文章」とは、古典の文章と対置される現代の文章であり、西洋語の文章と対置される日本語の文章だということになる。

その「西洋の文章と日本の文章」の節で、西洋語の文章の例の一つに挙げられているのが、アーサー・ウェイリーによる『源氏物語』の英訳、つまり古典の文章を西洋語の文章に翻訳したものである。谷崎はまずテオドール・ドライザーの小説『アメリカの悲劇』の一節を掲げ、[*7]「原文を、出来るだけ忠実に、逐字的に」「日本語としてこれが精一杯と云ふ程度にまで直訳した」ものと、それを「もう少し原文を離れて…日本文らしく」なおしたものという二種類の試訳を提示する。次いで『源氏物語』の「須磨」巻の一節とウェイリーによる英訳を、日本語に直訳したものを添えて示し、後の章ではさらに『源氏物語』の同じ一節を「原文のなだらかな調子を失はないやうにして、現代語に訳してみ」たものと、それを「現代の人」が「普通」に書くようになおしたものという二種類の試訳を提示している(「三　文章の要素」)。谷崎はこれらの試訳を通じて、西洋語の文章を可能な限り原文に即いて翻訳すると西洋語の特徴を持った日本語の文章ができ、それと同様に、古典の文章を原文に即くように現代語訳することで、古典の文章の特徴を持った現代の文章を作り出すことができると証明しようとしていると考えられる。得られた訳文を、それぞれ「日本文らし」い文章、「現代の人」が「普通」に書く文章になおしてみせるのは、原文に即くように訳した訳文の異様さを示すためだろう。

『文章読本』の谷崎は、西洋語の文章を日本語に翻訳するのと同じように古典の文章をある方針を立てて現代語訳することで、古典の文章に近い現代口語文を作り出すというパフォーマンスをしていた。そこで翻訳する対象として選択されたのが、『源氏物語』であった。別の章で「源氏物語派」「非源氏物語派」という分類が立てられていることからも（「二　文章の上達法」）、『文章読本』において『源氏物語』が一つの作品というより、文章の種類を代表するものとして扱われていることは明らかである。『文章読本』の谷崎は、『源氏物語』の英訳と現代語訳を手がかりに、現代口語文の変種（ハイブリッド）を人為的に作り出す実験をしていたのである。

谷崎が言う「現代口語文」とは、つまり現代の日本語の文章のことであり、それは異なる種類の文章と対置され、翻訳を通して変形の可能性を探られていた。昭和初めに佐藤春夫や芥川龍之介と共有していた口語文という課題に、谷崎は翻訳という方法をもって臨もうとした。現代口語文は、どこまで可変的であるか。古典の文章を然るべき方針を立てて翻訳することで、現代口語文として「これが精一杯と云ふ程度にまで」古典の文章に接近した文章を作り出すこと。この『文章読本』の中の『源氏物語』の現代語訳の試みが、谷崎の『源氏物語』の現代語訳の原型になる。すなわち谷崎にとって『源氏物語』の現代語訳は、実験的な現代口語文論であったと考えられる。

各章の概要

第三部は、谷崎潤一郎による『源氏物語』の現代語訳、いわゆる〈谷崎源氏〉を考察の対象とする。第一章では、谷崎の翻訳及び翻訳論を概観し、『源氏物語』の現代語訳を谷崎の翻訳史の中に位置付ける。第二章では、『文章読本』の中の『源氏物語』の試訳を手がかりにして、『潤一郎訳源氏物語』（昭14～昭16、中央公論社）の訳文において敬語が担う役割を、ほぼ同時期の訳である与謝野晶子の『新新訳源氏物語』（昭13〜昭14、金尾文淵堂）と比較しつつ考察する。

最初の訳である『潤一郎訳源氏物語』、いわゆる「旧訳」の後、谷崎は「旧訳」を改めた『潤一郎新訳源氏物語』（昭26〜昭29、中央公論社、「新訳」）、それをさらに改めた『谷崎潤一郎新々訳源氏物語』（昭39〜昭40、同、「新々訳」）と、敬語に手を入れ続けた。「新訳」は初刊に次ぐ愛蔵本（昭30、同）において訳文を改訂しているが、そこでも敬語を改めている。第三章では、「旧訳」から「新訳」初刊、「新訳」愛蔵本、「新々訳」へという一連の改訳・改訂の過程で、何が改められ、何が改められなかったかを検証する。

〈谷崎源氏〉を谷崎だけでなく関与した者たちによる一つと事業と考えるなら、特に重要な役割を果たしたのは、「旧訳」の校閲を担当した国語学者の山田孝雄（よしお）と、「新訳」から作業に加わった『源氏物語』研究者の玉上琢彌である。第四章では、「新訳」愛蔵本における敬語の改訂に着目し、〈谷崎源氏〉と玉上の敬語論の接点を探る。

作家が関与した翻訳は、彼のその後の創作に何らかの形で影響し、活かされていると想定され、その限りで議論の対象になって来た。翻訳は創作に準じる二次的なものとして扱われて来たとも言える。谷崎の『源氏物語』訳の場合、『潤一郎訳源氏物語』の刊行終了後に執筆された最初の小説『細雪』（連載開始は「中央公論」昭18・1）に、影響の痕跡を探るのが通例である。しかし、たとえば主題や技法に関して何らかの類似が認められるとして、それなら『源氏物語』を読むだけでもよく、訳す必要はないだろう。結局のところ、谷崎が『源氏物語』を訳したという事実は知られていても、訳文自体は読まれて来なかったのである。読まれたとしても、『源氏物語』の訳として以上には読まれていない。

特に、最初の訳である『潤一郎訳源氏物語』は、削除箇所があることもあってか一度も再刊されず、全集や文庫にも収められていない。逆に言うと、『潤一郎訳源氏物語』が議論の対象になるのは、削除に関する場合がほとんどである。[*8]それは『潤一郎訳源氏物語』を、そこにある訳文ではなく、そこにない、欠けているものから論じることである。「新訳」刊行後の通称である「旧訳」を用いるのも、同じ姿勢のあらわれだろう。

本書は、『潤一郎訳源氏物語』を中心に置き、その成立までとそこからの改訳を論じる。『潤一郎訳源氏物語』の訳文がどのようなものであるか、もう少し厳密に言うなら、その訳文がどのような文章――現代の日本語の文章――になっているかを明らかにすることが、ここでの目的である。すなわち第三部は、谷崎による『源氏物語』の現代語訳を、翻訳という方法による現代口語文論として考察するものである。

＊1　「文章の口語化」というフレーズは、「文芸的な、余りに文芸的な」の補輯として扱われている「志賀直哉氏に就いて（覚え書）」（大15頃）にも見える。芥川はこれらの評論で「しやべるやうに」書く作家の例として武者小路実篤や志賀直哉らの名前を挙げている。

＊2　佐藤は芥川の追悼文でも、「文芸的な、余りに文芸的な」を受けて、「我々は既に所謂口語なる文体を選んで来た」と述べている（「文芸時評」（「中央公論」昭2・4〜9）の「芥川龍之介を哭す」）。これも含めるなら、昭和二年の段階で自ら公けにしているとも言える。

＊3　谷崎と芥川は、昭和二年に「小説の筋」論争を交わしている。佐藤もこの話題に「読者としての大衆――大衆文学論断片――」（「新潮」昭2・6）や「小説作法講話」（「文章倶楽部」昭2・11〜昭3・3）でコメントしている。他にも、文楽をともに観劇してその感想を記すなど、三者の共通の関心事は多い。

＊4　佐藤は「素裸の放下のスタイル」とも言い換えている。芥川の身近にいた小島政二郎は、芥川が「文章」の犠牲になっ

ていることに気付いた佐藤が次のように忠告していたと証言する。「小説はい、文章を書くことではなくて、人間の——人生の真を書く——いや、真に肉迫することである筈だ。／佐藤春夫はこれを知っていて、しばしば芥川に忠告している。つまり、芥川は名文を書こうとして、もっと大事なものを取り逃している。それを佐藤は窮屈なチョッキと云って、／「芥川君、その窮屈なチョッキを脱ぎ給え」／小説には名文は不必要なのだ」（『長篇小説　芥川龍之介』昭52、読売新聞社↓平20、講談社文芸文庫）。

＊5　「文芸的な、余りに文芸的な」の「僕等の散文」の次の見出しは「詩人たちの散文」、その次は「詩歌」である。

＊6　日高佳紀は、この箇所について「谷崎をしてこの「読本」執筆に向かわせた動機が「現代口語文」への違和感にあることが明記されている」と説明する（『谷崎潤一郎のディスクール　近代読者への接近』平27、双文社出版）。日高は、「「饒舌録」（昭和二）——「古典回帰」作品群における実作（昭和初年代）——『文章読本』（昭和九）——「谷崎源氏」訳業（昭和一〇～一三）」を「一繋がりの軸」として捉え、「この時期に通底していた谷崎の問題意識は、現代口語文に対する違和感と、『源氏物語』にみられる和文脈を重視した文体の模索といった二点に集約することができる」と論じている。

＊7　谷崎はこの小説の一節を小林秀雄の『続文芸評論』（昭7、白水社）所収の「小説の問題」（「新潮」昭7・6）から引用している。谷崎が小林の批評を読んでいたことが確かめられる。小林の谷崎論については、本書第二部第四章参照。

＊8　削除に関しては、谷崎源氏研究会シンポジウム「「谷崎源氏」を考える」における口頭発表「削除という方法——『潤一郎訳源氏物語』考」（平28・3・5、於国学院大学）及び拙稿「削除と伏字——谷崎潤一郎と窪田空穂の『源氏物語』現代語訳」（『翻訳とアダプテーションの倫理——ジャンルとメディアを越えて』今野喜和人編、平31、春風社）で考察を行った。

第一章　谷崎潤一郎と翻訳 ――『潤一郎訳源氏物語』まで

はじめに

谷崎潤一郎による最初の『源氏物語』訳、『潤一郎訳源氏物語』（全二十六巻、昭14〜昭16、中央公論社）とは何であったか。巻一の巻頭に置かれた序文は、「これは源氏物語の文学的翻訳であ」る、と端的に規定する（「序」、初出は「中央公論」昭14・1、原題「源氏物語序」）。それは「云ひ換へれば、原文に盛られてある文学的香気を…出来るだけ毀損しないで現代文に書き直そうと試みたもの」だと敷衍され、さらにまた、「文学的と云ふことを主眼にし、語学的翻訳をしたのではない」と、逆から補うようにも説明されている。既に「中央公論」昭和十三（一九三八）年二月号掲載の「源氏物語の現代語訳について」において、谷崎は「翻訳の方針」を「文学的に訳すこと」と定めていた。彼はまた、後年、二つ目の訳である『潤一郎新訳源氏物語』（全十二巻、昭26〜昭29、中央公論社）の序文でも、前の訳を「原文の色、匂、品位、含蓄等を伝へようとする文学的翻訳」と説明している（「源氏物語新訳序」）。

『潤一郎訳源氏物語』は、『源氏物語』の「文学的翻訳」の試みであった。そう仮定するとして、ではここで言う「文学的翻訳」とはどういう意味か。本章では、「翻訳」の語を手がかりに、『潤一郎訳源氏物語』以前の谷崎の翻訳及び翻訳に関する発言に遡り、「語学的翻訳」と対置される「文学的翻訳」の概念の背景を探ってみたい。従来の研究は、『潤一郎訳源氏物語』以下一連の『源氏物語』訳を谷崎の『源氏物語』への関心にもとづいて成立したものと考え、それにしては彼が「この古典作品をまともに論じた批評とか随筆とかを何一つ残していない」[*1]ことを訝しがってきた。中央公論社社長・嶋中雄作からの依頼という明らかな理由はあるにせよ、谷崎が『源氏物語』の何を評価して訳そうと思ったのか、その動機がわからないというのである。

本章では、『潤一郎訳源氏物語』の背景に翻訳を経由した――いわば別の入り口から入るような――谷崎の『源氏物語』との関係を想定し、『潤一郎訳源氏物語』を谷崎の翻訳史の中に位置付ける。『潤一郎訳源氏物語』が何であったか、後年の訳では放棄されることになるその試みの意味は、翻訳という経路をたどることではじめて明らかになると考えるためである。なお、『潤一郎訳源氏物語』は『潤一郎新訳源氏物語』刊行後は「旧訳」と呼ばれるが、本章ではこの通称は用いない。

一　谷崎潤一郎の翻訳

谷崎が手がけた翻訳にはどのようなものがあるか。没後版及び愛蔵版全集に「翻訳」として収録されているのは、以下の五篇である。

・ワイルド「ウヰンダミーヤ夫人の扇」（『ウヰンダミーヤ夫人の扇』大8、天佑社）
・ボードレール「ボードレール散文詩集」（「解放」大8・10（原題「ボオドレエル散文詩集」）、大9・1（原題「不思議な人――ボードレエル散文詩集――」））
・タゴール「タゴールの詩」（「女性」大13・7）
・ハアディ「グリーブ家のバアバラの話」（「中央公論」昭2・12）

・スタンダール「カストロの尼」（「女性」昭３・２、４）

没後版全集はさらに、月報の「後記」で、収録しなかった二篇の「翻訳」の存在に言及している。[*2] 全集未収録作のうち、芥川龍之介との「共訳」であるため割愛したとされるゴーチエ「クラリモンド」は長く所在不明であったが、細江光によって「社会及国家」（大８・10〜11、大９・１）に発表されたものが発見された。同じ雑誌に掲載されたベルグソン「夢（其二）」（大４・10）とポー「アッシャア家の覆滅」（大７・７〜８）も新たに紹介された。[*3]

これらはすべて西洋語から日本語への翻訳である。『潤一郎訳源氏物語』にはじまる一連の『源氏物語』訳や、御伽草子の訳である「三人法師」（「中央公論」昭４・10〜11）はここには含まれていない。没後版及び愛蔵版全集では、「三人法師」は創作の巻に、『源氏物語』訳は創作とも翻訳とも別に、三つ目の訳である『谷崎潤一郎新々訳源氏物語』（全十一巻、昭39〜昭40、中央公論社）のみが収録されている。[*4] 古典の現代語訳は、谷崎の全集では翻訳としては扱われていないのである。

『谷崎潤一郎と異国の言語』（平15、人文書院）の野崎歓は、谷崎の翻訳が「大正中頃…から昭和初頭…にいたる、約十年間のあいだに集中していること」に注目を促している。だが全集未収録作、さらに古典の現代語訳をその範囲に加えるなら、『潤一郎訳源氏物語』以前の谷崎の翻訳は、一続きの十年間ではなく、大正八（一九一九）年頃と昭和三年前後という約十年を隔てた二つの時期に集中的に行われていたと言うべきである。[*5] この件のキーパーソンである佐藤春夫が、昭和二年末の「グリーブ家のバアバラの話」について、谷崎が「珍らしく訳筆を揮つた」[*6] と評していることも、二つの時期の間にブランクがあったことを裏付けるだろう。

昭和二年から四年にかけて、谷崎は「グリーブ家のバアバラの話」と「カストロの尼」、さらに「三人法師」という三篇の翻訳を発表している。同じ時期の文芸時評「饒舌録（感想）」（「改造」昭２・２〜12）、また評論「現代口語文の欠点について」（「改造」昭4・11）には、翻訳に関連する発言も見える。予め言えば、『源氏物語』の「文学的翻訳」という『潤一郎訳源氏物語』の試みは、この昭和三年前後の谷崎の翻訳及び翻訳論の先にあると考えられる。まずはその前史として、「ウヰンダミーヤ夫人の扇」を中心に、大正七、八年頃の谷崎の翻訳を概観しよう。

二　大正八年頃の翻訳

大正七年、谷崎は友人の上山草人が主宰する近代劇協会の興行（大7・9・6〜15、有楽座）のために「ウヰンダミーヤ夫人の扇」を翻訳した。このときの上演は同作の日本での初演に当たり、広告でも「「サロメ」と並称さるるオスカーワイルドの代表作にして我国に於ては実に処女演出に有之*7」と、折からのサロメ・ブームを背景にその意義が謳われた。公演の演目は、ソログープ作・昇曙夢訳の象徴劇「死の捷利」、谷崎作の新史劇「信西」、ワイルド作・谷崎訳の社会劇「ウヰンダーミヤ夫人の扇」であった*8。

本作の翻訳の経緯について、谷崎は後年、上山の追悼文の中で「私の翻訳と云ふことになつてゐるが、実際は佐藤春夫と澤田卓爾と三人の共訳である」と明かした（「上山草人のこと」（「別冊文芸春秋」昭29・11））。澤田卓爾はこれを受け、谷崎が「三人の共訳」と簡潔に述べた内実を次のように説明した。

新手の芝居はあらかじめ警視庁のほうへ届けなければならないので、前に鵜沼直という人が訳して本になつているのを使つて、それに谷崎が潤色の筆を入れればいいだろうと軽率に考えてろくに見もしないで台本としてそれを届けておいた。ところが…谷崎があらためて読んでみたら…誤訳だらけだ、文章もまずい。これは谷崎潤一郎の名前で台本として草人にやらせるのは乱暴だ、と心付きはしたものの、なにしろ三日後には有楽座で上演されることになつて日がせまつている。[*9]

その後、業者に委託しようとして断られ、結局「谷崎が半分受け持ち、あとの半分は私が引受けて文章のまずいところを佐藤が適当に潤色して三日三晩で仕上げた速成品」としてどうにか出来上がった、と澤田は回想する。澤田が名前を挙げる鶉沼直の『ウヰンダミーヤ夫人の扇』（大3、不老閣書房）はなるほど拙劣な訳で、谷崎訳と対照してもこれを参照した形跡は見当たらない。だが実際に用いなかったとしても、先行訳を「使つて」、それに「潤色の筆を入れ」ただけのものを「谷崎潤一郎の名前で」上演しようとしていたという証言は注目に値する。すなわち「ウヰンダミーヤ夫人の扇」は、後に英文学者になる澤田が下訳をし、谷崎と佐藤春夫が潤色をした、やや誇張して言えば、澤田が原文を訳し、谷崎と佐藤が訳文を整えるという分業によってなったと推測される。[*10] そしてそれは澤田はもとより佐藤の名前も表に出すことなく、谷崎の名前で上演され、単行本化されたのである。

上演の翌年、本作は天佑社より刊行された。同社はこの時期ワイルドの全集を企画しており、谷崎には「サロメ」の翻訳の依頼があったことがわかっている。谷崎の弟で英文学者の精二は、同社から「兄に「サロメ」を訳してもらえまいか、若し多忙でだめなら佐藤春夫に訳してもらって、兄の名前で出版してもいいから頼んでみてくれと云われ」[*11]たことを明かし、谷崎からの以下の返書を紹介している。

「サロメ」の件は承知いたしてもよろしく候へども、唯期日の問題にて、あまり急ぐのでは間に合ひ難し。但し小生の名前を貸すだけの事ならば、佐藤春夫が代訳してくれるのなら、それにてもよろし。しかし佐藤もいそが

しい様子なり。（大8・7・5）

佐藤春夫が訳し、谷崎の名前で出すという仕組みを、谷崎も出版社も慣れたことのように話を進めている。精二も前記の澤田も、この時点での佐藤がいまだ無名であったことを断っているが、大正八年頃は、その佐藤が谷崎の後押しによって文壇に出ていく時期でもあった。この前年、佐藤は谷崎の推薦によって「李太白」と「指紋」の二篇を「中央公論」に発表し、[*12]それらを収めた最初の短篇集『病める薔薇』を、谷崎の序文を戴き天佑社から刊行している。

谷崎訳「サロメ」は、佐藤が多忙を理由に断ったため実現しなかった。「サロメ」の邦訳は、森鷗外訳（「サロメ」（「歌舞伎」明42・9〜10））などこの時期には既に複数のヴァージョンが出揃っており、天佑社の『ワイルド全集』には中村吉蔵が芸術座での上演用に訳したもの（『サロメ』大2、南北社）が収録された。[*13]「ウヰンダミーヤ夫人の扇」や実現しなかった「サロメ」においては、同時代に流行していたワイルドの、既に邦訳のある作品を、谷崎の名前で出すことが重視されていたのである。

大正八年頃の谷崎のその他の翻訳のうち、ポー「アッシヤア家の覆滅」にも既に精二の訳（「アッシヤー館の滅落」（『赤き死の仮面』大2、泰平館書店））など複数の邦訳があり、ゴーチエ「クラリモンド」に至っては芥川龍之介の先行訳を修整し「共訳」としていた。[*14]佐藤春夫は大正九年のエッセイで、ポーの「アッシヤア家の覆滅」の一節を俎上に載せて「何と訳したらいいだらう」[*15]と友人たちと談じる日常の一コマを書きとめている。彼はまた、大正八年に発表した自身の翻訳「影――寓話（エドガワ・アラン・ポオ）」（「新小説」大8・11）について、後年、「自分は語学に就いてはまるで自信がないので、その訳文も発表するまでに谷崎やその外の友人にも見て貰つたり、直して貰つたりした程なのだから、若し時間さへあれば芥川にも見て貰い度いと思つてゐた」[*16]と、特に谷崎と芥川の名前を挙げて振り返っている。

大正八年頃の谷崎の翻訳は、このような佐藤春夫や芥川龍之介との日々の交友の、同じ作品を読んで翻訳に興じる雰囲気の中から生まれたものであった。彼らはワイルド、ポー、ゴーチエ等の世紀末文学をともに愛読し、共訳とは言いがたいケースも含めて、いわばともに翻訳していたのである。

三　昭和三年前後の翻訳と翻訳論①——「作家の翻訳」特集号

それから約十年後、昭和二年の谷崎は、ハアディ「グリーブ家のバアバラの話」とスタンダール「カストロの尼」という二つの翻訳に並行して取り組んでいた。彼はこの年、「改造」誌上で「饒舌録（感想）」という一年間にわたる文芸時評の連載を持ったが、その初回に当たる二月号掲載の回で、昨年読んで感心した作品として「カストロの尼」やヂヨーヂ・ムーアの「エロイーズとアベラール」の名前を挙げている。翌三月号では、「カストロの尼」の一節を訳出した上で、「これほどの作家のものが、「赤と黒」と「恋愛論」を除いて、外に一向日本へ紹介されてゐないのは不思議なことだ」と述べ、また、「辻潤君が「或る青年の告白」を訳してゐるだけで、ヂヨーヂ・ムーアも一向日本で評判されないやうである」と、ムーアについても「日本語に直したら」どうなるかを想像している。谷崎は佐藤春夫宛書簡（大15・9・24）でも、スタンダールについて「今迄日本で評判にならなかつたのが不思議だ誰かが翻訳すればいゝと思つてゐる」と邦訳がないことを訝っている。[*17]

実際のところ、「カストロの尼」の翻訳は未完に終わり、彼がムーアを訳すことはなかった。だが日本で評判になっていない、先行の邦訳のない作品を訳そうとしていたことは、この時期の谷崎が大正八年頃とは違う形で翻訳に関心を寄せていたことを示している。[*18] 以下、「グリーブ家のバアバラの話」の発表の経緯を跡付けた上で、「饒舌録」から翻訳に関連する発言を取り出し、昭和三年前後の谷崎の関心の所在を探ることとする。

「グリーブ家のバアバラの話」が掲載された「中央公論」昭和二年十二月号は、「作家の翻訳」特集号と銘打たれていた。「中央公論」編集部の木佐木勝の日記にはじめてこの特集への言及が見えるのは、同年七月三十日である。日記によれば、編集主幹の嶋中雄作の口から突然、「十二月号の創作欄を全部解放して、外国作家の名短編をそろえるという案」[*19] が発表されたという。嶋中は谷崎とのやりとりの中で、四月に「中央公論」への寄稿を断られ、五月に並行して取り組んでいる二つの翻訳のうち「短かい方のをあなたの方へ上げてもよい」という返答を得ていた。[*20] 「長い方」が「カストロの尼」で、「短かい方」が「グリーブ家のバアバラの話」であろう。あるいは嶋中は、この谷崎の翻訳の原稿を見込んで、それを含む形で特集を組むことを思いついたのかも知れない。少なくとも、木佐木の日記が記すところによれば、既に嶋中の発案の時点で、「職業的翻訳家でなく、特に著名作家に依頼」するという特集の骨子は決まっていたようである。なお嶋中は、八月に中央公論社の社長に就任している。

実現した特集号は、嶋中の発案通り、創作欄をすべて翻訳に当て、谷崎以下、山本有三、正宗白鳥、佐藤春夫という、前編集長・瀧田樗陰時代の「中央公論」で活躍してきた「著名作家」たちの翻訳を掲載した。[*21] 「ウインダミーヤ夫人の扇」では谷崎の共訳者、実質は代訳者として働いた佐藤は、ここでは同じ翻訳者として谷崎と名前を並べている。「編集者雑記」によれば、他に故芥川龍之介と永井荷風に寄稿を依頼していたという。[*22]

特集号のねらいは、前の月の「中央公論」に掲載された予告に端的に示されている。それによれば、企画の「主意」は、「所謂翻訳家と呼ばれる人達の翻訳でなしに、さうかといつて所謂語学者の翻訳でもない、文壇一流の創作家の手に成る翻訳を掲載」することにあった。予告はまた、「単に創作家の翻訳が珍らしいといふばかりでなく、外国文学の精髄・味・匂を、此等の作家によつて如何やうに移植されるか」が見所だと語る。

だが翻訳をするのが作家だというのなら、たとえば大正期の谷崎らの翻訳もそうである。森鷗外の名前を挙げるまでもなく、そもそも明治以来、多くの作家たちが文学作品の翻訳を手がけてきた。「作家の翻訳」特集号に関しては、翻訳者が作家であることより、それが「珍らしい」と喧伝され、翻訳家や語学者による翻訳と対置されている点に注意する必要がある。つまりこの企画は、翻訳家や語学者による翻訳が多いから成立するのである。

特集号の企画が提案された時期には、翻訳をめぐって若干の議論が行われていた。発端になったのは、「改造」昭和二年七月号に掲載された戸川秋骨のエッセイ「翻訳製造株式会社」である。戸川は「昨今一円本と称して、世間から歓迎されて居るものは、大半翻訳文学である」と円本を例に挙げ、「用語文体の組織が全然相違するためでもあるが、日本では翻訳が全く不可解になる、不可解は翻訳の主なる資格である」と、翻訳文学の流行を批判した。戸川は、「売品としての翻訳」は容易だが「文芸としての翻訳」は難しいとも述べている。この戸川の評論に、翌月号の「改造」で早速賛意を表明したのが、「饒舌録」の谷崎であった。*23 谷崎も、「英独仏の諸国語」と日本語の懸隔を前提に、「言葉の性質が余りに違ふから翻訳して見せると云ふのは却つて誤まつた考へで、違ひ過ぎてゐればこそ猶更うつり翻訳なぞは出来なくなる」と、翻訳の困難を語った。

谷崎はこれに先立ち、既に四月号掲載の「饒舌録」で、翻訳によって「世界各国の文学を漁る」今日の日本の青年たちを次のように揶揄していた。

> 今の日本の青年は特に文学好きでなくつても、…実によくいろいろの翻訳を読む。恐らく世界中で、今の日本の青年くらゐ各国の文学芸術をかぢつてゐる者はないであらう。…ところが彼等の此の該博な世界的知識は、皆恐

るべき悪文の翻訳に依つて得られるのである。

こうした翻訳をめぐる同時代の議論を踏まえると、「中央公論」の「作家の翻訳」特集号が、「不可解」（戸川）な、「恐るべき悪文」（谷崎）の翻訳が溢れる中で、作家による翻訳をそれと差異化し価値付けようとする企画であったことが見えてくる。この場合、谷崎のそれを含め、特集号に掲載された作家たちの翻訳が、たとえば円本の翻訳と実質的な差異を持つかどうかは問題ではない。作家の翻訳とは、円本に象徴される翻訳家や語学者による翻訳を仮想敵とする、時代的な概念であったと言うべきである。

『潤一郎訳源氏物語』の序文に見える「文学的翻訳」の語は、この時期の翻訳をめぐる状況を背景にすると考えられる。「語学的翻訳」と対置されているという意味で、それは翻訳文学の流行に対する危機意識をうちに含んだ時代的な概念である。『源氏物語』の「文学的翻訳」という『潤一郎訳源氏物語』の試みは、昭和三年前後の谷崎の翻訳への関心の延長線上に位置付けられるのである。

そのことを裏付けるのが、翻訳によって各国の文学を読み漁る青年たちを揶揄する先の「饒舌録」の一節に、続けて『源氏物語』への言及が見えることである。これは谷崎の『源氏物語』へのほぼはじめての言及になる。[*24]以下、「饒舌録」の議論が後の『潤一郎訳源氏物語』を準備する、その理路を跡付けたい。

四　昭和三年前後の翻訳と翻訳論②――現代の文章と『源氏物語』の文章

欧羅巴と日本とは言語の性質が全く違つてゐるのだから、斯くの如くにして西洋の文脈が這入つて来ると、日本固有の含蓄のある文章の味は、だんだん廃れて行くと思ふ。一例を挙げると、日本の文章ではセンテンスの中に主格のあることを必要としない。然るに西洋では…"It"と云ふ主格を入れる。此の云ひ廻しが日本にも流行つて来て、…その為めに現在の日本文は非常に煩はしい醜いものになつた。今の青年に源氏物語が読めないのは、主格を省いてあることが最大の原因で、而もそこにあの文章の美しさがある。

（「饒舌録」）

ここで谷崎は、「恐るべき悪文の翻訳」の氾濫という同時代のトピックを糸口にして、それが「現在の日本文」に及ぼした影響へと議論を進めている。翻訳によって言語の性質が異なる西洋語の「云ひ廻し」が入って来たために、現代の日本語の文章は「含蓄」を失い「醜いもの」になった、と谷崎は主張する。この文脈で引き合いに出されるのが、『源氏物語』の「文章の美しさ」である。同時代の翻訳を話題にするなかで『源氏物語』に言及する「饒舌録」のこの短い一節こそ、後から振り返れば、『潤一郎訳源氏物語』を用意した発想であった。

西洋語の「云ひ廻し」を取り入れた現代の日本語の文章の醜さに『源氏物語』の文章の美しさを対置するこの「饒舌録」の論理は、昭和四年の評論「現代口語文の欠点について」では論文全体の主張へと拡張されることになる。谷崎はそこでも「西洋と日本では言葉のジニアスが違ふ」と西洋語と日本語の懸隔を理由にして、明治以来「西洋風の調子の云ひ廻しを取り入れ」るように発達してきた現代の文章の醜さを「翻訳物」によって代表させている。そして「源氏物語の文章が今の人に分りにくい」のは主格を省略するせいだが「入れない方が美しい」のであり、「日本語の表現の美しさは、十のものを七つしか云はないところ」にあるのだと、やはり『源氏物語』を例に日本語の文章の美しさがどこにあるかを語っている。「饒舌録」が「悪文の翻訳」の氾濫を糸口にして、その影響で醜くなった現代の文章へと議論を展開していたように、「現代口語文の欠点について」でも「翻訳物」は「早い話」、つまり分かりやすい例として挙げられており、表題の通り、議論の中心は現代の文章の「欠点」にある。西洋語の「云ひ廻し」を取り入れた「翻訳体」である現代の日本語の文章の欠点を論じるに当たって、それと対置されるものとして、『源氏物語』の文章の美しさが持ち出されているのである。

以上の議論を踏まえると、「現代口語文の欠点について」と同じ月に発表された御伽草子の現代語訳、「三人法師」の前書の次の一節が注目される。

大体原文の意を辿つて成るたけ忠実に現代語に直してみた。もしいくらかでも古い和文の文脈と調子とを伝へることに成功したら作者としては満足である。

谷崎は「現代口語文の欠点について」で、「和文の云ひ廻し」を取り入れて「今日の翻訳体を改め」ることを提案していた。この前書からは、「三人法師」が自らそれを試みたものであることが確かめられる。*25 ここでは、原文を「現代語に直」すことで、「古い和文の文脈と調子」を備えた文章が得られると想定されている。昭和三年前後の谷崎は、西洋語の「云ひ廻し」を取り入れた「翻訳体」である現代の日本語の文章を改めるべきものと考え、そのために古典の現代語訳によって古い日本語の「云ひ廻し」を取り入れることを試みていたのである。

おわりに

最後に、『潤一郎訳源氏物語』の序文より、自らの訳を「文学的翻訳」と規定する箇所を改めて引こう。

これは源氏物語の文学的翻訳であつて、講義ではない…云ひ換へれば、原文に盛られてある文学的香気を…出来るだけ毀損しないで現代文に書き直そうと試みたものであつて、そのためには、原文の持つ含蓄と云ふか、余情と云ふか、十のものを七分ぐらゐにしか云はない表現法を、なるべく踏襲するやうにした。

「含蓄」の語は前掲の「饒舌録」の一節で、「十のものを七分ぐらゐにしか云はない」は「現代口語文の欠点について」で、それぞれ日本語の文章の美しさを説明する文脈で用いられていた。序文で繰り返される「現代文に書き直す」というフレーズも、「三人法師」の前書に同様のものがある。『潤一郎訳源氏物語』の序文は、昭和三年前後の谷崎の翻訳に関連する議論の中で用いられていた語句によって構成されているのである。そのことを端的に示すのが、「語学的翻訳」と対置される「文学的翻訳」の語であった。

谷崎は『源氏物語』の何を評価したのかという疑問に、文章の美しさだと答えることは可能である。ただし、序文で原文が持つとされている「含蓄」や「十のものを七分ぐらゐにしか云はない表現法」は、「饒舌録」や「現代口語文の欠点について」の議論を踏まえるなら、『源氏物語』というより日本語の文章の美点であり、それは現代において翻訳の影響で失われているものと想定されている。昭和三年前後の谷崎は、同時代の翻訳の流行を介して、悪文の翻訳、あるいは翻訳によって悪文になった現代の日本語の文章に対する批判の裏返しとして、『源氏物語』の文章を見出した。『潤一郎訳源氏物語』は、『源氏物語』自体への関心というより、現代の日本語の文章への批判、いわばネガティヴな関心を動機とするのである。

昭和三年前後の谷崎が『源氏物語』に見出した日本語の文章の美しさとは、具体的には、主格が省略されていることを指していた。文章の美醜を分けるのが仮に主格の有無だとして、重要なのは、美醜のうち、主格があることの醜さが先にあって、それを反転させて、主格がない美しさが見出されているという順序である。現代の日本語の文章は、翻訳によって西洋語の「云ひ廻し」を取り入れ醜くなった、と谷崎は言う。つまり主格のある現代の日本語の文章の醜さが時代的な現象として先にあり、主格のない『源氏物語』の文章の美しさは、それに対置されるものとして措定されているのである。そして翻訳を経由したこのような『源氏物語』への接近ゆえに、『潤一郎訳源氏物語』では、主格のない現代語の文章を作り出すことが試みられることになるのである。

昭和二年の谷崎は、連載していた文芸時評「饒舌録」で、同時代の翻訳文学の隆盛について、「その為めに現在の日本文は非常に煩はしい醜いものになつた」と警鐘を鳴らし、その対極にあるものとして『源氏物語』の「文章の美しさ」を評価してみせた。翻訳の影響によって西洋語の「云ひ廻し」を取り入れて醜くなった現代の日本語の文章を、古典の現代語訳によって古い日本語の「云ひ廻し」を取り入れ改めようというのが、後の『潤一郎訳源氏物語』を用意した谷崎の発想であった。『源氏物語』の「文学的翻訳」という『潤一郎訳源氏物語』の試みは、昭和三年前後の谷崎の翻訳及び翻訳論が行き着いた一つの帰結だったのである。

＊1　野口武彦『谷崎潤一郎論』（昭48、中央公論社）。谷崎は絶筆「にくまれ口」（「婦人公論」昭40・9）で珍しく『源氏物語』を読んだときのことを振り返っているが、これも「源氏贔屓の紫式部」への「反感」を語ったもので、「それならお前は源氏物語が嫌いなのか、嫌いならなぜ現代語訳をしたのか、と、そういう質問が出そうである」と読者の疑問を先取りするように述べている。谷崎の『源氏物語』観については、細川光洋「「谷崎源氏」の冷ややかさ――『にくまれ口』を手がかりとして――」（『講座源氏物語研究　第六巻　近代文学における源氏物語』伊井春樹監修・千葉俊二編、平19、おうふう）参照。

＊2　「翻訳は本巻所収の五篇のほかに「クラリモンド」（テオフィール・ゴーチエ原作）と「芸術の一種として見たる殺人に就いて」（トーマス・デ・クインジー原作）の二篇があるが、前者は芥川龍之介との共訳であり、後者は未完のままで、ともに著者との関係が他の翻訳作品に比較して稀薄なので、本巻では割愛した」。愛蔵版全集はこの方針を踏襲し、「「翻訳」は収録の五篇にとどめた」と短くコメントするにとどめる。なお、本書では『谷崎潤一郎全集』（全二十八巻、昭41～昭45、中央公論社）を没後版全集、『谷崎潤一郎全集』（全三十巻、昭56～昭58、同）を愛蔵版全集、また『谷崎潤一郎全集』（全三十巻、昭32～昭34、同）を新書版全集と呼ぶ。

＊3　「夢」は細江光「谷崎潤一郎全集逸文紹介1」（「甲南国文」平3・3）で、「アッシヤア家の覆滅」とその単行本化の希望を述べる「谷崎潤一郎氏より通信（原稿に添えて）」（「社会及国家」大7・7）は同「谷崎全集逸文紹介2」（「甲南女子大学研究紀要」平3・3）でそれぞれ翻刻・紹介されている。これらは決定版全集（『谷崎潤一郎全集』全二十六巻、平27～平29、中央公論新社）ではじめて全集に収められた。

＊4　なお、新書版全集には『源氏物語』訳は収められず、この時点で最新の訳であった『潤一郎新訳源氏物語』が「全集とは別に、しかし全集と同じ定価、同じ型で」（「序にかへて」）、タイトルの「新」の字を外して『潤一郎訳源氏物語』（全八巻、昭34～昭35、中央公論社）として刊行された。決定版全集にも『源氏物語』訳は収められていない。

＊5　二つの時期の間に、大正十三年七月号の「女性」に発表された「タゴールの詩」があるが、これは同年六月のタゴールの来日を記念した雑誌の企画の一環で、詩はタゴールが滞在中に制作したごく短いものである。誌面には「谷崎潤一郎氏に乞ふて左に訳出す」と但し書きがある。

＊6　佐藤春夫「最近の谷崎潤一郎を論ず――「春琴抄」を中心として」（「文芸春秋」昭9・1）。

＊7　「都新聞」（大7・9・6）他。近代劇協会は第六回興行で森鷗外訳「サロメ」を上演している。

＊8　「近代劇協会上山一座第五十七回公演番組」（早稲田大学演劇博物館蔵）。このときの「信西」の上演は、谷崎戯曲の初演に当たる（本書第一部第二章参照）。

＊9　澤田卓爾「荷風・潤一郎・春夫――同時代人に聞く実生活の一側面――」（「群像」昭40・11、伊藤整との対談）。

＊10　谷崎の弟子である今東光の自伝的小説『十二階崩壊』（昭35、中央公論社）には、谷崎と佐藤春夫がこの件について交

わした会話を再現する箇所がある。佐藤はそこで「ウヰンダミーヤ夫人の扇」のいわば「ウヰンダミーヤ夫人」を谷崎、「扇」を澤田が担当したと言っていい、と軽口を叩いている。澤田の訳は「誤訳のない翻訳」だが「日本語に訳した時には、血の通ってる言葉でなくちゃ正しい翻訳とは言えん」、澤田が正確に訳した文章を谷崎が生きた言葉になおした、というのである。

＊11　谷崎精二『明治の日本橋・潤一郎の手紙』（昭42、新樹社）。

＊12　「李太白」は七月号、「指紋」は「私の不幸な友人の一生に就ての怪奇な探偵的物語」の副題で七月の臨時増刊「秘密と開放」号に掲載された。「秘密と開放」号には、谷崎の「二人の芸術家の話」（「金と銀」（「黒潮」大7・5）の続き、後にまとめられ「金と銀」と改題）や芥川の「開化の殺人」が同じ「芸術的探偵小説」として並んだ。「指紋」と「二人の芸術家の話」には同じポーの「ヰリアム、ヰルソン」からの引用も見られ、彼らがワイルドやポーに象徴される世紀末趣味を共有し、同じような文学作品を愛読していたことが確認される。佐藤の「李太白」に対して、谷崎は「魚の李太白」（「新小説」大7・9）で応えている。他にも谷崎の「人面疽」（「新小説」大7・3）と同じ人面疽をモチーフにする「奇妙な小話」（「大観」大8・12）を佐藤が書くなど、大正八年前後は、翻訳だけでなく創作においても、互いに遊戯的に関わるような関係性が認められる。

＊13　中村訳は大正二年の芸術座での初演から八年頃にかけてのサロメ・ブームにおいて最もよく用いられたものである。日本における「サロメ」の翻訳・受容に関しては、井村君江『「サロメ」の変容――翻訳・舞台』（平2、新書館）を参照した。

＊14　細江光は「クラリモンド」の翻訳の経緯について、ラフカディオ・ハーンによる英訳からの重訳である芥川の訳――ゴーチエ『クレオパトラの一夜』（大3、新潮文庫）所収の一篇として当初は久米正雄訳として発表された――に、「恐らくは谷崎が単独で」フランス語版とハーンの英訳を「時に参照しつつ、若干の加筆を行った」と推測している（「谷崎全集逸文紹介2」（前掲））。

＊15　佐藤春夫「私の日常生活」（「サンエス」大9・1）。井上健は、佐藤のエッセイでは「作者名も作品名も明示されていない」英語の引用文がポーの「アッシヤア家の覆滅」の冒頭部であることを指摘している（『文豪の翻訳力　近現代日本

の作家翻訳　谷崎潤一郎から村上春樹まで』平23、ランダムハウスジャパン）。

＊16　佐藤春夫「芥川龍之介を憶ふ」（「改造」昭3・7）。佐藤は大正八年にポーの翻訳を二篇発表している。もう一篇は「復讐」（「解放」大8・11）。

＊17　スタンダールやムーアと違ってハアディは自然描写に優れた作家としてはやくから翻訳・紹介されていたが、「グリーブ家のバアバラの話」を含む短編集は「わが国におけるハーディ愛好熱から不当にとりのこされている、といってよい作品」であった（太田三郎「トマス・ハーディと谷崎潤一郎――『春琴抄』をめぐる問題――」（「学苑」昭25・4））。佐藤春夫の証言によれば、谷崎は「由来ハアデイは好まぬがこれだけはと云ひながら」本作を訳していたという（「最近の谷崎潤一郎を論ず」（前掲））。

＊18　ハアディ「グリーブ家のバアバラの話」とスタンダール「カストロの尼」は、ともに谷崎の訳が最初の邦訳であった。完訳はそれぞれ黒澤清訳（『貴女物語拾遺』昭12、春陽堂文庫）、桑原武夫訳（『カストロの尼』昭11、岩波文庫）までない。

＊19　木佐木勝『木佐木日記　第二巻（大正十五年―昭和二年）』（昭50、現代史出版会）。日記に「作家の翻訳」という特集名が登場するのは九月二十一日である。なお、木佐木は正宗白鳥が特集を提案したのではないかと推測している。

＊20　『増補改訂版　谷崎先生の書簡――ある出版社社長への手紙を読む』（水上勉・千葉俊二編、平20、中央公論新社）より。「婦人公論」編集長時代に『顕現』（「婦人公論」昭2・1〜昭3・1、未完）の連載を通じて谷崎と接点を持っていた嶋中は、谷崎に「中央公論」への寄稿を依頼するが「中央公論はちよつと今のところ御約束いたしかねます」（嶋中宛書簡、昭2・4・4）と断られ、代わりに翻訳の発表を持ちかけられたようである（同、昭2・5・5）。

＊21　各作家の翻訳は、順に、ハアディ「グリーブ家のバアバラの話」、シュテファン・ツヴイク「永遠の兄弟の眼」、E・A・ポウ「沈黙」、王秀楚「揚州十日記」。

＊22　荷風に依頼した翻訳が実現しなかった背景には、改造社の円本をめぐるトラブルがあった。特集と同じ号に掲載された「荷風随筆」の一篇「訳詩について」によれば、「中央公論の編輯者はわたくしに仏蘭西現代の抒情詩、もしくは短き散文詩の翻訳を試みることを勧めた」という。これは『荷風随筆』（昭8、中央公論社）に収録される際、末尾に「わたくし

は中央公論編輯記者の需に応じてミユッセが少女リユシイを憶ふ歌を訳しかけたが、突然思ひがけない事件が起つたため姑く筆を擱かねばならぬやうになつた」と書き足された。『荷風随筆』には続けて「この翻訳の完成を妨げた事件の真相」を述べた「申訳」（「中央公論」昭8・4、原題「文反古」）という文章が収められている。それによれば、翻訳の完成を妨げた要因の一つは、改造社の現代文学全集の荷風の巻に、かつて博文館から刊行した『あめりか物語』が収録されたことに対し、博文館が改造社の全集の配布禁止の履行と、版権侵害の賠償金の支払いを要求してきたという事件であった。なお初出・初刊では、「×××といふ書肆が現代××全集の第二十二編に僕の旧著若干を採録し」というように、「改造社」「現代文学全集」「博文館」等の単語が伏せられていた。『雑誌『改造』の四十年』（関忠果・小林英三郎・松浦総三・大悟法進編著、昭52、光和社）の「現代日本文学全集の刊行」の章に、「永井荷風との交渉難航」の見出しでそのときの経緯がまとめられている。「作家の翻訳」特集号が円本との緊張関係を背景にすることを示す挿話の一つである。

＊23　ただし、谷崎が八月号の回で論じているのは、戸川のエッセイでは「本題」ではなく「序で」として言及された、日本文学の日本人による外国語訳の問題である。これに本間久雄「芸術家の矜持―文芸時事―」（「国民新聞」昭2・7・29）、宮島新三郎「日本文学翻訳の是非　谷崎、戸川、本間氏等の所論に就て」（三・四・完、「読売新聞」昭2・9・6〜8）など外国文学者らを中心に反響が起こった。他に、市丸節「文芸を喰ふ者の話」（上、「国民新聞」昭2・8・7）、片岡鉄兵「文芸時評」（「新潮」昭2・9、「谷崎潤一郎氏の翻訳論」の見出し）など。谷崎作品の外国語訳については、岸川俊太郎「一九二〇年代における日本文学の国際的位置――谷崎潤一郎のフランス語訳作品を通して――」（「日本文学」平28・9）に詳しい。

＊24　ただし、「貫之が土佐日記を書いたり、紫式部が源氏物語を作つたりした頃」（「ノートブックから」（「社会及国家」大4・6〜9））のように、他の古典文学作品と並んで軽く触れる例はこれ以前にもある。「にくまれ口」（前掲）によれば、谷崎は一高時代に『源氏物語』を通読したという。また、「饒舌録」のこれより後の回で、「構造的美観」を備えた作品の例として『源氏物語』に言及する箇所もある。芥川龍之介との論争によってよく知られている箇所だが、これは「饒舌録」以降には継承されない論点である。そもそもこれは、谷崎が「日本の小説に最も欠けてゐるところ」は「構造的美観」だと述べたのに対し、芥川が「我々日本人は「源氏物語」の昔からかう云ふ才能を持ち合せてゐる」と反論し、それ

に「成る程我が国の文学中では最も構造的美観を備へた」ものだろう、とやりとりの中で一定の理解を示した発言である。「構造的美観」という観点で『源氏物語』の名前を出して評価したのは、谷崎ではなく芥川なのである。谷崎の発言は、日本の文学の中では構造を備えたものだ、という限定に力点がある。彼はあくまで譲歩として言っているのであって、「馬琴の八犬伝」、「徳川時代の歌舞伎劇」、「円朝の牡丹燈籠」と次々に例を挙げ、「複雑な筋を弄し」てはいるものの「幾何学的にシツカリ組み合はされて」いないことを難じ、日本の文学に「構造的美観」のある作品が少ないことを例証しようとしている。

＊25　千葉俊二は「現代口語文の欠点について」について、「おそらく「三人法師」の現代語訳を仕上げて、その検証を兼ねながらその直後に書かれたもの」、「いわば古典の現代語訳を試みる発想と共通する問題意識をもって書かれたもの」と位置付けている（「和文脈の発見――谷崎文学の芸――」（『表現と文体』中村明・野村雅昭・佐久間まゆみ・小宮千鶴子編、平17、明治書院））。

［付記］

・単行本は『　』、翻訳・評論・小説等は「　」で示した。作家・作品名の日本語表記は谷崎訳ないし発表時のものに従った。

・本論は、翻訳文化研究会例会での口頭発表「谷崎潤一郎と翻訳――『潤一郎訳源氏物語』まで」（平28・6・23、於静岡大学）及び韓国日本研究団体国際学術大会での口頭発表「「文学的翻訳」の背景――谷崎潤一郎はなぜ『源氏物語』を訳したのか」（平28・8・26、於嘉泉大学校）をもとにしている。韓国での発表に際しお世話になった李漢正氏をはじめ、席上ご教示くださった方々に感謝します。

第二章　現代語訳の日本語 ――谷崎潤一郎と与謝野晶子の『源氏物語』訳

はじめに

古典の現代語訳とは、どのような行為か。それは異言語間で行われる翻訳とどのような関係にあるか。本章では、近代における『源氏物語』の現代語訳を例に、古典の現代語訳が自国語の内部で行う「言語内翻訳」（ロマン・ヤコブソン）であるのみならず、ときに第三項として異言語を参照する行為ともなることを論証する。取り上げるのは、谷崎潤一郎の『潤一郎訳源氏物語』（全二十六巻、昭14～昭16、中央公論社）と、それと同時期に刊行された与謝野晶子の『新新訳源氏物語』（全六巻、昭13～昭14、金尾文淵堂）である。*1

一　現代語訳と翻訳

『源氏物語』の現代語訳は、異言語間の翻訳とさまざまな交点を持ってきた。以下では、近代の現代語訳がどのように翻訳を参照してきたかに着目し、古典の現代語訳が異言語間の翻訳と結ぶ関係を浮かび上がらせる。

『源氏物語』の現代語訳の周囲では、しばしば異言語間の翻訳、とりわけ西洋語と日本語の間の翻訳への言及が見られる。『源氏物語』の近代における最初の現代語訳とされるのは、増田于信の『新編紫史　一名通俗源氏物語』（全四巻、本居豊穎閲、明22~明28、誠之堂書店）である。同書は、巻頭に"*Genji Monogatari, or the most celebrated of the classical Japanese romances*"（Trübner, 1882（部分訳））の英訳者である末松謙澄の序文「新編紫史叙」を掲げ、「英国諸新聞批評」の項を設けて英訳の評判を抄訳・紹介する。新聞は同書の企てに賛同した末松によって与えられたもので、「巻首に掲げ。もて本書の栄誉を表す」という。

『新編紫史』は「源氏物語をして。広く世人に読得さしむる」ために「古文を通訳して今文となす」（「凡例」）試みであった。ここで言う「今文」（現代語）は文語体である。『源氏物語』の最初の口語体による完訳は、与謝野晶子の一つ目の訳『新訳源氏物語』（全四冊、大1~大2、金尾文淵堂）になる。『新訳源氏物語』の新聞広告では、「古典の精神をかみわけて言文一致に訳すことは西欧文学の翻訳よりも困難なる大事業である[*2]」と「西欧文学の翻訳」が引き合いに出され、古典の言文一致体への訳が西洋文学の翻訳に比肩し、さらにそれを凌駕さえするような難事であることが謳われた。また晶子は後記「新訳源氏物語の後に」を、本書の仏訳を待ちたいというオーギュスト・ロダンの言葉を引いて締めくくっている。

その後、一九三〇年代末に前後して現代語訳を刊行することになる晶子と谷崎は、自身が取り組んでいる訳と関連して、アーサー・ウェイリーの英訳"*The Tale of Genji*"（全六巻、Allen & Unwin, 1925-33）の日本での評判に揃って筆を及ぼした[*3]。谷崎はまた、舟橋聖一の現代語訳『源氏物語草子　桐壺』（昭25、河出書房）に寄せた序文「源氏物語草子序」で、ウェイリーと並び末松の英訳にも言及している。

このように、序文や後書、広告といった現代語訳の訳文を取り巻くテクスト（パラテクスト）においては、異言語間の翻訳、特に西洋語と日本語の間の翻訳への言及が散見される。そこには、異言語間の翻訳を引き合いに出すことで、古典の現代語訳の存在意義を強調するねらいがあったと推測される。『源氏物語』の現代語訳の訳文は、異言語間の翻訳への言及に縁取られて提出されてきたのである。

だがそれのみならず、古典の現代語訳という行為を、異言語間の翻訳を参照して意味付けようとした訳者がいる。『潤一郎訳源氏物語』の谷崎である。

谷崎は、『文章読本』（昭9、中央公論社）の「現代文と古典文」の節で、現代の口語文に欠けた要素を補うためには古典の文章に学ぶ必要があると説き、続く「西洋の文章と日本の文章」の節では、明治以来の日本の文章が「言語学的に**全く系統を異にする**」西洋の文章の特長を過度に取り入れた結果、「外国文の化け物」のようなものとなり「我が国文の健全な発達」が阻害されていると警告した。この文章論は、彼が中央公論社と『源氏物語』の現代語訳に当たっての条件面の整備を進めるなかで執筆されたものである。谷崎にとって現代語訳という行為は、現代の日本語を発達させるための媒体として「西洋文」ではなく「古典文」を参照することを勧めた『文章読本』の議論の延長線上に位置するものであった。

実際、『文章読本』には、『源氏物語』の「須磨」の巻冒頭部に関して、ウェイリーの英訳を直訳調で日本語訳したものと、原典を「なだらかな調子を失はないやうにして、現代語に訳し」たものの二種類の訳が提示されている。二種の訳は別の章に配され、並べて比較されているわけではない。だがここには、「西洋文」の翻訳によって作られる文章と、「古典文」の現代語訳によって得られる文章との懸隔が表されていると考えられる。井上健は、『文章読本』を谷崎の「翻訳論」として捉えることを提案する。*4 注目すべきは、同書において翻訳と現代語訳が、ともに原文の言語の特長を訳文に移し込む行為と見做されていることである。少なくとも、原文の「調子を失はないやうにして」訳した場合には、原文の属する言語が持つ長所が、訳文に移行すると想定されている。これは原作の文体上の特徴を訳文においてどのように再現するかといった技術的な問題とは別のことである。

『文章読本』の谷崎の議論に従えば、現代語訳の訳文には、原文が持つ「古典文」の特長が添加されることになる。それは翻訳によって作られる文章が、「西洋文」の特長を備えた日本語となるのと同じ意味においてである。『潤一郎訳源氏物語』の背景には、現代語訳を通じて「西洋文」ならぬ「古典文」の長所を持った日本語を作り出そうという構想があったはずである。ここから、現代語訳の訳文について、それがどのような日本語であるかを問題化する視座が得られよう。本章では、この観点を『潤一郎訳源氏物語』（以下『潤一郎訳』）、さらに与謝野晶子の『新新訳源氏物語』（以下『新新訳』）にひろげ、それぞれの訳文を検討する。すなわち本論は、古典の現代語訳がどのような日本語を創出するかを考察するものである。

二　『文章読本』の試訳

まずは『文章読本』に提示された二種の訳のうち、「古典文」の現代語訳（以下試訳）を手がかりにして、谷崎の『潤一郎訳』、さらに晶子の『新新訳』を論じる糸口を探ろう。

・かの須磨は、昔こそ人のすみかなどもありけれ、今はいと里ばなれ、心すごくて、海人（あま）の家だに稀になむと①聞き給へど、人しげく、ひたたけたらむ住ひは、いと本意なかるべし。さりとて都を遠ざからむも、古里覚束なかるべきを、人わろくぞ②思し乱るゝ。よろづの事、きし方行く末③思ひつゞけ給ふに、④悲しき事いとさまぐ〵なり。

（『源氏物語』「須磨」原文）*5

・あの須磨と云ふ所は、昔は人のすみかなどもあったけれども、今は人里を離れた、物凄い土地になつてゐて、海あ人の家さへ稀であるとは①聞くもの丶、人家のたてこんだ、取り散らした住まひも面白くない。さうかと云つて都を遠く離れるのも、心細いやうな気がするなどときまりが悪いほどいろ〱に②お迷いになる。何かにつけて、来し方行く末のことゞもを③お案じになると、④悲しいことばかりである。　（谷崎『文章読本』の試訳）

・あの須磨と云ふところは、昔こそ人の住家（すみか）などもあつたもの丶、今はたいそう人里を離れた、物凄い土地になつてゐて、海人（あま）の家さへ稀であると①聞いておいでになるけれども、あまり人間の出入りの激しい、おほびらな辺（あたり）に住まひをするのは不本意であるし、／さうかと云つて都を遠く去つて行くのも、故郷（ふるさと）のことが気がゝりであらうしなど丶、はたの見る眼もきまりが悪いほど②お迷ひ遊ばして、／来し方のことや、行く末のことや、よろづのことを③お思ひつゞけになり、④さま〲の悲しみが胸一杯におなりになる。　（谷崎『潤一郎訳』）

『文章読本』は、原文の「なだらかな調子を失はないやうにして」訳したというこの試訳を、現代の日本語でも「混雑を起すことなしに、幾らでも長いセンテンスが書き得ること」を示す例として提示する。『潤一郎訳』は、原文で三文からなるこのくだりをつないでさらに長い一文を作り出している（／は原文のセンテンスの区切り）。この点をもって日高佳紀は、『潤一郎訳』を試訳を「さらに進め」[*6]たものと位置付ける。だが注目すべきは、『潤一郎訳』のこの長いセンテンスが、『文章読本』の試訳にはない敬語に関するある規則を備える点である。

右の『潤一郎訳』の一文は、〈（須磨と云ふところは…稀である）と聞いておいでになる〉、〈（…不本意であるし、…気がかりであらうし）などゝ、お迷ひ遊ばす〉、〈（…のことや、…のことや、…のこと）をお思ひつゞけになる〉、〈悲しみが胸一杯におなりになる〉の四つのブロックを接続助詞でつないだ構造を持つ。各ブロックの末尾に位置する述部にはすべて敬語が用いられており、これは『文章読本』の試訳には見られない規則である（傍線部①〜④）。たとえば④は、

『潤一郎訳』では〈さま〳〵の悲しみが胸一杯におなりになる〉と敬語が用いられているが、原文〈悲しき事いとさま〴〵なり〉には敬語がなく、試訳もこれに則して〈悲しいことばかりである〉と敬語を付さずに訳していた。また②は、原文の敬語〈思す〉を踏まえ、試訳も〈お迷いになる〉と敬語をもって訳すが、『潤一郎訳』では〈お迷い遊ばす〉と敬語であることがいっそう明示される。*7 このように、原文の敬語に則して訳文に敬語を入れる『文章読本』の試訳と違って、『潤一郎訳』の訳文の敬語は、ときに原文のそれを逸脱する。『潤一郎訳』は、その長いセンテンスを構成する述部の敬語に、ある独自の規則を与えているのである。

さて『文章読本』には、この試訳を「現代の人」が「普通」に書くようになおした例（以下修整案）も並べられている。修整のポイントは、「敬語を省いたこと」、「センテンスの終りを「た」止めにしたこと」、「第二第三のセンテンスに主格を入れたこと」の三点だという。河添房江は、この修整案が与謝野晶子の源氏訳の「文体に近い」*8 と指摘する。なるほど晶子の『新新訳』は、地の文の敬語を原則的に排し、「た」止めの文末を基調とし、しばしば原文にない動作主を指示する単語を補う。だが同じ条件を満たすかに見える谷崎の『文章読本』の修整案と晶子の『新新訳』の該当箇所の訳文は、実際には似ても似つかないものである。

・あの須磨と云ふ所は、昔は人のすみかなどもあつたけれども、今は人里を離れた、物凄い土地になつてゐて、海人の家さへ稀であると云ふ話であるが、人家のたてこんだ、取り散らした住まひも面白くなかつた。しかし源氏の君は、都を遠く離れるのも心細いやうな気がするので、きまりが悪いほどいろ〳〵に迷つた。彼は何かにつけて、来し方行く末のことを思ふと、悲しいことばかりであつた。（谷崎『文章読本』の修整案。傍線は谷崎による）

・源氏が隠栖の地に擬して居る須磨と云ふ所は、昔は相当に家などもあつたが、近頃は寂れて人口も稀薄になり、漁夫の住んで居る数も僅かであると源氏は聞いて居たが、田舎と云つても人の多い所で、引き締りのない隠栖になつてしまつては厭であるし、さうかと云つて、京に余り遠くては、人には云へぬ事ではあるが夫人の事が気懸りでならぬであらうしと、煩悶した結果須磨へ行かうと決心した。この際は源氏の心に上つて来る過去も未来も皆悲しかつた。

（晶子『新新訳』）

谷崎が〈稀〉〈来し方〉〈行く末〉と原文の単語をそのまま用いるところを、[*9]晶子は〈稀薄〉〈過去〉〈未来〉と漢字熟語をもって訳す（波線部）など、両者には一見して目につく語調の違いがある。だがそのようなわかりやすい違いより、彼らが現代語訳の過程で、日本語の構造を別様の仕方で把握していることに注意すべきである。ここでは、両者がともに原文にない動作主を表す単語を補いながら、それをどこに補うかの点で分かれる点に注目したい。

谷崎の『文章読本』の修整案は、「第一第二のセンテンス」の「主格」だという〈源氏の君〉と〈彼〉を、各センテンスの頭に補う（傍線部）。これによって〈源氏の君は…迷つた〉と〈彼は…悲しいことばかりであつた〉という、文頭に主格を、文末に述部を配するセンテンスが作り出されている。一方、晶子の『新新訳』では、〈源氏〉の語は文中の、述語〈聞いて居た〉の直前にようやく登場する（点線部）。これは文頭にあるべき単語がたまたま後置されているのではない。仮にこの〈源氏〉を文頭に移動させてみると、〈源氏は源氏が隠栖の地に擬して居る須磨と云ふ所は…と聞いて居た〉と、〈源氏〉の語が二つ連続してしまう。つまりこれらの〈源氏〉の語は、谷崎の修整案における主格のように遠くセンテンスの末尾にある述部と主述関係を結ぶのではなく、それぞれ〈擬して居た〉〈聞いて居た〉という近くにある述語とのみ関わるのである。

『文章読本』に提示された『源氏物語』「須磨」の巻冒頭部の試訳を手がかりに、谷崎の『潤一郎訳』と晶子の『新新訳』の該当箇所の訳文を見ると、彼らが日本語の構造を別様の仕方で把握していることが確認される。それは敬語のあるなし、動作主を表す単語のあるなしといった表面的な違いにとどまることではない。では、彼らの現代語訳は、それぞれどのような日本語を作り出しているのか。以下、『文章読本』で「須磨」の他にもう一箇所、『源氏物語』の原文が引用されている「空蝉」の巻冒頭部を中心に、源氏と空蝉の交情を描く「帚木」後半・「空蝉」・「関屋」に範囲を限って、谷崎の『潤一郎訳』と晶子の『新新訳』の訳文を検討する。物語の主な登場人物は、光源氏、国司の妻である空蝉、その弟で源氏に頼まれて姉との仲を取り持とうとする小君、空蝉の義理の娘の軒端荻である。

三　谷崎潤一郎の現代語訳

ねられ給はぬまゝに、われはかく人に憎まれてもならはぬを、こよひなんはじめて世を憂しとおもひしりぬれば、はづかしうて、ながらふまじくこそ思ひなりぬれなどのたまへば、涙をさへこぼして伏したり。いとらうたしとおぼす。

（『源氏物語』「空蝉」原文）*10

『文章読本』の谷崎は、右の「空蝉」冒頭部を、敬語を利用して主格を省略する例として挙げている。彼によれば、最初のセンテンスには「隠されてゐる主格」が二つある。すなわち〈ねられ給はぬ〉から〈…などのたまふ〉までの主格が源氏で、以下の〈涙をこぼして伏したり〉の主格は小君である。そして次のセンテンスでは、〈…とおぼす〉の主格は再び源氏である。これらの主格が省略されていながら、「一つが源氏の動作であり、一つが小君の動作であることが、何処で分るか」と言えば、「敬語の動詞もしくは助動詞の使ひ方」による、と谷崎は分析する。隠れた主格は述部の敬語の有無によって示し分けられ、その動作をしたのがどの人物であるかは判別できるというのである。彼はここで読者に、前段の「須磨」の試訳とその修整案を「今一度」参照することを求め、『源氏物語』の例のように「**敬語の動詞助動詞を使ひますと主格を略し得られますので、従つて混雑を起すことなしに、構造の複雑な長いセンテンスを綴ることが出来るやうになります**」とまとめている。以上の『源氏物語』の議論を踏まえると、谷崎が『源氏物語』の現代語訳を通じて訳文に移し込もうとした「古典文」の特長とは、主格の省略を可能にし混雑のない長いセンテンスを実現する、この述部の敬語の機能であったと考えられる。

実際、『潤一郎訳』において「空蟬」冒頭部は、この『文章読本』の議論に則るように訳されている。

①お寝み(やす)になれないまゝに、「私(わたし)はこのやうに人に憎まれた覚えはないのに、今宵始めて世の中の辛(つら)さを知つたので、もう恥かしくて、生きてゐる空もないやうな気がして来た」など、②仰せられると、涙をさへ③こぼして臥(ね)てゐるので、／たいそう可愛らしいと④お思ひになる。

（谷崎『潤一郎訳』）

訳は、原文で二文のところを一文に連結する（／は原文のセンテンスの区切り）。この長いセンテンスは、〈お寝みになれないゝ〉、〈「…」など、仰せられる〉、〈涙をこぼして臥てゐる〉、〈…とお思ひになる〉の四つのブロックをつないだ構造を持ち、源氏から小君へ、再び源氏へと一文の中で主格が入れ替わることになる。各ブロックの末尾に位置する述部のうち、源氏を隠れた主格とする述部（傍線部①②④）には敬語が用いられ、対照的に小君を主格とする述部③には敬語がない。述部の敬語の有無が各述部に対応するべき隠れた主格を暗示し、主格を省略した長いセンテンスが実現されている。なるほどここには、『文章読本』の谷崎が『源氏物語』を例に説いていた「古典文」の特長が移し込まれていると言っていい。

右の例では、訳文の敬語は単に原文のそれに則しただけに見える。だが既に「須磨」冒頭部について確認したように、『潤一郎訳』はときに原文の敬語を逸脱し、述部の敬語にある規則性を与える。これは何を意味するのか。「空蝉」の続くくだりを検討しよう。

> ①手さぐりで触つて御覧になると、ほつそりとした小柄な体つき、髪がそんなに長くはなかつたけはひなどが、思ひなしか似てゐるやうなのも哀れである。／②が、さう意地悪く附き纏(まつは)つて、隠れてゐる部屋を捜し出して押しかけていらつしやるのも、体裁がお悪いので、しみ〴〵と恨めしい夜をお明かしになりながら、いつものやうに親しいお言葉をかけてもおやりにならず、まだ暗いうちにお出ましになつてしまふのを、此の児は非常にお気の毒にも、淋しいとも思ふ。／女もなみ〳〵ならず気がとがめてゐるのに、③それきり何とも仰つしやつてお寄越しにならないので、／…
>
> （谷崎『潤一郎訳』）

①〜③には、原文にない敬語が追加されている。①は、原文の〈手さぐりの〉を、手さぐりで触ってみるという源氏の動作に変換した上で、述部に敬語を追加し、〈手さぐりで触つて御覧になる〉と訳したものと推測される。②の部分は、原文では〈…とおぼす〉によって受けられ、心内語として扱われているが、訳ではこれを源氏の動作に変換し、述部に〈押しかけていらつしやる〉〈体裁がお悪い〉と二つの敬語を追加する。また③は、原文の〈御せうそこもたえてなし。〉でも敬意を表す接頭語〈御〉が名詞〈せうそこ〉に冠されているが、訳はこの手紙がないを、言って寄越さないという源氏の動作に変換した上で、〈仰つしやつてお寄越しにならない〉と敬語を述部に置きなおして

いる。つまり『潤一郎訳』におけるこれら原文にない敬語の追加は、源氏を隠れた主格とする述部を作り出した上で行われているのである。

ちなみに③は、谷崎の二つ目の訳『潤一郎新訳源氏物語』（全十二巻、昭26～昭29、中央公論社）では、〈君からはそれきり何のお便りもありませぬ。〉とセンテンスの区切りを原文に揃え、敬語も原文に則して名詞の接頭語の形をとるように改訳されている。このとき〈君からは〉という原文にない手紙の送り主の説明が補われたのは、翻って『潤一郎訳』では、源氏を隠れた主格とする述部を作り出し、手紙を送ったのが誰であるかを暗示していたため、こうした説明を要さなかったことを示していよう。

実は『潤一郎訳』では、「帚木」後半・「空蝉」・「関屋」で展開される空蝉の物語を通じて、源氏を主格とするすべての述部に敬語が用いられている。対照的に空蝉や小君、軒端荻らを主格とする述部には、敬語は一切付されていない。なるほど国司の妻である空蝉は、「帚木」前半の「雨夜の品定め」のくだりで話題になった「中の品」（中流層）の女性として物語に登場し、源氏と関係を持つ女性たちの中では身分が低い。源氏に敬語が用いられ、空蝉らに用いられないのは、人物の身分の差に応じたことではある。だが原文では、数は少ないものの、空蝉と軒端荻にも敬語が用いられる箇所がある。『潤一郎訳』は、源氏を主格とする述部に敬語を用いる一方、これらの敬語を訳文から注意深く取り除いている。こうした敬語の追加・削除によって、『潤一郎訳』では、述部の敬語の有無が、その述部に対応するべき隠れた主格を示し分けるという規則が打ち立てられる。訳文の敬語は、身分の高い人物に対する敬意を表すというより、主格を暗示するという一種の文法的な役割を担うことになる。『潤一郎訳』は、述部の敬語にこの訳文の中でのみ通用する独自の文法的機能を与え、主格を潜在させたセンテンスを作り出すのである。

四　与謝野晶子の現代語訳

一方、与謝野晶子の『新新訳源氏物語』において、「空蟬」冒頭部は以下のように訳されている。

①眠れない源氏は、『私(わたし)はこんなにまで人から冷淡にされたことはこれまで無いのだから、今晩初めて人生は悲しいものだと教へられた。恥しくて生きて居られない気がする』②などと云ふのを小君は聞いて涙さへも零(こぼ)して居た。③非常に可愛(かはゆ)く源氏は思つた。

（晶子『新新訳』）

原文には、点線部〈源氏〉〈小君〉〈源氏〉に相当する単語はない。主格を省略したセンテンスによって構成される谷崎訳と比べて、晶子訳は一見して動作主を表す単語の補足が目につく。ただしここで行われていることは、動作主の補足にはとどまらない。たとえば傍線部①は、動作主〈源氏〉を補うだけでなく、〈眠れない〉という動詞を述語から連体修飾語に変換している。また②は、原文の〈…などのたまへば、涙をさへこぼして…〉を、〈など〉〈さへ〉等の単語はそのままに、動作主〈小君〉を補って訳したものと見える。だがそれのみならず、ここでは〈云ふ〉（原文では〈のたまふ〉）という源氏の動作を、それを受ける小君の側から捉え返し、〈聞く〉という原文にない単語が追加されている。「空蟬」には、原文で〈…と、まめやかにのたまふを、いとわびしと思ひたり。〉とある箇所を、動作主

〈源氏〉〈小君〉を補いつつ、〈真面目さうに源氏がかう云ふのを聞いて小君は萎れてゐた。〉と、やはり〈云ふ〉（〈のたまふ〉）に〈聞く〉を加えて訳す例も確認される。むろんこれらの場面での小君の反応は、源氏が空蝉のつれなさを恨む言葉を言うのを聞いたためのもので、原文に〈聞く〉に相当する単語がないからといって、物語内容に関わる改変が行われているわけではない。しかし、動作主を表す単語を補い、動詞を述語から連体修飾語に変換し、ある動作をそれを受ける側から捉え返すといった操作によって、『新新訳』の訳文は独特の形態が備えることになった。どういうことか。

たとえば右の「空蝉」冒頭の一文は、〈小君は眠れない源氏が…と云ふのを聞いて涙を零して居た〉のように、主節〈小君は…のを聞いて涙を零して居た〉が従属節〈眠れない源氏が…と云ふ〉を包む複文の構造に整理することも可能であろう。ところが『新新訳』では〈眠れない源氏は…と云ふのを小君は聞いて涙を零して居た〉と、〈小君〉が文頭ではなく文中の関連する動詞の近くに置かれ、この語順に応じてか、文頭の〈源氏〉に付属する助詞が〈が〉ではなく〈は〉になっている。続く一文、③〈非常に可愛く源氏は思つた。〉でも、原文にない動作主〈源氏〉が、文頭ではなく文中の動詞の近くに後置されている。『潤一郎訳』における敬語のような規則性は認められないにせよ、晶子の『新新訳』では、このように動作主を指示する単語が関連する述語の近くにやや不自然に後置され、センテンスの中にねじれを生じさせている例が散見される。

これは稚拙ゆえの悪文や単なる誤謬とは別のものである。空蝉の物語の範囲より、同様に動作主を表す単語が後置され、センテンスがねじれを抱え込んでいる例を幾つか取り出し、さらに検討しよう。点線部はいずれも原文にない動作主を補ったものである。

・①無邪気に娘はよく眠つて居たが、源氏がこの室へ寄つて来て、衣服のもつ薫香（たきもの）の香が流れて来た時②に気附いて女は顔を上げた。

（晶子『新新訳』「空蝉」）

・空蝉は薄命な自分はこの良人にまで死別して、またも険しい世の中に漂泊（さす）らへるのであらうかと③歎いて居る様子を、常陸介は病床に見ると死ぬことが苦しく思はれた。

（同「関屋」）

・小君は源氏に同情して、眠がらずに往つたり来たりしてゐるのを、女は人が怪しまないかと④気にして居た。

（同「帚木」）

最初の「空蝉」の例は、源氏が空蝉と軒端荻が寝ている部屋に忍び込む場面である。①では、原文で〈わかき人はなに心なく、いとよくまどろみたるべし。〉と文頭にあった動作主を表す単語がわざわざ文中の動詞の近くに置きなおされている。原文は〈かかるけはひの、いとかうばしくうちにほふに、かほをもたげるに〉と続き、源氏の衣服の香が流れ空蝉が顔を上げるところを記すのだが、訳は〈源氏がこの室へ寄つて来て〉という人物の動作の説明を補うとともに、〈うちにほふ〉を空蝉の側から捉え返し、②〈…に気附いて〉という原文にない単語を追加している。むろんこの場面で空蝉が「顔を上げた」（〈かほをもたげる〉）のは、源氏が部屋に侵入し、その衣服の香が流れて来たのに気付いたためであり、〈云ふ〉に〈聞く〉を加える例と同様、物語内容に改変はない。だがこれらの操作によって、訳では、その場面で起きていることがある人物の動作とそれを受けて行われた別の人物の動作として順序付け、関連付けて提示されることになる。

次の「関屋」と「帚木」の例では、〈空蝉は…嘆いて居る〉の後に〈常陸介は…見る〉、〈小君は…してゐる〉の後に〈女は…気にして居た〉と続く。これらも動作主を表す単語を文頭に出し、〈常陸介は空蝉が…と嘆いて居る様子を見る〉、〈女は小君が…してゐるのを気にして居た〉のように主節が従属節を包む複文の構造に整理し得るだろう。だが『新新訳』は、動作主を表す単語をときにやや不自然に後置し、センテンスにねじれが生じることをいとわず、誰はどうして誰はどうした、とその場面で起きていることを継起し関連する各人の動作として提示していくのである。

なお右の例の③と④は、原文ではそれぞれ〈思ひなげき給ふ〉〈わび給ふ〉と敬語が用いられている。空蝉の動作に敬語が用いられる数少ない箇所だが、谷崎の『潤一郎訳』は、これを〈歎いてゐる〉〈迷惑がる〉と敬語を除いて訳している。『潤一郎訳』は、源氏を主格とするすべての述部に敬語を用いる一方、空蝉に関するこれらの敬語を訳文から慎重に取り除くのである。

谷崎の『潤一郎訳』が述部の敬語に主格を暗示する独自の文法的機能を与え、主格を省略したセンテンスを作り出すとすれば、晶子の『新新訳』は、ねじれをいとわない語順の上に成り立っている。以下は「帚木」の巻より、源氏が小君に向かって空蝉との仲は彼女が結婚する以前からのものだと嘘をつく場面である。

・「…」と仰せられる。そして、さう云ふこともあつたのであらう、えらいお気の毒なことをしたものだと思ふ様子なのを、可愛らしう思し召されて、…

（谷崎『潤一郎訳』）

・『…』／と源氏が出たらめを云ふと、小君はそんな事もあつたのか、済まないことをする姉さんだと思ふ様子を可愛（かはゆ）く源氏は思つた。

（晶子『新新訳』）

源氏が嘘を言い、小君は申し訳ないと思い、源氏はそんな小君の様子を可愛く思う、という場面である。谷崎訳は、源氏を主格とする述部を〈仰せられる〉〈思し召される〉、小君を主格とする述部を〈思ふ〉と敬語の有無によって区別し（傍線部）、各述部に対応する隠れた主格を暗示する。晶子訳は、センテンスにねじれが生じることをいとわず、原文にない動作主を表す単語をときにやや不自然な語順で補う（点線部）。谷崎訳がその動作をしたのがそれぞれ誰であるかを言外に暗示するのに対し、晶子訳は同じ内容を誰はどうして誰はどうした、と順序付け、関連付けて述べていく。彼らが現代語訳の過程で行った操作は、現代の日本語で複数の人物の行動を区別して表現するという、同じ目的のための方便だったと言ってもいい。谷崎の『潤一郎訳』、また晶子の『新新訳』は、現代語訳を通じてそれぞれ独自の日本語を作り出しているのである。

おわりに

『文章読本』の谷崎は、センテンスに主格を必要とする「西洋文」と違って、「**日本語のセンテンスは必ずしも主格のあることを必要としない**」と主張する。明治以来、日本語は「西洋文」の特長を取り入れてきた。だが『源氏物語』の例のように、述部の敬語の機能によって主格を暗示すれば、現代の日本語でも主格を省略した長いセンテンスは可能である、というのだ。この基準に照らせば、彼の『潤一郎訳』は、「古典文」の特長を備えた日本語を創出することに成功していると言っていい。

しかし、ここまで検討してきたように、『潤一郎訳』は、主格を省略するために、ときに主格と対応する述部を作り出し、そこに敬語を追加・削除していた。主格の省略は、主格に対応する述部があってはじめて、その述部の敬語の機能によって可能となる。すなわち『潤一郎訳』は、主格を省略したセンテンスを実現するために、かえって訳文における主述の対応を強化し、明確にする必要があった。なるほどそこでは、晶子の『新新訳』のように、原文にない動作主を表す単語を補うことは避けられている。だが主格はないのではなく、訳文のうちに潜在している――『文章読本』の言葉を借りれば「隠されてゐる」――と言うべきである。『潤一郎訳』の主格を省略した長いセンテンスは、その潜在的な構造において主格を確保し成立しているのである。

最後に、『文章読本』に掲げられた「須磨」の巻冒頭部の二種の訳の一つ、ウェイリー英訳を直訳調で日本語訳したものを引こう。

須磨と云ふ所があつた。それは住むのにさう悪い場所でないかも知れなかつた。…彼のこれまでの生涯は不幸の数々の一つの長い連続であつた。行く末のことについては、心に思ふさへ耐え難かつた！　（谷崎『文章読本』）

「西洋文」の翻訳によって作られた右の文章は、「古典文」の現代語訳によるそれとは対照的に、主格のある短文で構成されている。〈それは…〉とはじまる無生物主語構文も目につく。なるほどこれは生硬な、いわゆる翻訳調の日本語ではある。しかし、一見これとかけ離れているように見える『潤一郎訳』の訳文も、潜在的にはこれと同様の構造を持つはずである。主格とそれに対応する述部という構造は、訳文においてむしろ強化されている。その意味で『潤一郎訳』の訳文は、逆説的なことに、かえって彼の言う「西洋文」へと接近するのである。

谷崎は『源氏物語』の現代語訳を通じて、「西洋文」ならぬ「古典文」の特長を備えた日本語を作り出そうとした。しかし「古典文」の特長を移し込まれたその訳文は、潜在的には、彼が否定した「西洋文」と同様の構造を持つ。現代語訳という行為は、自国語の内部のみで行われるのではない。『潤一郎訳』の訳文には、異言語である「西洋文」の刻印が認められる。現代語訳の日本語は、自国語だけではない複数の言語の交叉の上に成立しているのである。

＊1　谷崎は「源氏物語の現代語訳について」（『中央公論』昭13・2）で、訳に際して「明治以後に出版された口語訳」を参照したことを明らかにし、晶子の名前を挙げている。これは晶子の一つ目の訳の『新訳源氏物語』を指す。谷崎は「既に完成されたものは素より、目下続々出版されつつあるものも、出るに随つて座右に置くやうにしてゐる」と述べており、晶子から二つ目の訳の『新新訳』も送られてきたというが、どの段階でどの程度参照したかは不明である。本論では、谷崎の『潤一郎訳』と晶子の『新新訳』の間の影響関係は想定していない。

＊2　「東京朝日新聞」（明45・2・13）他。「言文一致」の文字はポイント拡大。関礼子「生成される本文――与謝野晶子『新訳源氏物語』をめぐる問題系――」（『一葉以後の女性表現　文体（スタイル）・メディア・ジェンダー』平15、翰林書房）等の紹介による。

＊3　晶子「最近の感想」（『横浜貿易新報』昭8・12・17）、谷崎『文章読本』。河添房江「越境する翻訳と現代語訳」（『源氏物語時空論』平17、東京大学出版会）は、「与謝野晶子とウェイリー訳」「谷崎潤一郎とウェイリー訳」の節を設けて両者のウェイリー訳との関わりを論じている。また千葉俊二は、正宗白鳥のウェイリー英訳評（特に「文芸時評」（『改造』昭8・9））が谷崎に示唆を与えた可能性を指摘している（「近代文学のなかの『源氏物語』」（『講座源氏物語研究　第六巻　近代文学における源氏物語』伊井春樹監修・千葉俊二編、平19、おうふう）他）。

＊4　井上健「『文章読本』への道――谷崎潤一郎と翻訳という「制度」」（『叢書比較文学比較文化　3　近代日本の翻訳文化』亀井俊介編、平6、中央公論社）。大島眞木「谷崎潤一郎の翻訳論」（同）も、『文章読本』から谷崎の「翻訳観」を読み取っている。

＊5　引用は『文章読本』に拠る（付記参照）。「稀になむと」は『湖月抄』では「稀になど」。

＊6　日高佳紀「谷崎潤一郎からの「源氏物語」」（『近代文学における源氏物語』（前掲））。

＊7　この部分は、谷崎の二つ目の訳の『潤一郎新訳源氏物語』では、〈お迷ひになる〉と改訳されている。〈遊ばす〉は、〈谷崎源氏〉の改訳・改訂を考える上で重要な単語であるが、本章では踏み込まない。本書第三部第四章参照。

＊8　河添「越境する翻訳と現代語訳」（前掲）。ただし、晶子の『新訳源氏物語』の文末は、必ずしも「た」止めを基調としない。

＊9　なお、『文章読本』の試訳とその修整案、『潤一郎訳』、またその後の『潤一郎新訳源氏物語』や『谷崎潤一郎新々訳源氏物語』（全十一巻、昭39～昭40、中央公論社）でも、これらの単語が変更されることはない。谷崎の関心はこうした個々の単語の訳にはなかったと思われる。本書第三部第三章参照。

＊10　「世を憂しと」は『湖月抄』では「うしと世を」。谷崎は『文章読本』に先立ち、「現代口語文の欠点について」（「改造」昭4・11）で「空蟬」の同じ箇所を引用し、同様の分析を行っている。『文章読本』の配列では「空蟬」を引用する「品格について」は「三　文章の要素」の最終節「含蓄について」の手前に位置するが、発想としてはむしろ起点にあったと推測される。

［付記］

・引用は、初出・初刊を原則とした。ただし与謝野晶子『新新訳源氏物語』は、初版を底本とする『鉄幹晶子全集』第二十八～三十巻（逸見久美他編、平14、勉誠出版）を用いた。ゴチック強調は原文による。その他、断りがない限り記号は引用者による。

・『源氏物語』の原文は、『文章読本』に引用されている箇所に関してはそれを用い、適宜『増註源氏物語湖月抄』（北村季吟原註・猪熊夏樹補註・有川武彦校訂、全三巻、昭2～昭3、弘文社）を参照した。なお、谷崎は「源氏物語の現代語訳について」で『湖月抄』を用いたと述べているが、晶子は『新訳源氏物語』の後書「新訳源氏物語の後に」でこれを「原著を誤る杜撰の書」と酷評している。

・本論の一部は、日本比較文学会東京支部例会での口頭発表「『潤一郎訳源氏物語』論――「空蟬」冒頭部の分析を中心に」（平20・12・20、於東京大学）をもとにしている。席上ご教示くださった方々に感謝します。

第三章　何を改めるのか、改めないのか ――『潤一郎訳源氏物語』とその改訳

はじめに

谷崎潤一郎は『源氏物語』を三度、現代語訳したとされる。その成果が中央公論社から刊行された『潤一郎訳源氏物語』（全二十六巻、昭14〜昭16）、『潤一郎新訳源氏物語』（全十二巻、昭26〜昭29）、『谷崎潤一郎新々訳源氏物語』（全十一巻、昭39〜昭40）の三種の訳であり、順に「旧訳」、「新訳」、「新々訳」と呼ばれている。このうち「新訳」は「旧訳」を、「新々訳」は「新訳」をそれぞれ改めたものである。つまり谷崎は『源氏物語』を三度現代語訳したというより、一度訳して（「旧訳」）、その訳文を二度改めた（「新訳」「新々訳」）のである。

本章では、『源氏物語』「須磨」巻を例に、「旧訳」から「新訳」へ、「新訳」から「新々訳」へという二度の改訳において、何が改められ、何が改められなかったのかを分別する。翻って、『源氏物語』を現代語訳したものである「旧訳」の性格の一端を明らかにすることがここでの目的である。

一　「旧訳」から「新訳」へ、「新訳」から「新々訳」へ

「須磨」巻の冒頭、源氏は都を離れて須磨に去ることを考える。以下は「旧訳」、「新訳」、「新々訳」の同じ箇所の

訳文である。

・あの須磨と云ふところは、昔こそ人の住家などもあつたもの丶、今はたいそう人里を離れた、物凄い土地になつてゐて、海人の家さへ稀であると聞いておいでになるけれども、あまり人間の出入りの激しい、おほびらな邊に住まひをするのは不本意であるし、／さうかと云つて都を遠く去つて行くのも、故郷のことが気がゝりであらうしなど丶、はたの見る眼もきまりが悪いほどお迷ひ遊ばして、／来し方のことや、行末のことや、よろづのことをお思ひつゞけになり、さま〴〵の悲しみが胸一杯におなりになる。（「旧訳」）

・あの須磨は、昔こそ人の住家などもありましたもの丶、今はたいそう人里を離れた、荒れ果てた感じになつてゐまして、海人の家さへ稀であると聞いておいでになりますけれども、あまり人の出入りの激しい、賑やかな邊に住むのは本意ではありませぬ。さうかと云つて都を遠く離れるのも、故郷のことが気にかゝるであらうと、人聞きが悪いほどお迷ひになります。来し方のこと、行末のこと、よろづのことをお思ひつゞけになりますと、悲しいことが実にいろ〳〵とあるのです。（「新訳」）

・あの須磨は、昔こそ人の住家などもありましたものの、今はたいそう人里を離れた、荒れ果てた感じになっていまして、海人の家さえ稀であると聞いておいでになりますけれども、あまり人の出入りの激しい、賑やかなあたりに住むのは本意ではありません。そうかといって都を遠く離れるのも、故郷のことが気にかかるであろうと、人聞きが悪いほどお迷いになります。こ来し方のこと、行く末のこと、よろずのことをお思いつづけになりますと、悲しいことが実にいろいろとあるのです。（「新々訳」）

「旧訳」から「新訳」へ、「新訳」から「新々訳」へと、それぞれ何が改められているか。

「旧訳」から「新訳」へは、常体であった文体が敬体に改められ、また、長い一文がこの箇所では三文に切断されている。この文体の変更と文の切断は、「新訳」の序文が改訳の方針として掲げるところである（「源氏物語新訳序」）。序文には「三つの原則を立て、それに律つて行くことにした」とあるが、文体の変更はそのうち「一、旧訳ではなほ教壇に於ける講義口調、乃至翻訳口調が抜け切れてゐないと云ふ批難があつたのに鑑み、今度は一層、実際に口でしやべる言葉に近づけること」[*1]に、文の切断は「一、文章の構造をもつと原文に近づけて、能ふ限り単文で行くやうにすること」に相当する。序文は「旧訳」を振り返って「原文に於けるよりも一つ〳〵の文章の構造が複雑になつてをり、原文では簡結な単文を以て綴られてゐるのに、訳文ではそれらのいくつかを接続詞を以て結合させた、長い形の複文になつてゐる箇所が多い」とも説明しており、「新訳」における文の切断が、文と文を結合して作り出した「旧訳」の長い一文を原文に対応するように区切りなおすことを意味していたことが知られる。なるほど右の一節でも、「旧訳」は原文で三文のところをつないで長い一文にしており、「新訳」はそれを原文の区切りに応じて切断し三文にしている（右の「旧訳」の／は、原文の文の区切り。これは「新訳」で文の切断が行われている箇所に当たる）。「新訳」で文の区切りが改められていることは、「旧訳」の訳文の「文章の構造」が原文を逸脱して作り出されたものであったことを教えるのである。

「旧訳」から「新訳」への改変に比べて、「新訳」から「新々訳」への改変は少ない。目につくのは、旧仮名であった仮名遣いが新仮名に改められていることである。「新々訳」の序文には、「中央公論社が「日本の文学」の第一回として私の作品集を出版するに当り、枉（ま）げて仮名遣いを新仮名にすることを承諾してくれと言われて、ついに私は節を屈することになった。それが今回源氏の新々訳を思い立つに至った事の起りである」と、新仮名遣いによる作品集の刊行を許可したことが「新々訳」成立のきっかけであったと明かされている（「新々訳源氏物語序」）。「旧態を墨守」することで「若い読者層から疎んぜられ」るのは避けたいともあり、現代の読者に向けた刷新であることが強調されている。

　このように「新訳」における文体の変更と文の切断、「新々訳」における仮名遣いの刷新は、それぞれの序文で改訳の方針として明言され、それに則り全篇が改められている。ほかにも細かく見ると、右の「須磨」巻の一節では、「旧訳」から「新訳」へ、〈物凄い〉が〈荒れ果てた〉に、〈おほびらな〉が〈賑やかな〉に、〈はたの見る眼もきまりが悪い〉が〈人聞きが悪い〉にというように、原文のある単語（順に〈心すごし〉〈ひたたく〉〈人悪し〉）に相当する訳語が変更されている。「新訳」から「新々訳」へは、〈邊（あたり）〉が〈あたり〉にというように、表記の変更も見られる。しかし逆に言うと、このように取り出して指摘できる程度には、三つの訳の違いは大きくない。

　文体と文の区切り、仮名遣いの違いを除けば、右の一節の〈あの須磨…は、昔こそ人の住家（すみか）などもあったものの、今はたいそう人里を離れた、…になつてゐて、海人（あま）の家さへ稀であると聞いておいでになるけれども、〉は、「旧訳」「新訳」「新々訳」で全く変わっていない。〈人…の出入りの激しい〉〈来し方のこと〉〈行末のこと〉〈よろづのこと〉等の語句も、三つの訳に共通する（原文では順に〈人しげし〉〈きし方〉〈行末〉〈よろづの事〉）。問いを少し変えて、再び問う。文体と文の区切り、仮名遣いを除いたとき、「旧訳」から「新訳」へ、そして「新々訳」へと、何が改められているのか。これは三種の訳を持続する一つのものと捉えた上で、その中での変数を問うことである。

　「新訳」の序文が掲げる「三つの原則」には、もう一つ、敬語に関するものがあった。「一、旧訳では敬語が余りに多きに過ぎ、時とすると原文よりも多いくらゐであつたのは、確かに欠点と云ふべきであるから、今度は敬語の数を適当に加減すること」である。なるほど右の一節では、「旧訳」から「新訳」へ、〈さま〴〵の悲しみが胸一杯におなりになる〉が〈悲しいことが実にいろ〳〵とある〉に、原文の〈悲しき事いとさまぐ〳〵なり〉に応じて敬語が削られている（傍線部）。

「旧訳」の「丁寧すぎる敬語」を「新訳」で「省いて簡潔を期した」とは、「新々訳」の序文も説明するところである。「新々訳」では、その「新訳」の敬語が「近頃の人にはあれでもまだ丁寧すぎ、廻りくどすぎるきらいがある」とされ、さらに改めるべき対象になる。

このように「新訳」と「新々訳」の序文は、敬語を改めることを宣言している。二つの序文で改めるべき対象としてともに言及されるのは、敬語のみである。敬語は、「旧訳」から「新訳」、そして「新々訳」へという二度の改訳において、改められ続けているのである。

二　敬語を改める

同じく「須磨」巻から、「新訳」と「新々訳」で敬語が改められている箇所を例示する。源氏が都を離れることを決めると、関係者たちはそれぞれに物を思う。

・その外ほんのなほざりに、ふとした契（ちぎり）をお結びになつた方々の中にも、ひそかにお胸を痛め給ふお人が多いのであつたが、…　（「旧訳」）

・ほんのなほざりに、ふとした契（ちぎり）をお結びになつた方々の中にも、ひそかにお胸を痛め給ふ人が多いのでした。　（「新訳」）

・ほんのかりそめに、ふとした契(ちぎり)をお結びになった方々の中にも、ひそかに胸を痛めていらっしゃる人が多いのでした。
（「新々訳」）

文体と文の区切り、仮名遣いの違いを除くと、〈ほんの…に、ふとした契(ちぎり)をお結びになつた方々の中にも、ひそかに…が多いのであつた〉は、「旧訳」「新訳」「新々訳」で全く変わっていない。一方〈お胸を痛め給ふお人〉の部分は、「新訳」、さらに「新々訳」と改められ続けている（傍線部）。「旧訳」のこの部分には〈お胸〉〈給ふ〉〈お人〉という三つの敬語が含まれるが、「新訳」で〈お人〉を〈人〉に、「新々訳」で〈お胸〉を〈胸〉に、それぞれ原文の〈心〉〈人〉に応じて敬語を削っている。「新々訳」はまた、〈給ふ〉を〈いらっしゃる〉に改めている。仮名遣いと同様、現代の読者に向けた配慮であろう。

ただし、「旧訳」の敬語を改めた結果である「新訳」や「新々訳」の訳文が、敬語に関して原文に対応しているかといえば、必ずしもそうではない。右の一文は、原文の〈なほざりにてもほのかに見たてまつり通ひたまひし所どころ、人知れぬ心をくだきたまふ人ぞ多かりける。〉を訳したものである。なるほど〈心をくだきたまふ人〉の部分は「旧訳」を改めることで原文に対応するようになったが、〈見たてまつる〉に相当する敬語は「旧訳」同様、「新訳」「新々訳」の訳文にも見られない。

同じく「須磨」巻より、ある一文の訳を見てみよう。「旧訳」の敬語を改めている箇所に「新訳」と「新々訳」の訳語を補った（該当箇所に傍線を引き（→「新訳」→「新々訳」）として示した。「新々訳」が「新訳」と同じである場合は略した。文体と文の区切り、仮名遣いの違いは考慮せず、便宜上、「旧訳」に揃えた。該当する語句がない場合は（なし）とした）。都を離れる源氏は、紫の上を置いていくのが気がかりである。

どうせ憂きものとお悟りになつて（↓（なし））、心で捨て、いらしつた（↓思ひ捨て、しまつた）世の中とは云ひながら、いよ〳〵離れておしまひにならうと云ふ（↓離れてしまはうとお思ひになる）のには、なか〳〵御未練（↓未練）が多い中でも、あの姫君が明暮（あけくれ）につけてお歎きになる（↓嘆いていらつしやる）（（なし）↓御様子の）おいとほしさ（↓いとほしさ）は、何物にもましていぢらしう、必ず再び会へるものと分つていらつしやる場合でさへ、ほんの一日二日の間別々にお暮しなさることを、なほ覚束なくお思ひなされて（↓感じられて）、女君も心細いやうにばかりお感じになる（↓お思ひになる）のに、…ひとしほ溜らなく思し召す（↓お思ひになる）ので、いつそこつそり連れて行かうかとなど、お考へになる折もあるが、…こんないたいけなおん方を伴ひ給ふ（↓伴ひ給ふ↓お連れになる）のも不似合であるし、御自分としても却つて気苦労の種とならうなどとお思ひ返しになるのを、女君はまた、「…」と、そんな風なお言葉を（↓（なし））お洩らしになつて、恨めしう思うておいでになる（↓恨めしさうにしていらつしやる）。（「旧訳」）

「旧訳」から「新訳」へ、そして「新々訳」へと、敬語が改められる場合は、原文に対応するか、現代化するかしている（傍線部）。一方で、「旧訳」の敬語が原文に対応していないにもかかわらず、改められていない箇所もある。たとえば右の〈お暮しなさる〉〈御自分としても〉〈お洩らしになる〉は、原文では〈明かし暮らす〉〈わが心にも〉〈おもむく〉と敬語がないが、「新訳」「新々訳」で改められていない（二重傍線部）。

「新訳」と「新々訳」の序文は、いずれも改めるべき対象として敬語を挙げながら、具体的にどのように改めるかについて明確な基準を示していない。「数を適当に加減する」（「新訳」）、「保存」する「程度」は自分の「物差をもって測る」（「新々訳」）というように、あいまいである。文体と文の区切り、仮名遣いを改めるのは機械的な作業だが、敬語に関しては何を改め、何を改めないかが一定していないのである。

注目すべきは、二つの序文がともに「旧訳」の敬語を「余りに多きに過ぎ」る（「新訳」）、「丁寧すぎる」（「新々訳」）と振り返っていることである。「新訳」と「新々訳」は、敬語を改め続ける理由に、「旧訳」の敬語の過剰さを挙げている。改訳の目的や直接のきっかけは、「旧訳」における「削除や歪曲」の「補正」（「新訳」）、他の作品集における新仮名遣いの採用（「新々訳」）だとされるが、それとは別の水準で、「旧訳」の敬語は改訳の起点になっているのである。

おわりに

谷崎は「旧訳」に着手する直前、中央公論社から書き下ろしで文章論を刊行している。『文章読本』（昭9）である。本書は『源氏物語』に何度か言及するが、その一つに、「須磨」巻の冒頭の一節を「試みに…原文のなだらかな調子を失はないやうにして、現代語に訳してみ」たという次の訳文がある。

あの須磨と云ふ所は、昔は人のすみかなどもあつたけれども、今は人里離れた、物凄い土地になつてゐて、海人（あま）の家さへ稀であるとは聞くものゝ、人家のたてこんだ、取り散らした住まひも面白くない。さうかと云つて都を遠く離れるのも、心細いやうな気がするなどきまりが悪いほどいろ〳〵にお迷ひになる。何かにつけて、来し方行く末のことゞもをお案じになると、悲しいことばかりである。

（『文章読本』）

右の試訳は、原文と同じく三文からなり、〈悲しいことばかりである〉は原文の〈悲しき事いとさま〴〵なり〉に応じて敬語を用いていない（傍線部）。文の区切りと敬語に関して言えば、『文章読本』の試訳は、文体や仮名遣いの違いはあるものの、直後の「旧訳」よりもむしろ「新訳」や「新々訳」に近い。少なくともこの一節に関しては、「旧訳」における文の結合と敬語の追加が、原文から逸脱することを選択して行われていたことが確認される。「新訳」で文を切断し、「新訳」と「新々訳」で敬語を改めるのは、「旧訳」の原文からの逸脱をいわばただす意味を持っていたと考えられる。

谷崎は『源氏物語』を現代語訳するに当たって、敬語に関して原文から逸脱することを選択した。その敬語は、「旧訳」から「新訳」へ、「新訳」から「新々訳」へという二度の改訳で改められ続けている。また「新訳」は、初刊以後、愛蔵本『潤一郎新訳源氏物語』（全五巻、昭30）、普及版『潤一郎新訳源氏物語』（全六巻、昭31）、新書版『潤一郎訳源氏物語』（全八巻、昭34〜昭35）、愛蔵版『潤一郎訳源氏物語』（全五巻別巻一、昭36〜昭37）の計五回刊行され、このうち二つ目の愛蔵本の段階で改訂が行われているが、この改訂も敬語に関連するものが最も多い。[*2]「旧訳」から「新訳」初刊、「新訳」愛蔵本、そして「新々訳」へと、敬語は訳文の中の変数であり続けた。二度の改訳、また改訂の起点には、「旧訳」の敬語があった。このことは、つまり「旧訳」が敬語をその試みの核心におくものであったことを証していると考えられる。

＊1　谷崎は『文章読本』の「文体について」の節で、「実際の口語との隔たり加減を目安」にしたという四種類の文体を挙げている。「実際の口語には最も遠く、従つて文章体に近い文体」なのが「「である」「であつた」」で、これは「講義体」

と命名されている。次が「「であります」「でありました」」を用いる「兵語体」で、「「ございます」「ございました」」の「口上体」、「口でしゃべる通りに、自由に書いた」ものである「会話体」と続く。この分類に従えば、「旧訳」の「講義口調」を改め「実際に口でしゃべる言葉に近づける」とは、「講義体」を「兵語体」に改めることを言うと考えられる。

＊2　本書第三部第四章参照。

〔付記〕
・谷崎潤一郎の「旧訳」「新訳」「新々訳」と『文章読本』はそれぞれ初刊に拠った。『源氏物語』の原文は、『源氏物語』（全六冊、新編日本古典文学全集20〜25、阿部秋生・秋山虔・今井源衛・鈴木日出男校注・訳、平6〜平10、小学館）を参照した。

第四章　〈谷崎源氏〉と玉上琢彌の敬語論

はじめに

昭和二十四（一九四九）年、『潤一郎訳源氏物語』（全二十六巻、昭14・1～昭16・7、中央公論社）の改訳の企画が持ち上がった。後述する経緯を経て成立したのが『潤一郎新訳源氏物語』（全十二巻、昭26・5～昭29・12、同）、いわゆる「新訳」である。

「新訳」初刊巻一には、「源氏物語旧訳序」「源氏物語新訳序」の表題を与えられた二つの序文が並べられ、[*1]「新訳」を「旧訳」における「削除や歪曲」を補い正した「完全なもの」と価値付けた。京都大学国文学研究室に在籍し、谷崎の王朝小説『少将滋幹の母』（「毎日新聞」昭24・11・16～昭25・2・9）の資料調査の助手をつとめていた榎克朗は、二十四年五月頃、以前の訳で「故意に省略された個所があったのを、補正して完全なものにしたいと思い立たれたわけで、私にはその下準備（省略箇所や誤訳の指摘等）が命ぜられた」[*2]と証言する。同年六月、谷崎は榎をともない「旧訳」の校閲者であった山田孝雄を訪ね、再び校閲の任に就くことを依頼した。こうして「新訳」刊行に先立ち、「旧訳」で「最も多く纏めて削除」したという「賢木」の巻の一節が、「補遺」と銘打たれてまず発表された（「藤壺――「賢木」の巻補遺――」（「中央公論文芸特集」昭24・10））。

このように「旧訳」の補正を目的とし、「旧訳」の「補遺」の発表をもって始動した改訳の企画であったが、実際に刊行された「新訳」はそれに収まるものではなかった。「新訳序」の言葉を借りれば、「最初は…旧訳の文章を骨子とし、それを訂正する方針で行くことにしてゐた」が、「最近に至り、急に私は前の方針を一擲して…旧訳の文体を踏襲することを断念し、新しい文体に書き改める決意をした」という。急な方針転換の背景には以下のような経緯があった。下準備を進めていた榎が病のために外れると、後任として同じく京都大学国文学研究室の宮地裕、さらに玉上琢彌が加わった。玉上を「強力に推した」のは宮地で、谷崎は「だいぶん逡巡されたらしい」[*3]。玉上が谷崎と顔を合わせるのは「新訳」の刊行開始直前の昭和二十六年一月のことだが、この「玉上さんの出馬によって、単なる旧版の補修から抜本的改訳へと方針が一変したようであった」[*4]と榎は回想する。

本章では、谷崎の一群の『源氏物語』の現代語訳、いわゆる〈谷崎源氏〉において、玉上の参加がどのような意味を持ったかを考察する。「旧訳」、「新訳」、さらに「新々訳」（『谷崎潤一郎新々訳源氏物語』全十一巻、昭39・11～昭40・10、中央公論社）の三種類の訳があることをもって、谷崎は『源氏物語』を三度、現代語訳したとされる。しかし、たとえば「旧訳」の改訳は、「旧訳」の刊本に谷崎や山田・玉上らが書き入れをするという手順で行われ、「『新訳』は、基本的に書き下ろしの草稿を持たない」[*5]。事態を簡略化すれば、「新訳」以降の訳文は、すべて「旧訳」のヴァリアントだと言ってもいい。本論は〈谷崎源氏〉を「旧訳」を原型とする訳文の変形の過程と捉え、その中で玉上の参加が持った意味を明らかにするものである。

一　玉上琢彌と「新訳」の改訂

榎は改訳の方針転換の経緯を次のように説明する。「源氏のエキスパートであられる玉上氏の参加によって、前版の修正に止めるという当初の方針が一擲せられ、抜本的改訳が遂行されるに至った」[*6]。現在のように専門領域が細分化していなかったとはいえ、榎や宮地は『源氏物語』の研究者ではない。山田孝雄も、『源氏物語』に関する著作はあるものの、主要な業績は文法論を中心とする国語学の領域にある。玉上の参加は、〈谷崎源氏〉にはじめて『源氏物語』の専門家が加わったことを意味したのである。玉上は京都大学国文学研究室の助手として若手を率い、自身の研究成果を参照させつつ作業に当たった。「若紫まではわたしがした仕事があるので、それを基にすればよく、末摘花からを分担して貰った」[*7]という彼の発言からは、玉上の評釈『源氏物語全釈　評註夕顔若紫』（昭25・4、紫乃故郷舎）が研究室の共通了解となっていた様子がうかがえる。

ただし、源氏研究者である玉上の参加が具体的にどのような意味を持ったかを見定めることは、思いのほか難しい。たとえば玉上の名前は、「新訳序」の中で「旧訳」の「誤訳や脱漏の発見」のための「助手」の一人として榎・宮地とともに言及されるにとどまり、校閲者である山田のように奥付に記載されてはいない。山田没後に刊行された「新々訳」では、校閲者から山田の名前が外れたが、玉上が代わりにその位置につくことはなかった[*8]。〈谷崎源氏〉における玉上の役割には、正式な名称が与えられていないのである。

従来の研究では、谷崎との顔合わせの際に「物語音読論序説――源氏物語の本性（其一）――」（「国語国文」昭25・12）の抜刷を渡し「物語は耳で聞いて楽しむものであった」[*9]と説明を添えたという玉上の回想を踏まえ、彼の音読論が「新訳」の文体に影響を与えた可能性が探られてきた。「新訳」では、「旧訳」で常体であった文体が敬体に改められた。「新訳序」は改訳の方針として「三つの原則」を掲げるが、常体から敬体への文体の変更は、そのうち「実際に口でしゃべる言葉に近づける」に相当すると推測される。国学院大学が所蔵する「新訳」の草稿を調査した秋澤亙は、敬体の採用時期を推定し、玉上の音読論が文体の切り換えの「背中を押した」[*10]可能性を指摘する。ただし、玉上が谷崎に敬体を提案した事実はなく、むしろはじめてこの文体を目にしたときには疑念を伝えたという。*11 後述する玉上自身の現代語訳に敬体が用いられていないことが示すように、彼の音読論と「新訳」における敬体の採用の間には径庭がある。

本論では、「新訳」の刊本の一つ、中央公論社七十周年記念事業として限定千部で刊行された、愛蔵本『潤一郎新訳源氏物語』（全五巻、昭30・10、以下愛蔵本）に着目する。「新訳」は、初刊、愛蔵本、さらに普及版『潤一郎新訳源氏物語』（全六巻、昭31・5〜11）、新書版『潤一郎訳源氏物語』（全八巻、昭34・9〜昭35・5）、愛蔵版『潤一郎訳源氏物語』（全五巻別巻一、昭36・10〜昭37・3）の計五回刊行され、このうち愛蔵本の段階で改訂が行われている。従来この改訂は見過ごされ、玉上の関与についてももっぱら「旧訳」の改訳、つまり「新訳」の初刊成立までの過程に目が向けられてきた。しかし、玉上自身、愛蔵本を「改訂版」*12 と呼んで初刊と明確に区別し、改訂にまつわる挿話を印象深く回想している。

それによれば、「旧訳」の改訳の過程で、山田との間で解釈が対立した点が二つあったという。「桐壺」巻の「御前渡り」を誰の動作ととるかという点と、「手習」巻の浮舟についた物の怪を「宇治の八宮の霊であらうか」とする頭注の是非である。*13 「新訳」初刊ではいずれも山田の解釈が採用されたが、愛蔵本の企画が持ち上がった際、玉上は谷崎に許可を求めた上で山田を説得し、愛蔵本では玉上の解釈に沿って改められた。また、玉上率いる「京大チーム」の一員として「旧訳」の改訳の作業に加わり、「柏木」巻からは谷崎の口述筆記をつとめた伊吹和子は、中央公論社の編集者として愛蔵本に携わった際、谷崎から玉上と連絡をとって処理するよう指示を受け、「頭注の引き歌についての、玉上先生の新著による訂正」*14 を行ったと証言する。「玉上先生の新著」とは『源氏物語の引き歌　解釈と鑑賞』（昭30・4、中央公論社）を指す。これはもともと「新訳」初刊の別巻として構想されたもので、谷崎の序文と、玉上を谷崎に紹介した新村出の題簽を掲げる。[15] 頭注の引き歌に関しては、愛蔵本の全篇を通じて改訂が見られ、証言を裏付ける。[16]

「新訳」愛蔵本における改訂は、「旧訳」の改訳の延長線上で、玉上の意向を反映する形で行われた。とすれば、〈谷崎源氏〉における玉上の参加の意味は、この「新訳」の改訂の内実を検証することで明らかになるのではないか。本章では、このような見通しのもと、特に敬語の改訂に注目し、〈谷崎源氏〉と玉上の源氏研究の接点を探ることとする。

二　「新訳」愛蔵本における敬語の改訂

「新訳」愛蔵本の序文には、「特に巻一と巻二とは字句に修正を加へた箇所も少くない」と断られていた。共同研究による調査の結果、[17] 改訂は愛蔵本全五巻のうち巻一（「桐壺」〜「花散里」）と巻二（「須磨」〜「胡蝶」）にのみ、それも多くは巻一の範囲に集中することが確認された。[18] なお、愛蔵本の巻一は初刊の巻一・二に、巻二は巻三・四にそれぞれ相当する（以下、初刊の巻数で統一する）。

類例ごとに整理すると、敬語にまつわる改訂が百七十三例と最も多く、全体の約半数にのぼる。[19] このうち百六十八例が巻一・二の範囲にある。また、〈遊ばす〉〈思し召す〉という特定の敬語を取り除くケースが一定数見られ、改訂が何らかの方針のもとに行われた可能性を想像させる。まずは典型例を挙げ、愛蔵本における敬語の改訂の実態を把握する。

・元服を遊ばして→元服をなされて（「桐壺」29）（初刊→愛蔵本）

・お持ち帰り遊ばした→お持ち帰りになつた（「空蝉」10）

〈遊ばす〉の語を取り除く右のようなケースは五十八例あり、うち五十六例が巻一・二の範囲にある。〈（お）～遊ばす〉〈（お）～遊ばされる〉の部分は、大半が〈（お）～なさ（れ）る〉〈お～になる〉など他の敬語に置き換えられ、[20]〈なさいます〉のようにそれをさらに敬体に改める例もある。[21]これを「旧訳」、「新々訳」の該当箇所とあわせて示すと以下のようになる。

・元服を遊ばして→元服をなされて→元服をなされて（「旧訳」→「新訳」初刊→「新訳」愛蔵本→「新々訳」）

・お持ち帰り遊ばした→お持ち帰りになつた→お持ち帰りになった

このように改訂箇所に関しては「旧訳」には概ね〈遊ばす〉の語があり、「新々訳」にはない。[22]同様に〈思し召す〉の語を取り除くケースも五十例見られ、うち四十九例が巻一・二の範囲にある。〈思し召す〉の部分は〈お思ひなさる〉〈お思ひになる〉に置き換えられる例が大半である。これも「旧訳」、「新々訳」の該当箇所と照合すると、「新訳」初刊は概ね「旧訳」を引き継ぎ、「新々訳」は「新訳」愛蔵本を踏襲することが確認される。[23]なお、敬語に次いで多いのは音便にまつわる改訂で、これも「新訳」初刊は「旧訳」と、「新々訳」は「新訳」愛蔵本と一致する。[24]

つまり「新訳」愛蔵本における改訂には、〈遊ばす〉〈思し召す〉という特定の敬語の有無に関して、「旧訳」を踏襲する「新訳」初刊の本文を改めるという意図があったと考えられる。敬語にまつわる改訂が最も多く、かつそれが初刊巻一・二の範囲に集中していることは、「旧訳」の改訳の途中で敬語に関して何らかの方針の転換があったことを示唆するだろう。

注意したいのは、改訂が訳文中のすべての〈遊ばす〉〈思し召す〉を対象としていないことである。たとえば以下は、「桐壺」巻の藤壺入内のくだりである。

> いつそ内裏住み（うちずみ）を遊ばした方がお気晴らしになると云ふ考におなりなされて、遂に宮中へお上げになりました。藤壺のおん方と申し上げます。…何事も存分に遊ばして、不足なことはおありになりませぬ。…お上も、…此の上もなくお慰み遊ばすやうになつて行きますのも、思へばそれが浮世の常と云ふものでせうか。（「新訳」初刊）

このうち「内裏住み（うちずみ）を遊ばした」と「存分に遊ばして」（傍線部）は、愛蔵本では「内裏住み（うちずみ）をなされた」「存分になされて」に、それぞれ〈遊ばす〉の語を除くように改められている。一方、「お慰み遊ばす」（二重傍線部）は改訂の対象になっていない。愛蔵本でもそのまま「お慰み遊ばす」である。〈遊ばす〉〈思し召す〉の語は、一様に削除されるのではなく、愛蔵本でもそのまま残る場合があるのである。

愛蔵本で〈遊ばす〉〈思し召す〉の語を取り除く場合、その部分は〈（お）〜なさ（れ）る〉〈お〜になる〉といった他の敬語に置き換えられる例が大半であった。〈（お）〜なさ（れ）る〉〈お〜になる〉は訳文中で多用される敬語である。また、右の「お慰み遊ばす」の動作主は桐壺帝だが、愛蔵本で帝や東宮の動作に用いられる〈遊ばす〉〈思し召す〉が削除される例はない。つまり、改訂には〈遊ばす〉〈思し召す〉の語の使用を特定の場合——たとえば帝など特定の人物を動作主とする場合——に限定するという意図があったと考えられる。以下では〈遊ばす〉に議論を絞り、玉上の敬語に関する発言を参照しつつ、「新訳」の改訂の背景を探る。

三　玉上琢彌の敬語論

玉上琢彌は、昭和二十六年一月二十六日の顔合わせの席で、谷崎が「新訳序」の「三つの原則」に相当する内容を口にしたと回想する。「谷崎源氏の思い出」（没後版『谷崎潤一郎全集』第二十五巻付録　月報25、昭49・10、中央公論社）には「そのとき、新訳の序文にある三原則も話に出た」と記され、「谷崎源氏をめぐる思い出」（「大谷女子大国文」昭61・3、12、昭63・3）では「新訳序」を参照しつつ以下のように谷崎の発言が再現されている。

> 『旧訳』で削除したところをおこすこと。この機会に訳文に手を加える。『新訳』の序に、「原文に一方の長所である簡結（ママ）を捨て流麗の一面を生かすことに努めた」旧訳の訳しぶりを改める。原文の一文を一文に、。で切れる所は訳文でも。にする、と言われた。また『旧訳』は敬語が鄭寧すぎる。じじつ「あそばせ」言葉を使う人でも何から何まで「あそばす」でゆけるものではない、と言われた。

右の「原文の一文を一文に、。で切れる所は訳文でも。にする」は「新訳序」の三原則のうち「文章の構造をもつと原文に近づけ」るに、「『旧訳』では敬語が鄭寧すぎる」は「旧訳では敬語が余りに多きに過ぎ」たから「今度は敬語の数を適当に加減する」に、それぞれ対応する。ただし右に再現された谷崎の発言は、「新訳序」の文言と対応しつつも微妙に力点が異なっている。たとえば「旧訳」の長い一文を原文に即して簡潔に改めるというとき、右はセンテンスの区切りを、「新訳序」は単文か複文かという文章構造を基準にする。また「旧訳」の過剰な敬語を改めるといい、右は「「あそばせ」言葉」を例にあげるが、これは「新訳序」には見えない。〈遊ばす〉の語は、玉上の再現においてのみ特記されるのである。

玉上は「新訳」初刊の附録「紫花余香」に掲載された「途上にて」でも、〈遊ばす〉の語に論及している。これは副題に「谷崎先生におたづねする」、末尾に「玉上琢彌記」とあるインタビュー仕立ての文章で、玉上が提出した意見書をきっかけにした二人のやりとりを再現するものである。

――…それから、やはり敬語に就いてですが、地の文では「何々させたまふ」と、二重に敬語をつけるのは、帝・后・東宮など、ごく特別の方に限つてゐまして、光源氏でも、政権掌握後でないと使はれないのですが、「遊ばす」を此の場合に限ることになさつては如何でせう。

――たゞ、どうしても「遊ばす」のつかない言葉がありますね。いま「遊ばせ言葉」を使つてゐる人達でも、使へない時があります。その時は「なさいます」にしなくてはならないが。

玉上は敬語を「一番厄介な問題」と捉え、幾つかの指摘を行った後、「やはり敬語に就いてですが」と言葉を継ぎ、〈遊ばす〉を地の文における二重敬語の訳語として用いることを提案している。『源氏物語』は地の文で〈させたまふ〉という二重敬語を用いる人物を「帝・后・東宮など、ごく特別の方に限つてゐ」るが、「「遊ばす」を此の場合に限ることに」してはどうか、というのである。

この玉上の提案は、いつ行われたのだろうか。「途上にて」が掲載されたのは、昭和二十七年五月刊行の「新訳」初刊巻四（「薄雲」～「胡蝶」）の附録である。「思い出」と題された後年の回想と違って、これは改訳の作業の最中の「苦心談」＊25と位置付けられている。「宿から歌舞伎座への車中」でのやりとりを再現したとあり、前年の十月十七日、谷崎の招待で谷崎監修・舟橋聖一脚色・久保田万太郎演出の「源氏物語」を観劇した折のことと推測される。＊26「新訳」初刊はこの時点で巻二まで刊行されており、改訳の作業は巻三（「須磨」～「松風」）・巻四のあたりを進めていたようである。＊27谷崎はやりとりの中で「さういふのは忘れずに注意して下さい」と返答しているが、玉上の提案が容れられるとと仮定して、〈遊ばす〉が地の文における二重敬語の訳語として限定的に用いられる可能性があるのは、はやくて巻三・四以降だということになる。

既に述べたように、「新訳」愛蔵本における改訂は、初刊の巻一から巻四までの範囲にのみ、それも巻一・二に集中して見られる。敬語にまつわる改訂が最も多く、訳文中の〈遊ばす〉〈思し召す〉の語が一部取り除かれている。ここから推測されるのは、以下のような経緯である。玉上は「旧訳」の改訳の作業の途中で、具体的には「新訳」初刊巻一・二刊行後に、谷崎に向かって〈遊ばす〉の語の限定的な使用など敬語に関する幾つかの提言を行った。このときの提案が訳文に反映されるとしたら、巻三・四以降である。「新訳」愛蔵本の主に巻一・二の範囲に見られる敬語の改訂は、玉上の提言を踏まえ、改めて全篇の統一をはかるべく行われたのではないか。

山田孝雄を説得して行われたという愛蔵本における「桐壺」巻の一節の改訂も、同じ文脈で捉えられるだろう。

あまたの御かたがたを過ぎさせたまひつゝ、隙なき御前渡りに、人の御心を尽くしたまふもげにことわりと見えたり。まうのぼりたまふにも、あまりうちしきるをりをりは、…

（『源氏物語』「桐壺」）

玉上の回想によれば、「旧訳」の改訳の過程でいったんはこの「御前渡り」を桐壺帝の渡御とする説が採用されたが、帝が女御更衣の住む御殿に行くことはないとする山田の反対にあい、「印刷され刊行されたのを見ると、もとの更衣伺候説に戻ってい」たという。*28 なるほど「新訳」初刊は、この部分を桐壺更衣の伺候として訳している。

されば、お上りになりますには、是非とも数多の局々の前をお通りにならねばなりませぬが、それがかうしきりなしでは、朋輩方が忌ま〱しうお思ひになるのも、まことに尤もと申さねばなりませぬ。お上りになることがあまりしげ〱と度重なる折々には、…

（「新訳」初刊）

「新訳」愛蔵本では、「お上りになります」が「お上がお通ひになります」に、次のセンテンスの「お上りになることが」が「また更衣がお上りになりますにも、」に改められた（傍線部）。*29 動作主を指示する単語を補い、帝の動作に〈お通ひになる〉、更衣のそれに〈お上りになる〉と別の単語を用い、さらに接続詞や読点を追加し、帝の渡御と更衣の伺候を区別している。なお、愛蔵本で物語内容の解釈に関わる改訂が行われたのは、この一節のみである。

玉上がこの一節にこだわったのは、これが単にある箇所の解釈の違いにとどまらない問題を含んでいたためだと考えられる。源氏研究者である玉上にとって、彼の源氏研究において、この一節にはそれ以上の意味があったはずである。「新訳」愛蔵本の前後に刊行された玉上の『源氏物語全釈（桐壺帚木）』（昭29・9、白楊社）や『評釈源氏物語』（昭32・1、学生社）を見ると、この箇所に「主語を桐壺更衣とする説もあるが…地の文で「させたまふ」という二重敬語が更衣につくことはないので、主語はどうしても帝と見なくてはならない」[*30]という鑑賞を付している。さらに「なお、当時においては、帝が后妃の御殿に渡御されることもあったのである」として『枕草子』や『源氏物語』「絵合」の例を挙げているが、これは玉上が回想する山田への説得の場面と同じ内容である。『評釈源氏物語』には、以下の説明も見える。

> 「源氏物語」の理解に欠くべからざるものの一つ、敬語の用法にまず注意しておこう。…とくに「せ　たまはず」と二重に敬語がつくのは帝だけである（地の文ではこの二重敬語は、帝・后・東宮以外ではよほど特別な人にだけついているので、訳するにあたって、「あそばす」はこれだけに使うことにした）（傍線原文、傍点引用者）

ここで玉上は、自身の訳について、〈遊ばす〉の語を地の文における二重敬語の訳語として限定的に用いることにしたと断っている。これは彼が「途上にて」で谷崎に提案した内容と一致する。なるほど玉上の『評釈源氏物語』は、問題の「御前渡り」の箇所を「多くのおん方々のお局を、す通りあそばしての、ひっきりない（主上の）お通り」と、〈させたまふ〉に対応する部分に〈遊ばす〉の語を当てて訳している。彼の議論からすると、この箇所は地の文に二重敬語が用いられているため、「主語はどうしても帝と見なくてはならない」ことになる。敬語、それも地の文における二重敬語だという点で、「桐壺」巻の一節は、源氏研究者である玉上にとって重要な意味を持っていたのである。

　玉上が〈谷崎源氏〉に関与したのは、彼が『源氏物語』の敬語に関する論考を立て続けに発表していた時期に当たる。玉上は「源氏物語の敬語法」（『講座　解釈と文法　3　源氏物語　枕草子』昭34・11、明治書院）で「今までにわたくしは、源氏物語の敬語について何度か書いている」と振り返り、一連の敬語論は「「源氏物語の敬語——その文学的考察――」と題した研究発表（昭和廿六年十一月二十八日、京大国文学会）を基に書いた「敬語の文学的考察――源氏物語の本性（其二）――」（『国語国文』昭和二十七年二月）が最初であった」[31]と述べている。「敬語の文学的考察」は、谷崎に抜刷を渡したという「物語音読論序説」とともに「源氏物語の本性」の副題を持つ、玉上の中でも重要な位置にある論考である。[32]

　玉上は、「旧訳」の改訳に際し、当初求められていた「旧訳」の削除箇所や誤訳の指摘だけでなく、敬語に関して幾つかの進言を行っていたようである。国学院大学が所蔵する玉上の書き込みがある「旧訳」本には、「◎一体ニ敬語ガ多スギマス（コノ巻ノ基調ハ　夕顔ノ巻ノ尾ヲ引ク　下ノ品　風ノ　ミスボラシサデス）／頭中将ニハ　地ノ文　敬語ナキガ普通／源氏モ　訳文ホド　丁寧デアリマセン／末摘花君ハ　光源氏ヨリ　更ニ　丁寧デアリマセン」（「末摘花」巻）、「玉葛ニ敬語ガ／多スギマス／源氏トノ間ニ　取扱ヒノ差別ガアルヤウデス」（「蛍」巻）のように、巻の冒頭で、人物ごとの敬語の多寡を指摘する玉上の書き込みが確認される。[33]玉上は「途上にて」でも、「中の品」の女性が登場する巻に敬語が少ないことを谷崎に伝えているが、これは彼が「源氏物語の敬語法」等で繰り返し論じていたことである。こうした玉上の進言がどの段階でどの程度「新訳」の訳文に取り入れられたかを把握するには、草稿群のさらなる調査が必要だが、彼が「旧訳」の改訳の過程で、自らの敬語論にもとづき、敬語に関して様々な提言を行っていたことは確認できる。

　ここまで検討してきたことを整理すると、「新訳」愛蔵本における「桐壺」巻の「御前渡り」の一節の改訂と、初刊の巻一・二の範囲を中心に行われた敬語の改訂、特に〈遊ばす〉の語の削除は、玉上の敬語論を理論的背景にすると考えられる。「旧訳」の改訳の方針は段階的に定まっていったものと思われ、「新訳」愛蔵本における敬語の改訂も、この「旧訳」の改訳の延長線上で行われたと推定される。「新訳」愛蔵本は、この意味で源氏研究者である玉上の参加の、一つの達成であった。

もっとも、玉上自身の訳とは違って、愛蔵本では「御前渡り」の一節に〈遊ばす〉の語を用いていない。谷崎の訳では、訳文中の〈遊ばす〉の語に原文の特定の種類の敬語との対応関係は認められない。玉上の進言は、原文をどのように訳すかというより、「旧訳」を原型とする訳文をどのように改めるかに寄与したと言うべきであろう。〈谷崎源氏〉において玉上の参加が持った意味は、彼の敬語論を理論的背景にして、「旧訳」の訳文が「新訳」初刊、愛蔵本へと改められていったことにある。〈谷崎源氏〉は、「旧訳」を原型とする訳文を改めていく過程で、源氏研究と接点を持ったのである。

おわりに

谷崎は「新訳序」で、「旧訳」以来の校閲者である山田孝雄に加え、新たに榎克朗・宮地裕・玉上琢彌の三者の力を借りたと言い、彼らの仕事内容を以下のように説明していた。

> でも、断つて置くが、三氏の仕事は主として誤訳や脱漏や歪曲等がありはしないかを旧訳本について吟味し、私に注意を与へること、及び系図、年立、梗概等を作成することにあつて、翻訳そのものは何処迄も私が単独で行ふのである。

ここで谷崎は玉上らの作業を「旧訳」の「誤訳や脱漏や歪曲等」の指摘に限定し、「翻訳そのもの」は自分一人で行うと宣言している。だが「何処迄も」「単独で」という強調は、かえって作業の線引きの難しさを印象付ける。興味深いことに、玉上は「全体としては、わたしは「旧訳」のほうが好きである」[*34]というように、繰り返し「旧訳」への評価を口にしている。

・谷崎の「潤一郎訳」「潤一郎新訳」は、前者は谷崎くさく、後者は原文を尊重しているのを特色とする。「潤一郎新訳」は省略なしの完訳である。[*35]

・「潤一郎新訳」は、原文の一文を訳文の一文にするというほど原文尊重であるが、わたくしなどは「旧訳」の方が谷崎らしさもあつていいと思う。[*36]

「谷崎らし」い「旧訳」と、「原文尊重」の「新訳」。谷崎の作品としては「旧訳」をとるというのが玉上の一貫した立場である。玉上は「谷崎さんの方針に従ってお手伝いしたのではあるが、源氏物語のためにと思ってしたのではあるが、功罪いずれか、わからない」[*37]とも述べている。「旧訳」を原型とする訳文の変形の過程で、玉上は谷崎の作品であることと原文に即くこととが両立しない点に触れたのだろう。彼の一連の発言には、「旧訳」を原文を尊重して改めようとした結果、谷崎の作品であることを意図せずして離れることにつながったのではないかという懸念が見て取れる。

「新訳」愛蔵本の訳文は、新書版・普及版・愛蔵版で使用され、その後の「新々訳」のもとになった。「旧訳」から「新訳」初刊、「新訳」愛蔵本、そして「新々訳」へと、〈谷崎源氏〉は徐々に谷崎の手を離れていった。源氏研究者である玉上の参加によって、〈谷崎源氏〉は、谷崎の訳であることから、『源氏物語』の訳であることへと力点を移した。後から見ると、玉上の〈谷崎源氏〉への参加は、その分岐点となっていたのである。

＊1　「源氏物語旧訳序」は『潤一郎訳源氏物語』巻一の「序」（初出は「中央公論」昭14・1、原題「源氏物語序」）の抄録。「源氏物語新訳序」は「源氏物語の新訳について」（「中央公論」昭26・4）を転載したもの。以下それぞれ「旧訳序」「新訳序」と呼ぶ。
＊2　榎克朗「谷崎潤一郎氏と「少将滋幹の母」のことなど（追悼小記）」（「国語と教育」昭41・1）。
＊3　玉上琢彌「谷崎源氏をめぐる思い出」（「大谷女子大国文」昭61・3、12、昭63・3）。「谷崎源氏の思い出」（没後版『谷崎潤一郎全集』第二十五巻付録　月報25、昭49・10、中央公論社）と重複する内容は、先行する「谷崎源氏の思い出」から引用した。
＊4　榎克朗「「少将滋幹の母」から「新訳源氏物語」へ」（没後版『谷崎潤一郎全集』第二十八巻付録　月報28、昭50・1、中央公論社）。
＊5　秋澤亙「谷崎源氏と玉上琢彌――國學院大學蔵「『潤一郎新訳　源氏物語』自筆原稿」から――」（「國學院雑誌」平20・10）。
＊6　榎「谷崎潤一郎氏と「少将滋幹の母」のことなど」（前掲）。傍点引用者。
＊7　玉上「谷崎源氏をめぐる思い出」（前掲）。
＊8　伊吹和子は、「新々訳」は「今度は校閲者としての山田博士の名を外し、『新訳』成立の際に大変に協力された玉上琢彌先生たち京都大学関係の方々の名も外して、万事を社内だけで処理するように」との社の方針で、下読みも従来の「京大グループ」ではなく秋山虔ら「東大グループ」に依頼したと証言する（「「『谷崎源氏』の真実」の真実」（「日本エッセイスト・クラブ　会報」平22・5））。
＊9　玉上「谷崎源氏の思い出」（前掲）。

＊10　秋澤「谷崎源氏と玉上琢彌」（前掲）。秋澤は注で「京都大学の国文学研究室の学生たちの間では、玉上の音読論が『新訳』の文体に大きな影響を与えたというのは、当初から専らの評判であった」という伊吹の証言を紹介している。榎も「「物語音読論」の玉上の進言かと思った」と言ったという（玉上「谷崎源氏をめぐる思い出」（前掲））。当時の京都大学国文学研究室でこの認識が共有されていた様子がうかがえる。

＊11　玉上「谷崎源氏をめぐる思い出」（前掲）。

＊12　玉上「谷崎源氏の思い出」（前掲）。谷崎もこのときの経緯を「熱心な博士は、わざわざそのために当時仙台に住んでおられた山田博士の許を訪ねて意見を闘わされたのを、私は今も忘れない」と振り返っている（「「源氏物語」評釈への期待」（玉上「谷崎源氏をめぐる思い出」（前掲）より））。

＊13　頭注に関しては伊吹和子「浮舟入水のことなど」（「むらさき」平6・12）に詳しい。大津直子「山田孝雄と『源氏物語』――國學院大學蔵『潤一郎新訳　源氏物語』草稿における註釈的態度から――」（「国学院大学大学院紀要――文学研究科――」平22・3）は、この頭注の背後に山田の『源氏物語』観を読み取っている。「新訳」愛蔵本では、玉上の意向に沿ってこの頭注は削除されている。

＊14　伊吹和子『われよりほかに　谷崎潤一郎　最後の十二年』（平6・2、講談社）。伊吹は「送りがなを統一するなど、「桐壺」から改めて読み直してほしい、自分は…詳しい点検の済んだものに目を通す程度にとどめたい」との谷崎の意向を受け、「本文の誤植の再点検」等の「細かい作業」を行ったという。

＊15　新村は京都大学名誉教授。谷崎に相談を受けた新村はまず玉上を紹介したが、身分を誤って「助教授と言われたため、そんな大物は困る、自由に使える若い人を」と断られたという（玉上「谷崎源氏の思い出」（前掲））。新村出記念財団には、玉上から新村に宛てた題簽の礼状一通（昭29・11・15）が所蔵されている。

＊16　頭注に関しては、他にも人物の敬称の簡略化等の改訂が全篇を通じて確認される。

＊17　愛蔵本巻一・二に関しては三嶋潤子との共著による「〈谷崎源氏〉考（一）――『潤一郎新訳源氏物語』愛蔵本における改訂に関する調査報告――」（「京都大学国文学論叢」平23・3）及び「〈谷崎源氏〉考（二）――『潤一郎新訳源氏物語』愛蔵本における改訂に関する調査報告（続）――」（同平23・9）、巻三～五に関しては拙稿「〈谷崎源氏〉考（三）――『潤

一郎新訳源氏物語』愛蔵本における改訂に関する調査報告（補）——」（同平23・9）を参照。本稿で改訂箇所を例示する際には、右論文中の改訂一覧表の通し番号を添えた。

*18　愛蔵本巻一・二の改訂の総数は三百八十二例だが、うち巻一に三百四十三例、巻二に三十九例と大きなひらきがある。初刊の頁数を基準に計算すると、平均しておおよそ一頁当たり一例あったのが、十分の一に減る。

*19　「〈谷崎源氏〉考（一）」（前掲）では、敬語、音便、文体、語句、表記・ルビ、語意、誤植、その他の八種に分類した。改訂ののべ数は四百十九である（のべ数は分類ごとの改訂数を合計したもの。分類は二種類以上にまたがる場合がある）。なお、表記・ルビの改訂は全篇を通じて特定の単語を中心に確認される。他の改訂とは性格が異なるためこれを除くと、のべ数は三百五十三になり、うち敬語に関する改訂が百七十三と約半数を占める。

*20　〈（お）～遊ばす〉が〈（お）～なされる〉・〈（お）～なさる〉・〈お～になる〉に置き換えられるケースがそれぞれ二十二例・十三例・八例あり、〈（お）～遊ばされる〉が〈（お）～なされる〉に改められるのが九例ある（ただし、「お」には「おん」や「御」を、「なさる」には「なすつて」のような音便化の例を含めた）。該当箇所に敬語がなくなる例も少数ながら確認される。

*21　文中の常体が敬体になるのは十三例で、うち十二例が巻一・二の範囲にある。六例が〈遊ばす〉、二例が〈思し召す〉の語の削除と連動している。典型例は以下の通り。

・お聞き遊ばして→お聞きになりまして（「帚木」19）

*22　「旧訳」で該当箇所が訳出されていないため比較できない三例を除く五十五例のうち、「旧訳」に〈遊ばす〉の語がないのは四例のみ。「新々訳」で該当箇所に〈遊ばす〉の語が用いられることはない。

*23　他に〈思つていらつしやる〉に置き換えられる例や、該当箇所に敬語がなくなる例が少数見られる。「旧訳」に〈思し召す〉の語がないのは六例のみ。「新々訳」で該当箇所に〈思し召す〉が用いられることはない。典型例は以下の通り。

・思し召す→思し召す→お思ひになる→お思いになる（「帚木」17）

*24　五十九例あり、すべて「旧訳」から「新訳」初刊に受け継がれたウ音便がなくなり、その結果が「新々訳」へと受け継がれている。典型例は以下の通り。

・早う｜↓早う｜↓早く｜↓早く｜（「桐壺」1）
・附き添うて｜↓附き添うて｜↓附き添つて｜↓附き添って｜（「帚木」4）

＊25　「苦心談」は玉上の言葉。編集部による「余録」欄は「先生が翻訳にあたつて、一語々々にいかに深い注意をはらつてをられるか、おわかりのことゝ思ひます」と説明する。玉上は中央公論社の滝沢博夫を助けて月報の編集に携わっていたという（「谷崎源氏をめぐる思い出」（前掲））。

＊26　玉上「谷崎源氏をめぐる思い出」（前掲）。

＊27　「新訳」初刊巻二の刊行は、奥付によると昭和二十六年九月十日。玉上は、九月三日に書き込み「旧訳」本巻六（「澪標」〜「関屋」）及び巻七（「絵合」〜「薄雲」）を谷崎に送り、十月三十一日に「澪標」の「新訳」タイプ原稿を送ったという（「谷崎源氏をめぐる思い出」（前掲））。改訳の手順については、秋澤「谷崎源氏と玉上琢彌」（前掲）や「企画展　谷崎潤一郎訳「源氏物語」の世界」（平15・10〜11、芦屋市谷崎潤一郎記念館）に詳しい。

＊28　玉上「谷崎源氏の思い出」（前掲）。

＊29　他に「忌まく〳〵しう」が「忌まく〳〵しく」に、「あまりしげ〳〵と度重なる折々には」が「あまり度重なる折々には」に改訂されている。

＊30　引用は『評釈源氏物語』より。『源氏物語全釈』にも同じ内容が見える。

＊31　「源氏物語の敬語法」は、「敬語の文学的考察」に続く一連の敬語論を「『時代別作品別解釈文法』（昭和二十七年七月至文堂刊）に、「源氏物語の解釈文法（敬語）」を発表し、続いて「平安時代の敬語」（『解釈と鑑賞』昭和三十一年五月号）を書いた。一方、拙著『源氏物語新釈』（昭和二十九年三月金子書房刊）や『源氏物語全釈桐壺帚木』（昭和二十九年四月白楊社）および『評釈源氏物語』（桐壺帚木空蝉夕顔、昭和三十二年一月学生社刊）においても、敬語の用法について一々の箇所において解説を試みた」と列挙する（ただし『源氏物語全釈』の刊行は奥付によれば九月である）。玉上はまた、自身の敬語論が「旧訳」を記念して中央公論社から刊行された池田亀鑑編『校異源氏物語』（全五巻、昭17・10）の成果に依拠していることを、「「校異源氏物語」が出て、わたしは「敬語の文学的考察」を発表する勇気をえた」と表現している（「「源氏物語大成」と「谷崎源氏」と」（『源氏物語大成』第六冊付録　月報6、昭60・3、中央公論社））。

＊32　初出時に「源氏物語の本性」の副題を持つ論文は、この二本。玉上の『源氏物語研究　源氏物語評釈別巻第一』（昭41・3、角川書店）には、「屏風絵と歌と物語と」（『国語国文』昭28・1）、「桐壺巻と長恨歌と伊勢の御」（『国語国文』昭30・4）が、それぞれ「源氏物語の本性」の三、四として収録されている。

＊33　「蛍」巻の「取扱ヒノ」は二重線で消去されている。引用した「末摘花」巻と「蛍」巻の他に、「初音」巻の最初の一頁が「平成20年度國學院大學特別推進研究　國學院大學蔵『谷崎潤一郎新訳　源氏物語　草稿』の研究　成果報告書」（大久保一男研究代表、平21・3）でサンプルとして公開されている。「蛍」巻の玉上や山田孝雄の書き込みについては、大津直子・大脇絵里・高塚雅・服部宏昭・増田祐希「國學院大學蔵『潤一郎新訳 源氏物語』草稿の全文テクストデータ化を目指して――附「蛍」巻試案――」（『國學院大學紀要』平29・1）で調査の成果が一部報告されている。これらの既に公開されている巻や箇所以外でも、人物による敬語の多寡を指摘する玉上の書き込みは散見される。

＊34　玉上「谷崎源氏をめぐる思い出」（前掲）。

＊35　玉上「源氏物語について」（『源氏物語新釈』昭29・3、金子書房）。

＊36　玉上「研究史物語」（玉上編『日本古典鑑賞講座　第四巻　源氏物語』昭32・12、角川書店）。他に「「旧訳」のほうは、文章が谷崎らしくてよろしいんですけれども、あれは、いくら読んでも意味が通らないところが出てまいります。「新訳」のほうは、論理が通るようには、私、一所懸命お手伝いはいたしたつもりであります」（「『源氏物語』を中心に」（小島憲之・玉上・永積安明・井本農一・野間光辰『古典文学の心』昭48・11、朝日新聞社））など。伊吹もこの評価を共有し、「より「谷崎文学」的なのは「旧訳」の文体なのではないか」と述べている（「谷崎潤一郎――「谷崎源氏」の真実」（『めぐり逢った作家たち――谷崎潤一郎・川端康成・井上靖・司馬遼太郎・有吉佐和子・水上勉』平21・4、平凡社））。

＊37　玉上「谷崎源氏をめぐる思い出」（前掲）。

［付記］
・訳文は、各刊本の初版を用いた。『源氏物語』の原文は、玉上琢彌『評釈源氏物語』（昭32・1、学生社）を用いた。
・本論の一部は、静岡大学国語教育学会研究発表会での口頭発表「谷崎源氏と玉上琢彌」（平23・10・16、於静岡大学）をもとにしている。発表に際しご教示くださった方々に感謝します。
・資料の閲覧に際し、新村出記念財団、国学院大学の秋澤亙氏・大津直子氏にお世話になった。記して感謝します。

第四部　「文学」の時代の小説

◇

「文芸」から「文学」へ

中村光夫は、「文芸と文学」と題した昭和二十年代後半の匿名批評（「文学界」昭28・4）で、この時期に生じた芸術の理念の変化を「文芸」と「文学」という二つの語を用いて説明している。

一体「文芸」といふ言語は今日ではほとんど生命を失つた廃語である。…同じリテラチュアといふ言葉がむかしは「文芸」と訳され、それが次第に「文学」に推移したのは、時代の雰囲気と芸術の理念の、微妙な変化を象徴してゐるのであらうが、大づかみに考へれば、「文芸」には明治から大正にかけて、ことに大正時代の匂ひが濃い。／芥川龍之介の感想が「文学的なあまりに文学的な」では野暮つたくて話にならないのである。／「文芸」といふ言葉に、リテラチュアの技芸としての面を重視する考へが現はれてゐるとすれば、「文学」はこれを思想として見る傾きが強いと云つてよいであらう。＊1

技芸の熟練を味わう「文芸」から、思想や観念を求める「文学」へ。中村によれば、「現代」は「「文学」の「文芸」にたいする圧倒的勝利の時代」と規定される。

同じ時期、伊藤整は、それまで「無思想」とされてきた谷崎潤一郎を「思想」のある作家として評価するための論陣を張った。伊藤によれば、谷崎の場合、「文章において練達」[＊2]であることが彼の「思想」を抑圧してきたという。評価の転回に際し、伊藤は文章という要素を排除する必要があった。すなわち伊藤の谷崎論は、この時代に相応しく、文章の技芸としての「文芸」ではなく作家の思想を読み取るべき「文学」として、谷崎の作品を定位するものであったと考えられる。

この時期の谷崎評価に貢献した批評家には、もう一人、十返肇がいる。十返は『鍵』（「中央公論」昭31・1、5〜12）及び『鍵』をめぐる論争に繰り返し言及し、「性意識…を根源とする不安感は、谷崎氏初期からの主題」[＊3]であり、「性が人生におよぼす強烈な支配力、美にふけるものは必ず滅びるという谷崎氏在来のテーマが、ここでは思想的に一歩前進し」[＊4]たと述べた。近作の中に初期から一貫する主題を見て取り、思想的な深化を評価する十返の議論は、伊藤の谷崎論と同型である。

伊藤や十返が谷崎の作品の主題として取り出し、作家の思想として論じたのは、性であった。なるほど昭和三十年代の谷崎は、性生活に関する夫と妻の日記を交互に配置して「文学か猥褻か」の議論を呼んだ『鍵』にはじまり、裕福な夫人の乱倫な生活を描きモデルからの抗議で中絶した『鴨東綺譚』（「週刊新潮」昭31・2・19〜3・25）、広島で被爆し性的に不能になった夫とその妻の不貞を扱いやはり中絶した『残虐記』（「婦人公論」昭33・2〜11）など、そのように論じるのに適しているとも見える。しかし性を作品の主題と考え、作家の思想を論じるのは、「文学か猥褻か」という問いに「文学だ」と答えるようなものである。それではその問い自体を成り立たせている発想に届かない。性をモチーフとするけれども猥褻ではなく文学である、というのではなく、性をモチーフとするからこそ文学であるとすればどうか。

たとえば最晩年の『瘋癲老人日記』（「中央公論」昭36・11〜昭37・5）は、作者の文壇デビュー作『刺青』（「新思潮」明43・11）と同様に女性の足に執着を持つ人物を主人公とする。だが『刺青』では主人公の執心は「恋」として説明され、腕利きの刺青師である彼が恋の対象である女性に刺青を施し美しく変身させることは、「美」の創造すなわち芸術の制作と同義であるかのように語られる。対して『瘋癲老人日記』を含む昭和三十年代の諸作では、主人公の性的な執着は、恋愛や芸術と結びつけられていない。

『瘋癲老人日記』は、一篇ほぼすべて、主人公である老人の日記によって構成され、最後に看護婦の看護記録、医師の病床日記、そして娘の手記のそれぞれ「抜萃」が掲げられる。老人は息子の嫁である颯子にシンクロナイズド・スイミングをさせて足を眺めるために自宅の庭にプールを作る計画を立てていたが、娘の手記の末尾には、プールを作るのは無駄だと颯子が言い、工事を眺めるだけで「親父の頭にはいろいろな空想が浮ぶ」のだからいいのだ、と彼女の夫つまり老人の息子が返答する会話が書き留められている。本作は、老人の日記の中の颯子が、老人が「色情狂とまでは行かないにしてもそれに近いものの光学で、内実のある極端なイマージュに為立て[*5]」たものであったことを最後に露見させる。老人の日記に記されていたことは、彼の「頭」の中に浮かぶ「空想」、すなわち妄想として打ち消されるのである。

ただし、老人の日記の中の颯子が作中世界における現実の彼女と合致しないとしても、彼女を依代とする老人の妄想こそが『瘋癲老人日記』の世界を成り立たせていることも確かである。主人公は、自らの妄想に没入することで世界を変調させる。作中人物の欲望が何もない世界を波立たせ、物語を駆動する。ここに「文学」のありかが見出されたのだと言ってみたい。近代小説ならぬ現代文学では、作中人物の欲望が世界を染め上げるのである。

三島由紀夫『金閣寺』（「新潮」昭31・1〜10）や川端康成『眠れる美女』（「新潮」昭35・1〜6、昭36・1〜11）など、晩年の谷崎の諸作と並べて論じられることの多いこの時期を代表する作品を持ち出して、これが昭和三十年代の文学の発想の様式であったと主張することも可能であろう。だがここでは議論を狭めて、昭和三十年代後半に『幼児狩り』（「新潮」昭36・12）でデビューする河野多恵子に触れるにとどめる。

河野多恵子の小説には、妄想（しばしば性的な）に積極的に惑溺することで、自らを取り巻く世界を変調させる主人公が登場する。この意味で、河野は谷崎文学の後継者である。ただし、河野の場合は主人公は原則として女性である。これを単に作家の性別の反映と考えるべきではない。後に河野は、谷崎の諸作における主人公の性別と「男女の配分」（人数比）からはじまる独特な谷崎論、『谷崎文学と肯定の欲望』（昭51、文芸春秋）を書くことになる。

各章の概要

第四部では、谷崎の戦後の小説を分析する。第一章では戦中から書き継がれ戦後に完結した長篇小説『細雪』（下巻の連載終了は「婦人公論」昭23・10）を、第二章では戦後に発表された谷崎の最初の小説である『少将滋幹の母』（「毎日新聞」昭24・11・16〜昭25・2・9）を、第三章では『鍵』『瘋癲老人日記』とともに晩年三部作をなす『夢の浮橋』（「中央公論」昭34・10）を論じる。

『細雪』と『夢の浮橋』は戦前を、『少将滋幹の母』は平安時代を舞台とする。『細雪』はしばしば『源氏物語』に擬えられてきたし、『少将滋幹の母』も『夢の浮橋』も冒頭で『源氏物語』に言及する。第四部で取り上げる三作は、たとえば原爆の後遺症を扱う『残虐記』や六十年安保闘争のデモ隊に言及する『瘋癲老人日記』のような、わかりやすい戦後のしるしを持たない。しかしそうであればこそ、作中に描かれる風物を根拠にするのではなく、「文学」の時代における小説の位置を浮かび上がらせることができるだろう。

　以下、第一章と第三章では、自らの不安や願望、欲望に没入する作中人物に着目し、人物の妄想と世界の関係を解析する。第二章では、伊藤整の谷崎論とそれとほぼ同時期に発表された中村光夫の谷崎論を、『少将滋幹の母』への応答として捉えなおす。二人の批評家が準備した谷崎を現代文学として読むための論法を抽出する。

＊1　中村光夫「文芸と文学」（「文学界」昭28・4）。数名の批評家が「斎藤兵衛」の名のもと匿名で執筆した「文芸時評」（「文学界」昭28・1～12）の一部。『中村光夫全集』第八巻（昭47、筑摩書房）所収。

＊2　『現代文豪名作全集　第二巻　谷崎潤一郎篇』（昭27・7→普及版昭28・3、河出書房）の解説として書かれ、のちに伊藤整『谷崎潤一郎の文学』（昭45、中央公論社）に収められた。本書第四部第二章で検討する。

＊3　十返肇「谷崎潤一郎」（「文壇人物評」（「日本経済新聞」昭31・1・3～10）より）。

＊4　十返肇「ことしの文壇回顧」（「北海道新聞」昭32・12・26）。

＊5　寺田透「さまざまな困難・『瘋癲老人日記』・『砂の女』」（「文芸」昭37・9）。

第一章　『細雪』論　——予感はなぜ外れるのか

はじめに

「此れは逃避の小説である。或ひは遊離の」[*1]。『細雪』が完結すると、中村真一郎は時評の冒頭にこう記した。『細雪』は、「軟弱かつはなはだしく個人主義的な女人の生活をめんめんと書きつらねた」[*2]作風が時局に沿わないとして発表の場を奪われながら、戦中も書き継がれ、戦後に完結を迎えた。中村の発言は、こうした背景を踏まえ、作家・谷崎潤一郎の戦時下における執筆態度を形容するものと理解された。しかし彼の言う「遊離」は、作家の時代に対する姿勢を指し示すとともに、作者と小説の世界の関係を形容するものであった。中村は作者の作中人物に対する「間接的な描き方が、此の作品の、遊離的な世界の完成のために、特殊な効果があつた」ことを書き漏らしていない。ここには、谷崎が評論「「つゆのあとさき」を読む」（「改造」昭6・11）で永井荷風の『つゆのあとさき』（「中央公論」昭6・10）を評して言った、「作者が完全にその作品の世界から遊離し切つてゐる」という一節が響いていると思われる。

「「つゆのあとさき」を読む」は、「遠く源氏物語から綿を引く日本の写実小説」の系譜に、井原西鶴、尾崎紅葉、自然主義、さらに『腕くらべ』（「文明」大5・8〜大6・10）以降の荷風を位置付け、近作『つゆのあとさき』にその達成を見るという趣旨の評論である。荷風論や文学史論としての意義は別に検討する必要があるだろうが[*3]、谷崎の小説論としてみれば、これは『細雪』を準備するという意味で重要である。安田孝は「ここから『細雪』という四人の「姉妹とそれを取り巻く人々」を描いた小説が生まれることになる」[*4]と述べ、「「つゆのあとさき」を読む」から『細雪』への線を示唆する。『つゆのあとさき』によって「写実小説」を見なおしたと言う谷崎は、作者が小説の世界から「遊離」する「純客観」の手法を「使ひやうに依つてはいつの時代にも応用の道がある」と評価し、この「古めかしく」「時勢おくれ」の手法を再利用する意欲を示した。荷風もまた、その返礼のように「細雪の作風は純然として又整然として客観的の範囲を厳守してゐる」[*5]と後に『細雪』を称賛することになる。

では、谷崎の言う「純客観」とはどのようなものであったか。「「つゆのあとさき」を読む」の時点では、「私はあまり支那小説を沢山読んでゐないので、たしかなことは云へない」としながらも、「純客観」を「東洋の小説や物語」の特徴であるとし、『紅楼夢』や『金瓶梅』をその代表として挙げている。「きのふけふ」（「文芸春秋」昭17・6〜11）では、これに林語堂『北京の日』（鶴田知也訳、昭15、今日の問題社）を加え、古今にわたる「支那の長篇写実小説」、さらに『源氏物語』を「東洋流」の「純客観」として一括している。彼によれば「事件のヤマや起伏や波乱重畳と云ふことが少」く「似たやうな場面が幾度か繰り返される」ところにその特徴があり、これによって「いかにも実際世界の縮図らしい感じ」が与えられるという。

『細雪』を完成した直後、谷崎は「全編に起伏のない、主観を全く出さぬ東洋流のものを書きたかつた」（「『朝日賞』に輝く業績／いぶし銀の絵巻／七年がけの労作「細雪」」（「朝日新聞（大阪版）」昭24・1・3））とこれを振り返った。本作がこうした「純客観」の「写実小説」への関心のもとで執筆されたことは明らかである。とするなら、『細雪』はどこにその写実たる根拠をおくのか。以下、本文に即して考察する。

一 物語と世界

『細雪』は、長期にわたる作家生活を誇る谷崎潤一郎にあって、例外的に首尾照応を備え完結した長篇小説である。本作のあらすじは、雪子と妙子がそれぞれ何度かの見合いと恋愛を経て終に結婚に至る物語として要約できる。作者自身、この小説が「昭和十六年の春、雪子の結婚を以て終る」（「細雪上巻原稿第十九章後書」（昭18））ことを予定しており、途中の出来事はともかく、結婚という帰結ははやくから確定していたようである。冒頭の時点で「いつの間にか婚期を逸してもう三十歳にもなっている」（上二）と既に婚期の遅れを指摘されている蒔岡家の三女雪子と、その「雪子をさしおいて妙子が先に結婚することは、尋常の方法ではむずかしい」（上三）ためにやはり婚期を逃しつつある四女妙子は、作中に四年半の年月を経て、ついに末尾でともに結婚に至る。妙子は計画妊娠という「尋常」ならざる「方法」をもって「雪子をさしお」き、結婚の順序は一日だけ前後する。

だがはやくは中村真一郎によって「一般に此の小説では、ある人物が主役を演ずる事件になると、必ずその人物の気持は、省略されてゐる。妙子は、雪子の事件については、その心理が十分に描かれてゐるが、自分のことになると、読者から遠ざかる」と指摘され、「側写法」*6と呼ばれたように、本作では雪子は妙子の恋愛に関して、妙子は雪子の見合いについて、それなりの判断を持ち立場を明確にもするのだが、自分がそれによって筋に参加しているはずの事象をどう捉えているかについては一貫して省筆される。雪子のいないところで幸子と妙子が雪子の見合い相手の釣書をまわし見て品定めをする冒頭の場面は、この小説の方法を象徴する。妙子の恋愛も「不意討ち」（中十八）として事後的に発覚し、「あゝ、またしても、………ほんとうにまたしても、………この妹に煮え湯を呑まされた」（下三十二）

という幸子の慨嘆とともに繰り返し記述される。つまり本作は、雪子と妙子の結婚へ至る道程を筋としながら、読者が当事者たちの心理を追ってその筋を読むことを退けるのである。安田孝は「雪子が、そして妙子がどうなるのかということが、きわめてゆるやかにではあるが筋を形づくっているといえよう」としながらも、「「細雪」は筋の展開で読ませる小説ではない」[*7]と断言している。とすれば、『細雪』は何を読ませる小説であるか。

E・G・サイデンステッカーは、『細雪』の中に「本筋に関係のない事件や、伏線のごとくしてしからざる事実の多いこと」を指摘すると、それを「現実がフィクションの領域を侵犯している」[*8]証左であるとして批判した。彼によれば、本作に記される出来事は「その象徴的な性格を論ずる」べきものではなく、妙子を巻き込む水害も末尾を飾る雪子の下痢も「実際にそうだったから書いたにすぎない」というのである。なるほど『細雪』は、「何月何日にはかういふことがあつたと云ふやうなこと」を「調べたり覚え書したり」（「「細雪」回顧」（「作品」昭23・11））して時代の風俗を取り入れ、作家の三番目の夫人である松子とその二人の妹の生活に細部を取材している。「創作余談」（「毎日新聞」昭30・2・1）によれば、表題には「三寒四温」とともに「三姉妹」の候補も挙がっていたという。しかし「あまり平凡のやうに思へたし、それに物語の内容から云へば、三人姉妹の上にもう一人姉がある訳なので、「四姉妹」が本当であるとも云へる」ためにそれは破棄された。日の目を見ることのなかったこの表題は、サイデンステッカーによる英訳（Charles E. Tuttle Company, 1957）に「THE Makioka Sisters」の題が冠せられることによっていわば復活を果たすのだが、表題をめぐるこのささやかな経緯は、『細雪』という小説がまずもって蒔岡家「四姉妹」の、あるいはそこから長女鶴子を除いた「三姉妹」の世界として立ちあらわれることを示すだろう。

雪子と妙子は、本来鶴子の夫に監督されるべき身分だが「本家の方にいるのを嫌って」（上六）、二番目の姉である幸子夫婦の芦屋の分家に滞在している。「三姉妹」を取り巻くこの世界の内実は、彼女たちの日常的な瑣事を重ねて満たされていく。『細雪』全篇を通じての主人公が誰であるかは議論の分かれるところだが、雪子と妙子がそれぞれの物語の主人公であるのに対し、芦屋蒔岡家の生活を主宰する幸子は、自ら「事件」の「主役を演じる」ことがない。平野芳信が指摘するように、幸子は流産以外に「自身に関する固有のエピソード」を「有していない」[*9]。だが『細雪』の読者は、雪子や妙子の物語より、幸子を中心とするこの世界をこそ読むのではないか。

本論では、幸子が二人の妹の未来を繰り返し予感すること、かつその予感がしばしば外れることに注目し、彼女たちを取り巻く世界の様相を抽出する。一般に、的中する予感は物語の伏線として機能するが、『細雪』では予感は繰り返し的を外す。予感はなぜ外れるのか。本論はこの問いを起点とし、サイデンステッカーとは違う意味で、『細雪』という小説の世界における現実の様式を明らかにしたい。

二　幸子の予感

寺田透によって「存在とその可能性」が「全幅的に生かされている」[*10]と評された幸子は、繰り返し何事かを予感し、未来を占う。幸子は「しばしば、貞之助のことや悦子のことよりも、雪子のことや妙子のことを心にかけている時間の方が多いのではないかと思って、自ら驚くことがあった」(中二十二)が、なるほど彼女が予感を働かせるのは主に二人の妹のことである。ところがその予感は、ことごとくと言っていいほど度々外れるのである。

たとえば上巻十九章の有名な花見の場面では、「幸子一人は、来年自分が再びこの花の下に立つ頃には、恐らく雪子はもう嫁に行っているのではあるまいか」と想像するが、実際には翌年の花見どころか雪子の結婚はこの四年後の春を待たねばならなかったし、「正直のところ、彼女は去年の春も、去々年の春も、この花の下に立った時にそういう感慨に浸ったのであり、そのつど、もう今度こそはこの妹と行を共にする最後であると思った」のであった。冒頭で話題に上った瀬越との縁談も、「今度は大丈夫纏まるような気がしていた」（上十四）といい、「まあそれやこれや、いろいろの理由から、今度ばかりはぜひ成立させたくも、またするようにも考えていた次第であった」のに、結局はいつものように「動きの取れない故障が起ってどうしても断るような羽目」に陥っていた。

中巻に入ると、幸子は水害で遭難した妙子らについて「忌まわしい推測」（中六）を働かせる。「幸子には最善から最悪に至るあらゆる情景が想像される中で、ややともすると悪い方の場面ばかりが一番有りそうなことのように考えられるのであった」。彼女は「雪」を舞う妙子の写真を取り出し、「今から思うとちょうど一箇月前に、あの妹がこんな殊勝な恰好をしてこんな写真を撮ったということが、何だか偶然ではないような、不吉な豫感もするのであった」（中七）と不安を募らせる。貞之助にも幸子の不安が感染したかのように、「先刻の妻の大袈裟な心配の仕方は、少し常識を外れているようにあの時は感じたが、やはり肉身の間柄で虫が知らしたのではなかったであろうか。――今から一箇月前、先月の五日に「雪」を舞った時の妙子の姿が、異様な懐しさとあでやかさを以て脳裡に浮かんだ」（中五）。しかしあにはからんや、妙子は無事に帰宅する。妙子に洋行し職業婦人になる話が持ち上がったときも、幸子は本家との間で「やがて自分たちが板挟みになって困らされる時が来るような気がし」（中二十三）、「早晩、この変り種の妹が何かまた事件を惹き起しはしまいかと思」（中二十四）って気を揉んだ。だが本家の反対を待たずにこの件は立ち消えとなる。その後幸子は板倉と結婚の約束を交わしたという妙子の告白に衝撃を受けるが、板倉の急死によりまたも事態は回避される。

幸子は、この間から自分が何よりも苦に病んでいた問題、――自分の肉親の妹が、氏も素性も分らない丁稚上りの青年の妻になろうとしている事件が、こういう風な、豫想もしなかった自然的方法で、自分に都合よく解決しそうになったことを思うと、正直のところ、有難い、という気持が先に立つのをいかんとも制しようがなかった。
（中三十五）

幸子は下巻でも妙子の死を予感する。入院する妙子を前に、幸子は妙子が「もうこれっきり帰って来ないのではないかというような不吉な豫感がする気持」（下二十一）に襲われることを警戒する。幸子が見るところ妙子の顔つきは「どうしても死期が近づいた相のように思えたのであった」。それを打ち消そうにも「今度に限って、「ぼんやりしていると、またしても忌まわしい場合が考えられて来るのであった」。それを打ち消そうにも「今度に限って、今朝の病人のあの顔つきを見てからは、何か、骨肉の者だけにしか分らないような豫覚が感じられてならないのであった」。幸子は「その豫覚に従って」鶴子に手紙をしたため、「いやなことを云うようですが今度に限って」「どうも今度はこいさんのあの様子と云い、あの顔つきと云い、不吉な豫感がしてならない」と訴えた。だが妙子はあっけなく快復し、病後はかえって「病気以前より太ったせいでもあるらしい」（下二十八）く、近頃の和服姿は「変にずんぐりむっくりしていた」。

雪子と御牧の縁談が順調に進む最中、妙子に妊娠の事実を打ち明けられた幸子は、「そう云えばこの間じゅうから、洋装をやめて和服を着るようにしていたのにも理由があったのだ」（下三十二）と「妊娠なんて夢にも想像しなかった」自分の「迂闊」さを思う。そして「雪子ちゃんの縁談というと何か不吉な前兆に遭うことがしばしばである」が今回も「二度あることは三度である、というような豫感がしないではなかったのである」と振り返り、「ああ、やっぱり今度も、……この話は駄目になるのだ」と破談を予感し涙する。幸子は加えて「豫期せぬ妨害が奥畑の方からも起りはしないか」と心配する。帰宅した幸子はこれらの懸念を貞之助にぶつけるが、夫は「まさかこのために縁談が駄目になりもしまい」（下三十三）と冷静に分析し、奥畑の件も「一笑に附して、そんなことはお前の杞憂に過ぎない」と片付ける。結果は貞之助の言う通り、雪子は無事に結婚するし奥畑もあっさり引き下がるのだった。

　このように幸子の予感は、「やはり肉身の間柄で虫が知らしたのではなかったであろうか」「何か、骨肉の者だけにしか分らないような豫覚が感じられてならないのであった」「今度に限って」「二度あることは三度である」といった言辞によって補強されながら、全篇を通じ繰り返し外れていく。貞之助の言葉を借りれば、それはしばしば単なる「杞憂に過ぎない」。ところが幸子にこれを反省する様子はない。予感の当否は事後的に照合してはじめて見えるが、作中人物たちにその視点はない。記述の順序に即せば、まず幸子の予感が展開され、ある切断の後にその予感に反する出来事が記される。予感は「豫想もしなかった自然的方法」、予感とは無関係に到来する現実によって否定されるのである。

　たとえば前述の花見の場面で、幸子たちが「去年の春が暮れて以来一年に亘って待ちつづけていた」という「二日間の行事の頂点」の「一瞬」は、次のように書き留められる。

> あの、神門をはいって大極殿を正面に見、西の廻廊から神苑に第一歩を踏み入れた所にある数株の紅枝垂、――海外にまでその美を謳われているという名木の桜が、今年はどんな風であろうか、もうおそくはないであろうかと気を揉みながら、毎年廻廊の門をくぐるまではあやしく胸をときめかすのであるが、今年も同じような思いで門をくぐった彼女たちは、たちまち夕空にひろがっている紅の雲を仰ぎ見ると、皆が一様に、
> 「あー」
> と、感歎の声を放った。（上十九）

長谷川三千子は、「期待と現実とを隔てる薄い半透明の膜が一気に切つておとされる心地がするもので、この文章の「たちまち」といふ短い一語が、その切つておとされる音を伝へる」[*11]とこれを分析する。なるほどここでは、まだ見えていないものへ寄せる作中人物たちの期待と、それ――この場合は今年の桜――が一気に目の前に開示されたときの彼女たちの単純な反応とが、長い一文のうちに同居している。彼女たちが眼にする桜は、描写されることでこの世界にあらしめられるのではなく、彼女たちが放つ「あー」という感歎の声の向こう側にひろがる。その声は、構文上は一文のうちにつなぎとめられつつ、鉤括弧を付し改行されて提示され、この瞬間を現在時として印象付ける[*12]。このように『細雪』は、作中人物とりわけ幸子が先の見通せないなかで未来についてあれこれ想像を働かせるさまと、その予感を引き継ぐことなくただ一つの現実が到来するさまを繰り返し記述するのである。

三　物語の消費

寺田透は、作者が「この小説の各章の終りを多くの可能性を含む叙事で打ち切る」[*13]ことを指摘している。「そして次に始まる章は一々気持を改めて読むことを要求するていの構へを持つてゐる」。寺田は具体的にどこがそれに相当するかを示さないが、たとえば中巻四章から十章にかけて記述される水害のシークエンスにそれを見て取ることができよう。そこでは、幸子が遭難した妙子の死を予感する前半部と、板倉による妙子の救出劇が語られる後半部とが、異なる時制の下に配分されていた。前半部では妙子の生死は不明だが、七章末尾で妙子が帰宅し無事が確認されると、これが境となって次章冒頭では一転して次のような事後的な視点が導入されるのである。

妙子の遭難の顛末については、その夜当人と貞之助とがこもごも幸子に語ったことであったが、今そのあらましを記すと次のようなわけであった。（中八）

これに続いて「記」され、「九死に一生を得た」（中十）と要約される妙子の危機は、なるほど十分に危機的な内容ではあるが、あらかじめ無事が分かっているだけに、読者にとっては幸子の予感した妙子の死ほどに危機的ではない。宮内淳子は、妙子の生還を知った上で遡及的に語るため、ここに「サスペンスの効果はない」[*14]と指摘する。だが板倉の救出劇の中になくとも、幸子の予感の中にそれに類するものはある。幸子自身が危険にさらされるわけではないが、妙子の死を予感する彼女は不安のただなかにいた。言い換えれば、妙子の死の可能性は、幸子の予感のうちで既に想像的に消費されている。妙子が無事に帰宅することで幸子の予感は打ち切られ、次章はその予感を引き継ぐことなく救出劇の「あらまし」を記述する。この後、水害の話題は雪子が見舞いがてら東京から戻る「埃っぽい夏の一日」（中十）へと収束するが、このとき幸子は悦子や妙子とともに隣家のシュトルツ家へお茶に呼ばれており、平穏な生活の回復が標し付けられる。

やがて東京滞在中に奥畑から妙子と板倉の恋愛を教唆する手紙を受け取った幸子は、滞在最終日である翌日まで動揺を持ち越す。以下はそれを記す中巻十九章の末尾である。

彼女の眠れない頭の中には、帰宅早々自分の裁断を待っている厄介な事件、――昨日からの持ち越しの問題が、さまざまの疑念や憂慮の形を取って結ぼれては消えた。あの手紙のことは確かに事実なのであろうか。……事実であったらどう処置したらよいであろうか。……悦子は何か変に思ってはいないであろうか。……彼女は奥畑から手紙が来たことを雪子にしゃべりはしなかったであろうか。………

（中十九）

妙子の恋愛「事件」＝「問題」は、「であろうか」という疑問形と「………」の記号を交互に用いられ、幸子の「頭の中」で「さまざまの疑念や憂慮の形を取って結ぼれては消えた」というその「形」のままに記述へと定着されている。幸子はあれこれ予感をめぐらし、章の末尾では不安ははちきれんばかりに膨れ上がっている。ところが次章は、「幸子は二三日の間というもの、日が立つほどだんだん疲労が出て来るようなので、按摩を取ったり昼寝をしたりして暮した。そして退屈すると、ひとりテラスの椅子に腰かけて庭を眺めては時を過した」（中二十）と、帰宅した彼女の様子を報告する。前章の予感は引き継がれず、幸子は自身が予感したことさえ忘れたかのようである。

ここにさりげなく挿入された「退屈」の一語に注目したい。渡部直己は、『細雪』をめぐる多くの議論が「「退屈」の一語だけは回避せんと努める」[*15]ことを批判する。この場合、読者が退屈を感じるかどうかという議論の以前に、ほかならぬ幸子自身が彼女を取り巻くこの世界に倦んでいることに注意すべきである。

そういう風にして日が立つうちに、奇妙なことには東京から持ち越しの疑念が次第にうすらいで行きつつあった。あの朝浜屋の一室で手紙を開けた時の驚き、その翌日も引き続いて犇と胸を締めつけていた憂慮、寝台へもぐり込んでからも夢魔のように夜じゅう自分を苦しめた問題、――あの時はあんなに急迫した、一日を捨てておけない事件であると感じられたのに、不思議にも我が家へ戻って朗らかな朝を迎えた瞬間から、だんだん緊張が弛み始めて、そう慌てないでもよいいように思われ出して来た。

（中二十）

奥畑の手紙をきっかけに妙子についてあれこれ予感し、激しく動揺した幸子であったが、「緊張」は一時のものでやがて「弛み」、彼女は再び平穏な生活へと吸収されていく。二人の妹の身に何事もないとき、幸子は退屈を感じる。たとえば上巻十五章では、雪子と瀬越の見合いの事後処理の話題と、妙子の知人であるキリレンコ宅に幸子一家が招待される挿話の間に、妹二人が本家で過ごす近年の正月の「ひっそりした、間の抜けたような日」が報告されていた。中巻二十二章でも、幸子は妹が家を空けることに「一種の淡い物足らなさを覚え」、次のような感慨を抱く。

いったい今年は、春に雪子の見合いの件があってから、六月には舞の会があり、引き続いてあの大水害、妙子の遭難、おさく師匠の逝去、シュトルツ一家の帰国、東京行き、関東大暴風、奥畑の手紙が捲き起した暗雲、………と、今まで随分いろいろな事件が多かったのに、それがここへ来て一遍に静かになったので、一つはそのために、何かぽかんと穴の開いた、手持無沙汰な気がするのであろう。それにつけても、幸子は自分の生活が、内的にも外的にも、いかに二人の妹たちと密接に結び着いているかを、感じないわけには行かなかった。幸いにして彼女の家庭は、夫婦の間も円満に行っているし、悦子は多少手のかかる児であるにしてからが一人娘のことであるし、本来ならばあまりにも波瀾に乏し過ぎる、平和な親子三人の暮しなのであるが、今までそれに絶えずさまざまな変化を与えていたものは、二人の妹なのであった。（中二十二）

ここで幸子が振り返る「いろいろな事件」には、すべて妹たちが関与している。と言うより、それはほとんど幸子のことではなく、妹たちのことである。たとえば「妙子の遭難」は、妙子と板倉が急接近するきっかけとなる出来事であったし、「奥畑の手紙が捲き起した暗雲」も、奥畑の嫉妬という本来的には妙子の物語を構成するべき挿話である。だが本作はそれを妙子のこと――妙子の恋愛の物語――としてではなく、幸子のこと――幸子の予感が外れること――として記述する。なるほどそれは幸子にとっても何らかの「事件」や「問題」であり得る。仮にこれらの出来事を差し引いたとしよう。幸子は「本来ならば」、つまり「妹たちが本家を嫌って二番目の姉の家でより多くの月日を送りたがる」ことがなかったならば、「あまりにも波瀾に乏し過ぎ」たであろう彼女の家庭が、二人の妹の存在によって「絶えずさまざまな変化を与え」られ「色彩が豊富にされ」ていることを改めて意識している。

すなわち幸子は、或いは幸子を中心とする芦屋蒔岡家は、二人の妹の結婚へ至る物語を費消するが、それ自体は筋を構成しない。加賀乙彦は「あたかも普通の小説のなかにもう一つの物語がもぐりこんでいるような二重構造*16」とこれを評する。雪子や妙子の物語は、幸子の予感が外れることとして変形され、小説の世界へと包含される。『細雪』の読者は、「波瀾」や「変化」を備える雪子や妙子の物語の代わりに、それらを包摂して茫洋とひろがるこの世界をこそ読むのである。

従って雪子と妙子がついに結婚を決め、「三姉妹」の関係が崩れるとき、小説もまた閉じられることになる。結婚といっても式を挙げることでも届を出すことでもなく、二人が前後して幸子夫婦の家を出ることが小説の帰結に代えられている。*17 貞之助は本家の兄に手紙を認め、「何処までも雪子ちゃんは本家の娘として嫁入りすることに変りはないのであ」（下三十五）って「小生の家から嫁に行かせようと申すのではない」と丁重に断るだろう。『細雪』の世界を成り立たせていた「三姉妹」の関係はここに解消される。幸子からすれば二人の妹は「悦子にも劣らぬ可愛い娘であった」（中二十二）が、やはり「自分の娘と一緒」（中十七）だという女中お春にも結婚話が持ち上がり、「幸子は、そんな工合に急に此処へ来て人々の運命が決まり、もう近々にこの家の中が淋しくなることを考えると、娘を嫁にやる母の心もこうではないかと云う気」（下三十七）がするのだった。雪子と妙子、またお春は、流産した子供に代わる幸子の擬似的な娘たちであった。

四　神経衰弱

このように幸子は、自身は平穏な家庭生活におさまりながら、二人の妹のことに関してあれこれ予感を働かせる。予感は当たらない。だが彼女は予感することによって雪子と妙子の物語を想像的に消費し、退屈を紛らすことができる。本作は、幸子を取り巻く世界が一時（いっとき）動揺し、再び平穏な日常を回復するさまを倦まずたどる。ではこの反復によって『細雪』が提出する現実の様相とはどのようなものか。再び、東京から戻った幸子の様子を眺めてみよう。

どうも、今から考えると、自分も東京にいた間は悦子の神経衰弱が感染していたのかも知れない。実際東京のあのいらいらした空気の中にいれば、自分のような者は神経が変にならずにはいない。やはりあの時心配したのは病的だったので、今の判断が正しいのではないであろうか。………（中二十）

ここで幸子が東京での精神状態を神経衰弱という病に擬えていることは、本作が提示する現実の様相を見定めるうえで示唆的である。上巻二十二章には、幸子が「何や、重い病気になる前兆みたいな」と頭痛を訴えるのに対し貞之助が「そら神経や」と返す夫婦の会話が書き付けられていた。ただし幸子は感受性が強く涙もろい人物として設定されるが、神経衰弱だと診断されることはない。作中で神経衰弱という病を割り振られるのは、むしろ彼女の一人娘の悦子である。

悦子の神経衰弱は、不眠症にはじまり、感情を昂らせ「「殺す」とか「殺してやる」とかいうことをしばしば口走る」（上二十四）こと、食欲減退、潔癖症、特に蝿を非常に恐れ「食物に止った場合はもちろん、近くへ飛んで来たのを見ただけでも、どうも止ったらしいと云って食べなかったり、確かに今の蝿は止らなかっただろうかと、周囲の者に執拗く尋ねたりする」などの諸症状を呈していたが、最も問題視されたのは次の挿話であった。

或る時幸子は、悦子を連れて水道路へ散歩に出て、路端に蛆の沸いた鼠の死骸が転がっているのを見たことがあったが、その傍を通り過ぎておよそ一二丁も行った時分に、

「お母ちゃん、………」

と、悦子が、さも恐ろしいことを聞くように擦り寄って来ながら小声で云った。

「………悦子あの鼠の死骸蹈めへんなんだ？………着物に蛆が着いてえへん？」

幸子はぎょっとして、悦子の眼つきを窺わずにはいられなかった。なぜといって、二人はその死骸を避けるようにして二三間離れた所を通ったので、どう考えても、それを蹈んだと思い誤まる筈はなかったからである。

（上二十四）

右の場面で、悦子は鼠を踏んだと思い込んでいるわけではないが、間違いなく踏まなかったという確信を持てないでいる。蝿が食物に止ったかも知れない・鼠の死骸を踏んだかも知れないという可能性を想像することが、どうも止ったらしい・踏んだのではないかという不安へと転じ、確かに止らなかった・踏まなかったという現実への認識が揺らぐ。ここには幻覚の兆しがある。幸子が二人の妹のことを思ってさまざまな予感に胸をしめつけられている状態は、

このような神経衰弱の症状に擬えられるのである。
「青春物語」（「中央公論」昭7・9～昭8・3）の谷崎は、青年期の自分も悩まされた「われわれの時代の神経衰弱」を、藤村操に代表される「一と時代前」の「センチメンタルなもの」とは違って「もつと世紀末的な、廃頽的なものであつた」と回顧し、『The Affair of Two Watches』（「新思潮」明43・10）や『悪魔』（「中央公論」明45・2）といった自作の主人公たちの神経衰弱が「即ち私のものであつた」と述べている。大正期までの彼の諸作には、神経衰弱に悩む男の妄想・幻覚というモチーフが繰り返し登場する。それは作家自身の経験の再現として、また時代の病の表象として理解されて来た。だが本論では、作中人物に神経衰弱の属性を付与することが、作中に幻覚の領域を開く端緒となっていたことに注目したい。たとえば『病蓐の幻想』（「中央公論」大5・11）の主人公は、神経衰弱を病み、地震が起こるのではないかという「豫感」に怯え、地鳴りの幻聴を聴く。『柳湯の事件』（「中外」大7・10）は、やはり神経衰弱を病む画家の青年が、妻を殺したような気がすると妄想を語る。「僕は今夜、事に依ると、人殺しの大罪を犯して居るかも知れません。かも知れません、と云ふのは、自分でも果して人を殺したかどうか、ハッキリとした判断が附かないのです」――このように語り出される青年の告白は、何が現実に起こったことであるかを判断する部分に狂いが混入している。すなわち神経衰弱は、幻覚によって一時開示された「かも知れません」の世界が、現実の世界を揺るがし侵犯するという症状として描かれてきたのである。

　幸子の予感は、事後的にその内容を検証すれば、単に起こらなかったことに過ぎない。しかし少なくとも彼女の想像のうちで、それらは説得力を持って起こるかも知れないことであった。なるほど大正期までの諸作とは違い、心配された神経衰弱も「いろいろのことが効を奏して案じたほどでもなく良くなって行った」（上二十五）という悦子を含む『細雪』の作中人物たちは、いずれも幻覚の領域に棲むものではない。徐々に幻覚への没頭を深め、現実の世界を見失っていく人物はここにはいない。幸子は束の間想像に耽るが、予感に反した現実が到来すると、その後は一転して予感していたことさえ忘れるようである。神経衰弱を扱う大正期までの諸作が、現実が幻想によって侵犯されるさまを描くとすれば、『細雪』では作中人物の予感によって一時開示される幻覚を断ち切るように、再び何事もない現実の世界があらわれるのである。

おわりに

雪子や妙子に関してあり得た別の物語の可能性を、『細雪』は幸子の予感のうちに一時開示してみせる。だが予感は外れ、幸子は平穏な生活のうちに再び埋没する。雪子や妙子は、幸子によって未来を予感されながら、それと関係なく自分たちの人生＝物語を決していく。過ぎてしまえば、物語はあたかもこうでしかあり得なかったかのように軌跡を描くだろう。だが本作は、軌跡が確定する以前の世界の一瞬の不安定と、その後に回復される平穏な世界とを、幸子の予感が外れるという事象のうちにどちらも余すところなく書き留めようとする。幸子の予感は世界の裂け目を垣間見せる。神経衰弱にも擬えられるその危うい一瞬は、予感に反して現実が到来し、物語が確定した後には忘れ去られるものである。

現にこうであるところの世界は、それら起こり得たさまざまな可能性の否定、忘却としてある。逆説的だが、この認識によって本作は谷崎の中で最も写実的（リアリスティック）な世界を立ち上げることに成功している。このことは作家が身辺に取材して本作を書いたこととも、作中に時代の風俗が書き込まれていることとも直接には関係がない。「写実小説」に関心を寄せ、『細雪』では「全編に起伏のない」小説を書きたかったと述べる谷崎は、作中人物の予感のうちに物語の多様な可能性を開き、かつそれを否定するものとして現実の様式を提出した。小説の世界は、小説の外の現実との照合によってではなく、作中人物が展開する想像との対照において、現実としての根拠を与えられた。いかにして現実の世界に似せて書くかというリアリズムの方法的な課題を遠く離れて、『細雪』は、予感を否定して出来するものとして現実の様式を示したのである。

＊1　中村真一郎「『細雪』をめぐりて」（「文芸」昭25・6）。
＊2　畑中繁雄「「生きてゐる兵隊」と「細雪」をめぐって」（「文学」昭36・12）。畑中は昭和十八年四月の六日会における陸軍報道部の発言としてこれを伝える。
＊3　岸川俊太郎「〈現象〉としての『つゆのあとさき』――昭和初年代における谷崎と荷風の位相」（「近代文学　第二次　研究と資料」平20・3）参照。
＊4　安田孝「「つゆのあとさき」を読む　［評価］」（「谷崎潤一郎必携」）。
＊5　永井荷風「細雪妄評」（「中央公論」昭22・11）。
＊6　中村「『細雪』をめぐりて」（前掲）。
＊7　安田孝「蒔岡家の姉妹」（『谷崎潤一郎の小説』平2、翰林書房）。
＊8　E・G・サイデンステッカー「谷崎潤一郎の文学――その一周忌にあたって――」（『異形の小説』安西徹雄編訳、昭47、南窓社）。類似の見解に、山本健吉の「『細雪』においては、仮構の世界が到るところで現実の世界に入り混じり、汚され、毀損されている」（「『細雪』の褒貶」（「群像」昭25・11）との批判がある。
＊9　平野芳信「谷崎「細雪」論」（「日本文芸学」昭56・10）。
＊10　寺田透「谷崎潤一郎『細雪』」（『岩波講座　文学の創造と鑑賞』第一巻、昭29、岩波書店）。

＊11　長谷川三千子「やまとごころと『細雪』」（「海」昭56・2）。ただし本文の引用は本章が依拠する本文に揃えた。
＊12　本書第二部「会話と地の文の関係」参照。
＊13　寺田透「小説と時間――永井・谷崎・志賀諸家の作風について――」（「改造文芸」昭23・2）。
＊14　宮内淳子「ことばあそびの現場から――『細雪』」（『谷崎潤一郎――異郷往還――』平3、国書刊行会）。宮内はこれを谷崎が林語堂の『北京の日』に学んだ描き方だと推測する。
＊15　渡部直己「雪子と八月十五日――『細雪』を読む」（『谷崎潤一郎――擬態の誘惑』平4、新潮社）。退屈さに言及した論考に、本作が「退屈な生活を（大部分の読者にとって、蘆屋の中流階級の女性の生活は退屈なものであることを認めよう）溌剌たる芸術に練り上げてみせ」たと評価するサイデンステッカー「解説」（『日本の文学　24　谷崎潤一郎（二）』昭41、中央公論社）、ここに記された話題が「われわれの尋常な興味をそそり、同時にまた退屈さをもたらすものであろう」と推測する細谷博「〈伝聞〉と〈忖度〉のひろがり――『細雪』――」（『凡常の発見　漱石・谷崎・太宰　南山大学学術叢書』平8、明治書院）などがある。
＊16　加賀乙彦「円環の時間・『細雪』」（『日本の長篇小説』昭51、筑摩書房）。
＊17　谷崎は「実は最後を結婚式で終らせようかといふ考へもあつたが、やはり、あのへんで止めておいたほうがよからうと思つて、つい結婚式までは出さずにしまつた」（「『細雪』瑣談」（「週刊朝日」春季増刊号昭24・4））と発言している。

［付記］
・『細雪』の本文は、谷崎が最後に改訂した『日本の文学　24　谷崎潤一郎（二）』（昭41、中央公論社）に拠った。傍点は原文、ルビは省略した。伊吹和子は、「初めて新仮名遣いと当用漢字（戦後の国語改革による）で統一した読みやすい全集、というのがキャッチフレーズの一つであった」『日本の文学』刊行に際し、谷崎が「漢字の一部、「芸」と「藝」、「予」と「豫」、「糸」と「絲」の使い分けと、他にも十数種の旧字体は混用させる」ことを条件に自作の用字の改変を承諾したと証言する（『われよりほかに　谷崎潤一郎　最後の十二年』平6、講談社）。本章はこれに従い、旧字を新字に統一することはしなかった。なお初出は上巻＝「中央公論」昭18・1、3、『細雪　上巻』（昭19、私家版）・中巻＝『細雪　中巻』（昭21、中央公論

社）・下巻＝「婦人公論」昭22・3〜昭23・10である。

・本論は、谷崎潤一郎研究会での同題の口頭発表（平17・3・24、於専修大学）をもとにしている。席上ご教示くださった方々に感謝します。

第二章　『少将滋幹の母』の読みかた　――中村光夫と伊藤整の谷崎潤一郎論

はじめに

中村光夫と伊藤整は、昭和二十年代後半に前後して谷崎潤一郎論を発表した。同時期に発表された彼らの谷崎論は、しかしそれぞれ新旧の評価を代表するものと見做され、対立する側へと振り分けられた。平野謙は『わが戦後文学史』（昭44→改訂版昭47、講談社）で、伊藤整の「谷崎潤一郎の芸術と思想」を「思想なき芸術家」から「思想的作家」へと谷崎の評価を転換する「画期の論文」であったとし、「中村光夫のそれを前期の集大成とすれば、後期の評価史は伊藤整によって開始された」と谷崎評価史を整理している。

中村光夫の「無思想」批判から、伊藤整による「思想」の評価へ。こうした整理によって見逃されてきたのは、中村と伊藤の論がともにこの時点の谷崎のある近作に触発されて、彼のそれまでの諸作を振り返る形で構想されたと推測されることである。戦中から書き継いできた大作『細雪』（「中央公論」昭18・1～「婦人公論」昭23・10）を完結させたのち、谷崎が戦後はじめて発表した新作の小説、『少将滋幹の母』（「毎日新聞」昭24・11・16～昭25・2・9）がそれである。

『少将滋幹の母』は、「此の物語はあの名高い色好みの平中のことから始まる」（その一）という一文をもってはじまる。全十一章からなるこの長篇小説は、平中の時平邸の女房への恋を導入部として、以下、平中の過去の恋人である一人の女性をめぐる複数の男たちの物語を順繰りに展開していく。元恋人の平中、平中から話を聞いて興味を持つ時平、夫である国経、そして子である滋幹と、男たちはそれぞれ女性と異なる関係にあり、接点を持つ時期も少しずつずれている。時の権力者である時平は計略をめぐらして老齢の伯父・国経から彼女を強奪し（その二～その五）、平中は時平の北の方となった彼女と幼い滋幹を使いにして再び秘かに歌を交わす仲になり（その六）、国経と滋幹は失った彼女を恋い慕う（その八～その十一）。平中の恋からはじまった物語は、幼くして母に生き別れた滋幹が四十年後に彼女にめぐり逢う夢幻的な場面に行き着いて終わる。

物語の舞台は平安時代である。『源氏物語』をはじめ、数多くの古典文学を参照し引用するこの小説に、戦後という時代の痕跡は認めにくい。[*1]しかし本作は、二人の批評家に谷崎を同時代の作家として認識させ、その諸作を現代文学として読むための視座を与えたと考えられる。彼らは『少将滋幹の母』に何を見出したのか。以下ではまず、伊藤の谷崎論の主旨と文脈、後続の谷崎論との関係を整理する（一・二）。そののちに中村の谷崎論に立ち返り、三部構成の長篇批評を読み解く（三・四）。中村から伊藤へという評価の転回ではなく、『少将滋幹の母』を読む二人の批評家を通じて、谷崎の戦後のはじまりを、谷崎潤一郎論の側から間接的に描き出すことが本章の目的である。

一　伊藤整の『谷崎潤一郎の文学』①――芸術の本質

平野謙が「谷崎潤一郎評価史を前後に区切るにたるエポック・メーキングなもの」と評した伊藤整の「谷崎潤一郎の芸術と思想」は、もともと『現代文豪名作全集　第二巻　谷崎潤一郎篇』（昭27・7→普及版昭28・3、河出書房）の解説として書かれたものである。[*2]伊藤はそこで「谷崎潤一郎の芸術の本質が何であるか」という問いを掲げ、最初の谷崎論と言うべき永井荷風の「谷崎潤一郎氏の作品」（「三田文学」明44・11）を参照し、荷風が挙げた「肉体的恐怖から生ずる神秘幽玄」、「全く都会的なること」、「文章の完全なる事」の三つの特色のうち、一つ目を重視する立場を表明した。「「神秘幽玄」という古風な言い方を「芸術的な生命感」というような言葉に置き直せば、ほとんどこの作家の全作品に通じて用いる評言である」。

谷崎の「芸術」の本質は「肉体的恐怖」から生じる「生命感」にあり、それは谷崎の「全作品に通じ」ると伊藤は論じる。彼の『小説の認識』（昭30・7、河出書房）は、主に昭和二十年代後半の論考をまとめたものだが、「芸術とは、生命をそれの働きという実質でとらえるために人間が作り出した認識の手段ではないだろうか[*3]」という問いかけからはじまっている。「芸術」を「抑圧」に対する抵抗によって「生命」を定着させるものと規定するのが『小説の認識』の伊藤の理論であり、谷崎論は彼の芸術理論を背景とするのである。伊藤は「谷崎潤一郎の芸術の問題」（「婦人画報」昭25・3）でも、自分が現代の文壇における谷崎評価に反対する理由は、「潤一郎擁護のためのみでなく、芸術理論そのものにも、存在するように考える」と述べていた。

伊藤整の『谷崎潤一郎の文学』（昭45・7、中央公論社）は、著者の没後に盟友である瀬沼茂樹によって編まれた。「谷崎潤一郎の芸術と思想」もこの題で収められている。瀬沼は本書に行き届いた解説を寄せ、伊藤の谷崎論がいつ着想されたのか、推測をめぐらしている。

戦前には『谷崎潤一郎論』（昭和一八・一『近代日本文学研究・大正文学作家論・下巻』所収）一篇があるのみだが、何を隠そう、この作家論は、何かの都合で、私の代筆に成るものであることを明記しておかねばならぬ。あのころ、伊藤君の身辺には谷崎本はほとんどみかけず、自ら執筆するほどの関心がなく、…私に代筆をもとめたのであろう。…伊藤君が、戦前に、谷崎潤一郎について、あの作家論に現れているような考えに立っていたと即断してはならない。[*4]

瀬沼は、戦前に伊藤の名前で発表された谷崎論は自分の代筆で、伊藤が戦前から谷崎に関心を持っていたとは考えられないと証言する。彼はまた、伊藤の理論書『小説の方法』（昭23・12、河出書房）にも、「谷崎潤一郎に関説するところは少く、関説しても後の谷崎評価にみるような重要な問題性を孕むと考えられるような箇所はみあたらない」ことを指摘している。瀬沼によれば、伊藤が谷崎への評価を表明したのは「『少将滋幹の母』の新聞連載中に」発表された「谷崎潤一郎の芸術の問題」が最初で、「婦人雑誌に発表されたために大方の注意を惹かなかった」かもしれないこの論考を「補充し、力説する」のが「谷崎潤一郎の芸術と思想」だという。[*5]

「谷崎潤一郎の芸術と思想」の末尾には、次のように『少将滋幹の母』への言及が見える。

戦後の作品である「少将滋幹の母」…では、…この作家が初期に示していたところの、肉体の条件の変化が人間を怖ろしいものに変化させる、というモチーフが現われる。老人は妻を失って狂い、子供は母を失って悩み、奪われた妻はまた別個な人格になる。…どうしてこのような作品が思想的でないと言われ、倫理的でないと言われるのか、私は理解するのに苦しむ。

伊藤は「戦後の作品である「少将滋幹の母」」に、「肉体的恐怖」という谷崎の「初期」のモチーフを見て取っている。彼は『少将滋幹の母』の中に妻を失った国経、母を失った滋幹、時平によって国経のもとから奪い去られた女性の変化を読み取り、それを根拠に本作を「思想的」な作品と評価した。伊藤によれば、谷崎は文壇でマルクス主義的文学観が力をふるった昭和初年代以降、思想のない作家として貶められてきた。だがマルクス主義が思想であるのと同様に、「肉体的恐怖」を人間の根本的条件とする谷崎のそれも思想の名に値する。「肉体の思想」は「谷崎潤一郎という作家の本来の思想の問題」であり「彼の一貫した思想の問題でなければならなかった」。それは初期から戦後までの各作品の主題であり、「特に強く「少将滋幹の母」のテーマであった」。伊藤はこのように『少将滋幹の母』の作中人物たちの変化を根拠に、谷崎の「芸術」の本質を、「肉体の思想」によって「一貫」するものとして把握してみせたのである。

二　伊藤整の『谷崎潤一郎の文学』②――抑圧としての文章

伊藤整の谷崎論のインパクトは、思想のない作家とされてきた谷崎の評価を、同じ「思想」の語を用いて――それを脱政治化して――逆転させた点にあった。伊藤が打ち出した評価は、野口武彦の『谷崎潤一郎論』（昭48、中央公論社）によって肉付けを与えられ、その後の谷崎研究に受け継がれることになる。野口は、谷崎を「古来稀に見る長寿をまっとうした作家」と規定し、その「長寿」を作品における「若さ」としてレトリカルに反転させるところから論をはじめている。彼は「谷崎文学における長寿と若さとの稀有な結合の秘密」に「多様なスタイルの開発」という「一つの答」を暫定的に与えた後、即座にそれを退け、次のように述べた。

しかしわたしは、谷崎文学が老来なお若さを失わなかった理由はただ技法の問題のうちにのみあるとは考えない。

> それはむしろ、…無慮五十五年間、谷崎が固執してやまなかったその主題そのものの内部に探索されなくてはならないのである。ひとつの自己同一性をそなえた主題というものは、…ただ深化する。われわれが生涯にわたる谷崎文学の制作系列のなかにたどってみることができるのは、このような意味での主題の深まりの過程なのである。

谷崎の「長寿」=「若さ」は、多様な技法の開発ではなく、一つの主題の深化として捉えるべきだと野口は主張する。野口は「小説家としての谷崎の長寿は、まことに芸術的必然性のある長寿であった」という三島由紀夫の谷崎論の一節を傍点を振って引用する。その三島は、「氏は一等最初に文学上の永久機関（パーペチュアル・モビール）を発明してしまった」*6と、谷崎文学における主題の機能を形容していた。

初期から晩年までの長期にわたる谷崎の活動を、肉体すなわち性において人間を捉えるという作家の「思想」にもとづく同一の主題の深化の過程として捉え、その見通しに従って時期を区切り、作品を選択し配列する。伊藤整が提示し、野口武彦が三島由紀夫の議論を取り込みつつ整備したこうした評価と作品の位置付けを、その後の谷崎研究は共有し、伝記的な事項によって補強すらしてきた。*7だがそれらの議論はこの評価自体の歴史性を忘れている。具体的には、起点にある伊藤の谷崎論が戦後に『少将滋幹の母』を読んで着想されたこと、もう少し言えば、『少将滋幹の母』の中に初期から一貫する思想を読み取るために、伊藤がある手続きを必要としたことを見ていない。

「谷崎潤一郎の芸術と思想」の伊藤は、『少将滋幹の母』における「肉体的恐怖」のモチーフが、ある「抑圧」が「突然中途で破れ」たことによってあらわれたと論じていた。

この作家は文章において練達であった。そして潤一郎自体、文章を重視して、それを芸術の力というものの、かなり中心的なものと考えた形跡がある。たとえば「盲目物語」（昭和六年九月）などにその考えが生かされている。「文章読本」（昭和九年）を書いた頃は、作家に特にその気持が強かったようだ。しかし私には、そういう文章意識がむしろ、この作家の元来持っていた思想の新鮮さや強さを窒息させる役目をしていたように思われる。

伊藤は荷風が挙げた谷崎の特色の一つ、「文章の完全なる事」を参照しつつ、昭和初年代から『細雪』までの作品群について、「筆力の強いことを頼りにして、…肉体から新しい凶暴な自我を掘り出すかわりに、その自我をそこに埋めて…抑圧し、保存するという形の作品」であったと一括する。彼は『文章読本』（昭9、中央公論社）に見られるような「文章」を芸術の中心とする考えが生かされた作品として『盲目物語』（「中央公論」昭6・9）を例示し、それら昭和初年代以降の諸作に対し、「文章」の力によって「抑圧」されていた「思想」があらわれた作品として、戦後の『少将滋幹の母』を評価したのである。

後続の谷崎論が見逃してきたのは、「文章」を重視する昭和初年代の諸作に対置した上で、戦後の『少将滋幹の母』の中に初期からの一貫した「思想」を見出そうとするこの伊藤の論法である。谷崎を評価するために、伊藤は「文章」を「生命」に対する「抑圧」として退け、「文章」から「思想」へと谷崎の「芸術」の本質を移動させる必要があった。*8 伊藤はやがてこの見通しのもと、谷崎の自選による新書版『谷崎潤一郎全集』（全三十巻、昭32〜昭34、中央公論社）の全巻の解説を担当し、この時点までの谷崎の主要な作品を網羅的に論じることになる。解説の中で「最も新しい作品」として言及されるのは、第一回配本の巻に収められた『鍵』（「中央公論」昭31・1、5〜12）であった。

三　中村光夫の『谷崎潤一郎論』①——恋愛の不在

中村光夫は、昭和二十六（一九五一）年から二十七年にかけて、「それまで雑誌や新聞の註文だけでものを書いてきた僕がはじめて自分からすすんで筆をとつてみた」[9]という長篇批評を発表した。連載をまとめ、巻末に昭和二十六年までの作家の年譜を付してなったのが、『谷崎潤一郎論』（昭27・10、河出書房）である。この時点での谷崎の最新作は『少将滋幹の母』である。このことは、後の文庫化に際し年譜が延長されていることもあって気付かれにくい。[10]

寺田透は同書の書評で、「中村氏にこの論考を書かせたもつとも深く且つ近い動機は、…『少将滋幹の母』が与へた完全に近い甘美な感動にあるのではなからうか」[11]と、重要な指摘を行っている。寺田は『少将滋幹の母』の「鑑賞内容が比較的詳細に述べられてゐる第三部が、もつとも行き届いて」いるとし、逆に「第一部と第二部を読んだだけでは、なぜかういふ論旨でこれほど長く書く必要があるのか、腑に落ちない感じがする」と疑問を呈してもいる。武田泰淳も三部からなる構成に言及し、「ゆっくりと第一章から、順序正しく読み通すべきである。…全体の骨組を読者の方でしっかり摑まえないと、本書の真価を読み落としてしまう」[12]と忠告している。

わたしの考えでは、中村光夫の『谷崎潤一郎論』は、難解なところはまるでないにもかかわらず、何を言っているのか理解されて来なかった著作である。寺田や武田が示唆するように、鍵は三部立ての構成にある。第一部・第二部の議論が積み上がって、最後にどのような結論に至るかを読み取らなければならない。以下ではまず『谷崎潤一郎論』を構成に注意して読みなおし、中村が『少将滋幹の母』に何を見ていたのかを明らかにする。なお、「三部にわかれ」[13]ることは、連載の初回に予告されていた。

『谷崎潤一郎論』は、以下の一節をもってはじまる（このあとに一行分の空白が設けられている）。

谷崎潤一郎が「刺青」を雑誌「新思潮」に発表したのは、明治四十三年（一九一〇年）のことですから、その文学的生活は今年で四十二年になります。／僕等はまづその作家活動の期間の長さに注目すべきでせう。文字通り活動の期間であつて、たんに虚名を擁した長寿ではないからです。

『刺青』（「新思潮」明43・11）からはじまる谷崎の「作家活動の期間の長さ」にまず注目すべきだ、と中村は主張する。谷崎のそれは「文字通り活動の期間」であり実質を伴わない名のみの「長寿」ではないから、と。伊藤整や伊藤を引き継ぐ谷崎論と同様、中村も谷崎の長期間にわたる活動をどのように把握するかという課題を最初に掲げている。伊藤が初期に遡って「思想」を見出すのに対し、中村の谷崎論は、谷崎を大正作家と規定し、その大半を大正期の諸作の検討に割くことを特徴とする。

中村によれば、大正作家たちは「異常な早熟と早老」を「共通の特色」とする。「近代小説の歴史を描いて見た」という『日本の近代小説』（昭29・9、岩波新書）の「大正期の特質」と題した章で、中村は大正作家の「文学的出発にあたっての年齢の若さ」と彼らが「十年たたずのうちに、一応の完成に達してしまったということ」に着目し、「青春に容易に完璧な表現をあたえ得たことから生じた彼等の早熟は、やがて…多くは作家としての短命で償われねばなりませんでした」とそのはやい失墜を叙述している。*14

『谷崎潤一郎論』は、大正末から昭和初めの間に「例外なく半生を費して築きあげた「文学」の概念の崩壊に立ち合はねばなら」なかった大正作家たちの中で、谷崎を「この危機を自己の芸術の「完成」に逆用した唯一の作家」だという意味で「現代でユニック」な存在だと位置付けるところから問いを立ち上げている。[15]「第一部――神童・異端者の悲しみ――」の第一節で、谷崎だけにそれが「何故可能であつたかを問ひ、同時にその限界を究めること」が「批評家の勤め」であり「現代の文学」の問題だと述べた中村は、続く第二節で即座に、それは彼が「資性上の欠点」を「表現に逆用」したためだと答えている。しばしば「小児性」の語で要約されるその欠点は、[16]実際には以下のように説明されている。

　では谷崎がその表現に逆用した資質上の欠点とは具体的には何かといふと、それは彼に少なくも智的な意味では青春がなかつたといふことに帰着すると思はれます。恋と女性の美を歌つたとされるこの作家に青春がなかつたなどといふといかにも奇矯な言葉を弄するやうですが、…彼の成熟の過程には、少年期から青年時代を経ずに、ぢかに大人になつてしまつたやうな畸形性が感じられます。（傍点引用者）

　中村が谷崎の「資質上の欠点」として指摘するのは、「畸形性」とも言い換えられる、青春の欠落である。同時期に『作家の青春』（昭27・11、創文社）の著作もある中村にとって、作家の青春の劇を描出することは谷崎のそれに限らない関心事であった。[17]「第二部――捨てられる迄・饒太郎――」は、「谷崎の青春の畸形性についてはすでに述べました」と第一部を約しており、ここが議論の要点であることは明らかである。谷崎における青春の欠落を指摘することで中村が再審にかけるのは、「恋と女性の美を歌つたとされるこの作家」が、恋愛を、女性を描いているかどうかである。

谷崎は感覚の世界を描くに長じ、ことに女性の描写にすぐれてゐるとされてゐますが、おそらく彼の作品で女性以上に溌剌と生きてゐるのは子供たちです。古くは「少年」中期では「小さな王国」「或る少年の怯れ」「母を恋ふる記」また最近では「少将滋幹の母」など、彼の小児を扱つた作品はいづれも他に見られぬ詩が感じられる点で、彼の全作品を通じて優れた出来栄えの系列をなしています。

谷崎は「女性の描写にすぐれてゐるとされ」るが、彼の作品ですぐれた「系列」をなしているのは女性ではなく小児を扱った作品である、と中村は世評に反論する。この時点で谷崎の最新の小説である『少将滋幹の母』は、こうして初期の『少年』（「スバル」明44・6）や中期の『母を恋ふる記』（「大阪毎日新聞」「東京日日新聞」大8・1・18〜2・19）等に連なる、子供を扱った作品の一つとして位置付けられる。小児の系列を「他に見られぬ詩が感じられる」と高く評価する中村が、「他」と言うとき念頭におくのは、女性、すなわち恋愛である。谷崎が「恋愛の詩人でなかつたのは今さら云ふまでもないことです」。

『谷崎潤一郎論』は、単行本化の段階でそれぞれ二篇の小説を選んで各部のタイトルに代えている。[*18] 第一部の表題作である『神童』（「中央公論」大5・1）と『異端者の悲しみ』（「中央公論」大6・7）が特記される理由は、「谷崎が彼の青年期を扱つた作品のうち、とくに大切なのは、「神童」と「異端者の悲しみ」です」と説明されている。中村は『神童』の末尾の一節、「彼は十一二歳の小児の頃の趣味に返つて詩と芸術とに没頭すべく決意した」を根拠に、『神童』の主人公の青年は「「芸術」といふ目的」のために「自己の身裡の「子供」を育てる」ことを決意し、彼の「直接の後身」である『異端者の悲しみ』の主人公の青年も芸術のために「異端者」になろうとした、と論じる。

第一部が「青年期を扱つた作品」を表題に掲げるのに対し、第二部の表題作である『捨てられる迄』（「中央公論」

大３・１）と『饒太郎』（「中央公論」大３・９）は谷崎の「青年期の作品」とされる。これらが第一部の表題作より前に発表された作品である点には注意が必要である。「年代史的順序に従」*19うと紹介する書評もあるが、実際には中村の『谷崎潤一郎論』は谷崎の作品を年代順に並べる構成をとっていない。

第二部は、谷崎の青年期を「処女作を発表した明治四十三年からおよそ大正四五年まで」と画し、彼が「その青春を賭けて」追求したのは「「刺青」の清吉は現実に可能かといふこと」であったと要約する。『刺青』において自らの「懐抱する「芸術」の観念を女の肉身に具現することを希」った主人公が末尾でその女性に「逆に征服される」ように、『捨てられる迄』と『饒太郎』の二篇も「主人公が自分の手でつくりだした「毒婦」によつて乗りこえられて行くこと」を主題とする。主人公が恋愛に没入しようと奮闘するのは、「彼が恋愛を自己の創作と信じ、いはば一種の芸術行為と見てゐるから」である。しかし「第三部――痴人の愛・春琴抄――」によれば、「「捨てられる迄」にせよ「饒太郎」にせよ、主人公の観念性がうきあがつた失敗作であつた」。谷崎はこうして「いはば恋愛にも芸術にも二重に裏切られた」、「といふより彼がみづからつくりあげた恋愛の観念、小説の観念によつて裏切られた」、と中村は谷崎の青春を描出する。第一部で論じられていたのは、青年期を扱った作品の主人公である青年たちの芸術との関係であったが、第二部はそれを青年期の谷崎に折り返すようにして、谷崎と芸術の関係を、この時期の作品の主人公たちの恋愛を論じることによって論じるのである。「彼の小説の主人公たちが、彼等みづから育てあげた「女」に裏切られたより、谷崎はその青春を賭した「芸術」の概念にずつと陰険な裏切られ方をした」。

第三部の表題作、『痴人の愛』（「大阪毎日新聞」大13・３・20〜６・14、「女性」大13・11〜大14・７）と『春琴抄』（「中央公論」昭８・６）は、谷崎が書いた例外的な「恋愛小説」だという理由で選ばれている。『痴人の愛』の「ナオミと譲治のやうな恋は…作者の描き得た唯一の恋愛」であり、「谷崎は「痴人の愛」以後、恋愛小説はほとんど書かなかつただけでなく、唯一の例外である「春琴抄」の恋愛の型もナオミと譲治のくりかへしを出なかつた」、と中村は論じる。

　中村の長篇批評は、こうして「小児性」すなわち青春の欠落という作家の「資質上の欠点」を糸口に、谷崎の小説における「恋愛」の不在、あるいは谷崎における「恋愛小説」の不成立を明るみに出す[20]。「恋と女性の美を歌つたとされるこの作家」（第一部）は、その青年期に自らの作り上げた「恋愛の観念、小説の観念」に手ひどく裏切られた（第二部）。例外的に『痴人の愛』と『春琴抄』は「恋愛小説」だが、彼はそれ以後「恋愛」を扱っていない（第三部）。「作家の青春に対する態度は、その芸術に対する態度を象徴する」と考える中村は、谷崎の青春を論じることで、そこに象徴されている谷崎の「芸術」との関係を俎上に上げようとしているのである。

　中村の『谷崎潤一郎論』は以下の一文をもって締めくくられている。「刻苦し、努力する目的と能力が失はれなければ、精神に年輪はあつても年齢はない以上、かつて五十歳の荷風が「つゆのあとさき」で示した「飛躍」を、「源氏」の新訳を終つたあとの潤一郎に、あへて期待することはできると思はれます」。「かつて五十歳の荷風が「つゆのあとさき」で示した「飛躍」」とは、谷崎の荷風論「「つゆのあとさき」を読む」（「改造」昭6・11）の一節、「「つゆのあとさき」は齢五十を越えてからの作者の飛躍を示してゐる」を、谷崎自身に差し向けたものである[21]。中村は、谷崎が『春琴抄』をピークに、それ以上には進展していないと見て、「「源氏」の新訳を終つたあとの潤一郎」、つまり昭和二十年代後半の老齢の彼に「飛躍」を促す。『谷崎潤一郎論』全体の論旨を踏まえて補うなら、ここで促されているのは、「恋愛小説」への「飛躍」である。主人公の「恋愛」が作家にとっての「芸術」に相当するのだとすれば、この言葉は谷崎に自分にとって「芸術」である小説を書くように迫るものだと考えられる。

四　中村光夫の『谷崎潤一郎論』②――平安朝

「恋愛小説」への「飛躍」を促す結語のために、中村が用意するのが「平安朝」という補助線である。先に引いた一文を含む『谷崎潤一郎論』の末尾の一段を、再び以下に掲げる。

彼の平安朝を――或ひは人間一般を――見る眼が「盲目物語」の弥市から抜けだすことができるかどうかは今後の課題です。刻苦し、努力する目的と能力が失はれなければ、精神に年輪はあつても年齢はない以上、かつて五十歳の荷風が「つゆのあとさき」で示した「飛躍」を、「源氏」の新訳を終つたあとの潤一郎に、あへて期待することはできると思はれます。

「「源氏」の新訳を終つたあとの潤一郎」とは、このとき『潤一郎新訳源氏物語』（全十二巻、昭26・5～昭29・12、中央公論社）が刊行中だったことを指す。中村は、谷崎が随筆「恋愛及び色情」（「婦人公論」昭6・4～6）で『源氏物語』を例に出し、「平安朝の文学に見える男女関係」に「女性崇拝の精神」を認めていたことを踏まえて、『盲目物語』を「彼がその「女性崇拝」の対象を、はじめて「古い日本」の歴史のなかに見出した記念すべき作品」[*22]と位置付ける。同じ基準で、『春琴抄』以後の仕事の中で中村が重視するのは『源氏物語』の現代語訳である。中村は『春琴抄』を「我国の近代小説のなかから十篇を選べば必ず加へらるべき傑作」と最大限に評価した上で、「彼が「源氏」の口語訳といふやうな甚だ地味な仕事に打ちこみだしたのが、その創作力の頂点を示した「春琴抄」の直後であること」、そして「彼が「源氏」と決定的にとりくんでから、彼の小説が「恋」を扱ふことを止めた」ことに注目する。たとえば「「細雪」を「源氏」の現代版などといふのは、「源氏」の最大の主題である「恋」がそこではほとんど扱はれてゐないことを忘れた俗説にすぎぬ」。平安朝に材を取る『少将滋幹の母』も同様である。

この小説は彼が「平安朝の貴族」を、彼なりに我物としたことを示す傑作ですが、しかしその主題はやはり恋ではありません。…谷崎は元来子供を扱つた小説では、ほとんど失敗したことのない作家です。しかしこのむかしから得意とする系列にひとつの傑作を加へたといふことは、彼が平安朝に対する新たな傾倒から、貫ふべきものを本当に貫つたことを意味しません。

中村が『少将滋幹の母』を小児を扱った作品の「系列」に位置付けたのは、谷崎が『源氏物語』の現代語訳から「貫ふべきもの」をいまだ貫っていないこと、すなわち「恋愛」を描いていないことを示すためであった。『少将滋幹の母』は、平中の恋の物語を『源氏物語』の一節を引用しながら語る導入部からはじまり、滋幹が生き別れた母のもとを訪れ、春のおぼろ月に照らされたその顔を見て「六七歳の幼童になつた気」（その十一）で涙する夢幻的な場面で閉じられる。中村は『谷崎潤一郎論』の第一部で、主人公が「十一二歳の小児の頃の趣味に返つて詩と芸術とに没頭」する決意をする『神童』の結末部に注目していたが、『少将滋幹の母』についても、とうに成人した主人公が四十年ぶりに母と再会して「幼童になつた気」になる結末部に反応したのだろう。中村の言う小児を扱った小説とは、作中人物の年齢が子供だという意味ではない。主人公が子供に返るという選択をすること――恋愛という青春の劇ではなく――、そしてそれが詩すなわち芸術につながっていることが議論の要諦である。ここにおいてはじめて、中村の『谷崎潤一郎論』が「小児性」をキーワードにしていた意味が了解される。『少将滋幹の母』は、谷崎が得意とする小児を扱った作品の一つであり、傑作ではあるが「恋愛小説」ではない。それは平安朝に材を取りながら「恋愛」を主題としていないという意味で、彼が『春琴抄』の直後から今日まで専心してきた『源氏物語』の現代語訳を活かしていない。中村の『谷崎潤一郎論』は、その大半を大正期の諸作の検討に割きながら、最初の『源氏物語』の現代語訳の後、『細雪』、そして『少将滋幹の母』を書いた、いまこの時点での谷崎における「恋愛小説」の不成立を問題にするものであった。中村は、昭和初年代以降の谷崎が平安朝に「恋愛」を求めて『源氏物語』を現代語訳しながら、近作『少将滋幹の母』に至るまでそれが果たされていないとして、『潤一郎新訳源氏物語』以後の谷崎に、これから取り組むべき方向を指し示しているのである。

『谷崎潤一郎論』は、『志賀直哉論』（昭29・4、文芸春秋新社）と『佐藤春夫論』（昭37・1、同）とともに中村の大正作家三部作をなす。中村が現存の大正作家を取り上げるのは、大正作家たちが揃って危機に瀕した大正末から昭和初めの時期が、現代文学の起源となっているという文学史的認識による。[*23] 彼は『志賀直哉論』の「あとがき」で、谷崎と志賀を論じたのは「ともに現代にそれぞれの形でもつとも強く生きてゐる作家としてであり、これらの作家を論じるのは、僕にとつては、現代文学論でもありました」と説明している。中村にとって大正作家論は、そのまま現代文学論であった。

志賀と佐藤が現代文学への「影響」や「浸透」としてのみ生きる、現代文学が作り出した「亡霊」と目されているのと比べると、[*24]『谷崎潤一郎論』の老齢の谷崎への厳しい「期待」の言葉は、賞賛とすら見える。実際、中村は新潮文庫版の「あとがき」で「谷崎文学の性格にたいしてかなり否定的な言葉を吐くことになり、彼の愛好者の不満をかいましたが、…この小論の根本の性格は谷崎にたいする讃辞なのです」と振り返っている。昭和三十一年三月の日付を持つこの「あとがき」は、しかし直後に「あと十年もすれば、ことごとしく彼をほめすぎたという批難をうけることになるでしょう。すでに現在の僕にも、そういう欠点が眼につかぬこともありません」と続けている。『鍵』の連載が開始され、その初回が大きな論議を呼び、中村もその一部を担っていた時期のことである。

おわりに

昭和二十年代後半、戦後に発表された谷崎の最初の小説でありこの時点での最新作である『少将滋幹の母』から、伊藤整は「肉体の思想」を、中村光夫は「小児性」すなわち青春の欠落を、作家の初期から現在までの活動を説明する原理として引き出した。議論の前提として、伊藤は昭和初年代以降の谷崎が重視していた「文章」の力が弱まっていることを、中村は昭和初年代以降の谷崎が「平安朝」に求めた「恋愛」の観念が活かされていないことを、『少将滋幹の母』について指摘していた。二人の批評家は、谷崎の昭和初年代以降の諸作に照らして、本作にある欠如を見出していた。彼らは、あっていいはずのもの——「文章」と「恋愛」——がここにはないと考えたのである。

しかし、「文章」と「恋愛」がないとはどういうことか。伊藤も中村もこれ以上説明していないが、『少将滋幹の母』に即して、もう少し踏み込んで考えてみたい。『少将滋幹の母』は、滋幹が四十年ぶりに母と再会する以下の場面で閉じられていた。

「お母さま」

と、滋幹はもう一度云つた。彼は地上に跪いて、下から母を見上げ、彼女の膝に靠れかゝるやうな姿勢を取つた。

白い帽子の奥にある母の顔は、花を透かして来る月あかりに暈されて、可愛く、小さく、円光を背負つてゐるやうに見えた。四十年前の春の日に、几帳のかげで抱かれた時の記憶が、今歴々と蘇生つて来、一瞬にして彼は自分が六七歳の幼童になつた気がした。彼は夢中で母の手にある山吹の枝を払ひ除けながら、もつと〳〵自分の顔を母の顔に近寄せた。そして、その墨染めの袖に沁みてゐる香の匂ひに、遠い昔の移り香を再び想ひ起しながら、まるで甘えてゐるやうに、母の袂で涙をあまたゝび押し拭つた。

（その十一）

春の月あかりのもとで「母の顔」を見た滋幹は、四十年前の春の日に几帳のかげで抱かれた時の記憶をよみがえらせ、「六七歳の幼童になつた気」で自分の顔を「母の顔」に寄せた。母の顔が四十年前の記憶を呼び起こすのは、滋幹が「後にも先にも母の顔をまざ〳〵と見たのはその一瞬間だけであつた」（その八）ためである。「何もおぼえてゐない」幼少期に時平によって母を奪われた滋幹は、「五つ六つの幼童の頃にこそ…出入りすることを許されてゐた」時平邸で、ある春の日、後述する理由で暗い室内に外のあかりを入れた母の「春の日ざしの照り返し」を受けた顔を見た。右の場面は、滋幹にとって、四十年前のその場面の再来という意味を持つ。

母はなぜあのときあかりを入れたのか。本作は、幼い滋幹が母の顔を見る場面を、まず『後撰集』『世継物語』等の文献を引用しながら、平中が時平の北の方となった彼女と滋幹を使いにして歌のやりとりをする場面として叙述し、後の章で、今度は滋幹の日記に依拠して、滋幹が時平によって奪われた母に会いに行く場面として叙述する。前者では、使いをする滋幹が「此の幼童と云ふのは、…後の少将滋幹のことなのである」（その六）と説明され、後者では、使いを頼む平中が「彼はその大人が平中であつたことを後に至つて知つた」（その八）と説明される。平中と滋幹は、この場面をある箇所では主人公として、別の文脈では名前がない脇役として支える。本作は一人の女性にまつわる同じ場面を、彼女と異なる関係にある複数の男性――この場合は昔の恋人である平中と子である滋幹――のそれぞれの文脈に沿って、重ね塗りするように叙述するのである。

同様のことは、時平が平中も同席する宴席の場で国経から女性を奪い去る場面についても行われている。本作はこの方法によって、同じ場面が人物によって異なる意味を持つことを示し、場面の背後に別の文脈を潜ませる。この場合であれば、滋幹にとっては母の顔を見たという意味を持つ場面が、平中の文脈では昔の恋人と秘かに歌のやりとりをする場面になっている。母があかりを入れたのは、滋幹の腕に記された平中の歌を読むためであった。「北の方は、我が子の腕に書いてある昔の男の歌を読んで、ひどく泣いた」（その六）。滋幹を抱いたのも、離れて住む幼いわが子に会ったからではなく、「昔の男の歌」に涙した顔を隠すためだったようである。「母は子供に気付かれたと思ふと、慌て、顔を子供の顔にぴつたりと擦りつけた」（その八）。そしてこのとき一瞬間だけ見た母の顔は、「四十年間のあいだ彼の頭の中で大切に育まれつゝ、次第に理想的なものに美化され、浄化されて、実物とは遙かに違つたものになつて行つた」。

結末の場面は、生き別れた母に四十年後に再会する経緯を記した滋幹の日記に依拠して叙述されている。[*25] 写本として部分的に伝わっているというその日記は、次のように説明されていた。

実際それは、日記と云へば日記であるが、幼くして母に生き別れ、やがて父に死に別れた少年時代の悲しい回想から説き起して、それより四十年の後、天慶某年の春のゆふぐれに、…図らずも昔の母にめぐり逢ふ迄のいきさつを書いた、一篇の物語であると云つてもよいのである。

（その八）

このように「日記」を「物語」と言い換えるのは、滋幹を日記の書き手から物語の中の人物へと置換するための操作だと考えられる。結末の場面で「幼童になつた気」で母に抱かれているのは、物語の中の人物としての滋幹である。「昔の母にめぐり逢ふ」とは、老媼である「現実の母」ではなく、四十年の間に彼の「頭の中」で美化された「母の幻影」を見るという意味であろう。月あかりに照らされた母の顔は、彼女を見上げる滋幹に美しく「見えた」のであり、この場面は現実を否認する滋幹の妄想によって染め上げられている。

『少将滋幹の母』は、「此の物語はあの名高い色好みの平中のことから始まる」と書き出されていた。本作は、平中を主人公とする「物語」からはじまり、滋幹を主人公とする「物語」によって終わる。「文章」と「恋愛」がないとすれば、それはたとえば結末の場面を「幼童になつた気」で母の顔を見上げる滋幹の妄想に同調して、すなわち物語の中の人物に沿って読んでいるのである。

しかし一方で、結末の場面が滋幹の日記をもとに叙述されていることも、四十年前の母が平中と恋をしていたことも、本作においてはあらかじめ説明され、確保されている。結末の場面の「母の顔」は、日記と恋によって作られていると言ってもいい。ただし、滋幹が書いた日記は引用されず、これは平中の恋愛の物語ではなく滋幹の物語の中の一場面である。二人の批評家が『少将滋幹の母』にないと考えた「文章」と「恋愛」は、結末部では物語の中の人物である滋幹によって否認され打ち消される形で、母の顔の背後に折り重なっているのである。

＊1　『少将滋幹の母』の連載中、『A夫人の手紙』（「中央公論」昭25・1、未完）が「終戦後の最初の創作」という付記を添えて発表されている。戦闘機の訓練の様子を眺めるうちに「急に小説が書いて見たくなつた」という戦時下の女性の手紙

からなるこの小説は、「中央公論」昭和二十一年八月号に掲載予定であったが、占領下の検閲によって全文掲載禁止となっていた。『少将滋幹の母』には、このようなわかりやすい戦後のしるしはない。

＊2　風巻景次郎・吉田精一編『谷崎潤一郎の文学』（昭29・7、塙書房）では「谷崎文学の性格」の題で巻頭におかれ、伊藤整『作家論』（昭36・12、筑摩書房）でこの表題に改められた。本章では『谷崎潤一郎の文学』に従いこの表題を用いることとする。

＊3　「芸による認識」より。初出は「人間」（昭24・7）。昭和二十八年までの論考をまとめた『小説の認識』の中では最もはやく発表されているが、前著『小説の方法』（昭23・12、河出書房）にはこのような発想は見られない。

＊4　瀬沼茂樹「あとがきに代えて」（伊藤整『谷崎潤一郎の文学』（前掲））。

＊5　「谷崎潤一郎の芸術の問題」は、「谷崎潤一郎の芸術と思想」とあわせて「谷崎潤一郎論」の総題で『谷崎潤一郎の文学』に収められている。『わが戦後文学史』の平野謙が注目するのは、『現代日本小説大系』第三十五巻（日本近代文学研究会編、昭27・9、河出書房）の『卍（まんじ）』（「改造」昭3・3～昭5・4）の解説である。『谷崎潤一郎の文学』には収められていないこの論考を、平野は「単に『卍』評として画期のものであるだけでなく、やがて谷崎潤一郎論としても画期的なものとなる芽を孕んでいた」と高く評価し、「谷崎潤一郎の芸術と思想」の先駆と位置付ける。瀬沼同様、平野も伊藤の谷崎論を戦後のものとし、「谷崎潤一郎の芸術と思想」を重視している。

＊6　三島由紀夫「谷崎潤一郎」（豪華版『日本文学全集』第十二巻、昭41、河出書房新社→『作家論』昭45、中央公論社）。野口の引用では「谷崎」だが、三島の原文は「谷崎氏」。

＊7　主要な作品を年代順に配列する谷崎論に、笠原伸夫『谷崎潤一郎　宿命のエロス』（昭55、冬樹社）、前田久徳『谷崎潤一郎　物語の生成』（平12、洋々社）、尾高修也『青年期　谷崎潤一郎』（平11、小沢書店）及び『壮年期　谷崎潤一郎』（平19、作品社）など。評伝に、野村尚吾『伝記谷崎潤一郎』（昭47、六興出版）、小谷野敦『谷崎潤一郎伝　堂々たる人生』（平18、中央公論新社）など。

＊8　座談会「谷崎潤一郎論――思想性と無思想性――」（「中央公論文芸特集」昭28・10）から、谷崎の「文章」への意識を批判する伊藤の発言を幾つか引いておく。「『春琴抄』ではていねいに書き過ぎて殺している…ぼくはあの文体が邪魔して

いると思う」、「あの人はいつでも、文体として、…思想の生々しさを殺してしまうのです」、「ことに『盲目物語』から後の文章を重んじた所はそうです」、「思想の生々しさが、埋められたり掩われたりする」、「自分のつくった文体のために盲にされて、物の効果を減殺しているのは、これは欠点どころか罪悪ですよ。…文章を信じすぎた」。この座談会では、中村光夫の誘導もあって、伊藤は自身の発想をあからさまに述べている。他の出席者は、臼井吉見、河盛好蔵。

＊9　新潮文庫版（昭31・4）の「あとがき」より。中村は初刊の「あとがき」でも、「これまで僕の仕事はほとんど雑誌の注文で書いたものばかりですが、これだけは僕の方から頼んで書かせてもらひました」と、同様の内容を述べている。

＊10　河出文庫（昭30・12）及び新潮文庫（昭31・4）では、年譜は三十年まで書き足されている。単行本の「あとがき」によると、年譜の作成には大屋典一の助力を仰いだという。

＊11　寺田透「中村光夫氏の『谷崎潤一郎論』について」（「文学」昭28・3）。寺田は「中村光夫論」（「群像」昭30・1↓『同時代の文学者』昭31・5、講談社）でも、『谷崎潤一郎論』を再読した印象として第三部を評価している。

＊12　武田泰淳「中村光夫『谷崎潤一郎論』」（「日本読書新聞」昭27・11・17、原題「外科医の情熱と苦慮――徹底的に否定しつづける谷崎文学――」↓中村光夫『谷崎潤一郎論』昭30・12、河出文庫）。武田は「かなり大がかりな外科手術に、最後まで立ち会う心算が必要である。…起死回生の現場を目撃しているのだとは承知しながらも、凄惨の感に打たれる」とも述べている（傍点引用者）。

＊13　連載初回の「附記」に、「この論文は三部にわかれ、第一部では、彼の形成を扱ひましたが、第二部では、「刺青」から「痴人の愛」または「神と人との間」まで、第三部では関西移住後現在にいたるまでを、それぞれ百枚ぐらゐづつ扱ふ予定です」とある。三部構成の構想が当初からあったこと、第二部が予定より長くなって第三部を圧迫したらしいことがわかる。

＊14　『日本の近代小説』以前のはやい例として、「青年的性格」ゆえに「大正の作達は皆ある異常な短命に終つた」とする「二つの死――大正の文学――」（杉森久英編『近代作家』昭23・3、進路社、原題「二つの死――大正文学の概観――」↓中村『作家の生死』昭24・8、創元社）がある。

＊15　五味渕典嗣の『言葉を食べる――谷崎潤一郎、一九二〇～一九三一』（平21、世織書房）は、序章で「中村の問いを再

度引き受けることから出発しようと思う」と宣言し、「一九二〇年代の〈危機〉」の内容を具体化しようとする。五味渕によれば、「中村は肝心の「危機」の内容について書いていない」。「一九二〇年代とはいかなる時代だったか」、そして「谷崎潤一郎の一九二〇年代」はどのような時代であったか。五味渕は自著を「一九二〇年代における谷崎潤一郎の文学的実践について考える」ものと規定している。なるほどこれは中村の谷崎論の問いに対する一つの応答ではある。だがある時期だけを対象とした谷崎論は、中村の言う谷崎の「作家活動の期間の長さ」を捉えることを回避するものであり、また、中村の谷崎論が何を言っているのかを解釈していない点で、応答としては不十分である。

＊16　「谷崎潤一郎必携」の「谷崎潤一郎研究史」（平野芳信）は、中村の谷崎論について、「小宮豊隆に端を発する否定的な谷崎評価のいわば集大成であり、谷崎という個性の本質を小児性（精神的な未発達）と見なしたうえで、その人間的欠点を彼ほど長所に変換しえた作家はいないと説得的に論じた」と説明している。

＊17　中村は『作家の青春』の「まへがき」で、「作家の青春にとくに惹かれた」理由を以下のように説明している。「文学者の名に価する文学者とは、結局自分といふ怪物と生涯を費してとりくみ、その闘ひに勝つことを、少なくとも真剣に希ひつづけた人であるとすれば、彼が自分を一番もてあました青春時代こそ、その形式に決定的な意味を持つ、作家の人生、あるひは社会にたいする位置は、青年期の彼の心のなかで文学がどんな位置を占めたかによつて決定される」。中村の批評と「青春」の語の関係については、三浦雅士の「戦後批評ノート」（柄谷行人編『近代日本の批評・昭和篇（下）』平3、福武書店→『近代日本の批評Ⅱ　昭和篇　下』平9、講談社文芸文庫）及び『青春の終焉』（平13、講談社→平24、講談社学術文庫）に詳しい。

＊18　連載時の表題は、第一部が「谷崎潤一郎論――「神童」の論理――」（「展望」昭26・7）、第二部が「荷風と潤一郎」（「文芸」昭26・10）、「芸術と恋愛――「捨てられる迄」と「饒太郎」」（「文芸」昭26・11）、「結婚の危機」（「文芸」昭26・12）、第三部が「谷崎潤一郎論（第三部）」（「群像」昭27・4～5）。

＊19　安住誠悦「作家の体質　中村光夫著「谷崎潤一郎論」」（「国語国文研究」昭28・7）。単行本の帯に付けられた正宗白鳥のコメントも、「この作家の初期より晩年までの作品を順序を追うて検討する事は、豊かな創作力がどういふ風に発展するかゞ見られる事に興味があるのである。中村光夫氏は、この大作家の長い間の文学経路を丹念にたどつて…作家特有の

本質を明らかにしてゐる」としている（傍点引用者）。

＊20　『谷崎文学と肯定の欲望』（昭51、文芸春秋）の河野多恵子が谷崎文学を「恋愛欠落の文学」と評したことは、本書第二部第二章で触れた。

＊21　篠田一士は、中村の批評には随所に「ドラマティック・アイロニーというべきものが仕掛けられて」おり、「わざわざ作者が括弧でくくった言葉」は「裏というか、貶辞的な意味合いを存分にこめたアイロニカルなもの」として――たとえばその「嘲笑を帯びた痛烈さ」を――読まなければならないと注意を促し、「平易な日常語でも、中村氏の手にかかると、複雑で、まことにおそろしい効果を発動する」と評している（「中村光夫の精神劇」〔「文学界」昭63・9〕）。『谷崎潤一郎論』のこの一節では、「飛躍」の語がそれに当たるだろう。

＊22　「古い日本」の引用符は、『蓼喰ふ虫』（「大阪毎日新聞」「東京日日新聞」昭3・12・4〜昭4・6・18）からの引用であることを示すものである。

＊23　中村は『日本の現代小説』（昭43・12、岩波新書）の「序言」で「大正の終りから昭和のはじめにかけて、わが国の小説がひとつの大きな転機を経、そこで始まった動きは、戦争による混乱と圧迫、あるいは断絶を通っても、現在も続いていると見られる」という見通しを語っている。

＊24　『志賀直哉論』は、志賀を「大正期の作家のうち、志賀直哉ほど生きた影響を深く現代文学に与えてゐる人はゐません」と規定するところからはじまって、志賀を論じることが「現代の文学にとつて緊要である所以」を「亡霊をつくりだす原因は、いつもそれを見る側にあります」という比喩によって説明して終わる。『佐藤春夫論』も同様に、「あとがき」で「佐藤氏個人が相手なのではなく、氏の代表する大正文学の水ぶくれした個性の現代文学への浸透が問題」だとする。

＊25　本作は多くの古典文学を参照し引用するが、滋幹の日記だけが架空の文書である。小説に架空の文書を導入する谷崎の手法については、本書第二部第三章参照。

第三章 『夢の浮橋』論 ——私的文書の小説化

はじめに

谷崎潤一郎の戦後は、戦中から書き継いで来た大作『細雪』の完結（「婦人公論」昭23・10）を皮切りに、引用文献に架空の一書を紛れ込ませた技巧的な王朝小説『少将滋幹の母』（「毎日新聞」昭24・11・16〜昭25・2・9）、『潤一郎訳源氏物語』（全二十六巻、昭14〜昭16、中央公論社）において時局を慮って削除していた部分の補筆（「藤壺——「賢木」の巻補遺——」（「中央公論文芸特集」昭24・10））、さらに全面的な改訳（『潤一郎新訳源氏物語』全十二巻、昭26〜昭29、中央公論社）など、戦前からの連続的な雰囲気を漂わせ、ゆるやかにはじまっていた。昭和二十四（一九四九）年には志賀直哉とともに文化勲章を授与され、老大家には勇退高踏の道が準備されつつあった。

それが三十年代に入ると、谷崎は『鍵』（「中央公論」昭31・1、5〜12）や『瘋癲老人日記』（「中央公論」昭36・11〜昭37・5）などの問題作を次々に発表し、同時代的な主題に積極的に参入していくようになる。柄谷行人は「『細雪』で終わった人だと思っていた」谷崎のこの時期の急進的な展開を、「非常に奇異な感じがした」「凄くショックを受けた」[1]と振り返る。『鍵』は、三十一年に芥川賞を受賞した石原慎太郎『太陽の季節』（「文学界」昭30・7）、三十二年に最高裁判決が出たチャタレイ裁判などとともに文学か猥褻かの論議の対象となり、作品の完結以前から社会的反響を呼んだ[2]。『瘋癲老人日記』もまた、川端康成『眠れる美女』（「新潮」昭35・1〜6、昭36・1〜11）と前後して老人の性を扱い話題を撒いた。これらはすぐれて同時代的な作品だと受けとめられたのである。

『夢の浮橋』（「中央公論」昭34・10）は、この二作とともに「晩年三部作」[*4]をなす。だが『鍵』『瘋癲老人日記』という問題作に比べ、本作は発表当時から現在に至るまで目立って議論の対象となることがなかった。同時代的なテーマを取り上げ、随所に戦後の風俗を織り込む二作と違い、「昭和六年六月廿七日（母命日）」の日付を末尾に添える本作は、平野謙によって「超時代的」[*5]と形容されもした。なるほど『源氏物語』最終巻の名前を表題に冠し、乙訓糺や茅渟など由緒ある土地の名前を作中人物に与える本作は、渡部直己が言うように、「いっけん…「日本回帰」期の名作風土の再来めいた趣をきわだたせている」[*6]。光源氏と藤壺のそれを想起させる「私」と継母の関係に、作家の年来の主題である「「母恋い」の究極としての母子相姦を見ること」[*7]は定説だと言っていい。紅野敏郎は「「夢の浮橋」は前からのテーマのひきずり方がある。一方「鍵」「瘋癲老人日記」は戦後を経た谷崎とでもいうか……」[*8]と整理するが、この発言は本作の位置付けを端的に示していよう。

しかし『夢の浮橋』は、そのためにかえって題材の新奇さに取り紛れることなく、三十年代の谷崎が新たに獲得した小説の方法を教える。どういうことか。晩年三部作は、いずれも家庭内の性的倒錯を扱うスキャンダラスな「「家庭」小説」[*9]である。『鍵』は初老の夫妻の、『夢の浮橋』は継母と息子の、『瘋癲老人日記』は老人と息子の嫁の、妄想的な性的関係を主題とし、それら家庭内の秘事は、当事者たちの手によって記述される。『鍵』『瘋癲老人日記』の記述者たちは日記という口実でプライベートな事柄を赤裸々に記し、『夢の浮橋』の「私」＝乙訓糺は「私の家庭内に起つた真実の事柄」を「仮にこの物語に「夢の浮橋」と云ふ題を与へ、しろうとながら小説を書くやうに書」いたと述べる。これらの諸作は、小説家ならぬ「しろうと」が自らの家庭内のことを記した文書を、小説の本文として掲げるのである。

三部作以前の谷崎にこうした手法はほとんど見られない。わずかに旧作『痴人の愛』（「大阪毎日新聞」大13・3・20～6・14、「女性」大13・11～大14・7）が、電気技師の主人公が夫婦の成り立ちを回顧し記述するというスタイルをとる程度である。その『痴人の愛』の「私」（河合譲治）は、世間に類例のない自分たち夫婦の関係を記すことが「読者諸君に取つても、きつと何かの参考資料となるに違ひない」と自負し、公表を前提に執筆していた。対して三部作では、記述者が公表を想定し不特定多数の読者に呼びかけることはない。『夢の浮橋』の「私」は「私は別に、人に読んで貰ひたいと云ふ気があつて書くのではない。…たゞ書くこと自身に興味を抱」くのだと言い、同様に『瘋癲老人日記』の老人も「日記ヲ書クト云フコトハ、書クコト自身ニ興味ガアルカラ書クノデアル。誰ニ読マセルタメデモナイ」と述べていた。彼らは自家用のものとして、「書くこと自身」を目的としてこれを記述する。大浦康介の『鍵』論の言葉を借りれば、ここにはそれらの文書が「読者の目の前にしかもこのような形で供されていることの「動機づけ」あるいは「自然化」の努力」[*10]が欠落しているのである。作中人物の手になるこれらの文書は、内容が家庭内の秘事に及ぶだけでなく、公表への契機を欠くという意味で二重に私的である。三部作がスキャンダラスなのは、家庭内の性という主題のためだけではなく、公表されるはずもない文書が説明もなく掲げられていることに由来するだろう。

『鍵』が売春防止法案に絡んで国会の審議で問題になったとき、「文化勲章を首にぶら下げて閨房の日記を公然と発表している」ようなものだと詰め寄る議員に対し、答弁に立った政府委員は、文化勲章は「谷崎さんの過去のりっぱな業績に対して」与えられたもので「「鍵」の問題は別に論議されるべき」[*11]だと口走った。昭和三十年代の谷崎は、過去の栄誉を放擲するかのような際どい転身をはかっていた。わたしの考えでは、そのとき新しく採用されたのが、作中人物の私的文書を小説化するという方法であった。

だが「しろうと」である作中人物が、自分の楽しみのために書いたという私的な文書を、小説の本文とすることにどのような意味があるのか。作中人物の私的文書を小説として読むことは、どのように可能か。本章では、作中人物の私的文書を小説へと転じるこの時期の谷崎の試みに注目し、『夢の浮橋』という小説が「私」の記述する手記によって本文を構成することの意味を考察する。まずは『夢の浮橋』の同時代評を整理し、本作の発表当時の文学をめぐる議論を概観しよう。

一　「文学」への後退

「雪後庵夜話」（「中央公論」昭38・6～昭39・1）の谷崎によれば、「私はさうは思はなかつたし、今も左様に己惚れてゐる」が、本作には「昔日のやうな生彩がなく、老作家の疲弊した姿が見えるとの批評が多かつた」。否定評の急先鋒は「痛ましいほどの衰え」を看取した臼井吉見で、「日本の小説家は、七十四歳になれば、小説はかけないものか」[*12]と語気鋭く追及した。これには異論も多く、匿名批評の大波小波もその「行きすぎ」[*13]をたしなめている。だが評価の上で対立する論者たちは、実は異口同音に同じ印象を述べるのである。

たとえば「絶賛しているのは日野啓三で、酷評しているのは臼井吉見だ」と大波小波の評で臼井の対極におかれた日野は、「荒涼たる冷たさが流れている」[*14]と本作の印象を語った。彼は後にこれを「文章のすぐ裏には何か荒涼とした気が吹きすぎているような文章」と敷衍し、「若い頃の同じ作者のいわゆる谷崎的な文章」に比べて「個々の文章は意外なほど平明な単語と単純な構造」を持ち「決して技巧的ではな」[*15]いと指摘した。臼井に反論する山本健吉も「『春琴抄』当時の文体の艶がなくなっている」[*16]ことを認め、谷崎を喜ばせた正宗白鳥の評も「滋味たっぷりであった」往時の文章に対し、本作のそれは「油気はしみ出ていないで、あっさりしている。平坦である」[*17]と述べるものであった。つまり論者たちはその評価にかかわらず、本作に一様に衰えを、それも文章の衰えを看取したのである。

これは何を意味するのか。『夢の浮橋』に触れ「氏の文章の力が弱まつた」[*18]ことを指摘する中村光夫が、昭和二十年代末の匿名批評で次のように発言していたことに注目したい。


一体「文芸」といふ言語は今日ではほとんど生命を失つた廃語である。…同じリテラチュアといふ言葉がむかしは「文芸」と訳され、それが次第に「文学」に推移したのは、時代の雰囲気と芸術の理念の、微妙な変化を象徴してゐる…「文芸」といふ言葉に、リテラチュアの技芸としての面を重視する考へが現はれてゐるとすれば、「文学」はこれを思想として見る傾きが強いと云つてよいであらう。…現代は、「文学」の「文芸」にたいする圧倒的勝利の時代といつてよいであらう。／今日の読者が、作品に思想や観念を求めるに急で、技術の熟練を味はふ余裕を持たないせゐもあらうが、ともかく気の早い者は「文学」とは何か学問の一領域のやうに思ひさうな勢ひである。[*19]

文章の技芸を競う「文芸」から、思想や観念の所産である「文学」へ。中村がこのように描出した文学理念の変容こそ、三十年代の文学を準備したものである。『夢の浮橋』を評して一様に文章の衰えを口にする同時代の発言は、「「文学」の「文芸」にたいする圧倒的勝利の時代」の中に、本作を位置付ける視点を与えるだろう。

ちょうどこの時期、谷崎の自選による新書版『谷崎潤一郎全集』（全三十巻、昭32～昭34、中央公論社）が、全巻に伊藤整の解説を伴い刊行されていた。全集は『鍵』までを収録し、『夢の浮橋』への直接の言及はないが、伊藤が提唱していた「谷崎思想家論[*20]」は、谷崎を思想や観念の作家として、すなわち「文学」として読みなおす土壌を整えるものであった。伊藤の主張は、『現代文豪名作全集　第二巻　谷崎潤一郎篇』（昭27→普及版昭28、河出書房）に寄せた解説の次のような一節に端的に見て取れる。

谷崎潤一郎を「思想のない作家」と決定することには私は反対である。…この作家は文章において練達であつた。そして潤一郎自体、文章を重視して、それを芸術の力といふものの、かなり中心的なものと考へた形跡がある。…「文章読本」（昭和九年）を書いた頃は、作者は特にその気持が強かつたやうだ。しかし私には、さういふ文章意識がむしろ、この作家の元来持つてゐた思想の新鮮さや強さを窒息させる役目をしてゐたやうに思はれる。*21

永井荷風によって「文章の完全なる事」*22との賛辞を手向けられ文壇デビューを飾った谷崎の、その文章の練達が、ここでは作家の思想を「窒息させる役目をしてゐた」とさえ貶められている。伊藤が文章を重視していた時期の所産だとする『文章読本』（昭9、中央公論社）についても、十返肇がやはり新書版全集の附録で「ちかごろ小説家の間でも公然と文章を軽視すると宣言しているものがある」*23と述べた上で、本書をその先駆として位置付けなおそうとしている。強弁とも見えるこれらの議論は、その妥当性を問うより、文章家として知られた谷崎を「文学」として読み換え、擁護するための布陣を敷くものだったと考えるべきである。文章家のレッテルを剥ぐことは、この時代に谷崎を評価するに当たって必要な手続きだったはずである。文章の書き手、文章の技芸を誇るものとしての作者は、こうしていわば葬られる。小説は作家の観念や思想へ、中村光夫の所謂「文学」へと還元されようとしていたのである。

では、『夢の浮橋』は、あるいは昭和三十年代の谷崎は、己の思想を作中人物に仮託し、小説家ならぬ「しろうと」の手になる文書を小説の本文とすることで文章を衰弱させ、時代の潮流に棹さしたのか。『夢の浮橋』という小説を読むことは、「私」のうちに谷崎の観念や思想を読むことなのか。「私」はこれを「しろうとながら小説を書くやうに書」いたと述べるが、この文書をそのまま小説としてみれば、後述するように随所にほころびやわざとらしさが目につく。たとえば臼井吉見は、それをもって本作を谷崎らしくもなく「拙劣で苦しい」、「ひじように無理して小説にしている」と批判していた。[*24] しかしそれらのほころびを含めて、作中人物の私的文書を小説化するこの時期の谷崎の方法であったと考えるべきであろう。わたしの考えでは、むしろ「しろうと」ゆえの稚拙さ、「私」の混乱や書き損じと見える点にこそ、この小説の方法が持つ意味は隠されている。どういうことか。以下、『夢の浮橋』の本文に即して考察する。

二 記憶の分配

『夢の浮橋』は、「五十四帖を読み終り侍りて」の詞書を伴い、『源氏物語』最終巻の名称「夢の浮橋」を織り込む歌を冒頭に掲げる。「私」はそれを「私の母の詠」だと説明し、即座に「但し私には生みの母とまゝ母とあ」ると留保の言葉を付け足す。しばしの検討の後、問題の歌は「いづれの母であるにしろ、母なる人の詠」だと結論されるのだが、二人の母の区別を無化する「私」のこの判断は、以後の「私」の記述に浸透し、それを規定するものである。『源氏物語』で光源氏の二人の母が「生き写し」のように「似て」いると説明されるのに対し、[*25] 本作の「私」は「似てるちうたかて、双生児(ふたご)か何ぞやない限り、他人同士でほんまに生き写してな人があるもんやあらせん」と父に言い含められている。これは『源氏物語』の影響と言うより、その積極的な読み替え、変形と見るべきであろう。冒頭の歌から取ったらしく「夢の浮橋」の表題を持つ本作は、まさしく『源氏物語』を「読み終」ったところから書きはじめられるのである。

父は「前のお母さんの名アは茅渟、今度のお母さんの名アも茅渟、その外、することかて、云ふことかて、今度の人は前のお母さんとおんなしやのやぜ」、だからきっと「前のお母さんと今度のお母さんが一つにつながつて、区別がつかんやうになる」と「私」に言い聞かせる。継母は実名の経子(つね)のつねを一字ずつずらすように、生母と同じちぬの名前を与えられる。二人の母は、同じ名で呼ばれ、同じ言動をすることによって「差異を見失」われ、一つながりの「母なる人」へと「混合」される。「昔の母の影像が今の母の影像と合はさり、それ以外の母と云ふものは考へられな」くなった「私」は、だから生母の思い出らしき幾つかの場面を記述した後、次のように断らなければならない。

> 以上私は、たゞ「母」とのみ書いて来たけれども、専ら私を生んでくれた生母についての思ひ出を述べたつもりである。が、考へてみると、四つ五つの幼少期の回想にしては、少し委し過ぎるやうに思へる。たとへば母の足についての感想、「ねぬなは」についての逸話などは、たとひ生母にさう云ふ事実があつたとしても、頑是ない私の脳裡にそんなことまでが印象をとゞめてゐたであらうか。事に依ると、第二の母の印象が第一の母の印象と重なり合つて、私の記憶を混乱させてゐるのではなからうか。

根本美作子は、「似ていることの本当らしさの範囲に踏みとどまる」『源氏物語』に対し、本作は「同じであることのナンセンスを導入[26]」すると論じる。ただし「私」自身断るように、さして似ているわけでもない二人の母の区別が無化されるのは、「私」の記憶においてである。「同じであること」は、「私」の記憶の混乱として実現され、「私」はその混乱した記憶にもとづき二人の母を「たゞ「母」とのみ書」くのである。右引用で「私」が例に挙げる「母の足についての感想」と「「ねぬなは」についての逸話」を、生母のこととして書かれるところと継母のそれとで比較し検証しよう。生母の足の思い出は次のように記されていた。

> 水の中で見る母の足は外で見るよりも美しかつた。母は小柄な人だつたので、小さくて丸つこい、真つ白な摘入(つみいれ)のやうな足をしてゐたが、それをじいつと水に浸けたまゝ動かさず、体中に浸み渡る冷たさを味はつてゐる風であつた。後年私は大人になつてから、／洗(ヘバ)レ硯(ヲ)魚呑(ム)レ墨(ヲ)／と云ふ句を何かで見かけたが、この池の鯉や鮒どもは麩にばかり寄つて来ないで、この美しい足の周囲で戯れたらいゝのにと、子供心にもそんなことを思つた。

生母の足について「私」が「子供心」に抱いた感想を記す一文のうちには、「後年」「大人になつてから」の知見が混入している。そもそも「小さくて丸つこい、真つ白な摘入のやうな足」として描き出される生母の足を、「私」は継母の足によって思い起こしたはずである。「私」は継母の足を見て「図らずも昔の母の足を思ひ出し、あの足もこの足と同じであつたやうに感じた」と言う。「いや、もつと正確な表現をするなら、昔の母の足の記憶は既に薄れて消え去つてゐたのであるが、たま〳〵この足を見て、正しくこの足と同じ形であつたことを思ひ起した、と云つた方がいゝであらう」。このとき「私」が視線を向ける継母の足は、描写を略されている。なるほど「この足」は「あの足」と同じなのだから、読者は生母の足の描写を参照してそれを埋めることが出来る。しかしその描写は本来「この足」のものではなかったか。「私」は生母の足、次いでそれと同じであるところの継母の足を描こうとする。だがそれらの記述は必ずしもそれぞれの母の記憶に由来するものではない。二人の母を「混合」し一つながりの混乱した記憶を抱える「私」は、生母の記憶から生母を、継母の記憶から継母を描くことに躓くのである。

また二人の母は、ともに椀の中の蓴菜を「ねぬなは」と呼び、深泥池の話をし、古歌を口にする。「…昔の歌にはなあ、みんなねぬなはて云うたありますえ」／さう云つて母はねぬなはの古歌を口ずさんだ」と記述される生母の場面に対して、継母の場合はこうである。

> この人も椀の中の蓴菜を「ねぬなは」と云ひ、深泥池の話をした。／「糺さん、今に学校で古今集の話教てお貰ひるやろけど、そん中にこんな歌がありますのえ」／と云つて、／隠沼(かくれぬ)の下より生ふるねぬなはの／寝ぬ名は立たじ来るな厭ひそ／と、壬生忠岑(みぶのただみね)の歌を詠んで聞かせた。

ここで「深泥池の話をした」とのみ記されるその内容は、生母の「そら深泥池(みぞろがいけ)で採れるねぬなはちふもん」という発言を参照して補填される。逆に生母において「ねぬなはの古歌を口ずさんだ」とのみ記され略されていたその歌が、ここで継母の口をついて出ている。[27]

このように「私」は、まず生母の言動を、次いで継母の同じ言動を想起し再現しようとする。だが「私」はそれぞれの母の記憶をそれぞれの母の記述へと振り分けることが出来ず、ときに継母の記憶らしきものを生母の記述へとまわしている。「私」は継母の言動を記述した後、「繰り返して云ふが、この足の話、ねぬなはの話等々は、昔の母の時に感じたり聞かされたりしたのが始めで、この時が二度目であつたやうにも思ひ、又この時が最初であつたやうにも思ふ」と再び留保の言葉を付け足す。「足の話」と「ねぬなはの話」は、生母の言動を反復する継母によって「私」が二人の母の差異を見失っていった経緯を物語る挿話のはずである。ところがそれらの挿話は、そもそもいずれの母に由来するのか不分明な記憶を分配するように記述されている。それぞれの場面を構成する「私」の記述は、それぞれの母の記憶をもとにするのではなく、一つながりの「母」の記憶を分配し、ときに誤配して成立しているのである。「私」の記憶は、二つの記述を相互に補完しつつあわせ読むとき、その総体をあらわすだろう。

三　夢の世界

この「足の話」と「ねぬなはの話」と並び、継母が生母と同じ言動をする挿話に、授乳のエピソードがある。ただしいずれの記憶が「始め」でどれが「二度目」か、起源を見失われたそれらの挿話とは異なり、継母による授乳は「あの、私に乳を吸はせてくれた母」、生母とともにあった「夢の世界」の再来として、明確に「二度目」として記述されているように見える。夜、父母の寝室には寝床が延べられ、父は不在である。母は寝間着姿ではなく帯を締めており、髷に結った髪の匂いが懐ろに漂う。「パタン〱」という添水の音が遠く聞こえる中、母は子守唄を歌う。二つの場面を構成する道具立ては細部まで一致し、「私」は「すべてが昔の通りである」と感動する。その継母による授乳の場面は以下のように記述される。

> 私は昔の母の懐ろに漂つてゐた髪の油の匂ひと乳の匂ひの入り混つた世界が、乳の匂ひはする筈がないのに、連想作用でそこにあるやうに感じた。あの、ほの白い生暖かい夢の世界、昔の母がどこか遠くへ持ち去つてしまつた筈の世界が、思ひがけなくも再び戻つて来たのであつた。／ねん〱よ／ねん〱よ／よい子ぢや泣くなよねん〱よ／と、昔のリズムと同じリズムで母はあの唄を歌ひ出した。私は感動の余り、折角のその唄を聞かされても、その夜は容易に寝つかれず、ひたすら乳首に齧りついてゐた。

継母の乳を吸っても乳は出ないが、道具立ての一致に連想を助けられ、「私」は生母とともにあったあの「夢の世界」が「思ひがけなくも再び戻つて来た」のを感受する。ここで継母が歌う子守唄は、生母による授乳の場面を参照すれば、「撫でるも母ぞ／抱くも母ぞ」と続くはずである。生母は「私の頭を撫で、背中をさすりながら」、つまり歌の文句の通りの動作を伴いその唄を歌っていた。だがここにはその動作も、歌われたはずの子守唄の後半部も記されていない。生母はその唄を「私が安らかに眠りつくまで」繰り返し、「私」は「次第に夢の世界に落ちる。パタン〳〵と云ふ添水の水音が、雨戸を隔てた遠くの方からをり〳〵夢の中に這入る」。「私」が生母の唄を聞きつつ落ちていく「夢の世界」とは、文字通りに夢、睡眠を意味する。生母亡き後、寝床の中で泣き喚く「私」を、乳母は「きつとお母ちゃんが夢の中い出といでやすえ」と慰めもしていた。ところが継母による授乳を描く右の場面で、「私」は子守唄の「ねん〳〵よ」という命令に逆らうように眠れずにいる。生母の唄で「容易に眠らされ」たのとは対照的に、「夢の世界」の再来を確認したはずの「私」は、「容易に寝つかれず」にいる。この「夢の世界」には、あの「夢の世界」を満たしていた眠りが、つまり夢が、決定的に欠けているのである。「夢」の語は、このときひそかにその内実を抜き取られている。

　さて本作にはいま一つの授乳の場面、二十歳の「私」が、子供を出産した継母の乳を吸うスキャンダラスな場面が用意されている。或る日離れの合歓亭に立ち寄った「私」は、「思ひがけなくも」継母が乳を搾っているところに遭遇し、「偶然…母の、二つの乳房を真正面から見てしま」う。立ち去ろうとする「私」を継母は再三引き止め、コップに乳を入れて飲ませ、さらに乳を吸うよう促す。「私は身を屈めて懐ろの中へ顔を埋め、湧き出る乳をこんこんと貪り吸つた」。ところで「私」は、後段でこのときの自分の行動を振り返り、「常軌を逸し」た「物狂ほしい行動」であったと懺悔してみせる。他にも「悪戯（あくぎ）」「異常なこと」「狂気染みた」といった形容が当てられ、「私は今日の過ちを自ら悔い、責める一面に、もう一度それを、いや一度ならず二度でも三度でも、犯してみたい気もした」という大仰な告白の調子から、ここに書かれた以上のこと、具体的には継母との姦通を暗示すると考えられてきた。だがまずはこの事後的な説明が、授乳の場面の記述と一致しないことに注意する必要がある。

「私」は後にこのときの自分の状態を「思ひもかけず母の乳房を真正面から見た瞬間、忽ち懐しい夢の世界が戻つて来て、過去の回想の数々が私を捉へてしまつた」と説明する。なるほど思いがけず母の乳房を真正面から見たとの部分は一致するが、このときの「私」は「夢の世界」の再来を感受していない。継母を前に沈黙し続ける「私」が過去の回想にふける余地がないわけではないが、時間は夜ではなく、場所も父母の寝室ではなく合歓亭である。子守唄も髷の匂いも添水の音もない。連想を助ける小道具は取り払われている。何より「私」自身、その場面を「夢の世界」の再来として思い出すことが出来ていない。にもかかわらず「私」は、あのとき自分が継母の乳を吸うという異常な行動に出たのは「夢の世界」が戻ってきたためだと説明し、あの事件を過去の授乳に連なるものとして配しなおしている。ここには明らかな誤認、記憶の糊塗がある。授乳の場面と事後的な説明の二箇所の記述を対照して読みあわせると、「私」がそのような記憶の存在しないところに「夢の世界」の再来という記憶を置きなおそうとしていることが見えてくるのである。

では「私」が固執する「夢の世界」とは、それがもはや母に抱かれて眠ることを意味しないとすれば、どこに通じているのか。「私」は生母の死とともに「あの、髪の匂ひと乳の匂ひの入り混つた、生暖かい懐ろの中の甘いほの白い夢の世界」を喪失したという。継母による最初の授乳の場面で再来したとされる「夢の世界」には、このうち「甘い」の語だけが欠けている。このとき継母の乳首から乳は出ないのだから、味を表す単語がないことに不思議はないようだが、実は生母による授乳の場面、起源であるはずの記憶の記述にも「甘い」の語は見えない。手記全体を通して「甘い」の語が登場するのは、継母が二十歳の「私」にコップに入れた乳を飲ませる次の場面だけである。

> 「あんた、乳の味今でも覚えとゐるか」／私は声を出すかはりに、俯いて首を振つてみせた。／「そな、これ飲んどおみ」／母は乳の溜つてゐるコップを、私の方へ差出して云つた。／「さ、飲んどおみ」／途端に、私より先に私の手が動いてそれを受け取つたと思ふと、私は白い甘い液汁の二三滴を口腔に含んでゐた。／「どうえ、昔の味お思ひ出したか。あんた五つになるまで前のお母さんの乳吸うておゐたさうやないか」

継母は「乳の味今でも覚えとゐるか」と問いかけ、コップに入れた自分の乳を飲ませて「昔の味お思ひ出したか」と迫る。忘れていた「昔の味」、生母の乳の味を「私」はこの乳によって思い出している。とすれば、「私」が生母とともに喪失したという「夢の世界」、それを形容する「甘い」の語は、ここで「白い甘い液汁」と記述される継母の乳の記憶に由来するはずである。「私」はあの「夢の世界」を求めて、継母による二度の授乳を「夢の世界」の再来として強引に配しなおし記述していく。だがそもそもそこには既にこのときの継母の乳の味の記憶が混入していた。本作の記述は、生母とともに失われた「甘い」「夢の世界」が、継母の乳の味というスキャンダラスな記憶へとひそかに通じていることを暴露するのである。

四　記憶以上の記憶

さて、『夢の浮橋』に関するすべての議論は、本作を三分の二ほど読みすすめたところで唐突に挿入される以下の

「私」の自作解説を参照する。

さて、これから先は、私として少々述べにくいことを述べなければならない。…上に記して来たところは悉く私の家庭内に起つた真実の事柄のみで、虚偽は一つも交へてない。…尤も、こゝに記すところのすべてが真実で、虚偽や歪曲は聊かも交へてないが、さう云つても真実にも限度があり、これ以上は書く訳に行かないと云ふ停止線がある。だから私は、決して虚偽は書かないが、真実のすべてを書きはしない。

父の病状を報告する部分に続くこの一段は、既に記した幾つかの出来事、継母が生んだ子供の処置や授乳事件を振り返り、背後に父の意図を推測するくだりを導き出す。「記すところのすべてが真実」だが「真実のすべてを書きはしない」との断りを「この手記の背後に何か隠された真実があることを示唆している」[*28]と読む野口武彦をはじめ、先行研究は、「私」と継母の姦通、それが父の教唆によること、不義の子武の誕生としてその「真実」を暴いてきた。だが問題はその内容や、それが事実あったことなのか「私」の妄想なのかを判定することにはない。「夢の浮橋」では息子の糺が父の生前にその命を受けて継母の経子を事実上の妻とする」(「「越前竹人形」を読む」(「毎日新聞（夕刊）」昭38・9・12〜14))という作者のコメントを参照するまでもなく、「私」が「書かずにおく」という「一部分」は、そもそも容易にその内容を埋められるのである。野口も同じ文章中で次のように注意を促していた。「主人公と継母の情交は作品の表面からは伏せられている。しかしそれは伏線と呼ぶにはあまりにあからさまであり、一見いかにも底の浅い仕掛けという印象を与える。結婚直前の主人公に、乳母が「母と私との間に不倫な関係がある」という世間の噂を伝えるところで、読者は早くも隠された真実の何たるかを察知してしまうのである」。

つまり「私」は、「私として少々述べにくいことを述べなければならない」と言って口ごもり、何やら言いよどむが、一方で「私」以外の人物、たとえば乳母の口を借り、該当する内容を「あけすけに云」いもする。乳母は「私」と継母が「不倫な関係」を結び、父も「それを大目に見てゐたらしい、いや事に依ると、さうなることを望んでゐたらしい」こと、「それどころか」生まれた子は「父の子ではなくて忰の子なのではないか」との「浮説」を耳打ちする。「私」はまた、「実は私はあれから…又母の乳を吸ひに行つたことが一二度あつた」と事件後も乳を吸う機会を持っていたことを明かしながら、直ちに翻って「私はこれ以上のことは云へない」と躊躇してみせ、「この事はなほ後段に、父が自ら死の床に於いて語るであらう」と父の発言に委ねる。やがて父は「このお母さんを、このお母さん一人だけを、大事にしたげてくれ」と「私」に継母との特別な結びつきを命じるかのような遺言を残すだろう。

このように「私」は、あることは「私」として書き、あることは「私」としてではなく、別の誰かの口を借りて書く。「私」が「書かずにおく」部分は、他の人物の発言を参照することで容易に埋められ、読者は死期を悟った父の計画で継母が「私」を誘惑した、といった物語を読み取ることになる。だが問題は、そのような物語によって見えなくされるものである。ここでは「私」の記述がある部分で「私」の記憶を参照することを避けて成立していることに注意する必要がある。つまり本作は、「私」が記述しない記憶の所在を、該当する内容を別の人物の口を借りてあからさまに書くことで指し示しているのである。「私」の記述は、「私」が禁忌として抑圧する記憶のある部分を回避し隠蔽する。「私」は別の人物の発言によってその内容を置き換えるのだが、本作はそのことによって「私」の記述がある部分で「私」の記憶を参照しないことをあらわにするのである。

乳母の耳打ちの後、「私」は再び「これから先」の執筆方針を新たにする。「これから先の事柄を、私はあまり詳細に記す興味を持たない。たゞ重要な出来事だけを掻い摘んで述べることにしよう」。ところが簡潔な記載が続く以後の部分で、「私」はあることだけは詳細に記述している。それが継母の死にまつわる疑念である。「私」は妻沢子が故意に母の胸に百足をのせ、心臓に故障を抱える母を殺害したのではないかと「空想」するが、詳細な記述はそうした要約を超え、「私」が抑圧するものをあらわにする。どういうことか。

「私」は沢子の証言を検討し、不審な点をつき、継母殺害の「仮説」を立証しようとする。「私が駆けつけた時は母は俯いて苦悶してゐたが、その前は仰向けに臥てゐたと沢子は云ふ」と母の姿勢に注目する「私」は、「一つ私の腑に落ちない」こととして「足をさすつてゐた沢子が驚いて母の顔を見ようとした途端に、心臓の附近を這つてゐた百足を認めたと云ふこと」を挙げる。「その時母は胸を露はにしてゐた訳ではなく、寝間着を着てゐたのであるから、寝間着の下を這つてゐた筈の百足を偶然見かけた、と云ふのはをかしい」と言うのである。この「私」の論理は、「仰向けに臥てゐた」母が「胸を露はにしてゐた」はずはない、という一点を前提に組まれている。ところでここで「胸」や「心臓の附近」、あるいは「胸の心臓部に近いところ」「そこ」などと指示される部位は、端的には乳、乳房と呼ぶべき箇所のはずである。継母の死にまつわる疑念を記すくだりで、「私」の記述は「乳」や「乳房」の単語を慎重に避けている。ここで「私」は、と言うより「私」の記述は、「仰向けに臥て」「胸を露はに」する母の、百足が這う乳房のイメージを——描き出すことによってではなく、否認することによって——言外に宿す。詳細な記述は、「私」が妄想する妻による継母殺害の物語を超えて、「私」が抑圧するものを宿してしまう。なるほどこれを記述する「私」は、自ら規定するように、いやそれ以上に、「乳を吸はせてもらつた昔が、忘れられない私」なのである。

このように本作の記述は、「私」が想起し再現しようとする内容以上に、「私」の記憶の混乱を、その妄想的な様相を正確に反映している。記述には、「私」が書く「私」の記憶以上の、「私」の記憶が書き込まれているのである。その意味で「私」の記憶の総体は、この文書全体と等しく釣り合う。ここまで検証してきたように、本作のそれぞれの場面の記述は、混乱し妄想的な「私」の記憶の総体を分配し、誤配し、あるいはある部分で抑圧し否認することで成立している。作中人物が記述する私的文書を小説として読むということは、すなわち『夢の浮橋』を小説として読むということは、「私」が記述するところを超えて、こうした記述のほころびを含め、文書に書き込まれた「私」の記憶の総体を読むことであるはずだ。

おわりに

「私」は父の計画を「妄想」するくだりで「少くともこの物語は、私が生きてゐる間は誰にも見せないつもりである」と言い、継母の死にまつわる「空想」を記した後、再び「私が生きてゐる間は、これは誰にも読ませない記録であること」を断る。昭和六年の日付を末尾に添えるこの文書は、「私」がいつ死んだのか、その後この文書がどうなったのかといった具体的な情報は欠いたままに、しかし確実に「私」の、記述者の死を内包している。『鍵』もまた、夫の死をもって終局を迎え、当初は死なせる心積もりだったという『瘋癲老人日記』の老人卯木督助も[*29]、死こそ免れたものの日記を書くことが不能になり、書き手としては死を迎えている。『夢の浮橋』は結尾で現在の「私」が本作の舞台となった五位庵を既に去っていることを明かす。いまも眼前にしているかのように詳細に描き出されていたその家は、もはや「私」の記憶のうちにしか存在しなかったことがここで発覚する。「楽しい思ひ出や悲しい思ひ出の数々をとゞめてゐる」その場所を離れ、「私」はそれらの「思ひ出」をすべてこの文書のうちに封じ込めたはずである。物語の舞台となった家もなく「私」のないいま、この文書のみが、すなわちこの小説のみが、「私」の妄想的な記憶を書き込まれたものとして存在することになる。

このように晩年三部作には、本文として掲げられた作中人物の文書のみが最後に残るという共通の構造を指摘することができる。必要なのは、『鍵』で夫の死後、妻がこれまでの「夫の日記と私の日記とを読み返し、照らし合は」せ「仔細に読み比べ」ていたように、記述者の妄想のあとを留めるこれらの文書から、記述それ自体に宿る記述者の妄想の総体を読み取ることである。読者は、それらの記述を「照らし合は」せて「読み比べ」る作業によって、作中人物の文書を小説として読むことになるのである。

昭和三十年代の谷崎は、作中人物の手になる私的文書を小説の本文として掲げるという手法によって、彼らが書いた内容を超えて、文書それ自体が、記述者の妄想を書き込まれたものとしてあり得ることを示した。文書には、記述者が記述するところに収まらないものが書き込まれている。記述者の混乱、記述のほころびや書き損じと見える部分にこそ、記述者の妄想は宿っている。文書には、記述者が書こうとしたことだけでなく、それらの妄想もまた書き込まれているのである。

谷崎はこの方法によって、同時代評が指摘する文章の技芸を捨て衰弱したとも見える地点で、なお小説の本文を読まれるべき仕掛けとすることを試みていたと思われる。ここには記述者として設定された作中人物の、彼自身の妄想の総体と釣り合うような記述が実現されている。晩年三部作は、同時代の文学理念に応じた谷崎の転身と抵抗を教えるのである。

＊1　柄谷行人「ロングインタビュー「文学と運動」――二〇〇一年と一九六〇年の間で――」（「文学界」平12・1、高澤秀次・鎌田哲哉（インタビュアー））。注2の対談を踏まえる。

＊2　柄谷行人「私はなぜ批評家になったか」（「三田文学」昭46・2、吉本隆明との対談）。

＊3　たとえば「週刊朝日」（昭31・4・26）は「ある風俗時評　ワイセツと文学の間――谷崎潤一郎氏の「鍵」をめぐって――」という特集を組み、文壇内外の人々に意見を聞いた。

＊4　「共同討議　谷崎の作品を読み直す」（「国文学」昭60・8、紅野敏郎（司会）・今村忠純・千葉俊二・山田有策）の見出しより。『鍵』以後、谷崎が「中央公論」に発表した小説は『夢の浮橋』と『瘋癲老人日記』のみである。これを表とすれば、週刊誌に発表された『鴨東綺譚』（「週刊新潮」昭31・2・19〜3・25、未完）・『残虐記』（「婦人公論」昭33・2〜11、未完）・『台所太平記』（「サンデー毎日」昭37・10・28〜昭38・3・10）は、裏の晩年三部作である。

＊5　平野謙「今月の小説（下）ベスト3」（「毎日新聞」昭34・9・19）の見出しより。

＊6　渡部直己「死ンデモ予ハ感ジテ見セル――谷崎潤一郎の「家庭」小説」（「新潮」平16・3）。

＊7　森安理文「『夢の浮橋』論――醒めた拝跪について――」（『谷崎潤一郎　あそびの文学』昭58、国書刊行会）。

＊8　紅野敏郎「共同討議　谷崎の作品を読み直す」（前掲）。

＊9　渡部「死ンデモ予ハ感ジテ見セル」（前掲）。渡部は『痴人の愛』を「最初の達成」、「晩年三部作」を「谷崎版「家庭」小説」の「最後の精髄」と位置付けており、「「家庭」小説」の概念の適用範囲を戦後の小説に限ってはいない。なるほど『痴人の愛』の「私」は自らの手記を「夫婦の記録」と規定しているが、主人公は妻と寝室を別にさせられ、妻には夫以外の「友達」が入れ替わり立ち替わりあらわれる。そのような妻との関係を主人公の性癖と呼ぶことは可能だが、『痴人の愛』においては『蓼喰ふ虫』（「大阪毎日新聞」「東京日日新聞」昭3・12・4〜昭4・6・18）と同様に、むしろ性は家庭から排除されていると言うべきであろう。対して昭和三十年代の諸作では、中絶した『鴨東綺譚』や『残虐記』を含めて、性は家庭内に波瀾をもたらす過剰なものとして扱われている。

＊10　大浦康介「日記と小説のあいだ――『鍵』をめぐって――」（「文学」平3・夏）。アンヌ・バヤール＝坂井は、この議論を受け、『鍵』では読者がテキストへの「不法侵入」を強制されると論じ（「谷崎潤一郎論――「鍵」の不透明性と叙述装置」（「国文学」平10・5））、『瘋癲老人日記』とあわせて「私的な日記の形を借りている」と説明した（「谷崎小説の書き出し」（「ユリイカ」平15・5、大島眞木訳））。本論ではこれに『夢の浮橋』を加え、私的文書と総称している。

＊11　衆議院法務委員会議事録（昭31・5・12）、世耕弘一と内藤譽三郎政府委員の質疑応答より。

＊12　臼井吉見「文芸時評　谷崎潤一郎「夢の浮橋」」（「朝日新聞」昭34・9・21）。年齢は数え。

＊13　大波小波「文芸時評の行きすぎ」（「東京新聞（夕刊）」昭34・10・6）。

＊14　日野啓三「文芸時評」（「日本読書新聞」昭34・9・28）。

＊15　日野啓三「谷崎潤一郎『夢の浮橋』論　根源的なるもの」（『幻視の文学』昭43、三一書房→『谷崎潤一郎研究〈近代文学研究双書〉』荒正人編、昭47、八木書店、「母なるもの――『夢の浮橋』論――」と改題）。

＊16　山本健吉「文芸時評」（「読売新聞（夕刊）」昭34・9・25）。山本は「座談会　一九五九年の文壇総決算」（「文学界」昭34・12、他に平野謙・江藤淳・佐伯彰一）や「現代作家論（上）」（「群像」昭35・1、他に中村光夫・江藤淳・平野謙）で臼井と同席し異論を唱えた。

＊17　正宗白鳥「「夢の浮橋」を読んで」（「読売新聞（夕刊）」昭34・9・19）。谷崎はインタビュー「谷崎潤一郎氏の近況／衰えない創作意欲／右腕の痛みで口述筆記」（「朝日新聞」昭34・10・16）で白鳥の評に言及し、そのコメントを歓迎した。

＊18　中村光夫「文学直言――男性文学と女性文学――」（「文学界」昭34・11）。

＊19　中村光夫「文芸と文学――文芸時評――」（「文学界」昭28・4、数名の批評家が「斎藤兵衛」の名のもと匿名で執筆した「文芸時評」（「文学界」昭28・1～12）の一部）。

＊20　『谷崎潤一郎文庫』（全十巻、昭28～昭29、中央公論社）の発刊を記念した座談会「谷崎潤一郎論――思想性と無思想性」（「中央公論文芸特集」昭28・10、他に伊藤整・臼井吉見・河盛好蔵）で、中村光夫は伊藤の議論をこのように呼んでいる。

＊21　この解説については本書第四部第二章参照。伊藤の没後、伊藤整『谷崎潤一郎の文学』（昭45、中央公論社）を編んだ瀬沼茂樹は、伊藤の谷崎論がこの文章と注20の座談会によって文壇に衝撃を与えたことを証言する（「あとがきに代えて」）。

＊22　永井荷風「谷崎潤一郎氏の作品」（「三田文学」明44・11）。

＊23　十返肇「「文章読本」について」（新書版『谷崎潤一郎全集』第二十一巻附録11、昭33、中央公論社）。

＊24　臼井吉見「座談会　一九五九年の文壇総決算」（前掲）。
＊25　谷崎訳『源氏物語』では、桐壺帝に藤壺を推薦する典侍の言葉に「生き写し」の語が見え、彼女は「お顔も、お姿も、あやしいまでに」源氏の生母に「似て」いると説明される（引用部は、「旧訳」「新訳」「新々訳」の三つの谷崎訳に共通する）。該当箇所は、原文では「おぼゆ」が用いられている。
＊26　根本美作子「谷崎潤一郎『夢の浮橋』論――似ていることの呪縛と書くこと――」（「津田塾大学紀要」平12・3）。
＊27　口述筆記を担当した伊吹和子は、「ねぬなは」の場面が「何度も行きつ戻りつして読み直し、その都度訂正が入って行った」箇所に当たり、継母を迎え「以前と寸分違わぬ夕餉の情景が展開されるところまで進んだ時に」生母の場面に戻って「蓴菜の吸物に関する書き足し」が行われたと証言する（『われよりほかに　谷崎潤一郎　最後の十二年』平6、講談社）。伊吹のノートを精査する千葉俊二は、この歌を継母が口ずさむ点に注目を促している（「谷崎潤一郎『夢の浮橋』草稿の研究――その四「ねぬなは物語」――」（「早稲田大学教育学部　学術研究――国語・国文学編――」平18・2））。
＊28　野口武彦『谷崎潤一郎論』（昭48、中央公論社）。
＊29　変更の経緯は『谷崎潤一郎＝渡辺千萬子　往復書簡』（平13、中央公論新社）を参照した。

［付記］
・本論は、日本文学協会研究発表大会での口頭発表「谷崎潤一郎『夢の浮橋』論――私的文書の小説化」（平18・7・16、於東北大学）をもとにしている。席上ご教示くださった方々に感謝します。

おわりに

谷崎潤一郎論

本書は、谷崎潤一郎論である。一人の作家によって書かれたものを対象にするという意味では限られた範囲の議論であるが、対象が谷崎だからこそ、明治三十年代から昭和三十年代までの変化のある時期を扱い、小説だけでなく戯曲、文章論、翻訳を扱うことが可能であった。

第一部では、上演台本、筋書や劇評など、これまで参照されてこなかった主に演劇に関連する資料を用いて、小説家の仕事を、芸術諸ジャンルを包含するより大きな文脈に接続することを試みた。第二部では、一篇の小説の「組み立て」――「材料」と区別して谷崎が言うところの――を可視化することを心がけた。第二部と第四部では、小説を一篇という単位で論じること、また時評や評論を対象に対する応答として、すなわち批評として読みなおすことを提案している。第三部では、与謝野晶子や玉上琢彌など、〈谷崎源氏〉（谷崎による一連の『源氏物語』の現代語訳）に関連する人々の仕事に論及した。

資料の収集は以前に比べて容易になったが、その分、量の中で等し並みに扱われ、各論者の論法、言葉遣い、価値判断、文脈は見失われる。よく知られた資料は、繰り返し参照される過程で、引用される箇所すら固定されがちである。本書では、佐藤春夫・川端康成・小林秀雄・中村光夫・伊藤整らのよく知られた谷崎論の再解釈を行った。小説を記述を根拠に分析することとあわせて、一人の作家を起点にひろがるさまざまな問題の端緒を示したつもりである。

本書のタイトルは、結果的に、中村光夫『谷崎潤一郎論』（昭27、河出書房）と同じものになった。一人の作家を対象とする本を書くことはもうないと思うので、こう名乗ることにした。

人物という概念

谷崎潤一郎の名前は、日本の文学の中では最もメジャーな部類で、作品はいまも読まれ続けている。*1 一方で、理解の幅はひろがっていない。マゾヒズムやフェティシズムの作家として面白がられて消費されるか、日本的な「陰翳」の美学を提唱・実践した者として称揚されるか、*2 というのがおおかたの理解である。

「此れを読んで馬鹿々々しいと思ふ人は笑つて下さい。教訓になると思ふ人は、い丶見せしめにして下さい。私自身は、ナオミに惚れてゐるのですから、どう思はれても仕方がありません」。『痴人の愛』（「大阪毎日新聞」大13・3・20〜6・14、「女性」大13・11〜大14・7）の「私」（河合譲治）は、「恐らくは読者諸君に取つても、きつと何かの参考資料となるに違ひない」とはじめた自らの手記を、こう締めくくっていた。谷崎の諸作はリーダブルで、十分に面白いので、意味や価値がわからないから考えてみる、という手続きを読者に要求しない。読めばわかるし、読んでどう思ってもいい。ばかばかしいと失笑しても、美しいと感嘆してもいい。『痴人の愛』の「私」の手記の読者——それは『痴人の愛』という小説の読者でもある——がそうであるように、感想は自由で、その自由は保障されている。この開放性が谷崎の作品が同時代からいままで多くの読者を得てきた理由だろう。

しかし、読者は——感想をではなく、たとえば文字を追う視線を——緻密にコントロールされてもいる。本書では、小説のこの潜在的な操作性を、分析を通じて可視化することを目指した。

冒頭から末尾に向かって筋が展開すること。それが登場人物において生じる変化によって確認されること。会話と地の文のパートが相互に規定し合って役割分担し、会話のパートがその場面における人物の発話をあらわすこと。人物とその動作が、センテンスの主格とそれに対応する述部という構造によって言い表わされること。世界が作中人物の妄想によって歪められていること。小説は、それを構成する諸要素の作用によって、読者にある認識（錯覚）を与える。読者はそれに応じて、筋を、場面を、文章を、世界を読む。読むように操作される。

谷崎を対象とする本書の考察から導き出されるのは、小説がその作動において、人物という概念を必要とするということである。これは小説は人間を描くものだという意味ではない（言うまでもないが、動物や実在しないものでも、概念上は人物になり得る）。小説の中の人物たちがどのような人物であるか、彼らがどのように描かれているかを本書は論じていない。つまり人物像は問題ではない。小説の筋は変化がそこにおいて生じるものとしての人物を、場面はそこに登場して発話する人物を、センテンスは主格の位置を占める人物を、世界はその中にいる人物を必要とする。この意味で、人物という概念は、外すことのできない小説の条件である。小説を構成する諸要素は、人物という概念を必ずその一つに含んで作動する。これが谷崎の諸作を根拠に小説の条件を問うてきた本書の結論である。

補足すると、ここで言う人物は、肉体や心理を備えるものではない。舞台上に人間の肉体を現出させる演劇というジャンルへの劣等感（コンプレックス）については、第一部で論じた。「春琴抄後語」（「改造」昭9・6）が心理描写の必要性に疑念を呈していることは、第二部で述べた。肉体や心理は補って読まれるかもしれないが、それらを任意で抜くことが可能である点が、小説における人物という概念の汎用性の高さだと思われる。

谷崎潤一郎と小説という近代の制度

以上は、個別の事例における例外や逸脱を見込んだ上で、小説一般について原則的に言えることであって、谷崎の作品だけに当てはまることではない。谷崎文学が何であるかは問わないと、本書の冒頭で述べた（「はじめに」）。文字の連なりが意味をなす文章として読まれるためには文法が必要であるように、小説にも一種の文法がある。こう言ってよければ、潜在的な操作性とは、つまり制度である。

中上健次は連作評論「物語の系譜」（「国文学」昭54・2〜10、未完）の谷崎潤一郎の回で、谷崎を「日本語の法や制度」に従順であることで肥え太った「物語のブタ」と評した。「結論を先に言うと、谷崎潤一郎は法や制度の作家である。…谷崎を論じる作家や批評家だけが、谷崎潤一郎の見た法や制度を見ていない」。*3

本書の冒頭で述べたように、昭和初年代の谷崎の一連の小説論は、現にこうであるところの日本の近代の小説を、それを構成する諸要素を抽出して問いなおすものであった。本書では、谷崎の諸作を一種の小説論として読み解き、小説という近代の理念の歴史を記述してきた。中上に対して異論を述べるなら、本書は、制度を「物語」と呼ぶことはしない。谷崎が制度の作家であるとすれば、小説という近代の制度についてそう言うべきである。

谷崎は「現代口語文の欠点について」（「改造」昭4・11）で、近代の日本語について次のように述べて議論をはじめていた。

明治の中葉に始まつて今あるやうな発達した日本文の形式――いはゆる言文一致体、或は口語体と称する文体は、現在では殆ど完成の域に行き着いたといつてい丶。しかしながら私のやうに日常文筆を以て世渡りをしてゐる者は、自分が始終此の文体を使ひこなしてゐるだけに、実際の経験上から、いろ〳〵の欠点にも気がつき、まだいくらでも改良すべき余地があることを、しみぐ\と感じさせられる。人々の口から口へ話される言葉は、人為的に改良しようとしても到底出来ないことだけれども、文章の方は…必ずしも改良は不可能でない。…現代の国文そのものに何等かの欠点があると見てゐ、。…これを研究することは、社会一般を利益するところが大であるから、茲に私は自分の仕事に就いて感じたことを世間の識者の参考までに記してみる。

この言い方を借りれば、口語文と同様、小説という形式も、明治の半ばにはじまって、昭和初年代にはほとんど完成しようとしていた。いまあるところのそれに「欠点」つまり「改良」の余地を見出し、それそのものを「研究」の対象とするというのが谷崎の論法である。その議論は『痴人の愛』の「私」の手記がそうであったように、読者の「参考」のために記され供される。

興味深いのは、人為的な改良が可能であるのは、口頭で話される言葉ではなく、文章だとされている点である。谷崎は『文章読本』（昭9、中央公論社）でも、「文章」を「言語を口で話す代りに、文字で記したもの」と定義し、小説を「文章を以て現はす芸術」と規定していた。これを踏まえるなら、小説は文字で記された文章によるものであり、それゆえに人為的な改変が可能だということになる。

『卍（まんじ）』（「改造」昭3・3〜昭5・4）を皮切りに、昭和初年代の谷崎が小説に女性言葉と関西弁を持ち込んだことはよく知られている。ただし、水村美苗が指摘する通り、それらの諸作は「言文一致体と同じテキスト内に言文一致体が抑圧したさまざまな日本語を回復させ」、「異なった日本語がぶつかり合う…緊張感」*4を演出するものであって、口語文自体を改変の対象とはしていない。女性言葉も関西弁も話し言葉であり、小説の中にも話されたものとして——人物の発話として、もしくは人物の発話をそのまま記録したという設定によって——導入されている。『卍』

のように本文のほぼすべてを関西弁の女性の言葉が覆う場合でも、その領域は限定的である。

口語文を変形する試みとしては、谷崎の最初の『源氏物語』の現代語訳である『潤一郎訳源氏物語』(昭14〜昭16、中央公論社)の実験性を見るべきであると、第三部で述べた。中上は、法・制度である「物語」と原物語である「モノガタリ」という対概念を提示し、前者を『源氏物語』、後者を『宇津保物語』によって代表させ、『源氏物語』を現代語訳した谷崎は「法や制度というものの物語からモノガタリへの遡行を誤った」とした。しかし『源氏物語』は、近代の日本語という制度を、近代のそれとは別の日本語を経由して変形するために、媒体として用いられたと考えられる。*5

小説とは別の文書形式を借りて、小説からいったん遠ざかる昭和初年代の谷崎の試みについては、第二部で論じた。この時期には、昭和十年代に続く制度化した近代のさまざまな仕組みを問いなおす動きがはじまっている。それは谷崎だけでなく、同時代の書き手たち——本書で名前を挙げた作家で言えば、岸田国士、佐藤春夫、横光利一、川端康成、小林秀雄ら——に共有されていた問題意識であった。

そうした動きの中で谷崎は、文字に記された文章は人為的に改変可能であるとして、小説という近代の制度を、別の書かれたものを媒介にして書き換えようとした。それが「改良」であるのか、実際に読者の「参考」になったのかを検証するのは、本書の埒外である。本書では、谷崎潤一郎によって書かれたものを対象に、その中で書き換えられている近代日本の小説という制度を論じてきた。それは書かれたものの中に保存されている小説をめぐる考察を、展開し追究するという論であったと思う。

＊1　たとえば谷崎の作品だけを収録した文庫本としては、『谷崎潤一郎フェティシズム小説集』（平24、集英社文庫）が最新刊で、その前が『谷崎潤一郎マゾヒズム小説集』（平22、同）である。

＊2　『春琴抄』（「中央公論」昭8・6）の劇化に際して「陰翳礼讃」（「経済往来」昭8・12～昭9・1）を参照する、サイモン・マクバーニーの演出による舞台「春琴　Shun-kin」（初演は平20・2～3、世田谷パブリックシアター）のように。これは最良（ましな）の例として挙げる。

＊3　そのような谷崎論として中上が例示するのが、伊藤整の『谷崎潤一郎の文学』（昭45、中央公論社）所収の論である。「谷崎という法・制度を体現した作家を論じるもののことごとくが、奇妙な文学病にかかっている。あの論とこの論、と指摘する代りに伊藤整氏を引用するのである」。伊藤整の谷崎論については本書第四部第一章参照。

＊4　水村美苗「谷崎潤一郎の「転換期」――『春琴抄』をめぐって」（「日本近代文学」平15・5）。水村は、谷崎の昭和初年代の「「転換期」を可能にしたのは、一つの認識である」とした上で、次のように述べている。「谷崎に「転換期」をもたらした認識が、その本質において日本の小説家たちに未だ共有されているとは思えないのには、…その認識が日本語に関わるものだからである。…谷崎の「転換期」とは、西洋語とはちがう言葉としての日本語に出会ったことにあった」。

＊5　古典の文章を現代口語文と同じ言語内の異なる種類の文章だとする『文章読本』の谷崎とは違って、中上は古典文学を同じ日本語の文学と見做している。八人の作家を扱う予定であった「物語の系譜」は、佐藤春夫、谷崎、上田秋成、折口信夫、円地文子の五人を取り上げたところで中絶した。中上の言う「物語」は、古典文学を射程に入れた用語である。

初出一覧

はじめに
　書き下ろし

序章　小説に筋をもたらすこと――『刺青』から『蓼喰ふ虫』まで
「国語と国文学」82―9、平17・9、原題「小説に筋をもたらすこと――谷崎潤一郎『刺青』から『蓼喰ふ虫』まで」

第一部　芸術の中の小説

◇「最も卑しき芸術品は小説なり」
書き下ろし（一部、「小説は芸術たり得るか――『饒太郎』から『異端者の悲しみ』へ」（「奏」28、平26・6）をもとにしている）

第一章　学問としての美学――「校友会雑誌」の論争から『金色の死』へ
五味渕典嗣・日高佳紀編『谷崎潤一郎読本』（平28、翰林書房）、原題「学問としての美学――谷崎潤一郎の知的背景」

第二章　新劇の史劇――『信西』上演史考
書き下ろし（一部、「谷崎戯曲の解題」（一）～（四）（「奏」22、23、25、27、平23・6、平23・12、平24・12、平25・12）をもとにしている）

第三章　小説が劇化されるとき――『お艶殺し』論

「文学」9—6、平20・11＆12、原題「谷崎潤一郎『お艶殺し』論——小説が劇化されるとき」
第四章　小説家の戯曲——『愛すればこそ』『お国と五平』論
「人文学報」106、平27・4、原題「小説家の戯曲——谷崎潤一郎『愛すればこそ』『お国と五平』論」

第二部　近代小説の形式

◇会話と地の文の関係

書き下ろし（一部、高麗大学・東京大学共催日本語学・日本文学・中国文学国際シンポジウム（国際学術発表大会）での口頭発表「谷崎潤一郎『蓼喰ふ虫』論——小説の中の舞台」（平20・2・19、於東京大学）をもとにしている）
第一章　『吉野葛』論——紀行の記憶と記憶の紀行
「国語と国文学」84—2、平19・2、原題「谷崎潤一郎『吉野葛』論——紀行の記憶と記憶の紀行——」
第二章　『春琴抄』論——虚構あるいは小説の生成
「日本近代文学」74、平18・5、原題「虚構あるいは小説の生成——谷崎潤一郎『春琴抄』論」
第三章　『聞書抄』論——歴史小説の中の虚構
「昭和文学研究」76、平30・3、原題「谷崎潤一郎『聞書抄』論——歴史小説の中の虚構」
第四章　文章の論じかた——小林秀雄の谷崎潤一郎論
「東京大学国文学論集」5、平22・3

第三部　現代口語文の条件

◇翻訳という方法

書き下ろし（一部、「谷崎潤一郎と口語文——芥川龍之介と佐藤春夫を補助線に」（「翻訳の文化／文化の翻訳」14、平31・3）と重複する）
第一章　谷崎潤一郎と翻訳——『潤一郎訳源氏物語』まで

「翻訳の文化／文化の翻訳」12、平29・3
第二章　現代語訳の日本語――谷崎潤一郎と与謝野晶子の『源氏物語』訳
井上健編『飜訳文学の視界　近現代日本文化の変容と飜訳』（平24、思文閣出版）
第三章　何を改めるのか、改めないのか――『潤一郎訳源氏物語』とその改訳
「静大国語」15・16、平26・3
第四章〈谷崎源氏〉と玉上琢弥の敬語論
「翻訳の文化／文化の翻訳」13、平30・3
第四部　「文学」の時代の小説
◇「文芸」から「文学」へ
書き下ろし
第一章『細雪』論――予感はなぜ外れるのか
「東京大学国文学論集」2、平19・5、原題「谷崎潤一郎『細雪』論――予感はなぜ外れるのか」
第二章『少将滋幹の母』の読みかた――中村光夫と伊藤整の谷崎潤一郎論
書き下ろし
第三章『夢の浮橋』論――私的文書の小説化
「国語と国文学」86―1、平21・1、原題「谷崎潤一郎『夢の浮橋』論――私的文書の小説化」
おわりに
書き下ろし

・それぞれ初出稿に加筆・修整を行っている。初出時において節に見出しのなかったものは、見出しを付した。

あとがき

本書は、二〇〇九年に東京大学人文社会系研究科に提出した博士論文「谷崎潤一郎研究——近代小説の条件」をもとに、加筆・修整したものである。審査に当たってくださった国文学研究室の安藤宏先生、多田一臣先生、長島弘明先生、国語研究室の井島正博先生、比較文学比較文化研究室の井上健先生には、感謝と、書籍化に長い時間がかかってしまったことのお詫びを申し上げる。

多田先生には卒業論文から、井島先生には修士論文から継続して審査していただいた。無我夢中で書いた未熟で不備の多い論文を正面から受けとめ、折に触れて励ましてくださった。井上先生には、博士課程後半の迷いの多い時期に、研究の幅をひろげる視点と機会を与えていただいた。長島先生や国文学研究室の小島孝之先生、藤原克己先生、渡部泰明先生に言葉をかけていただくと、背筋が伸びる思いがした。

学生にとって大学は、慣習によって「先生」と呼ぶそこにいる人たちを見知り、そのことを通じて学問の一端を触知する場所である。右に名前を挙げた方々だけでなく、この場所で多くの熱心な人たちを知った。そのときはわからなかったこと、いまも気付いていないことを、たくさん与えられたと思う。本書は、かつてあの場所で学生として得た多くのものを継ぎ接いで作った、遅い返礼のようなものである。粗品であるのはこちらの力不足ゆえだが、一つの区切りとして上梓する。

指導教員である安藤先生には、研究者にしていただいた。本を読んで考えること、考えたことを人に話すこと、同じ対象について他の人が何を考えてきたか・考えているかを知ることは好きでも、それを「研究」と呼ばれるものにするには足りないところが多かった。研究を職業にすることになったのは、安藤先生はじめ、大学・大学院時代に関わった人たちの後押しがあったためである。いい研究者になれるかはわからないが、精進したい。

書くことはつらくしんどかったが、長く続けている勉強会、参加してきた幾つかの研究会、読書会等で議論の場を共有してきた人たちに支えられてきた。名前は挙げないが、記して感謝する。本書の表紙に作品を提供してくださった大鹿智子さんと知り合ったのも、東京芸術大学での読書会（シスムゼミ）だった。青簡舎の大貫祥子さんには、迷惑をかけ続けたが、見離さず、援護していただいた。これまで授業を担当した開智中学・高等学校、女子美術大学、都留文科大学、日本大学商学部、二〇一〇年度から勤務している静岡大学の学生・院生たち、同僚、また講座等で話を聴いてくれている静岡の人たちには、しばしば形になる前のアイディアを受けとめてもらい、ありがたく思っている。

誰かと何かを読むことは、楽し過ぎるくらいに楽しい。それが目の前にいる人でも、同じ時間・空間にいない、会うことのない人でも。足りないところを埋めようとして自分で自分を縛ってきたが、これからは読む楽しさを、もう少し書くことにつなげていこうと思う。

最後に、大学進学のために家を出て二十年以上になるが、好きな勉強を思う存分し続けている幸せを、父と母に感謝します。

二〇一九年五月

中村　ともえ

作品索引

・谷崎潤一郎によって書かれた小説、戯曲、翻訳、評論、随筆、その他の短文を取り上げた。インタビュー、書簡、草稿は除外した。
・節や章の単位で特定の作品に言及する場合は、範囲を示した。
・引用文中の作品名は除いた。

あ行

か行

さ行

た行

な行

は行

ま行

や行

ら行

わ行

人 名 索 引

・引用文中の人名は除いた。編者・訳者・監修者、対談や座談会の出席者は原則として除いた。
・上演年表（第一部第三章）の人名は除いた。舞台・映画関係者は一部省略した。

あ行

か行

さ行

た行

な行

は行

ま行

や行

ら行

わ行

中村　ともえ（なかむら　ともえ）

一九七九年、静岡県生まれ。新潟市出身。

東京大学大学院人文社会系研究科日本文化研究専攻日本語日本文学専門分野博士課程修了。博士（文学）。

二〇一〇年より静岡大学教育学部勤務。

主な論文に、「正岡子規「瓶にさす」歌の鑑賞」（「国語と国文学」二〇一五年一一月）、「小説に描かれた風景――安岡章太郎『海辺の光景』論」（『浜辺の文学史』鈴木健一編、二〇一七年、三弥井書店）など。

谷崎潤一郎論　近代小説の条件

二〇一九年五月三一日　初版第一刷発行

著　者　中村ともえ
発行者　大貫祥子
発行所　株式会社青簡舎
〒一〇一-〇〇五一
東京都千代田区神田神保町二-一四
電　話　〇三-五二一三-四八八一
振　替　〇〇一七〇-九-四六五四五二
装　幀　水橋真奈美（ヒロ工房）
印刷・製本　株式会社太平印刷社

ISBN978-4-909181-17-6 C3093